HEYNE BÜCHER



Fantasy

Herausgegeben von Wolfgang Jeschke

Von Henry Rider Haggard erschienen in gleicher Ausstattung in der Reihe
HEYNE SCIENCE FICTION & FANTASY:

Sie · 06/4130
Allan Quatermain · 06/4131
Ayesha – Sie kehrt zurück · 06/4132
Sie und Allan · 06/4133
König Salomons Diamanten · 06/4134
Die heilige Blume · 06/4135
Das Halsband des Wanderers · 06/4136
Tochter der Weisheit · 06/4137
Das Sehnen der Welt · 06/4138
Morgenstern · 06/4146
Als die Welt erbebte · 06/4147
Das Nebelvolk · 06/4148
Das Herz der Welt · 06/4149
Kleopatra · 06/4310
Der Geist von Bambatse · 06/4311
Allan Quatermain der Jäger · 06/4367
Allan Quatermain und die Eisgötter · 06/4368
Das Elfenbeinkind · 06/4369
Der gelbe Gott · 06/4370

Weitere Ausgaben sind in Vorbereitung.

HENRY RIDER
HAGGARD

# Allan Quatermain und die Eisgötter

Eine Geschichte von den Anfängen

*Fantasy Roman*

17. Band der Haggard-Ausgabe

Deutsche Erstveröffentlichung

WILHELM HEYNE VERLAG
MÜNCHEN

HEYNE SCIENCE FICTION & FANTASY
Band 06/4368

Titel der englischen Originalausgabe
ALLAN AND THE ICE-GODS
A TALE OF BEGINNINGS
Deutsche Übersetzung von Hans Maeter
Das Umschlagbild schuf Vicente Segrelles/Norma

Redaktion: Wolfgang Jeschke
Die englische Erstausgabe des Romans erschien im Mai 1927
im Verlag Hutchinson in London,
die amerikanische gleichzeitig bei Doubleday, Page in New York

Printed in Germany 1987
Umschlaggestaltung: Atelier Ingrid Schütz, München
Satz: Schaber, Wels
Druck und Bindung: Elsnerdruck, Berlin

ISBN 3-453-31377-1

Wer kann sagen, worin das Geheimnis von Rider Haggards immenser Beliebtheit begründet liegt? Sein Werk ist einzigartig, und wenn wir die letzte Seite eines Buches gelesen haben und uns zurücklehnen, um für einen Augenblick nachzudenken, erkennen wir, daß es nur einen Autor gibt, von dem jene Geschichte geschrieben worden sein konnte: Rider Haggard.

*Allan und die Eisgötter* ist eine weitere Geschichte über den berühmten Jäger, denselben Mann – und doch unterscheidet er sich wesentlich von den anderen, da sich Allan in einer anderen Inkarnation befindet, einer viele Jahrtausende zurückliegenden, als Eis und bittere Kälte regierten anstatt milder Regen und Nebel, wie das heute der Fall ist, und sie handelt von der wunderschönen Laleela, die das Schicksal geheimnisvoll auf seinen Weg führt.

Vielleicht ist das der Grund der weltweiten Beliebtheit dieses Autors: Er befaßt sich mit dem Mysterium und der Magie der Existenz, die heute noch genauso wesentlicher Teil des Lebens sind wie vor zehntausend, zwanzigtausend, hunderttausend Jahren.

## Inhalt

A fire mist and a planet,
A crystal and a shell,
A jelly fish and a Saurian
And caves where the cave men dwell;
Then a sense of law and beauty,
And a face turned from the clod –
Some call it evolution,
And others call it God.*

WILLIAM HERBERT CARRUTH

---

* Ein Feuernebel und ein Planet,
Ein Kristall und eine Muschelschale,
Eine Qualle und ein Saurier
Und Höhlen, in denen Höhlenmenschen leben;
Dann ein Anflug von Gesetz und Schönheit,
Und ein Gesicht, aus dem Lehm geformt –
Manche nennen es Evolution,
Und andere nennen es Gott.

# 1

## *Allan weist ein Vermögen zurück*

Wenn ich auch nur die geringste Begabung für eine solche Aufgabe besäße, würde ich, Allan Quatermain, ein Essay über die Versuchung schreiben.

Diese kommt natürlich in der einen oder der anderen Form zu jedem, oder zumindest doch zu den meisten, denn es gibt Menschen, die so farblos und rückgratlos sind, daß sie nicht versucht werden können; oder vielleicht halten die Mächte, die uns umgeben und uns leiten oder verleiten, sie nicht der Mühe wert. Diese klammern sich, wie Muscheln an einen Felsen, an jeden Zustand, sei es ein moralischer oder ein materieller, in dem sie sich gerade befinden mögen, oder vielleicht treiben sie mit dem Strom des Zufalls wie Quallen, machen in keinem der beiden Fälle die geringste Anstrengung, sich einen eigenen Weg zu bahnen und sterben deshalb so, wie sie gelebt haben, recht gut, weil nichts sie jemals dazu veranlaßt hat, anders zu sein: Objekte der Zustimmung der Welt, und, laßt uns hoffen, auch des Himmels.

Die Mehrheit jedoch ist nicht so glücklich; irgend etwas drängt ihre lebenden Persönlichkeiten auf die eine oder die andere Bahn des Unheils. Materialisten erklären uns, daß dieses Etwas nichts anderes sei als die Leidenschaften, die von tausend Generationen unbekannter Vorväter ererbt wurden, welche uns im Tode den Fluch ihres Blutes zurückließen. Ich aber, der ich nur ein einfacher, alter Mann bin, neige da zu einer anderen Ansicht, die jedoch durch viele Jahrhunderte menschlichen Denkens geheiligt ist. Ja, in dieser Frage, wie auch in vielen anderen, schiebe ich alle modernen Sprüche und Theorien beiseite und benenne den guten, altmodischen und äußerst offizienten Teufel als den Urheber aller unserer Leiden. Niemand anderer als er könnte den Köder so genau dem Appetit anpassen wie jener alte Fischer in den Gewässern der menschlichen Seele, der es so gut versteht, seine Haken mit solchen Ködern zu versehen und seine Fliegen so auszutauschen, daß sie nicht nur alle Fische anlocken, sondern auch jeder Stimmung eines jeden von ihnen angemessen sind.

Nun, ohne mich weiter in solche Argumente zu vertiefen, und ob richtig oder nicht, dies ist nun einmal meine Meinung.

So glaube ich, um nur ein kleines Beispiel anzuführen – denn falls der Leser glauben sollte, daß diese Worte das Präludium zu einer Geschichte von Mord oder anderen großen Sünden ist, so irrt er sich – daß Satan selbst es war, oder zumindest einer seiner Sendboten, der meine verstorbene Freundin, Lady Ragnall, dazu veranlaßt hat, mir die Schatulle mit dem magischen Kraut, das *Taduki* genannt wird, zu vermachen, mit welchem wir bereits gewisse bemerkenswerte Abenteuer geteilt hatten.*

Nun mag eingewendet werden, daß der Gebrauch dieses *Taduki* und die Reise auf seinen Schwingen – ob tatsächlich oder in der Phantasie – in irgendein weit entferntes Land, in welchem man für eine Weile zu leben und sich zu bewegen und seine Existenz zu haben scheint, kein Verbrechen ist, so tollkühn das Vorgehen auch sein mag. Und da wir so neue Wege zum Wissen, oder sogar zu interessanten Phantasien finden können, warum sollen wir ihnen nicht folgen? Doch ein gegebenes Wort zu brechen, ist ein Verbrechen, und wegen der Versuchung dieses Zeugs, welches, wie ich gestehen muß, auf mich eine größere Verlockung ausübt als alles andere auf der Welt, zumindest in jüngsten Tagen, habe ich mein Wort gebrochen.

Denn habe ich nicht, nach einem bestimmten Erlebnis im Ragnall Castle, mir und dem Himmel geschworen, daß keine Macht der Welt, nicht einmal Lady Ragnall selbst, mich dazu verlocken könnte, jemals wieder jene zeitauflö-

* Siehe »Das Elfenbeinkind« (18. Band der Haggard-Ausgabe – HEYNE-BUCH Nr. 06/4369) und »Allan Quatermain der Antike« (20. Band der Haggard-Ausgabe – in Vorb.)

senden Dämpfe einzuatmen und das zu sehen, was dem Auge des Menschen, vielleicht aus gutem Grunde verborgen ist, nämlich Enthüllungen über seine vergrabene Vergangenheit – oder vielleicht über seine noch nicht erlebte Zukunft? Doch was sage ich da? Dies ist eine Angelegenheit von Träumen, nicht mehr, obwohl ich glaube, daß diese Träume solcher Art sind, die am besten unerforscht bleiben sollen, weil sie zu vieles andeuten und doch die Seele unbefriedigt lassen. Lieber die Unwissenheit, in der zu wandeln wir verdammt sind, als dieses Lüften der Zipfel des Schleiers, als diese Visionen, die trunkene Hoffnungen in uns wecken, die sich schließlich als nichts anderes als Irrlichter erweisen mögen, die uns, wenn sie erlöschen, in noch tieferer Dunkelheit zurücklassen.

Jetzt will ich zu der Geschichte meines Sturzes kommen, wie es zu ihm kam, und die Enthüllungen, zu denen er führte, welche ich äußerst interessant fand, ganz gleich, was andere davon halten mögen.

An anderer Stelle habe ich berichtet, wie ich, Jahre nach unserem gemeinsamen Abenteuer in Zentralafrika, wieder mit der nun verwitweten Lady Ragnall in Verbindung kam und mich in ihrer Gesellschaft dazu verleiten ließ, den magischen Rauch des *Taduki*-Krautes einzuatmen, mit dem sie vertraut geworden war, als sie in einem Zustand vorübergehender Geistesschwäche in die Hände von Priestern irgendeines seltsamen afrikanischen Kultes geriet. Unter seinem Einfluß schien der Vorhang der Zeit zur Seite zu gleiten, und sie und ich sahen uns in wichtigen Positionen als Bürger Ägyptens zur Zeit der persischen Herrschaft. In jenem Leben waren wir, wenn diese Geschichte auf Wahrheit beruhen sollte, miteinander sehr vertraut gewesen, doch bevor diese Vertrautheit in einer körperlichen Vereinigung kulminierte, fiel der Vorhang, und wir erwachten wieder in unserer modernen Welt.

Am nächsten Morgen reiste ich ab, überaus verwirrt und von Furcht erfüllt, und ich sollte die hoheitsvolle und schöne Lady Ragnall nicht wiedersehen. Nach allem, was wir erfahren oder geträumt hatten, hielt ich weitere Begegnungen für zu peinlich. Außerdem, um der Wahrheit die Ehre zu geben, mißfiel mir die Geschichte über einen Fluch, der angeblich jeden Mann verfolgen würde – ganz gleich, in welcher Generation er geboren oder auch wiedergeboren werden mochte, welcher etwas mit ihr zu tun hatte, die, in dieser Geschichte, Amada hieß und das Amt einer Priesterin der Isis ausübte, der Göttin, die sie verraten hatte. Natürlich sind solche uralten Verwünschungen reiner Unsinn. Aber dennoch – nun, die Wahrheit ist, daß wir, ein jeder auf seine Weise, alle abergläubisch sind, und das Schicksal Lord Ragnalls, der diese Lady geheiratet hatte, war äußerst unangenehm und merkwürdig; zu sehr, um irgend jemanden zu ermutigen, seinem Beispiel zu folgen. Außerdem war ich in einen Lebensabschnitt gekommen, wo ich keinerlei Ehrgeiz nach weiteren Abenteuern hatte, in denen Frauen eine Rolle spielten, selbst nicht in Träumen, da solche, wie ich aus Erfahrung gelernt hatte, so bezaubernd sie im Augenblick auch sein mögen, so sicher zu Schwierigkeiten führen wie Funken aufwärts stieben.

So geschah es, daß ich, als Lady Ragnall mich zweimal einlud, bei ihr zu wohnen, diese Angebote mit Entschuldigungen ablehnte, die absolut triftig waren, obwohl mir im Moment nicht einfällt, worum es dabei gegangen sein mag, da ich den festen Vorsatz gefaßt hatte, mich nie wieder in den Bereich ihrer schönen und beherrschenden Persönlichkeit zu begeben. Sie müssen wissen, daß in jenem Traum, den wir zusammen träumten, die Geschichte zu einem Ende kam, als ich unmittelbar davor stand, die Prinzessin und Hohepriesterin Amada, die Lady Ragnalls Prototyp war, oder zu sein schien, zu heiraten. Als sie wieder zu Bewußtsein kam, erklärte sie, deren Vision zwei oder drei Sekunden länger gedauert hatte als die meine, daß wir tatsächlich auf irgendeine primitive ägyptische Art verheiratet worden seien, und obwohl ich dies natürlich als Unsinn abtat, war mir doch klar, daß sie glaubte, dieses Ereignis habe tatsächlich stattgefunden.

Noch jetzt, auch wenn sich alles vor sehr langer Zeit abgespielt hat, ist es mir äußerst peinlich, mich mit jener königlichen Frau zu treffen, die fest davon überzeugt ist, einst meine Gattin gewesen zu sein, so peinlich, daß es sich schließlich als notwendig erweisen mochte, das wiederaufzunehmen, was sie als eine bestehende, wenn auch unterbrochene Beziehung bezeichnete.

Dies war ich, aus verschiedenerlei Gründen, entschlossen, nicht zu tun, von denen nicht der geringste war, daß man mich für einen Glücksritter gehalten hatte; außerdem lauerte, wie ich bereits sagte, immer dieser Fluch im Hintergrund, der, wie ich sehnlichst hoffte, meine Selbstbescheidung anerkennen und nicht in meine Richtung fallen würde. Und dennoch – obwohl allein der Gedanke mir einen kalten Schauer den Rücken hinabrieseln läßt – wenn jener Traum vielleicht Wahrheit gewesen sein sollte, so hatte ich den Fluch bereits auf mich geladen. Dann bin ich, Allan, der Shabaka früherer Tage, bereits dazu verdammt, ›durch Gewalt fern von dem Lande, wo ich zum ersten Male die Sonne erblickt hatte, zu sterben‹, wie es in dem Papyrus von Kendah-Land, dessen Übersetzung ich im Schloß gelesen hatte, mit antiker Direktheit und Einfachheit als das Los all jener verkündet wird, deren Hände oder Lippen jemals den Körper von Amada, Hohepriesterin der Isis, berührt hatten.

Doch zurück zum Thema. Als Antwort auf mein zweites Entschuldigungsschreiben erhielt ich einen sonderbaren kleinen Brief von der Lady, an die es gerichtet gewesen war. Er lautet wie folgt:

*O Shabaka, warum versuchst du, dich dem Netz des Schicksals zu entziehen, wo du doch bereits so tief in seine Maschen verstrickt bist? Du glaubst, daß wir nimmermehr Seite an Seite sitzend den blauen* Taduki-*Rauch zu uns emporsteigen sehen werden oder spüren werden, wie seine subtile Kraft unsere Seelen in weite Fernen trägt. Vielleicht ist dem so, obwohl du selbst hier dazu gezwungen bist, seine Herrschaft anzuerkennen, wie oft, kann ich jedoch nicht sagen; und wirst du es allein weniger furchterregend finden, als in meiner Gesellschaft? Außerdem kannst du dieser Gesellschaft niemals entfliehen, da sie seit unvordenklichen Zeiten bei dir war, wenn auch nicht ununterbrochen, und noch bei dir sein wird, wenn es keine Sonne mehr gibt.*

*Doch sei dem, wie es dein Wille ist. Bis wir uns wiedersehen, in der Vergangenheit oder in der Zukunft, lebe wohl, o Shabaka.*

*Amada*

Als ich diese höchst seltsame Mitteilung gelesen hatte, deren Umschlag übrigens mit einem uralten ägyptischen Ring gesiegelt war, den mein verstorbener Freund, Lord Ragnall, gefunden und seiner Frau geschenkt hatte, unmittelbar bevor er von seinem furchtbaren Schicksal niedergestreckt worden war, fühlte ich mich schwach und schwindelig und lehnte mich in meinen Sessel zurück, um mich von diesem Anfall zu erholen. Sie war wirklich eine unheimliche und in gewisser Weise recht gruselige Frau, mit keiner anderen vergleichbar, eine, die mit jenem in Verbindung stand, das, zweifellos aus gutem Grunde, der Menschheit verborgen ist. Nun fiel mir auch wieder ein, wie ich sie seinerzeit als die Hon. Luna Holmes, kurz vor ihrer Hochzeit, bei einem Diner im Ragnall Castle kennengelernt hatte und von dieser unheimlichen Aura, die sie auszustrahlen schien, tief beeindruckt war, wie es ihr zukünftiger Mann, wäre er sensibler gewesen, auch hätte sein müssen.

Während unserer späteren Gemeinsamkeit in Afrika wich diese Empfindung nie von mir, und natürlich zeigte sie sich in ihrem vollen Ausmaß während unserer gemeinsamen Erfahrung mit dem *Taduki*-Kraut. Jetzt wallte sie wieder in mir auf wie eine Fontäne, ertränkte meine Vernunft und spülte die geordnete Logik, deren ich mich rühme, von ihrem Podest. Aus diesem Durcheinander schälte sich eine weitere Wahrheit heraus, nämlich die Erkenntnis, daß ich mich seit dem Augenblick, als ich sie zum ersten Mal sah, von ihr angezogen gefühlt hatte und auf eine verborgene Art in sie ›verliebt‹ gewesen war. Es war dies keine überschäumende oder leidenschaftliche Liebe, doch kann derselbe Mann eine

Reihe von Frauen auf völlig verschiedene Art lieben, die alle wahr und ehrlich sind.

Ich wußte, daß diese Liebe sehr dauerhaft war. Für eine kleine Weile wurde ich von ihren Phantasien überwältigt und begann zu glauben, daß wir immer zusammen gewesen wären und immer zusammen sein würden; und auch, daß ich ihr auf irgendeine unerklärliche Art tief verpflichtet sei, daß sie sich als mein Freund erwiesen hätte, und zwar nicht nur einmal, sondern sehr oft, und das auch bleiben würde, solange unsere Persönlichkeiten erhalten blieben. Ja, sie war Ragnalls Frau gewesen, aber dennoch – und das nicht aus persönlicher Eitelkeit, da der Himmel weiß, daß dieses Laster mir abgeht – wurde ich plötzlich überzeugt, daß ihre Psyche sich in Wahrheit mir zugewandt hatte, und nicht Ragnall. Ich habe diese Erkenntnis nicht gesucht, hatte nicht einmal gehofft, daß dem so sei, denn sicherlich gehörte sie ihm und nicht mir, und ich wollte keinen Mann berauben. Dennoch, in jenem Moment erhob sich diese Tatsache vor mir, so gewaltig und massiv wie ein Berg: ein ruhiger, unbeweglicher Berg, ein schneegekrönter Vulkan, anscheinend tot, der dennoch eines Tages in Flammen ausbrechen und mich verschlingen, mich als Gefangenen auf Feuerschwingen mitnehmen mochte.

Solcherart waren meine Gedanken während des Augenblicks der Schwäche, der dem durch jenen bemerkenswerten Brief ausgelösten Schock folgte, der nach außen hin und sichtbar so endgültig war, innerlich und geistig jedoch gewaltige Straßen unerwarteter Möglichkeiten eröffnete. Schließlich aber vergingen sie mit dem Schwächegefühl, und ich war wieder Herr meiner Selbst. Was immer sie sein oder nicht sein mochte, so weit es mich betraf, war dies das Ende meiner aktiven Gemeinschaft mit Lady Ragnall, auf jeden Fall bis zu dem Zeitpunkt, wo ich sicher sein konnte, daß ihr Vorrat von *Taduki* erschöpft war. Wie sie in ihrer sonderbar formulierten Mitteilung zugegeben hatte, war jenes Buch unserer Leben geschlossen worden, und alle Spekulationen über vergangene und zukünftige Zeiträume, in denen wir uns nicht in Existenz befanden, waren so unwichtig, daß man sich darüber keine Gedanken zu machen brauchte.

Kurze Zeit später las ich in einer Zeitung unter der Rubrik ›Gesellschaftsnachrichten‹, daß Lady Ragnall England verlassen habe, um den Winter in Ägypten zu verbringen, und da ich alle ihre Beziehungen zu jenem Land kannte, bewunderte ich ihren Mut. Was hatte sie dorthin getrieben? fragte ich mich; dann zuckte ich die Achseln und ließ die Angelegenheit auf sich beruhen.

Etwa sechs Wochen darauf befand ich mich auf der Rebhuhnjagd. Ein Schwarm flog über mich hinweg, und ich schoß zwei Hühner heraus. Als ich meine Doppelflinte nachlud, sah ich zwei Wildgänse, die wahrscheinlich von den Treibern an irgendeinem Teich aufgescheucht worden waren, ziemlich hoch in raschem Flug auf mich zukommen. Ich schloß die Kammer der Waffe und legte an, besonders erpicht darauf, diese Wildgänse zu erlegen, die in jener Gegend ziemlich selten waren, besonders um diese Jahreszeit.

In diesem Augenblick wurde ich von höchst absonderlichen Sinneseindrücken überfallen, die alle mit Ägypten und Lady Ragnall zu tun hatten, an welche ich während der letzten Minute wirklich am allerwenigsten gedacht hatte.

Ich schien eine Wüste und Ruinen zu sehen, die, wie ich wußte, Reste eines Tempels waren, und Lady Ragnall saß zwischen ihnen und hielt einen Sonnenschirm in der Hand, der plötzlich in den Sand fiel. Die Illusion verging, um von einer anderen gefolgt zu werden, nämlich, daß sie bei mir war und mit einer fröhlichen, kraftvollen Stimme ernsthaft zu mir sprach, doch in einer Sprache, von der ich nicht ein Wort verstand. Doch die Bedeutung dessen, was sie sagte, schien meinen Verstand zu erreichen; sie erklärte, daß wir nun für immer beisammen sein würden, wie wir es in der Vergangenheit gewesen waren.

Dann war alles verschwunden; und diese Impressionen konnten auch nicht lange gedauert haben, denn als sie begonnen hatten, hielt ich mein Gewehr auf die anfliegenden

Wildgänse gerichtet, und sie waren vorbei, bevor die toten Vögel den Boden berührten, denn ich hatte das in Angriff genommene Unternehmen automatisch zu Ende geführt; und auch mein gewohntes Geschick hatte mich nicht verlassen.

Ich schrieb diese Tagträumerei als eine jener seltsamen geistigen Possen ab, für die es keine Erklärung gibt, es sei denn, daß sie in diesem Fall auf etwas zurückzuführen gewesen wäre, das ich zu Mittag gegessen hatte, und dachte während der folgenden zwei Tage nicht mehr daran. Dann jedoch um so mehr, denn als ich meine Zeitung aufschlug, die uns gegen drei Uhr nachmittags erreichte, das heißt, also genau achtundvierzig Stunden nach meinem telepathischen Erlebnis, oder was immer sonst es gewesen sein mochte, fiel mein Blick als erstes auf eine Nachricht aus Kairo:

Uns erreichte soeben die traurige Nachricht vom plötzlichen Ableben Lady Ragnalls, der Witwe des verstorbenen Lord Ragnall, dem berühmten Ägyptologen, der auch in Ägypten sehr bekannt war, wo er vor zwei Jahren ein tragisches Ende fand. Lady Ragnall, deren Reichtum und Schönheit weltbekannt waren, besuchte die Ruinen eines Isistempels, die sich zwischen Assuan und Luxor in einiger Entfernung vom Ostufer des Nils befinden, bei deren Ausgrabung ihr Mann tödlich verunglückte. Sie saß genau auf dem Gedenkstein, den man zu seiner Erinnerung auf dem Sande errichtet hatte, der ihn so tief unter sich begrub, daß seine Leiche niemals gefunden wurde, als Lady Ragnall plötzlich zurücksank und starb. Der britische Amtsarzt von Luxor hat Herzversagen als Todesursache festgestellt, und sie wurde an der Stelle bestattet, an der sie starb, da der Grund zur Zeit des Todes von Lord Ragnall kirchlich geweiht worden war.

Wenn ich ein seltsames Gefühl gehabt hatte, als ich Lady Ragnalls seltsamen Brief vor ihrer Abreise nach Ägypten las, so fühlte ich mich jetzt noch viel merkwürdiger. Damals war ich nur perplex gewesen, jetzt war ich von Furcht gebeutelt, und, noch mehr, außerordentlich bewegt. Wieder drängte sich mir die Überzeugung auf, daß ich tief im Innern meines Seins dieser seltsamen und bezaubernden Frau unrettbar verbunden war und daß mein Schicksal und das ihre miteinander verwoben waren. Wenn dem nicht so gewesen wäre, wie war es dann zu erklären, daß ihr Hinscheiden ausgerechnet mir von allen Menschen bekannt wurde, und auf eine so ungewöhnliche Art? – denn obwohl die genaue Stunde ihres Todes nicht angegeben worden war, hatte ich nicht den geringsten Zweifel, daß er sich in genau dem Augenblick ereignet hatte, als ich die Wildgänse schoß.

Jetzt wünschte ich, daß ich es nicht abgelehnt hätte, sie zu besuchen, und sogar, daß ich sie zum Beweis meiner Hochachtung gebeten hätte, mich zu heiraten; ungeachtet ihres großen Reichtums, ungeachtet der Tatsache, daß ich ein Freund ihres Mannes gewesen war, und alles anderen. Zweifellos hätte sie mich zurückgewiesen; dennoch mochte die Verehrung selbst eines so bescheidenen Individuums, wie ich es bin, sie gefreut haben. Aber es war zu spät für jede Reue; sie war tot, und alles zwischen uns war zu Ende.

Wenige Wochen darauf entdeckte ich, daß ich mich in diesem Punkt irrte, denn nach einem Telegramm, mit dem angefragt wurde, ob ich mich zur Zeit auf meinem Landsitz befände, das ich auf einem vorbezahlten Formular an die Adresse eines mir unbekannten Rechtsanwalts in London beantwortete, erschien am folgenden Tage um die Mittagszeit ein Gentleman namens Mellis, offensichtlich ein Teilhaber der Kanzlei Mellis & Mellis, die mir das Telegramm geschickt hatte. Er wurde hereingeführt und sagte, ohne auf eine Einladung zum Essen zu warten: »Ich nehme an, mich Mr. Allan Quatermain gegenüberzusehen?«

Ich verneigte mich, und er fuhr fort:

»Ich komme mit einem recht seltsamen Auftrag zu Ihnen, Mr. Quatermain; er ist so seltsam, daß ich bezweifle, ob Sie im Laufe Ihres Lebens, das, wie ich hörte, voller Abenteuer gewesen ist, jemals dergleichen erlebt haben. Sie standen, wie ich annehmen möchte, mit unserem verstorbenen Klienten, Lord Ragnall, auf recht vertrautem Fuße, und auch mit seiner Gattin, Lady Ragnall, vor ihrer Heirat die Hon. Luna Holmes, von deren kürzlichem Ableben Sie vielleicht gehört haben mögen.«

Ich sagte, daß dem so sei, und der Anwalt fuhr auf seine trockene, pedantische Art fort, wobei er mich unverwandt anblickte.

»Es hat den Anschein, Mr. Quatermain, daß Lady Ragnall sehr an Ihnen hing, da sie vor einer Weile, nach einem Besuch, den Sie ihr in Ragnall Castle abgestattet hatten, in unser Büro kam, um ein Testament aufzusetzen, wozu wir sie, wie ich hinzufügen möchte, bis dahin vergeblich gedrängt hatten. Nach diesem Testament hat sie, wie Sie gleich sehen werden, da ich eine Kopie davon mitgebracht habe, all ihren Besitz, das heißt, die großen Ragnall Liegenschaften und alles Vermögen, über das sie absolute Verfügungsgewalt besaß ... ahem ... Ihnen hinterlassen.«

»Mein Gott!« rief ich und ließ mich in meinen Sessel zurückfallen.

»Da ich nicht die Absicht habe, unter falscher Flagge zu segeln«, fuhr Mr. Mellis mit einem trockenen Lächeln fort, »darf ich Ihnen von vornherein sagen, daß sowohl ich als auch mein Partner sich heftig gegen die Aufsetzung eines solchen Testaments gesträubt haben, aus Gründen, welche uns sehr berechtigt erschienen, auf die jedoch hier nicht näher eingegangen werden muß. Sie aber blieb hart wie ein Fels.

›Sie halten mich sicher für verrückt‹, sagte sie. ›Und da das vorauszusehen war, habe ich Vorsorge getroffen, zwei hervorragende Londoner Spezialisten aufzusuchen, denen ich meine ganze Lebensgeschichte erzählte, einschließlich jener Geistesverwirrung, an der ich für einige Zeit durch die Nachwirkungen eines Schocks litt. Jeder der beiden hat mich äußerst sorgfältig untersucht und mich verschiedenen Tests unterzogen, mit dem Ergebnis ... aber hier sind ihre

Gutachten, aus denen Sie Ihre eigenen Schlüsse ziehen können.‹

Ich, oder, richtiger gesagt, wir, lasen diese Gutachten, welche selbstverständlich aufgehoben wurden. Um es kurz zu machen: sie bestätigen, daß Lady Ragnall bei absolut klarem und normalem Verstande war, obwohl einige ihrer Theorien als ungewöhnlich gelten mochten, jedoch nicht mehr als die von Tausenden anderer Menschen, deren einige auf verschiedenen Gebieten von Rang und Namen sind. Angesichts dieser Dokumente, die durch unsere eigene Beobachtung absolut bestätigt wurden, gab es für uns nur eine Möglichkeit, nämlich, das Testament in Übereinstimmung mit den klaren und definitiven Anweisungen unserer Klientin aufzusetzen. Während wir diese niederschrieben, sagte sie plötzlich:

›Da fällt mir noch etwas ein. Ich werde meine Meinung niemals ändern, noch werde ich wieder heiraten, doch so wie ich Mr. Quatermain kenne, halte ich es durchaus für möglich, sogar für wahrscheinlich, daß er diese große Erbschaft zurückweisen wird‹ – eine Bemerkung, Sir, die uns so unglaublich erschien, daß wir kein Wort darüber verloren.

›In dem Fall‹, fuhr sie fort, ›möchte ich, daß alle Liegenschaften veräußert und die Erlöse zusammen mit dem übrigen Vermögen, mit Ausnahme gewisser Legate, unter die Institutionen und Wohltätigkeitsgesellschaften aufgeteilt werden, welche hier aufgeführt sind‹ – damit übergab sie uns eine Liste –, ›falls Mr. Quatermain, welchen ich, sollte er mich überleben, zu meinem alleinigen Testamentsvollstrecker ernenne, nicht gegen eine oder einige davon etwas einzuwenden haben sollte.‹

Ist Ihnen die Situation klar, Sir?«

»Absolut«, antwortete ich. »Das heißt, sie wird mir zweifellos klar sein, wenn ich das Testament gelesen habe. Doch Sie müssen nach Ihrer Reise hungrig sein, darf ich also vorschlagen, daß wir zu Mittag essen?«

Dieses taten wir und unterhielten uns über nebensächliche Dinge, da die Diener sich im Zimmer befanden. Anschließend kehrten wir in mein Studio zurück, wo Mr. Mellis mir die Dokumente vorlas und erläuterte. Um es kurz zu machen: meine Erbschaft war gewaltig; ich zögere, aus dem Gedächtnis die Ziffer zu rekapitulieren, auf die sie provisorisch geschätzt worden war. Abgesehen von gewissen Einschränkungen, nämlich der Verfügung, daß sie weder ganz noch teilweise, weder in Form von Grundbesitz noch in Form von Geld, Mr. Atterby-Smith zukommen dürfe, einem Verwandten Lord Ragnalls, den die Erblasserin zutiefst verachtete, oder einem Angehörigen jener Familie, und daß ich für einen Teil jeden Jahres in Ragnall Castle residieren müsse, welches zu meinen Lebzeiten nicht verkauft oder auch nur vermietet werden dürfe, hatte ich absolute Verfügungsgewalt über dieses gewaltige Vermögen, sowohl zu meinen Lebzeiten als auch für die Zeit nach meinem Tode. Ein Verstoß gegen die oben angeführten Bedingungen schien das Testament jedoch ungültig zu machen. Für den Fall, daß ich das Erbe zurückweisen würde, sollte Ragnall Castle, mit einem gewissen Stiftungskapital als Finanzbasis, in ein Krankenhaus umgewandelt und alles andere Vermögen gemäß der von mir erwähnten Liste verteilt werden; eine recht lange Liste, deren Aufstellung jedoch keine Gesellschaft oder Institution irgendeiner religiösen Organisation enthielt.

»Jetzt glaube ich, Ihnen alles dargelegt zu haben«, sagte Mr. Mellis schließlich, »mit Ausnahme einer unerheblichen und recht seltsamen Bestimmung, welche sich auf Ihre Annahme gewisser Gegenstände bezieht, die von der Erblasserin in einem versiegelten Brief aufgeführt werden, den ich Ihnen gleich übergeben werde. So verbleibt mir nur noch, Mr. Quatermain, Sie zu ersuchen, ein Schriftstück zu unterfertigen, das ich bereits aufgesetzt und mit mir gebracht habe, durch das ich ermächtigt werde, mich dieser Angelegenheit in Ihrem Namen anzunehmen. Das heißt . . .«, setzte er mit einer Verbeugung hinzu, »falls Sie uns das Vertrauen schenken wollen, das die Familie des verstorbenen Lord Ragnall seit mehreren Generationen in uns gesetzt hat.«

Während er in seiner Tasche nach diesem Papier kramte, und dabei erklärte, daß ich auf eine Testamentsanfechtung durch Mr. Atterby-Smith gefaßt sein müsse, der in seinem Büro ›wie ein wildes Tier‹ getobt habe, kam ich zu einem Entschluß.

»Lassen Sie das Papier, Mr. Mellis«, sagte ich, »denn Lady Ragnall hatte mit ihrer Annahme recht. Ich habe nicht die Absicht, diese Erbschaft anzutreten. Das Vermögen soll an die Gesellschaften etcetera fallen, welche auf ihrer Liste angeführt sind.«

Der Anwalt starrte mich sprachlos an.

»Ich habe in meinem Leben schon viele verrückte Erblasser und verrückte Erben kennengelernt«, sagte er schließlich erschüttert, »doch nie zuvor ist mir ein Fall untergekommen, bei dem sowohl der Erblasser als auch der Erbe verrückt waren. Vielleicht, Sir, würden Sie die Güte haben, mir Ihren Entschluß zu begründen.«

»Mit Vergnügen«, sagte ich, nachdem ich meine Pfeife gestopft und angezündet hatte. »Zum ersten bin ich das, was man einen reichen Mann nennen würde, und möchte nicht mit noch mehr Geld und Eigentum belastet werden.«

»Aber, Mr. Quatermain«, unterbrach er mich, »Sie haben doch einen Sohn, dem mit einem solchen Reichtum alle Wege offenstehen würden – ja, wirklich alle.« (Das stimmte, denn zu der Zeit lebte mein Sohn Harry noch.)

»Richtig, Mr. Mellis. Doch habe ich bestimmte Vorstellungen in dieser Angelegenheit, die Ihnen vielleicht seltsam erscheinen mögen. Ich wünsche nicht, daß mein Sohn sein Leben mit unerschöpflichen Reichtümern beginnt, oder mit der Aussicht auf solche. Ich will, daß er sich seinen Weg selbst erkämpft. Er will Arzt werden. Erst wenn er sich in seinem Beruf bewährt und gelernt hat, was es heißt, sein Brot selbst verdienen zu müssen, ist es Zeit für ihn, das Geld anderer Menschen in die Hand zu bekommen. Ich habe ihm diesen Standpunkt bereits unter Hinweis auf mein eigenes Leben klargemacht, und da er ein vernünftiger Junge ist, stimmt er mir zu.«

»Ich muß schon sagen«, stöhnte der Anwalt. »Solche ... Schwächen wie die Ihren sind häufig erblich.«

»Außerdem«, fuhr ich fort, »habe ich keine Lust, mich auf einen Rechtsstreit mit Mr. Atterby-Smith einzulassen. Ferner kann ich mich nicht dazu bereitfindens, die Hälfte jeden Jahres in Randall Castle das Leben eines Herzogs zu führen. Sehr wahrscheinlich werde ich, noch bevor dies alles ausgestanden ist, nach Afrika zurückkehren wollen, was ich dann nicht tun könnte. Kurz gesagt, läuft es auf dieses hinaus: ich nehme die Aufgabe eines Testamentsvollstreckers an und die Erstattung der daraus erwachsenden Auslagen, und möchte Ihre Kanzlei ersuchen, mich in dieser Angelegenheit zu vertreten. Das Vermögen aber weise ich absolut und endgültig zurück; wie Sie erfahren haben, hielt Lady Ragnall es für wahrscheinlich, daß ich dies tun würde.«

Mr. Mellis erhob sich und blickte auf die Uhr. »Erlauben Sie mir, den Einspänner vorfahren zu lassen«, sagte er. »Ich denke, daß ich den Nachmittagszug nach London gerade noch schaffen kann. Ich werde Ihnen Kopien des Testaments und der anderen Dokumente zurücklassen, damit Sie sie in Ruhe studieren können, und auch den versiegelten Brief, den Sie noch nicht gelesen haben. Vielleicht werden Sie mir nach Rücksprache mit Ihren eigenen Anwälten und Freunden in ein paar Tagen Nachricht zukommen lassen. Bis dahin betrachte ich diese Unterhaltung als ein privates Gespräch, lediglich als eine Art Vorbesprechung, ohne irgendwelche Konsequenzen.«

Der Einspänner fuhr vor – genaugenommen wartete er bereits – und so endete dieses bemerkenswerte Gespräch. Von der Türschwelle aus beobachtete ich die Abfahrt Mr. Mellis', sah, wie er sich umwandte, mich anblickte und ernst den Kopf schüttelte. Augenscheinlich war er überzeugt, daß eine Irrenanstalt der einzig richtige Aufenthaltsort für mich wäre.

»Gott sei Dank, daß dies ausgestanden ist«, murmelte ich im Selbstgespräch. »Jetzt werde ich einen Wagen bestellen und Curtis & Good alles über diese Geschichte berichten.

Nein, das werde ich nicht tun; sie würden mich genauso für verrückt halten wie dieser Anwalt, und mich zu überreden versuchen. Ich werde statt dessen einen Spaziergang machen und dabei die Eichen markieren, die im kommenden Frühling gefällt werden müssen. Doch vorher sollte ich lieber diese Papiere wegschließen.«

Mit diesen Gedanken begann ich, die Dokumente zusammenzusammeln. Als ich die Kopie des Testaments anhob, entdeckte ich unter ihr den versiegelten Umschlag, von dem Mr. Mellis gesprochen hatte. Er war an mich adressiert und mit der Bemerkung versehen: *Nach meinem Tode zuzustellen, oder, für den Fall, daß Mr. Quatermain früher als ich sterben sollte, ungelesen zu verbrennen.*

Der Anblick jener wohlbekannten Handschrift und der Gedanke, daß sie, die diese Zeilen geschrieben hatte, nun von der Welt geschieden war und meine Augen sie nie wiedersehen würden, bewegten mich stark. Ich legte den Brief zurück, nahm ihn dann wieder auf, brach das Siegel, setzte mich und las folgendes:

*Mein lieber Freund, mein liebster Freund, denn so mag ich Sie jetzt nennen, da ich weiß, daß wir zu der Zeit, da Sie diese Worte zu Gesicht bekommen werden, nicht mehr gemeinsam auf dieser Welt leben. Es sind wahre Worte, denn zwischen Ihnen und mir besteht eine engere Verbindung, als Sie es sich vorstellen mögen, zumindest zur Zeit. Sie haben alle Ihre ägyptischen Visionen für Träume gehalten, und nicht mehr; ich dagegen glaube, daß sie, zumindest essentiell, eine Aufzeichnung von Tatsachen sind, die in vergangenen Zeiten stattgefunden haben. Außerdem möchte ich Ihnen sagen, daß meine Enthüllungen weiter reichten als die Ihren. Shabaka und Amada wurden Mann und Frau, und ich sah sie eine Heerschar südwärts führen, um irgendwo in Zentralafrika ein neues Reich zu begründen, von dem der Kendah-Stamm vielleicht der letzte Überrest sein mag. Dann fiel das Dunkel über mich.*

*Außerdem bin ich sicher, daß dieses nicht das erste Mal war, daß wir auf Erden miteinander verbunden waren, so wie ich fast sicher bin, daß es nicht das letzte Mal sein wird. Ich kann dieses Myste-*

*rium weder verstehen noch erklären; dennoch ist es so. In einigen unserer vielfältigen Existenzen waren wir durch die Bande des Schicksals miteinander verbunden, so wie wir in einigen an andere gebunden gewesen sein mögen, und so, vermute ich, wird es weiterhin geschehen, vielleicht für immer und ewig.*

*Da ich weiß, wie sehr Sie lange Briefe hassen, will ich Ihnen jetzt sagen, aus welchem Grunde ich Ihnen schreibe. Ich werde ein Testament aufsetzen und Ihnen praktisch alles hinterlassen, was ich besitze, und das ist recht viel. Da keinerlei verwandtschaftliche oder andere Bande zwischen uns bestehen, mag dies etwas seltsam erscheinen; doch warum sollte ich es nicht tun? Ich stehe allein auf der Welt, ohne irgendeinen Blutsverwandten. Und auch mein verstorbener Mann hatte keine Familie, mit Ausname einiger entfernter Vettern, jener Atterby-Smiths, an die Sie sich vielleicht erinnern mögen, die er sogar noch mehr verachtete, als ich es tue, und das will viel heißen. In einem Punkt steht mein Entschluß unerschütterlich fest: daß sie niemals erben sollen, und das ist der Grund dafür, daß ich dieses Testament so eilig aufsetze, da ich gerade erfahren muß, daß mein Leben nicht mehr lange währen wird.*

*Ich mache mir nichts vor. Ich weiß, daß Sie nicht geldgierig sind und halte es für sehr wahrscheinlich, daß Sie vor den Verantwortlichkeiten, die dieses Vermögen mit sich bringt, zurückschrecken werden, da Sie es, wenn es Ihnen zufiele, für Ihre Pflicht halten würden, es zum Vorteil vieler zu verwalten, und zum Nachteil Ihrer eigenen körperlichen und geistigen Kraft. Auch würde Ihnen das Gerede zuwider sein, in das Sie gebracht werden würden, genauso wie die gerichtlichen Schritte, die von den Atterby-Smiths und vielleicht auch von anderen ganz gewiß gegen Sie unternommen werden würden. Deshalb erscheint es mir durchaus denkbar, daß Sie meine Gabe zurückweisen, eine Möglichkeit, für die ich anderweitige Verfügungen getroffen habe. Wenn eine verwitwete Lady ohne familiäre Bindungen beschließt, ihre weltliche Habe Wohlfahrtsverbänden, wissenschaftlichen Forschungen, etc. zu hinterlassen, kann niemand etwas dagegen einzuwenden haben. Doch selbst in diesem Falle werden Sie nicht ganz ungeschoren davonkommen, da ich Sie zu meinem alleinigen Testamentsvollstrecker ernenne, und obwohl ich eine Liste jener Institutionen aufgestellt habe, welche bedacht werden sollen, gebe ich Ihnen die absolute Entscheidungsfreiheit darüber, mit der Vollmacht, die angesetzten Beträge abzuändern und die Anzahl der Empfänger zu verringern oder zu vergrößern. Als Entschädigung für Ihre Bemühungen hinterlasse ich Ihnen, für den Fall, daß Sie das Erbe ausschlagen sollten, eine Summe von £ 5000, welche ich Sie nicht zurückzuweisen bitte, da allein der Gedanke, daß Sie es tun könnten, für mich schmerzlich wäre. Außerdem bitte ich Sie, als persönliches Geschenk von mir jenes Carolinische Silberservice anzunehmen, das bei großen Anlässen auf Ragnall benutzt wurde, und das Sie wie ich mich erinnere, so bewundert haben, sowie jedwede anderen Kunstgegenstände, die Sie mögen.*

*Letztendlich – und dies ist das einzige mir Wichtige – vermache ich Ihnen zusammen mit der ägyptischen Sammlung die Schatulle mit dem* Taduki-*Kraut, sowie der dazugehörigen kupfernen Kohlenpfanne, etc., und bitte Sie dringendst, falls Sie jemals Freundschaft für mich empfunden haben, es anzunehmen, und, vor allem, es zu heiligen.*

*Hierin, mein Freund, werden Sie mich nicht enttäuschen. Bitte, beachten Sie, daß ich Sie nicht auffordere, weitere Experimente mit dem* Taduki *zu unternehmen. Erstens wäre das sinnlos, denn obwohl Sie sich kürzlich geweigert haben, dieses in meiner Gesellschaft zu tun – vielleicht aus Angst vor Komplikationen – werden Sie es mit Sicherheit früher oder später allein einatmen, da Sie wissen, daß mich das sehr freuen würde, und vielleicht – da ich tot bin – in der Hoffnung, daß Sie so mehr von mir sehen werden als zu meinen Lebzeiten. Sie wissen, daß die Toten oft stark an Wert gewinnen, und ich bin eitel genug, zu hoffen, daß dem in meinem Falle so sein mag.*

*Ich habe nicht mehr zu sagen. Leben Sie wohl – für eine kurze Weile.*

*Luna Ragnall*

*P.S.: Sie können diesen Brief verbrennen, wenn Sie das wollen; das spielt nicht die geringste Rolle, da Sie seinen Inhalt niemals vergessen werden. Wie interessant wird es sein, eines Tages mit Ihnen darüber zu sprechen.*

## 2

# *Zurück in die Vergangenheit*

Es ist unnötig, daß ich die Geschichte der Verwendung des gewaltigen Ragnall-Vermögens im Detail schildere. Ich blieb bei meinem Entschluß, der mit umfangreicher Formalität amtlich festgehalten wurde, obwohl, da ich ein völlig unbekanntes Individuum war, nur wenige Menschen davon Notiz nahmen. Solche, die es erfuhren, erklärten mich für verrückt; ja, selbst meine Freunde und Nachbarn, Sir Henry Curtis und Captain Good, mit denen über diese Sache zu sprechen ich mich weigerte, teilten diese Ansicht mehr oder weniger, und ein Gesellschaftsjournal der unteren Kategorie brachte einen Artikel unter dem Titel: ›Der Jäger-Einsiedler. Elfenbeinhändler weist Millionen zurück!‹

Dann folgte eine verzerrte Darstellung der Fakten. Außerdem erhielt ich anonyme Briefe, zweifellos abgefaßt von Mitgliedern der Atterby-Smith-Familie, in denen mein Verzicht einem ›Druck von Schuldbewußtsein‹ zugeschrieben wurde, und ›der Furcht vor Enthüllungen‹.

Von allen diesen Dingen nahm ich keinerlei Notiz, und trotz wilder Drohungen Mr. Atterby-Smiths erlangten die Alternativ-Klauseln des Testaments Rechtskraft, unter der ich, lediglich mit einer provisorischen Liste als Leitfaden, als Verteiler gewaltiger Summen tätig werden mußte. Jetzt arbeitete ich in der Tat ›mir zum Nachteil‹. Es mußten nicht nur Kohlebergwerke und andere Liegenschaften möglichst günstig liquidiert werden, wobei ich ständig durch Besprechungen mit Messr. Mellis & Mellis gestört und durch andere Dinge belastet wurde, die zu zahlreich waren, um sie einzeln aufzuführen, *sondern* es hatten mich auch so ziemlich jede karitative Gesellschaft und sicherlich achtzig Prozent aller Bettler des Landes angeschrieben oder ein Gespräch mit mir gesucht, um ihre Forderungen anzubringen, so daß ich gezwungen war, fortzureisen und es den Anwälten zu überlassen, sich um die Korrespondenz und die Bittsteller zu kümmern.

Schließlich hatte ich meine Liste fertiggestellt, wobei ich den Großteil des Vermögens wissenschaftlichen Gesellschaften zukommen ließ, besonders solchen, die sich mit archäologischen Forschungen befaßten, da die Erblasserin und ihr Mann daran interessiert gewesen waren; dann solchen Institutionen, die sich der Armen annahmen; für die Restauration einer Abtei, an der Lady Ragnall großes Interesse gezeigt hatte; und für eine Stiftung zugunsten des Schlosses, das ihrem Wunsche entsprechend in ein Krankenhaus umgewandelt werden sollte.

Nachdem diese Aufteilung durch Gerichtsbeschluß akzeptiert und ratifiziert worden war, hatte ich meine Aufgabe erfüllt. Die mir zufallende Gebühr als Testamentsvollstrekker nahm ich ohne Skrupel an, denn nur selten ist Geld saurer verdient worden; und das herrliche, alte Silberservice wurde mir übergeben, oder vielmehr meiner Bank, die es in Gewahrsam nahm, was dazu führte, daß ich es bis zum heutigen Tag nicht einmal zu Gesicht bekommen habe und es wahrscheinlich auch nie wieder sehen werde. Außerdem suchte ich mir einige Andenken heraus, darunter ein herrliches Porträt von Lady Ragnall, das ein unbekannter Maler lange vor ihrer Heirat angefertigt hatte, und die im Zusammenhang mit einer tragischen Geschichte steht, über die ich an anderer Stelle geschrieben habe. Dieses Bildnis hängte ich an die Wand meines Speisezimmers, wo ich es stets vor Augen habe, wenn ich zu Tische sitze, so daß nicht ein Tag vergeht, an dem ich nicht mehrere Male an sie denke, deren junge Schönheit es darstellt. Offen gestanden, denke ich so häufig an sie, daß ich oft wünschte, ich hätte es an einer anderen Stelle deponiert.

Die ägyptische Sammlung schenkte ich einem Museum, das ich nicht nennen will; lediglich die Schatulle mit dem *Taduki* und die dazugehörigen Gebrauchsgegenstände behielt ich, wozu ich ja verpflichtet war, und verstaute sie in einem Schrank meines Arbeitszimmers in der Hoffnung, daß ich vergessen möge, wohin ich sie getan hatte – eine Hoffnung, die sich ganz und gar nicht erfüllte. Diese Schatulle mochte genausogut lebendig gewesen sein, so hartnäckig nagte sie an meinen Gedanken, als ob jemand in dem Schrank eingesperrt sei, der herauswollte. Ich hatte sie in dem unteren Teil eines alten Chippendale-Bücherschrankes verstaut, den ich zusammen mit dem Landhaus übernommen hatte, als ich dieses kaufte, und dieser Bücherschrank stand direkt hinter meinem Schreibtischsessel. Nun ist dieser Sessel, auf dem ich auch jetzt beim Schreiben dieser Zeilen sitze, von der Art, die sich um die eigene Achse dreht, und immer wieder, ganz gleich, was für eine Arbeit ich zu erledigen haben mochte, spürte ich einen Zwang, mich herumzudrehen, so daß ich auf den Schrank starrte, anstatt auf meinen Schreibtisch.

Dies ging über mehrere Tage so weiter, bis ich mich fragte, ob vielleicht irgend etwas nicht in Ordnung sei; ob ich, zum Beispiel, die Sachen so gestellt hatte, daß sie umstürzen konnten, und mein Unterbewußtsein erinnerte mich ständig an diese Möglichkeit. Schließlich, eines Abends nach dem Essen, machte diese Vorstellung mich so nervös, daß ich es nicht länger ertragen konnte. Ich ging in mein Schlafzimmer, öffnete den kleinen Safe, der dort steht, und nahm den Schlüssel zu dem Bücherschrank heraus, den ich darin verwahrt hatte, damit ich ihn nicht ohne eine gewisse Mühe öffnen konnte. Zurückgekehrt öffnete ich die verblichene Mahagonitür des aus dem achtzehnten Jahrhundert stammenden Möbels und war überrascht, daß sie so rasch aufschwang, als ob jemand von innen dagegendrückte.

Im nächsten Augenblick erkannte ich den Grund dafür. Mein unterbewußtes Selbst hatte recht gehabt. Wahrscheinlich aufgrund des schlechten Lichtes beim Verstauen der Dinge hatte ich den Dreifuß aus Ebenholz, auf welchem das schwarze Steinbecken ruhte, die einst bei den *Taduki*-Zeremonien im Heiligtum des Tempels von Kendah-Land verwendet worden war, von wo Lady Ragnall sie mitgebracht hatte, so aufgestellt, daß einer seiner Füße über das Regalbrett hinausragte. Deshalb drückte er gegen die Tür, und als diese geöffnet wurde, fiel er natürlich nach vorn. Ich fing ihn recht geschickt auf, wie ich mir schmeichelte, oder vielmehr fing ich das Becken auf, welches sehr schwer war, und der Dreifuß polterte zu Boden. Ich setzte die Schüssel auf dem Kaminteppich ab, der in greifbarer Nähe lag, hob den Dreifuß auf und untersuchte ihn hastig, da ich fürchtete, das kurzfaserige Holz könnte gebrochen sein. Das war jedoch nicht der Fall; er war in einem so perfekten Zustand wie an dem Tage, an dem er zum ersten Male gebraucht worden war, vielleicht vor Tausenden von Jahren.

Dann, um diese Kuriosität genauer zu untersuchen, als ich es zuvor getan hatte, stellte ich das Steinbecken auf seinen Stand, damit ich seine Form und seine Verzierungen betrachten konnte. Trotz seiner Massivität war es, wie ich erkannte, auf seine Art schön, und die Frauenköpfe, die in seine Griffe modelliert waren, schienen so voller Leben, daß sie nach dem Vorbild eines lebenden Menschen gefertigt zu sein schienen. Vielleicht war das Vorbild die Priesterin gewesen, die das Becken als erste für ihre heiligen Rituale verwendet hatte, vielleicht sogar Amada selbst, mit deren Erscheinung, so, wie ich sie in meinem *Taduki*-Traum gesehen hatte, wie mir jetzt einfiel, diese Köpfe eine auffallende Ähnlichkeit aufwiesen.

Die Augen jenes Gesichtes (denn beide Handgriffe waren identisch) schienen mit einem ernsten und geheimnisvollen Blick auf mich fixiert zu sein; die leicht geöffneten Lippen wirkten, als ob sie einladende Worte sprächen. Wozu luden sie mich ein? Ach, ich wußte es nur zu gut; sie wollten, daß ich in jenem Becken *Taduki* entzünden sollte, damit sie wie durch Magie davon geöffnet würden und mir von verborgenen Dingen berichten könnten.

Unsinn! dachte ich. Außerdem erinnerte ich mich daran, daß man *Taduki* niemals nehmen sollte, wenn man Wein getrunken hatte, oder auch nur Tee. Und dann fiel mir noch etwas anderes ein, nämlich, daß ich, wie es der Zufall wollte, zum Abendessen nichts als Wasser zu mir genommen hatte, das ich aus irgendeinem Grunde dem gewohnten Claret oder Port vorgezogen hatte. Außerdem hatte ich auch nur wenig gegessen, vermutlich, weil ich nicht sehr hungrig gewesen war. Oder konnte es sein, daß ich mich selbst belog und alle diese Dinge nur getan, oder vielmehr unterlassen hatte, damit ich, wenn ich der Versuchung erliegen sollte, nicht an deren Folgen sterben würde? Auf mein Wort, ich weiß es nicht, denn bei solchen Gelegenheiten ist es schwierig, die wirklichen Motive des Herzens herauszufinden.

Außerdem waren diese Überlegungen vergessen, als sich mir eine neue und überzeugende Idee aufdrängte, die mir plötzlich gekommen war. Zweifellos waren die Tugenden, oder die Laster des *Taduki* alle Täuschungen, oder vielmehr nicht wirklich. Was die Illusionen hervorrief, waren allein die magnetischen Persönlichkeiten der Ministranten, mit anderen Worten, von Lady Ragnall selbst, und, bei meiner ersten Bekanntschaft damit, hier in England, jenes hervorragenden alten Medizinmannes Harut. Ohne die Gegenwart dieser Persönlichkeiten, besonders der erstgenannten, welche jetzt die Erde verlassen hatte, würde es so harmlos wie Tabak und so wirkungslos wie Heu sein. So entzückt war ich von dieser Entdeckung, daß ich fast entschlossen war, dies durch eine sofortige Demonstration zu beweisen.

Ich öffnete die mit reichen Schitzereien verzierte Schatulle aus dunklem Holz und nahm eine altersgeschwärzte Silberdose heraus, die, wie ich jetzt zum ersten Mal bemerkte, mit vielfachen Darstellungen der in ihre zeremoniellen Roben gekleideten Göttin Isis verziert war, und der eines Gottes, Osiris oder Ptah, glaube ich, dessen ausgestreckte Hände Lotosblüten und das Lebenskreuz über einen kleinen Altar hielten. Diese Dose öffnete ich ebenfalls, worauf ein wohlbekannter Duft aus ihr aufstieg und mir momentan die Sinne trübte. Als diese sich wieder klärten, entdeckte ich auf den Bündeln von *Taduki*-Blättern, von denen noch ein reichlicher Vorrat vorhanden zu sein schien, einen Halbbogen Briefpapier, der mit ein paar Zeilen in Lady Ragnalls

Handschrift beschriftet war. Ich nahm ihn heraus und las ihn.

*Mein Freund,*
*Wenn Sie dazu getrieben werden sollten, dieses* Taduki *zu inhalieren, was zweifellos der Fall sein wird, so achten Sie darauf, nicht zu viel zu nehmen, damit Sie nicht so weit fortwandern, daß Sie nicht mehr zurückkehren können. Eines der kleinen Bündel, von denen, wie ich glaube, noch dreizehn in der Dose vorhanden sind, sollte reichen, obwohl Sie, wenn Sie sich an die Droge gewöhnt haben, eventuell eine größere Dosis benötigen könnten. Und noch etwas: Aus einem verborgenen Grunde, mit dem ich Sie nicht belästigen möchte, ist es besser, wenn auch nicht unbedingt notwendig, daß Sie bei dem Abenteuer einen Gefährten bei sich haben. Vorzugsweise sollte dieser Gefährte eine Frau sein, doch tut es auch ein Mann, wenn es jemand ist, dem Sie vertrauen und der Ihnen geistesverwandt ist.*

*L. R.*

Das reicht, dachte ich. Ich denke nicht daran, *Taduki* mit einem der Hausmädchen zu nehmen, und außer denen gibt es hier keine weiblichen Wesen. Damit erhob ich mich von meinem Sessel, um das Zeug wieder wegzuschließen.

In diesem Augenblick wurde die Tür aufgestoßen, und Captain Good trat herein.

»Hallo, alter Junge«, rief er. »Curtis sagt, ein Farmer habe ihm berichtet, daß eine Menge Schnepfen ins Brathal-Moor eingefallen seien, und möchte wissen, ob Sie morgen früh herüberkommen, um ein paar davon ... sagen Sie mal, wonach riecht es denn hier? Haben Sie parfümierte Zigaretten geraucht, oder Haschisch?«

»Noch nicht; aber um ehrlich zu sein, habe ich mit dem Gedanken gespielt«, antwortete ich und deutete auf die offene Silberdose.

Good, ein Mann von raschem Verstand und voller Neugier trat auf mich zu, schnupperte an dem *Taduki* und untersuchte das Kohlebecken und die Dose, welche er in seiner

Unkenntnis für eine griechische Arbeit hielt. Schließlich überschüttete er mich mit einem solchen Schwall von Fragen, daß ich ihm aus Selbstverteidigung einiges von ihrer Geschichte erzählte, und auf welche Weise sie und ihr Inhalt mir von Lady Ragnall vermacht worden waren.

»Also wirklich!« sagte Good. »Sie, die Ihnen ein Vermögen hinterlassen hat, das Sie nicht angenommen haben, da Sie ein direkter Nachkomme von Don Quichote sind, oder vielmehr von Sancho Pansas Esel. Nun, dies ist letztlich aufregender als Geld. Was ist mit Ihnen passiert, als Sie damals in Trance verfielen?«

»Oh«, antwortete ich müde, »ich schien mich in der Gesellschaft einer sehr schönen Frau zu befinden, die vor ein paar tausend Jahren gelebt hat, und nach vielen Abenteuern war ich gerade im Begriff, sie zu heiraten, als ich erwachte.«

»Wie wunderbar! Obwohl ich vermute, daß Sie seither unter gestörten Beziehungen gelitten haben. Vielleicht klappt es, wenn Sie das nächste Mal etwas mehr davon nehmen.«

Ich schüttelte den Kopf und reichte ihm den Briefbogen mit den Anweisungen, den ich mit dem *Taduki* in der Dose gefunden hatte, und er las ihn sehr aufmerksam.

»Wie ich sehe, Allan, wird ein Partner benötigt, und wenn keine Frau dafür greifbar ist, so genügt auch ein Mann, dem Sie vertrauen, und der Ihnen geistesverwandt ist. Damit kann nur ich gemeint sein, denn in wen könnten Sie mehr Vertrauen setzen und wer wäre Ihnen geistesverwandter? Gut, mein Junge, wenn es irgendeine Aussicht auf Abenteuer gibt, seien sie wirklich oder imaginär, nehme ich das Risiko auf mich und opfere mich auf dem Altar der Freundschaft. Zünden Sie das Zeug an, ich bin bereit. Was sagen Sie da? Daß ich es nicht tun kann, weil ich zu Abend gegessen und Wein oder Whisky getrunken hätte? Nun, das habe ich nicht. Ich hatte lediglich eine Tasse Tee und ein gekochtes Ei – den Grund dafür werde ich Ihnen nicht erklären – und hatte an sich die Absicht, bei Ihnen etwas Handfesteres zu ergattern. Also Feuer frei! Lassen Sie uns gehen, um Ihre wunderschöne Lady im alten Ägypten oder sonst irgendwo zu treffen!«

»Hören Sie, Good«, sagte ich. »Es ist ein gewisses Risiko mit diesem Zeug verbunden, nehme ich an, und Sie sollten es sich noch einmal gut überlegen ...«

»Bevor ich dorthin enteile, wo die Engel singen, wie? Gut, Sie haben mich gewarnt, und dabei sind Sie nicht einmal ein Engel. Außerdem liebe ich Risiken und alles, das eine Abwechslung von dieser Monotonie des Lebens bietet. Also kommen Sie! Was müssen wir tun?«

Dann, mit dem Gefühl, daß hier das Schicksal am Werke war, und unter dem wiederbelebten Impuls, dessen Kraft für kurze Zeit gebrochen worden war, als ich Lady Ragnalls Anweisungen gelesen hatte, gab ich nach. Offengestanden, lösten Goods unerwartetes Erscheinen gerade zu dem Zeitpunkt, an dem so ein Gefährte notwendig war, und seine seltsame Bereitschaft, sogar Begierde, dieses ungewöhnliche Unterfangen mit mir zu teilen, einen jener Anfälle von Fatalismus aus, an denen ich hin und wieder leide. Ich gelangte zu der Überzeugung, daß die ganze Sache von irgend etwas oder irgend jemand, der außerhalb meiner geistigen Reichweite stand, so eingerichtet worden war, daß ich diese Droge mit Good als Gefährten nehmen sollte. Also gab ich, wie gesagt, nach und traf die notwendigen Vorbereitungen, wobei ich alles, was ich tat, Good erklärte.

»Hören Sie!« sagte er schließlich, als ich im Kaminfeuer nach einer glühenden Holzkohle fischte, um sie auf das in dem Becken ausgebreitete *Taduki* zu werfen. »Ich dachte, es sei alles nur ein Scherz, aber es scheint Ihnen verdammt ernst damit zu sein, Allan. Glauben Sie wirklich, daß es gefährlich ist?«

»Ja, das glaube ich, doch mehr für den Geist als für den Körper. Nach meinen eigenen Erfahrungen zu urteilen, glaube ich, daß jeder, der einmal *Taduki* eingeatmet hat, es wieder tun möchte. Wollen wir es lieber lassen? Noch ist es nicht zu spät dazu.«

»Nein«, antwortete Good. »Ich habe noch niemals in meinem Leben einen Rückzieher gemacht und werde nicht jetzt damit anfangen. Also los!«

»Wie Sie wünschen, Good. Doch vorher hören Sie mir zu! Rücken Sie Ihren Sessel neben den meinen, doch nicht so nahe, daß er ihn berührt. Ich werde das Kohlebecken zwischen und ein wenig vor uns aufstellen. Wenn das Zeug in Brand gesetzt ist, wird es etwa dreißig Sekunden lang mit blauer Flamme brennen; jedenfalls war das bei früheren Gelegenheiten so. Sobald die Flamme erstirbt und Sie den Rauch aufsteigen sehen, beugen Sie den Kopf vor und ein wenig zur Seite, so daß er direkt Ihr Gesicht trifft, jedoch auf solche Weise, daß, wenn Sie die Besinnung verlieren, das Gewicht Ihres Körpers Sie in den Sessel zurücksinken läßt und nicht nach vorn auf den Boden. Es ist ganz leicht, wenn Sie ein wenig vorsichtig sind. Dann öffnen Sie den Mund und ziehen den Rauch tief in Ihre Lungen. Zwei oder drei Atemzüge sind ausreichend, da die Wirkung sehr rasch eintritt.«

»Genau wie bei Lachgas«, bemerkte Good. »Ich kann nur hoffen, daß mir nicht alle Zähne fehlen, wenn ich aufwache. Als ich das letzte Mal unter Lachgas gesetzt wurde, fühlte ich ...«

»Hören Sie auf mit den Witzen«, sagte ich, »dies ist eine ernste Angelegenheit.«

»Für meinen Geschmack viel zu ernst! Gibt es sonst noch etwas?«

»Nein. Das heißt, falls es jemanden gibt, den Sie besonders gerne treffen möchten, sollten Sie Ihre Gedanken auf ihn konzentrieren ...«

»Auf ihn! Mir fällt kein männliches Wesen ein, es sei denn, der Navigationsoffizier meines ersten Schiffes, den ich mir schon immer in der nächsten Welt vorknöpfen wollte, da der Bastard von dieser bereits verschwunden ist.«

»Dann eben auf sie; ich meinte auch *sie*.«

»Warum haben Sie es dann nicht gesagt, anstatt sich in pharisäischem Humbug zu ergehen? Wer will schon Gift einatmen, nur um einen anderen Mann zu treffen?«

»Ich, zum Beispiel«, antwortete ich fest.

»Das ist eine Lüge«, murmelte Good. »Hallo, haben Sie es nicht so eilig mit der Kohle; ich bin noch nicht bereit. Muß ich irgendeinen Hokuspokus murmeln? Oh, verdammt! Dies ist wie ein Alptraum, in dem man aufgehängt wird.«

»Nein«, antwortete ich, während ich die glühende Kohle auf das *Taduki* fallen ließ, so wie es Lady Ragnall getan hatte. »Jetzt seien Sie ein fairer Spieler, Good«, setzte ich hinzu, »denn ich weiß nicht, welche Wirkung eine halbe Dosis haben mag; vielleicht bringt sie einen um den Verstand. Sehen Sie, die Flamme brennt. Öffnen Sie jetzt den Mund und verlagern Sie Ihr Gewicht so, wie ich es Ihnen gesagt habe, und wenn sich in ihrem Kopf alles zu drehen beginnt, lehnen Sie sich am Ende des dritten, tiefen Atemzuges zurück!«

Die geheimnisvollen Rauchschwaden begannen aufzusteigen, als die fahlblaue Flamme erlosch, und breiteten sich fächerförmig aus.

»Aye, aye«, sagte Good und streckte sein Gesicht so entschlossen in den Rauch, daß sein Kopf heftig mit dem meinen zusammenstieß, als ich mich von der anderen Seite her vorneigte.

Ich hörte ihn einige Worte murmeln, die besser ungesagt geblieben wären, denn Goods Sprache müßte recht häufig redigiert werden. Dann hörte ich nichts mehr und vergaß, daß es ihn überhaupt gab.

Mein Verstand wurde auf eine wunderbare Weise glasklar, und ich stellte fest, daß ich über alle möglichen fundamentalen Probleme diskutierte, und auf eine Art, die den größten der griechischen Philosophen zur Ehre gereicht hätte. Alles, woran ich mich von dieser Argumentation, oder diesem Vortrag, erinnern kann, ist, daß es dabei, zumindest teilweise, um die Möglichkeit der Reinkarnation ging, deren Für und Wider ich auf die geistreichste Weise darlegte. Doch selbst wenn ich sie nicht vergessen hätte, will ich mich nicht mit ihnen aufhalten, da sie den an dieser Materie Interessierten vertraut sein dürfte. Die Schlußfolgerung der Ausführung war jedoch, daß diese, von einem Viertel der

Menschheit akzeptierte Doktrin nicht leichtfertig beiseitegeschoben werden sollte, da in ihr Hoffnung für den Menschen liegt, so daß sie zumindest in Betracht gezogen werden sollte. Wenn die Weisen, die sie vertreten haben, von Plato angefangen – und genaugenommen schon unendlich viele Jahre vor seiner Zeit, da er sie zweifellos vom Osten übernommen hatte – recht haben sollten, scheinen wir armen menschlichen Kreaturen zumindest nicht zu sterben wie Mücken an einem Sommerabend, sondern in diesem vermeintlichen Tode in ein sich auf ewig erneuerndes Leben überzugehen, auf einer Art Jakobsleiter zum Himmel emporzusteigen.

Es ist wahr, daß jede Sprosse dieser Leiter verschwindet, sobald unser Fuß sie verläßt. Unter uns liegen Dunkel und der ganze Golf der Zeit. Über uns ist Dunkel, und wir wissen nicht, was sonst. Doch unsere Hände umspannen die Holme, und unsere Füße stehen fest auf einer Sprosse, und wir wissen, daß wir nicht hinabfallen, sondern emporsteigen und auch, daß eine Leiter sich gegen eine Stütze lehnen und irgendwohin führen muß. Eine melancholische Geschichte, diese Tretmühlenvorstellung, muß ich sagen, wo eine Sprosse der anderen gleicht und es so viele davon gibt. Und dennoch – und dennoch: ist sie nicht besser als die von der Seifenblase, die zerplatzt und fort ist? Ja, weil Leben besser ist als Tod – besonders wenn es fortdauerndes Leben ist, und wenn es schließlich zu einem unvorstellbaren Glück führen sollte, zu einem überirdischen Licht, in dem wir alle die Wege sehen werden, die wir einst gegangen sind, und mit ihnen die tiefen Fundamente von dem Felsen des Seins, auf welchem unsere Leiter steht, und die Tore der Ewigen Ruhe, gegen die sie sich lehnt.

So argumentierte ich, der Vortragende, vor einer unbekannten Zuhörerschaft oder vielleicht war ich ein Zuhörer, und der Vortragende argumentierte mit mir, ich bin mir dessen nicht sicher, wies darauf hin, daß wir sonst nichts anderes wären als jene unglücklichen Opfer der Revolution in den Gefängnissen von Paris, die für eine kleine Weile sprechen und unsere Rolle spielen dürfen und darauf warten, daß die Tür sich öffnet und der Gefängniswärter Tod erscheint, der uns zum Schafott und zur Klinge führt.

Das Argument, sollte ich betonen, war absolut rational; es hatte nichts mit Glauben oder irgendeiner offenbarten Religion zu tun, vielleicht weil diese zu persönlich und zu heilig sind. Es befaßte sich lediglich mit der möglichen Entwicklung eines gewaltigen Gesetzes, unter dem der Mensch, nach viel Drangsal, zu seinem Glück finden und letztlich die Quelle jenes Gesetzes sehen und ihren Zweck begreifen mag.

Offensichtlich waren alle diese ungenau wiedergegebenen Reflektionen und viele andere, an die ich mich überhaupt nicht mehr erinnern kann, durch das Empfinden hervorgerufen worden, daß ich kurz davor stehen mochte, in den scheinbaren Status einer früheren Existenz zu stürzen, wie es mir unter dem Einfluß dieses Krautes schon einmal passiert war. Meine verstorbene Freundin, Lady Ragnall, glaubte, daß dieser Status nicht scheinbar, sondern wirklich sei, was ich jedoch nicht als Tatsache akzeptieren konnte. Ich schrieb ihn damals, wozu ich auch noch heute neige, dem Einfluß der Phantasie zu, die von einer seltsamen und starken Droge potenziert wurde und vielleicht aus irgendeinem Brunnen vergangener Geschehnisse schöpfte, der sich tief im Inneren eines jeden von uns befindet.

Doch wie immer diese Dinge auch sein mochten, diese rhetorische Subsumierung des Falles, von der nur der letzte Teil in meiner Erinnerung verblieben ist, war lediglich eine Art Einführungsrede, wie sie manchmal von dem Zeremonienmeister gehalten wird, bevor der Vorhang sich zum ersten Akt des Stückes hebt. Ihre Echos verklangen in einer tiefen Stille. Alle lebendigen Teile meines Selbst versanken im Dunkel, in einem tiefen Dunkel, das Äonen von Jahre zu dauern schien. Dann, unter Kämpfen und großen Mühen, erwachte ich wieder, neugeboren. Eine Hand hielt die meine umfaßt und führte mich vorwärts, und eine Stimme, die ich kannte, flüsterte in mein Ohr und sagte:

»Sieh ein Dokument der Vergangenheit, o Zweifler. Sieh und glaube!«

Nun geschah mir etwas – oder schien mir zu geschehen – was ich im Museum von Ragnall Castle erlebt hatte, nämlich daß ich, Allan, der lebende Mensch von heute, mich als einen anderen Menschen sah, und dennoch denselben. Während ich ich selbst blieb, konnte ich in das Leben eines anderen Mannes hineintreten und es leben, kannte seine Gedanken, seine Motive und seine Mühen, empfand seine Hoffnungen und seine Ängste, seine Liebe und seinen Haß; las ihn wie ein Buch und wägte alles auf der Waage meines modernen Urteils.

Die Stimme – ich war sicher, daß es die Lady Ragnalls war, obwohl ich ihr Gesicht nicht sehen konnte – erstarb; der Griff der Hand löste sich. Ich sah einen Mann im kalten, schimmernden Licht der Morgendämmerung. Er war ein sehr kräftiger Mann, mit starken Armen und Beinen, einer breiten Brust, und dicht behaart, dessen Alter ich auf etwa dreißig Jahre schätzte. Ich wußte sofort, daß er kein Mensch unserer Zeit war, obgleich seine wettergegerbte Haut weiß war, wie ich erkannte, als die Fellbekleidung, die er trug, ein Stück seiner Schulter freigab, denn da war etwas Ungewöhnliches um seine Erscheinung. Nur wenige moderne Menschen haben einen so massigen Körper, und noch nie hatte ich einen gesehen, dessen Hals so kurz und so dick war, während seine Hände und Füße normale Größe aufwiesen. Sein Körper war außergewöhnlich kompakt; obwohl kaum größer als einssiebzig, und alles andere als fett, mußte er um die hundert Kilo gehabt haben. Sein Haar war lang und in der Mitte gescheitelt, und es hing ihm bis auf die Schultern herab.

Er wandte den Kopf und blickte hinter sich, wie um sicher zu gehen, daß er allein war, oder daß kein wildes Tier ihn beschlich, und ich sah sein Gesicht. Die Stirn war breit, aber nicht sehr hoch, denn der Haarwuchs setzte tief an; die Brauen waren buschig, und die Augen lagen tief in den Höhlen. Es waren bemerkenswerte Augen, groß und grau, mit raschem Blick, doch in der Ruhe etwas düster und sehr nachdenklich. Die Nase war gerade, mit weiten, sensiblen Nüstern, die darauf hindeuteten, daß er sie wie ein Hund oder ein Hirsch benutzte, mit ihr Witterung aufnahm. Der Mund wies etwas dicke Lippen auf, war jedoch nicht breit, und in ihm befanden sich starke, regelmäßige weiße Zähne, breiter als die, welche wir heute haben; das Kinn war sehr massig, und aus ihm wuchsen zwei kleine Bartbüschel, während die Wangen unbehaart waren.

Die Arme des Mannes waren ungewöhnlich lang; die Spitze seines Zeigefingers erreichte fast die Kniescheibe. Er trug eine Art Kilt um die Hüften, und um die Schultern einen Umhang, der aus Bärenfell zu sein schien. In seiner linken Hand hielt er einen kurzen Speer, dessen Spitze aus behauenem Feuerstein oder einem anderen harten, glänzenden Stein zu bestehen schien, und im Gurt seines Kilts steckte eine kurzstielige Axt, deren breite, scharfe Steinklinge, die ein Kilo oder mehr wiegen mußte, in das gespaltene Ende eines Holzknüppels geschoben und mit Tiersehnen festgebunden war.

Ich, Allan, der Mann des Heute, blickte diesen mächtigen Wilden an, denn mächtig war er wirklich, sowohl was seinen Körper betraf, als auch, auf seine Weise, geistig, und in meiner Trance wußte ich, daß der Geist, der vor Hunderttausenden von Jahren in ihm gewohnt hatte, oder doch zumindest in einer weit, weit zurückliegenden Vergangenheit, derselbe war, der heute mich belebt, die lebende Kreatur, deren Körper, so weit ich es wissen konnte, von dem seinen abstammte und uns so im Fleische wie auch in der Seele miteinander verband. Ja, mir kam der Gedanke, ich weiß nicht woher, daß hier mein frühester Urahn stand, dessen vergessene Existenz die Ursache meines Lebens war, ohne den mein heutiger Körper nicht hätte sein können.

Nun ziehe ich, Allan Quatermain, mich aus dieser Geschichte zurück. Nicht länger bin ich er. Ich bin Wi, der Jäger, der zukünftige Häuptling eines kleinen Stammes, der keinen Namen hatte, denn da seine Angehörigen glaubten, die einzigen Menschen auf Erden zu sein, brauchte er keinen. Doch behalten Sie im Gedächtnis, daß meine moderne Intelligenz und Individualität niemals verblaßten, daß sie immer imstande waren, diesen Prototyp, diesen Urmenschen zu beobachten, in seine Gedanken einzudringen, wie ich bereits sagte, seine Ziele, Wünsche und Ängste zu verstehen und sie mit denen zu vergleichen, welche uns heute begleiten. Deshalb ist die Geschichte, die ich nun erzähle, die Substanz dessen, was das Herz Wis meinem Herzen gesagt hat, in meiner modernen Sprache niedergelegt und von meinem modernen Intellekt interpretiert.

## 3

## *Wi sucht ein Zeichen*

Wi, der bereits mit einem Sinn für das Spirituelle ausgestattet war, betete zu jenen Göttern, die er kannte: den Eisgöttern, die sein Stamm immer angebetet hatte. Er wußte nicht, seit wann er zu ihnen betete, genausowenig, wie er etwas von den Anfängen des Stammes wußte. Es gab eine Legende, nach der seine Vorväter einst von jenseits der Berge hierhergekommen waren, von der Kälte sonnen- und südwärts getrieben. Diese ihre Götter wohnten im blauschwarzen Eis des mächtigsten der Gletscher, die von den Gipfeln der hohen Schneeberge herabflossen. Die Masse dieses Gletschers schob sich durch das zentrale Tal, doch ein großer Teil seines Eises kroch kleinere Täler im Osten und Westen hinab und gelangte so zum Meer, wo im Frühjahr die Kinder der Eisgötter, welche im Herzen der verschneiten Berge gezeugt worden waren, geboren wurden und als große Eisberge aus den dunklen Schößen der Täler brachen, um dann südwärts fortzusegeln. So kam es, daß der gewaltige Zentralgletscher, das Haus der Götter, sich nur geringfügig bewegte.

Urk, der Alte, der die Geburt aller gesehen hatte, welche

im Stamme lebten, erklärte, sein Großvater habe ihm gesagt, daß in seiner Jugend die Kante dieses Gletschers vielleicht eine Speerwurfweite höher im Tal gelegen habe als heute, doch nicht mehr. Es war eine gewaltige, drohende Eiswand, so hoch wie zwanzig ausgewachsene Kiefern aufeinandergestellt. Zum größten Teil bestand sie aus klarem, schwarzem Eis, das manchmal, wenn die in ihm wohnenden Götter miteinander sprachen, knisterte und stöhnte, und wenn sie wütend waren, um eine Armeslänge talwärts ruckte und dabei Felsen, die in seinem Wege standen, zermalmte oder vor sich her schob. Wer oder was diese Götter sein mochten, wußte Wi nicht. Er wußte nur, daß sie schrecklich waren, Mächte, die gefürchtet werden mußten, und er glaubte, wie es seine Vorväter getan hatten, daß das Schicksal des Stammes in ihren Händen lag.

In den Herbstnächten, wenn die Nebel wallten, hatten einige sie gesehen, gewaltige, schattenhafte Gestalten, die sich vor der Eiswand bewegten und sich manchmal sogar dem darunter liegenden Ufer näherten, wo die Menschen lebten. Man hatte sie auch lachen hören, und Ngae, der Priester und Zauberer, und Taren, die Hexe-die-sich-versteckt, die nur bei Nacht hervorkam und die Geliebte Ngaes war, sagten, sie hätten mit ihnen gesprochen und ihre Offenbarungen gehört. Doch zu Wi hatten sie nie gesprochen, obwohl er mit ihnen nächtens Angesicht zu Angesicht gesessen hatte, was keiner der anderen wagte. So still waren sie, daß er manchmal, wenn er sattgegessen und frohen Herzens war und Jagdglück gehabt hatte, an dieser Geschichte von den Göttern zu zweifeln begann und die Geräusche, die als ihre Stimmen gedeutet wurden, mit dem Brechen des Eises erklärte, das von Gefrieren und Tauen verursacht wurde.

Im Innern der Gletscherwand, in einer Tiefe von drei Schritten, so daß er nur bei einem bestimmten Lichteinfall sichtbar war, stand einer der Götter, der seit Generationen als *der Schläfer* bekannt war, da er sich nie bewegte. Wi konnte nicht viel von ihm erkennen, außer daß er eine lange

Nase zu haben schien, die an ihrer Wurzel so dick wie ein Baum war und zu ihrer Spitze hin schmaler wurde. Zu beiden Seiten der Nase stachen gewaltige gekrümmte Zähne hervor, die aus einem massigen Kopf wuchsen, hinter dem ein riesiger Körper stand, so groß wie der eines Wales, und dessen Ende nicht auszumachen war.

Hier also war wirklich ein Gott; nicht einmal Wi konnte das anzweifeln, den niemand hatte jemals dergleichen gesehen oder auch nur davon gehört, obwohl er sich nicht vorstellen konnte, aus welchem Grund er sich die Tiefe des Gletschers für den ewigen Schlaf ausgesucht hatte. Wenn man ein solches Monster jemals als lebend gekannt hätte, müßte man denken, daß dieses tot sei und nicht nur schliefe. Doch hatte man keines gekannt und deshalb mußte es ein Gott sein. So kam es, daß Wi, so wie alle anderen Angehörigen des Stammes, einen riesigen Elefanten der Vorzeit, der während einer Eiszeit, die Hunderttausende von Jahren vor seiner Geburt stattgefunden hatte, durch den gefrorenen Fluß von der weit entfernten Stelle, an der er gestorben war, langsam weitergeschoben wurde, um seine letzte Ruhestätte im Meer zu finden, für einen Gott hielt. Es war ein seltsamer Gott, gewiß, doch nicht seltsamer als viele Götter, die andere sich erwählt hatten und vor denen sie sich noch immer verbeugen.

Nach einer Diskussion mit seiner Frau, Aaka, der Stolzen und Schönen, war Wi zum Fuß des Gletschers gegangen, als es noch dunkel war, um Rat von den Göttern einzuholen und ihren Willen in einer bestimmten Angelegenheit zu erfahren. Es ging um folgendes: Der Häuptling des Stammes, der dank seiner Körperkraft über ihn herrschte, war Henga, ein furchtbarer Mann, zehn Lenze vor Wi geboren, gewaltig an Körperkraft und gewalttätig. Es war das Gesetz des Stammes, daß der Stärkste sein Herr war und dieser blieb, bis ein Stärkerer, als er es war, zur Öffnung der Höhle kam, in der er wohnte, ihn zum Zweikampf herausforderte und tötete. Auf diese Weise hatte Henga seinen eigenen Vater getötet, der vor ihm geherrscht hatte.

Jetzt tyrannisierte er den Stamm; er tat keinerlei Arbeit, nahm anderen die Nahrung weg und die Fellkleidung, die sie anfertigten. Außerdem holte er die Frauen – obwohl es nur wenige davon gab und alle Männer um sie kämpften – von ihren Eltern oder Ehemännern fort, behielt sie für eine Weile bei sich, warf sie dann hinaus oder tötete sie, und nahm sich andere. Und niemand durfte sich gegen ihn auflehnen, denn er war heilig und konnte tun, was ihm gefiel.

Nur, wie gesagt, zum Zweikampf durfte jeder Mann ihn herausfordern, doch ihn auf andere Art zu töten war eine Sünde, für die der Mörder vertrieben wurde, um als Verfluchter des Hungers zu sterben. Wenn dann der Herausforderer siegte, übernahm er die Höhle dieses Geheiligten, mit den Frauen und all der anderen Habe, und wurde Häuptling an seiner Statt, bis er seinerseits auf diese Art getötet wurde. So kam es, daß kein Häuptling des Stammes ein hohes Alter erreichte, denn sobald die Jahre ihn seiner Kraft zu berauben begannen, wurde er von einem getötet, der jünger und kräftiger war, und der ihn haßte. Das war auch der Grund dafür, weshalb niemand Häuptling werden wollte, da er wußte, daß er dann im Blute sterben würde, und es war besser, Unterdrückung zu erdulden, als zu sterben.

Wi jedoch wollte es, wegen der Grausamkeiten Hengas und seiner schlechten Führung des Stammes, den er ins Elend brachte. Außerdem wußte er, daß er Henga töten mußte, weil der sonst ihn aus Eifersucht töten würde. Schon längst wäre Wi getötet worden, wenn die Menschen ihn nicht als großen Jäger geliebt hätten, der ihnen viel von ihrer Fleischnahrung brachte und deshalb ein Mann war, dessen Tod den Haß des ganzen Stammes auf das Haupt seines Mörders gebracht hätte. Doch wenngleich Henga fürchtete, ihn offen zu töten, hatte er doch mehrmals schon versucht, ihn heimlich zu beseitigen, und erst vor kurzem, als Wi seine Grubenfallen am Rande des Waldes untersuchte, war ein Speer an ihm vorbeigezischt, geworfen von einem überhängenden Felsen, den er nicht erklimmen konnte. Er hatte den Speer genommen und war fortgelaufen. Es war, das sah er sofort, einer von Hengas Speeren; außerdem war seine Feuersteinspitze in Gift getaucht worden, das aus fauligem Tintenfisch und dem Saft eines bestimmten Krautes gemischt worden war; Wi kannte dieses Gift, da er es manchmal zum Töten von Wild verwendete. Er behielt den Speer und sagte niemandem, mit Ausnahme seiner Frau Aaka, etwas von dem Vorfall.

Dann folgte etwas noch Schlimmeres. Neben seinem Sohne Foh, einem Jungen von zehn Jahren, den er mehr liebte als alles andere auf Erden, hatte er auch eine kleine Tochter namens Foa, die ein Jahr jünger war. Die beiden waren seine ganze Familie, denn Kinder waren rar bei dem Stamm, und die meisten, die geboren wurden, starben sehr jung durch Kälte, Mangel an richtiger Nahrung und allen möglichen Krankheiten. Außerdem wurden Neugeborene, wenn es Mädchen waren, häufig ausgesetzt, damit sie verhungerten oder von wilden Tieren gefressen wurden.

Eines Abends war Foa nicht zu finden, und man glaubte, daß sie von Waldwölfen geraubt worden sei, oder vielleicht von den Bären, die im Walde lebten. Aaka weinte, und Wi weinte ebenfalls, während er nach Foa suchte, die er sehr liebte. Zwei Tage später entdeckte er, als er aus seiner Hütte trat, in der Nähe der Tür etwas, das in ein Tierfell gewickelt war, und als er das Fell auseinanderschlug, sah er, daß es der Leichnam der kleinen Foa war, mit gebrochenem Genick und den Abdrücken einer riesigen Hand an ihrer Kehle. Er wußte sofort, daß Henga dies getan hatte, wie jeder andere auch, da es im Stamme niemanden gab, der mordete, außer dem Häuptling, obwohl Männer einander gelegentlich beim Kampf um Frauen töteten, von denen es so wenige gab, oder wenn sie in Wut gerieten. Doch als er die Tote den Menschen zeigte, schüttelten sie nur den Kopf und waren still, denn hatte Henga nicht das Recht, jedem von ihnen das Leben zu nehmen?

Nun geschah es, daß Wis Blut zu kochen begann, und er sprach mit Aaka, sagte ihr, daß es in seinem Herzen sei, Henga zum Kampf herauszufordern.

»Das ist es doch, was er beabsichtigt«, antwortete Aaka, »denn da er ein Narr ist, hält er sich für den Stärkeren und glaubt, daß er dich so töten kann – den Mann, der ihn töten wird, wenn er etwas älter geworden ist – ohne dafür verachtet zu werden. Außerdem habe ich mir das schon lange gewünscht, da ich sicher bin, daß du Henga besiegen kannst, aber in dieser Angelegenheit hörst du ja nicht auf mich.«

Dann rollte sie sich auf ihrer Felldecke zusammen und tat, als ob sie einschliefe, und sprach nicht mehr.

Doch am Morgen sprach sie wieder und sagte: »Höre, Wi! Im Schlaf ist ein Traum zu mir gekommen. Es schien mir, als ob Foa, unsere Tochter, welche tot ist, vor mir stünde und sagte:

›Laß Wi, meinen Vater, zur Nacht zu den Eisgöttern hinaufgehen, damit sie ihm ein Zeichen geben. Wenn am Morgen ein Stein von der Höhe des Gletschers herabfällt, so soll ihm das ein Zeichen sein, daß er gegen Henga kämpfen und mein Blut rächen und Häuptling werden muß; wenn jedoch kein Stein herabfällt und er trotzdem gegen Henga kämpft, wird dieser ihn töten. Und danach wird er auch Foh, meinen Bruder, töten, und dich, meine Mutter, wird er mit sich nehmen, um eine seiner Frauen zu sein.‹

Ich sage dir, Wi, daß du gut daran tätest, der Stimme deines Kindes, das tot ist, zu gehorchen, und hinaufzugehen, um zu den Eisgöttern zu beten und ihr Omen zu erwarten.«

Wi blickte sie zweifelnd an, da er ihren Worten wenig Glauben schenkte, und antwortete:

»So ein Traum ist ein dünner Stock, um sich darauf zu stützen. Ich weiß sehr wohl, Frau, daß du dir seit langem wünschst, ich solle gegen Henga kämpfen, obwohl er ein schrecklicher Mann ist. Doch wenn ich das tue, mag er mich töten, und was wird dann aus dir und Foh?«

»Das, was uns bestimmt ist, wird uns geschehen, und nichts anderes. Soll im Stamme gesagt werden, daß Wi sich fürchtet, das Blut seiner Tochter an Henga zu rächen?«

»Ich weiß es nicht, Frau, doch ich weiß, daß, wenn solche

Worte geflüstert werden sollten, sie nicht wahr sind. An dich und Foh denke ich, nicht an mich.«

»Dann geh und such ein Omen von den Eisgöttern, Wi!«

»Ich werde gehen, Aaka, doch mache mir später keine Vorwürfe, wenn es schiefgeht.«

»Es wird nicht schiefgehen«, antwortete Aaka und lächelte zum ersten Mal wieder seit Foas Tod.

Denn sie war sicher, daß Wi Henga besiegen würde, wenn er nur dazu gebracht werden konnte, gegen ihn zu kämpfen und so Foa zu rächen und an seiner Statt Häuptling des Stammes zu werden. Außerdem lächelte sie, weil sie aus Gründen, über die sie nicht sprechen wollte, sicher war, daß ein Stein vom Rande des Gletschers herabfallen würde, wenn die ersten Sonnenstrahlen auf das Eis herabschienen.

So geschah es, daß am folgenden Morgen Wi, der Jäger, sich aus dem Dorfe des Stammes schlich, um den Fuß des Berges herumging, welcher östlich davon bis zum Ufer hinabfiel, und die Schlucht zwischen den Bergen durchkletterte, bis er die Wand des gewaltigen Gletschers vor sich sah. Die Wölfe, die sich dort herumtrieben, winterhungrig, da der Frühling so spät kam, witterten ihn, umkreisten ihn und starrten ihn mit funkelnden Augen an. Doch er, der Jäger, fürchtete Wölfe nicht; außerdem hatte die Trauer sein Herz gestählt. Mit einem Schrei stürzte er sich auf den größten von ihnen, den Führer des Rudels, und rammte ihm seinen Feuersteinspeer in die Kehle; und als das Tier am Boden lag, sich um den eingedrungenen Speer krümmte und mit seinen gewaltigen Kiefern schnappte, schlug er ihm mit seiner Steinaxt den Schädel ein.

»So soll Henga sterben! So soll Henga sterben!«

Die Wölfe hatten ihren Herrn erkannt und ergriffen die Flucht, alle außer ihrem Führer, der tot am Boden lag. Wi zerrte den Kadaver auf einen Felsen, wo die anderen ihn nicht erreichen konnten, in der Absicht, ihn bei Tagesanbruch abzuhäuten.

Als das getan war, ging er das eisige Tal hinauf, in das niemals Tiere kamen, weil es dort nichts zu fressen gab, bis er den Bruch des Gletschers erreichte, eine gewaltige, leicht nach hinten geneigte Eiswand, die im Licht des Mondes schimmerte und die Schlucht von der einen Seite bis zur anderen ausfüllte, vierhundert Schritte weit oder mehr. Als er vor zwölf Monden zum letzten Mal hier gewesen war, hatte er einen Treibholzknüppel zwischen zwei Felsblöcke getrieben, und einen anderen Knüppel fünf Schritte abwärts davon, weil er in letzter Zeit den Eindruck gewonnen hatte, daß das Eis sich vorwärts schöbe.

Und so war es auch, denn der erste Knüppel war von ihm begraben worden, und die grausame, kriechende Lippe des Gletschers hatte den zweiten fast erreicht. Die Götter waren wach! Die Götter marschierten auf das Meer zu!

Wi erschauerte, nicht vor Kälte, an die er gewöhnt war, sondern vor Angst, denn dieser Ort war ihm unheimlich. Er war das Haus der Götter, die dort in dem Eise wohnten, der Götter, an die er glaubte, die immer zornig waren, und nun fiel ihm ein, daß er keine Opfergabe mitgebracht hatte, um sie zu besänftigen. Er ging zurück zu der Stelle, an der er den Wolf getötet hatte, und trennte ihm mit viel Mühe mit den scharfen Schneiden von Feuersteinaxt und -speer den Kopf vom Rumpf. Als er zurückgekehrt war, setzte er das unheimliche Ding auf einen Stein am Fuße des Gletschers und murmelte: »Er blutet, und die Götter lieben das Blut. Jetzt schwöre ich, daß ich, wenn es mir gelingt, Henga zu töten, ihnen seinen Kadaver geben werde, was besser ist, als einen Wolfskopf zu bringen.«

Dann kniete er nieder, wie es die Menschen von Anbeginn an vor dem, das sie fürchten und verehren, getan haben, und begann auf seine primitive Art zu beten.

»O Mächtige«, sagte er, »die ihr hier von Anbeginn an gewohnt habt, und Du, o Schläfer, mit einem Körper, wie ihn kein Mensch jemals erblickt hat, Wi streckt euch seinen Geist entgegen; hört das Gebet Wis und gebt ihm ein Zeichen. Henga, der Grausame und Häßliche, der seine eigenen Kinder tötet, damit sie nicht eines künftigen Tages ihn töten können, so wie er seinen Vater getötet hat, knechtet das Volk und tut Böses. Die Menschen stöhnen, dürfen sich jedoch nach dem alten Gesetz nicht gegen ihn auflehnen, und zu sprechen haben sie Angst. Henga wollte mich töten; meine kleine Tochter Foa hat er getötet, und ihre Mutter weint. Ich, Wi, will gegen Henga kämpfen, wie ich es unter dem Gesetz tun kann; doch er ist stark wie der wilde Bulle des Waldes, und wenn er siegen sollte, wird er nicht nur mich töten, sondern sich auch Aaka nehmen, die er begehrt, und unseren kleinen Sohn, Foh, ermorden und vielleicht fressen. Deshalb habe ich Furcht vor diesem Kampf, um dieser beiden willen. Dennoch will ich mich an Henga rächen und ihn töten, und in der Höhle leben, um über die Menschen besser zu herrschen, nicht ihre Nahrung zu essen, sondern sie für Notzeiten zu horten; nicht die Frauen zu nehmen, sondern sie denen zu lassen, welche keine haben. Ich habe euch eine Opfergabe gebracht, o ihr Götter, den Kopf eines Wolfes, so frisch getötet, daß er noch blutet, das beste, was ich habe, um es euch zu geben; doch wenn es mir gelingt, Henga zu töten, werde ich euch eine größere Gabe darbringen, seinen Leichnam, denn unsere Vorväter haben immer gesagt, daß ihr das Blut liebt.«

Wi schwieg, da ihm nichts mehr einfiel, was er sagen konnte; doch dann erinnerte er sich, daß er noch kein Zeichen erbeten hatte, und er fuhr fort:

»Zeigt mir, was ich tun muß, o Götter. Soll ich Henga nach dem alten Gesetz herausfordern und offen mit ihm um die Herrschaft über den Stamm kämpfen? Oder soll ich, da ich mich fürchte, das zu tun und deshalb nicht länger unter den Menschen meines Stammes bleiben kann, mit Aaka und Foh fliehen – und vielleicht mit Pag, dem weisen Zwerg, dem Wolfsmenschen, der mich liebt, um jenseits der Wälder eine neue Heimat zu suchen, falls es uns gelingen sollte, sie lebend zu durchqueren? Nehmt meine Opfergabe an und sagt es mir, o Götter. Wenn ich gegen Henga kämpfen muß, so laßt einen Stein von dem Kopfe jenes Eises herabfallen, und wenn ich fliehen muß, um das Leben Aakas und Fohs zu retten, so laßt keinen Stein herabfallen. Hier nun werde ich warten bis eine Stunde nach Sonnenaufgang. Wenn bis dahin der Stein herabfällt, werde ich zurückgehen und Henga herausfordern; und wenn er nicht fällt, werde ich nur davon sprechen, daß ich ihn herausfordern will und mich in der kommenden Nacht heimlich davonmachen, mit Aaka und Foh, und mit Pag, wenn er es will, wodurch ihr vier gläubige Anbeter verlieren würdet, o Götter.«

Stolz auf dieses Argument, das wie aus heiterem Himmel über ihn gekommen war, da er nie zuvor daran gedacht hatte und sicher war, daß es die Götter nachdenklich stimmen würde, da ihre Anhängerschaft nur klein war und sie es sich deshalb nicht leisten konnten, auch nur ein paar davon zu verlieren, hörte Wi auf zu beten – eine furchtbare Anstrengung, die ihn mehr ermüdet hatte als ein ganzer Tag des Jagens oder Fischens – blieb jedoch auf den Knien und starrte die vor ihm aufragende Eiswand an. Er wußte nichts von den Naturgesetzen, hatte jedoch gelernt, daß schwere Körper, einmal in Bewegung gesetzt, sehr schnell hangabwärts rollten, und immer rascher und rascher, je mehr sie sich dem Ende des Hanges näherten. Einmal hatte er einen Bären getötet, indem er einen schweren Stein auf ihn hinunterkollern ließ, der das davonhetzende Tier rasch einholte.

Da dem so war, begann er sich zu fragen, was wohl geschehen mochte, wenn diese ganze, gewaltige Eismasse sich ernsthaft in Bewegung setzen würde, anstatt nur ein paar Handbreiten pro Jahr herabzurutschen. Nun, auch davon wußte er einiges. Denn einst, als er in den Wäldern gewesen war, hatte er die Geburt eines Eiskindes beobachtet, einer gewaltigen Eismasse, die plötzlich eines der westlichen Täler hinab ins Meer gesaust war und dabei Schaum bis zum Himmel emporgeschleudert hatte. Das tat jedoch keinem weh, außer vielleicht den Robben, welche im Meer schwammen, denn es gab dort niemanden, der verletzt werden konnte. Doch wenn es der große Zentralgletscher gewesen wäre, der sich so bewegt und ein Eiskind geboren hätte, gemeinsam mit den kleineren Gletschern im Westen, was für eine Überlebenschance hätte der unter ihnen am Ufer lebende Stamm gehabt? Alle wären sie getötet worden, jeder einzelne von ihnen, und es würde keine Menschen mehr auf Erden geben.

Er nannte es natürlich nicht die Erde, weil er nichts von der Erde wußte, sondern mit einem Wort, das ›der Ort‹ bedeutet, das heißt: ein paar Meilen von Küsten und Wäldern und Bergen, in denen er umherzog. Von einer Anhöhe aus hatte er weitere Küsten und Wälder gesehen, und auch Berge jenseits einer felsigen, kahlen Ebene, doch war das alles für ihn nur Traumland. Denn schließlich lebten kein Mann und keine Frau dort, da sie niemals von Stimmen gehört oder den Rauch von Feuern gesehen hatten, wie sie der Stamm unterhielt, um sich daran zu wärmen und darauf sein Essen zu kochen. Es stimmte zwar, daß es Geschichten gab, nach denen solche anderen Menschen existieren sollten, und Pag, der schlaue Zwerg, glaubte ihnen. Wi jedoch, ein Mann, der sich an Tatsachen hielt, gab wenig auf solche Geschichten. Dort, unterhalb von ihm, lebten die einzigen Menschen, die es auf der Welt gab, und wenn sie von dem Eis zermalmt wurden, war alles zu Ende.

Nun, wenn dem so sein sollte, so war es um sie nicht schade, außer um Aaka, und vor allem außer Foh, seinen Sohn, denn von anderen Frauen hielt er nicht viel; doch die Tiere, die ihnen Nahrung lieferten, die Robben und die Vögel und die Fische, besonders die Lachse, die im Frühjahr den Fluß heraufkamen, würden glücklich sein, wenn sie nicht mehr da waren.

Diese Spekulationen ermüdeten ihn ebenfalls, da er ein Mann der Tat war, der gerade begonnen hatte, das Denken zu erlernen. Also gab er sie auf, so wie er das Beten aufgegeben hatte, und starrte mit seinen großen, nachdenklichen Augen auf die Eiswand, die sich vor ihm erhob. Das erste Licht kroch herauf; bald würde die Sonne aufgehen, und dann konnte er in das Eis hineinblicken. Siehe! Dort waren

Gesichter, groteske Gesichter, manche von gewaltiger Größe, andere winzig, die sich mit den Veränderungen des Lichtes und dem Spiel der Schatten zu verschieben und zu bewegen schienen. Zweifellos waren es die der Geringeren der Götter, von denen es wahrscheinlich eine große Anzahl gab, alle hart und grausam, und sie starrten ihn an und machten sich über ihn lustig.

Und hinter ihnen – eine vage Silhouette – stand der Große Schläfer, so wie er immer dort gestanden hatte, ein Berg von einem Gott, mit den gewaltigen Zähnen und der geringelten Nase, die viel länger war als der Körper eines Mannes; und einem Körper wie ein Felsblock, und Ohren, die so groß waren wie die Wände einer Hütte, und einem kleinen, kalten Auge, das ihn anzustarren schien, und hinter all diesem, in den Tiefen des Eises verschwindend, ein riesiger Körper, sicher so hoch wie drei Männer übereinandergestellt. Da war nun wirklich ein Gott, und während Wi ihn anstarrte, fragte er sich, ob er wohl eines Tages erwachen, aus dem Eis herausbrechen und den Berg herabstampfen würde. Um ihn besser sehen zu können, erhob Wi sich von den Knien, kroch vorsichtig zu der Wand des Gletschers und blickte in einen breiten Sprung in dem Eis. Während er so beschäftigt war, stieg die Sonne am klaren Himmel über die Kuppe des Berges empor und schien zum ersten Mal in diesem Frühjahr mit einiger Wärme auf den Gletscher. Ihre Strahlen durchdrangen den Spalt im Eis, so daß Wi den Schläfer genauer sehen konnte als je zuvor.

Wahrhaftig, er war gewaltig; und, siehe, hinter ihm war etwas, das wie die Gestalt eines Menschen wirkte, von dem er schon oft gehört, den er jedoch noch nie so klar gesehen hatte. Oder war es nur ein Schatten? Wi konnte dessen nicht sicher sein, denn gerade in diesem Augenblick schob sich eine Wolke vor das Angesicht der Sonne, und die Gestalt verschwand. Er wartete, daß die Wolke vorbeiziehen würde, und es war gut, daß er dies tat, denn gerade in jenem Moment kam ein riesiger Stein, der zweifellos auf der äußersten Kante des Gletschers gelegen und dem die wärmende Sonne den letzten Halt genommen hatte, den steilen Eishang herabgedonnert, sprang über Wi hinweg und schlug genau an der Stelle ein, an der er noch eben gestanden hatte, rammte ein tiefes Loch in den gefrorenen Boden und zermalmte den Wolfskopf zu blutigem Brei, wonach er mit mächtigen Sprüngen zum Ufer hinab verschwand.

»Der Schläfer hat mich beschützt«, sagte Wi im Selbstgespräch, während er dem schweren Stein nachblickte. »Wenn ich dort geblieben wäre, wo ich war, würde ich jetzt so aussehen wie der Wolfskopf.«

Dann erinnerte er sich plötzlich, daß der Stein in Beantwortung seines Gebetes herabgefallen war, daß er das Zeichen war, das er gesucht hatte, und er entfernte sich sehr eilig von der Gletscherwand, für den Fall, daß ein zweites Zeichen, um das er nicht gebeten hatte, dem ersten folgen mochte.

Als er ein Stück den gefrorenen Hang hinabgelaufen war, erreichte er eine kleine Felsnische, die aus der Bergwand gehöhlt war und setzte sich auf den Boden, in der Gewißheit, dort vor fallenden Steinen sicher zu sein. Verwirrt begann er nachzudenken. Um was hatte er eigentlich die Götter gebeten? War es, daß er gegen Henga kämpfen sollte, wenn der Stein herabfiele, oder daß er nicht gegen ihn kämpfen sollte? Oh, jetzt erinnerte er sich. Es war, daß er kämpfen mußte, wie Aaka es wünschte, und ein Schauer rann durch seinen Körper. Von einem Kampf gegen diesen rasenden Giganten zu sprechen, war nicht schwer, es wirklich zu tun aber war eine andere Sache. Doch die Götter hatten gesprochen, und er wagte es nicht, dem Rat, den er gesucht hatte, zuwiderzuhandeln. Außerdem wollten sie ihm damit, daß sie sein Leben vor dem herabfallenden Stein gerettet hatten, bestimmt sagen, daß er Henga besiegen würde. Oder vielleicht meinten sie damit, daß sie sehen wollten, wie Henga ihn in Stücke riß, denn die Götter liebten Blut, und die Götter waren grausam. Und da sie selbst böse waren, würde es ihnen da nicht gefallen, den Sieg dem bösen Manne zu schenken?

Da er diese Fragen nicht beantworten konnte, erhob er sich und ging langsam zum Ufer hinab, wobei er überlegte, daß er den Gletscher und die Eisgötter, die in ihm wohnten, wahrscheinlich zum letzten Mal gesehen hatte, da er jetzt kurz davor stand, Henga zum Kampf auf Leben und Tod herauszufordern. Er näherte sich der Stelle, an der er den Wolf getötet hatte, und als er aufblickte, sah er, daß jemand dabei war, den Kadaver abzuhäuten. Seine Finger umspannten den Schaft des Speeres, denn dies war ein Verbrechen gegen das Jägergesetz, wenn jemand stahl, was ein anderer getötet hatte. Dann tauchte der Kopf des Abhäuters auf, und Wi lächelte und lockerte seinen Griff um den Speerschaft. Denn dies war kein Dieb – es war Pag, sein Sklave, der ihn liebte.

Ein Mann von seltsamem Aussehen war dieser Pag, ein großköpfiger, einäugiger Zwerg, mit breiter Brust, langen, kräftigen Armen, doch kurzen, dicken Beinen, die nicht länger waren als die eines achtjährigen Kindes; eine monströse, flachnasige, breitmundige Kreatur, doch auf Pags zernarbtem Gesicht stand immer ein humorvoller, lächelnder Ausdruck. Von Pag wurde gesagt, daß er bei seiner Geburt – die lange zurück lag, da er nicht mehr jung war – so abstoßend häßlich gewesen sei, daß seine Mutter ihn im Wald weggeworfen habe, aus Angst, daß sein Vater, der gerade fort war und an einem anderen Ufer Robben jagte, wütend auf sie sein könnte, weil sie ihm einen solchen Sohn geboren hatte, und ihm sagen wollte, daß das Kind tot geboren worden wäre.

Wie es das Schicksal wollte, ging der Vater sofort nach seiner Rückkehr hinaus, um nach den Knochen des Kindes zu suchen, fand jedoch statt ihrer ein Kind, das noch am Leben war, obwohl ihm an einem Fels ein Auge ausgeschlagen worden und sein Gesicht mit Schrammen und Kratzern übersät war. Doch da es sein Erstgeborenes war und er ein mitfühlendes Herz hatte, brachte er es zur Hütte zurück und zwang seine Mutter, es zu säugen. Dieses tat sie wie eine, die unter ständiger Angst lebt, obwohl sie niemals sagen wollte, wovor sie Angst hatte, und auch sein Vater sprach niemals darüber, wo und wie er Pag gefunden hatte. So kam es, daß Pag nicht starb, sondern lebte und wegen dessen, was seine Mutter ihm angetan hatte, zum Frauenhasser wurde; auch wurde er zu einem Menschen, der viel im Walde umherstreifte, und aus diesem Grunde, oder aus einem anderen, wurde er ›Wolfsmann‹ genannt. Außerdem wuchs er zum klügsten Manne des Stammes heran, denn die Natur, die ihn häßlich und deformiert gemacht hatte, gab ihm mehr Geist als allen anderen, und außerdem eine scharfe Zunge, die er dazu gebrauchte, seinen Spott mit den Frauen zu treiben.

Aus diesem Grunde haßten sie ihn und schmiedeten ein Komplott gegen ihn: als eine Zeit des Mangels eintrat, redeten sie dem Häuptling jener Tage, dem Vater Hengas, ein, daß Pag der Urheber dieses Unglückes sei. Also trieb der Häuptling Pag aus dem Dorf, damit er des Hungers stürbe. Doch als Pag fast verhungert war, wurde er von Wi entdeckt, der ihn in seine Hütte brachte, wo Pag, obwohl Aaka, wie alle anderen ihres Geschlechts, ihn nicht mochte, als Sklave blieb. Denn dies war das Gesetz: wenn jemand ein Leben rettete, so gehörte dieses Leben ihm. In Wahrheit jedoch war Pag mehr als ein Sklave, denn von der Stunde an, da Wi, dem Zorn der Frauen, die glaubten, Pag und seine spöttische Zunge los zu sein, trotzend, und auch der Wut des Häuptlings, ihn in einer Jahreszeit bitterer Kälte vor dem Hungertode errettet hatte, liebte Pag ihn mehr als eine Frau ihr Erstgeborenes liebt, oder ein Mann seine Frau am Tage der Hochzeit.

Von da an war er Wis Schatten, bereit, alles von ihm in Kauf zu nehmen, für ihn zu sterben und sogar seine scharfe Zunge im Zaum zu halten, wenn er mit Aaka zusammen war oder irgendeiner anderen Frau, die Wi mochte, obwohl er sich dabei ein Loch in die Zunge gebissen haben mußte. Also liebte Pag Wi, und Wi liebte Pag, und das war der Grund dafür, daß Aaka, deren Herz sehr eifersüchtig war, ihn noch mehr haßte als je zuvor.

Es gab natürlich einige Schwierigkeiten für Wi, weil er das Leben Pags gerettet hatte, der als Mann-mit-dem-bösen-Blick und Unglücksbringer vertrieben worden war, um zu verhungern, doch als die Angelegenheit vor den Häuptling, Hengas Vater, gebracht wurde, der ein gutherziger Mann war, erklärte dieser: Da Pag zweimal ausgesetzt und zweimal zurückgebracht worden sei, wäre klar ersichtlich, daß die Götter ihm einen anderen Tod bestimmt hätten. Doch da Wi ihn zu sich genommen habe, müsse er ihn nun auch ernähren und dafür sorgen, daß er niemandem Schaden zufüge. Wenn es ihm gefiele, sich einen einäugigen Wolf zu halten, so sei das allein seine Sache und nicht die von anderen.

Wenig später tötete Henga seinen Vater und wurde an seiner Statt Häuptling des Stammes, und die Sache mit Pag geriet in Vergessenheit. Also blieb Pag bei Wi, und Wi und seine Kinder liebten ihn, doch von Aaka wurde er gehaßt.

# 4

# *Der Stamm*

»Ein guter Pelz«, sagte Pag und deutete mit seinem blutroten Feuersteinmesser auf den Wolf. »Da der Frühling so spät kommt, hat er noch nicht begonnen, sein Winterfell abzustoßen. Wenn ich ihn gereinigt habe, gibt er einen schönen Mantel für Foh ab. Er braucht einen, der warm ist, selbst im Sommer, denn in letzter Zeit hat er viel gehustet und ausgespuckt.«

»Ja«, antwortete Wi besorgt. »Das hat er, seit er sich im kalten Wasser verbergen mußte, weil der schwarze Bär mit den langen Zähnen hinter ihm her war, da er wußte, daß die Bestie das Wasser haßt. Und dafür«, setzte er grimmig hinzu, »schwöre ich, diesen Bären zu töten. Außerdem trauert er um seine Schwester Foa.«

»Ja, Wi«, schnarrte Pag, und sein einziges Auge funkelte vor Haß. »Foh trauert, Aaka trauert, du trauerst, und ich, Pag, der Wolfsmann, trauere ebenfalls. Oh, warum hast du an jenem Tage darauf bestanden, daß ich mit dir auf die Jagd gehen sollte, wenn mein Herz dagegen war und Unheil witterte; ich wollte nach Foa suchen, die Aaka allein fortlaufen hatte lassen – wahrscheinlich nur, weil ich ihr gesagt hatte, sie solle das Mädchen im Hause behalten.«

»Es war der Wille der Götter, Pag«, murmelte Wi und wandte den Kopf ab.

»Der Götter! Welcher Götter? Ich sage, es war der Wille einer zweibeinigen Bestie, nein, des reißzahnigen Tigers selbst, der in der Haut eines Menschen lebt, und von dem uns unsere Vorväter erzählt haben; ja, von Henga selbst, unterstützt von Aakas Eifersucht. Töte diesen Tiger, Wi, und kümmere dich nicht um jenen schwarzen Bären. Oder, wenn du es nicht tun kannst, überlasse es mir. Ich kenne eine Frau, die ihn haßt, weil er sie verstoßen und zur Dienerin einer anderen gemacht hat, welche an ihre Stelle getreten ist, und ich kann gutes Gift herstellen, sehr gutes Gift.«

»Nein, das ist gegen das Gesetz«, sagte Wi, »und es würde einen Fluch auf uns herabbeschwören. Aber es ist nach dem Gesetz, daß ich ihn töte, und das werde ich auch tun. Ich habe mit den Göttern darüber gesprochen.«

»Oh, dorthin also ist der Wolfskopf gegangen – eine Opfergabe, ich verstehe. Und was haben die Götter dir gesagt, Wi?«

»Sie haben mir ein Zeichen gegeben. Ein Stein fiel von der Stirn des Eises, so wie Aaka es mir vorausgesagt hatte, wenn ich gegen Henga kämpfen müßte. Er hätte mich beinahe erschlagen, doch ich war nahe an das Eis getreten, um den Schläfer anzusehen, den größten der Götter.«

»Ich glaube nicht, daß es ein Gott ist, Wi. Ich denke, es ist ein Tier von einer Art, die wir nicht kennen, tot und gefroren, und daß der Schatten hinter ihm ein Mann ist, der das Tier jagte, als sie beide in den Schnee stürzten, der dann zu Eis wurde.«

Wi starrte ihn an, denn das war wirklich eine neue Erklärung.

»Wie kann das sein, Pag, da der Schläfer und der Schatten schon immer hier waren? Denn schon unsere Großväter kannten ihn, und ein solches Tier ist nicht bekannt. Außerdem gibt es außer uns keine Menschen.«

»Bist du dessen so sicher, Wi? Der Ort ist groß. Wenn du auf den Gipfel des Berges steigst, kannst du andere Berge sehen, so weit das Auge reicht, und zwischen ihnen Ebenen und Wälder; außerdem ist da noch das Meer, und es mag sehr wohl auch Küsten jenseits des Meeres geben. Warum sollte es nicht auch andere Menschen geben? Haben die Götter uns allein geschaffen? Würden sie nicht noch weitere Menschen machen, um mit ihnen zu spielen und sie zu töten?«

Wi schüttelte nur den Kopf über diese revolutionären Argumente, und Pag fuhr fort:

»Und was das Herabfallen des Steines betrifft, so kommt das häufig vor, wenn die Sonne das Eis der Kante schmelzen oder aufquellen läßt. Und zu dem Stöhnen und Rufen der Götter: reißt das Eis nicht, wenn starker Frost herrscht, oder wenn kein Frost ist und es unter seinem eigenen Gewicht in Bewegung gerät?«

»Hör auf, Pag, hör auf!« sagte Wi und stopfte sich die Finger in die Ohren. »Ich will solche verrückten Worte nicht länger anhören. Wenn die Götter sie hören sollten, werden sie uns töten.«

»Wenn die Menschen sie hören sollten, mögen sie uns töten, weil sie in Angst vor dem leben, das sie nicht sehen können, und sich auf Kosten anderer retten wollen. Doch was die Götter betrifft: das!« Pag schnippte mit den Fingern in Richtung auf den Gletscher, eine uralte Geste der Verachtung.

Wi war davon so erschüttert, daß er sich jeder Antwort unfähig, auf einen Stein setzte, und jener erste aller Skeptiker, Pag, fuhr fort:

»Wenn ich schon einen Gott haben muß, der ich schon die

Menschen schlecht genug finde, um mich mit ihnen abgeben zu müssen, auch ohne einen über ihnen, der noch schlechter ist als sie, so würde ich mir die Sonne erwählen. Die Sonne spendet Leben; wenn die Sonne scheint, wächst alles, und die Tiere begatten einander, und die Vögel legen Eier, und die Robben kommen, um ihre Jungen zu werfen, und die Blumen erblühen. Wenn aber keine Sonne da ist, sondern nur Frost und Schnee, sterben sie alle oder gehen fort, und das Leben ist schwer, und die Wölfe und die Bären hungern und fressen die Menschen, wenn sie sie fangen können. Ja, die Sonne soll mein guter Gott sein, und der Frost mein böser Gott.«

So verkündete Pag eine neue Religion, die seither auf der Welt sehr verbreitet ist. Dann wechselte er plötzlich das Thema, wie es Kindern und Wilden eigen ist, und fragte:

»Was ist mit Henga, Wi? Wirst du ihn zum Kampf herausfordern?«

»Ja«, sagte Wi entschlossen, »noch heute.«

»Mögest du siegreich sein! Mögest du ihn töten, so, und so!« Pag stieß sein Feuersteinmesser zweimal in den Bauch des toten Wolfs. »Aber«, setzte er nachdenklich hinzu, »es ist eine schwere Aufgabe. Noch nie hat es einen Mann wie Henga unter uns gegeben, so weit ich gehört habe. Und obwohl Ngae, der sich als Zauberer ausgibt, zweifellos nichts als ein Betrüger und Lügner ist, gebe ich ihm dennoch recht, wenn er sagt, daß Hengas Mutter einen Fehler gemacht hat. Eigentlich wollte sie Zwillinge gebären, doch vermengten sie sich miteinander, und so kam Henga an ihrer Stelle. Warum sonst ist er doppelgliedrig; warum sonst hat er zwei Reihen von Zähnen, eine hinter der anderen; und warum sonst hat er die doppelte Größe jedes anderen Mannes und ist mehr als doppelt so bösartig? Trotzdem: er ist ein Mensch und nicht das, was du einen Gott nennst, da er fett wird und Gewicht ansetzt und sein Haar grau zu werden beginnt. Deshalb kann er getötet werden, wenn irgend jemand stark genug ist, ihm den dicken Schädel einzuschlagen. Ich würde gerne Gift an ihm versuchen, doch du sagst, daß ich es nicht darf. Nun gut, ich will mir diese Sache durch den Kopf gehen lassen, und wir werden noch einmal miteinander sprechen, bevor du kämpfst. Doch vorher, da wir dazu keine Gelegenheit mehr haben werden, wenn schwatzhafte Frauen dabei sind, gib mir deine Befehle, Wi, was getan werden soll, falls Henga dich tötet. Ich nehme an, du willst nicht, daß er sich Aaka nimmt, wie es sein Wunsch ist, oder Foh, daß er ein Nichts aus ihm mache und ihn als Sklaven hält?«

»Ich will es nicht«, sagte Wi.

»Dann weise mich bitte an, sie zu töten, oder dafür zu sorgen, daß sie sich selbst töten, ganz gleich, auf welche Art.«

»Ich weise dich an, dies zu tun, Pag.«

»Gut; und wie ist dein Wille, was soll mit mir geschehen?«

»Ich weiß es nicht«, antwortete Wi müde. »Tue, was du willst. Ich danke dir und wünsche dir Glück.«

Pag hob eine Ecke des Fells, das er dem Wolf halb abgezogen hatte, und wischte sich damit die Augen.

»Du bist nicht gut zu mir, Wi. Obwohl ich der Zweimal-Ausgesetzte genannt werde, und der Wolfsmann, und der Häßliche, und der Spitzzüngige, habe ich dir doch gut gedient. Wenn ich dich nun frage, was ich tun soll, wenn du tot bist und ich deine Familie getötet habe, sagst du nicht: ›du wirst natürlich mir folgen und in der Dunkelheit nach mir suchen, und wenn du dort nichts finden solltest, so darum, weil es nichts zu finden gibt‹, was du getan haben würdest, wenn du mich liebtest. Nein, du sagst: ›Tu, was du willst.‹ Was bedeutet mir das? Dennoch werde ich mit Aaka und Foh zu dir kommen, wenn auch ein wenig nach ihnen, da es einige Zeit dauern wird, deine Befehle auszuführen und danach mit mir selbst zu tun, was notwendig ist. Dennoch, warte eine Stunde lang auf mich, selbst wenn Aaka wütend sein sollte, was sie bestimmt sein wird.«

»Also glaubst du, daß du mich irgendwo finden wirst, der du nicht an die Götter glaubst?« sagte Wi und blickte ihn mit seinen großen, melancholischen Augen an.

»Ja, Wi, ich glaube es, obwohl ich nicht weiß, warum ich es tue. Ich glaube, daß der Liebende immer die Geliebten finden wird, und daß du deshalb Foa finden wirst, und daß ich dich finden werde. Außerdem spielt es keine Rolle, falls ich damit Unrecht haben sollte, denn ich werde nie wissen, ob ich mich geirrt habe. Doch was die Götter betrifft, die dort im Eise wohnen ...«, Wieder schnippte Pag mit den Fingern in Richtung auf den Gletscher und wandte sich dann erneut dem Abhäuten des Wolfes zu.

Kurz darauf war es getan, und er legte sich das blutige Fell über die breiten Schultern, um es gestreckt zu halten, wie er sagte, und ein bißchen Blut mache ihm nichts aus. Dann gingen die beiden, ohne weiter zu sprechen, zum Meeresufer hinab, und der kleine, mißgestaltete Pag watschelte auf seinen kurzen Beinen hinter dem kräftigen, geschmeidig laufenden Wi her.

Hier, auf einem langgestreckten Küstenstreifen, stand eine Anzahl roher Unterkünfte, nicht unähnlich den indianischen Wigwams unserer Zeit, oder jenen runden Hütten, die von den australischen Wilden errichtet werden. Um diese Hütten schlichen oder lagen spitznasige, bösartig wirkende, zottelhaarige Tiere von mächtigem Körperbau, die ein Mensch unserer Zeit eher für Wölfe denn für Hunde gehalten hätte. Und ihre Vorfahren waren auch Wölfe gewesen, doch vor wie langer Zeit, vermochte niemand zu sagen. Jetzt aber waren sie mehr oder weniger gezähmt und stellten den wertvollsten Besitz des Stammes dar, denn mit ihrer Hilfe gelang es, die echten, wilden Wölfe und andere Raubtiere, die am Ufer und in den Wäldern nach Beute suchten, in Schach zu halten.

Als diese Tiere Wi und Pag erblickten, stürmten sie auf sie zu, mit entblößten Fängen und böse knurrend, bis sie ihre Witterung aufnahmen, worauf sie sanft und freundlich wurden und zum größten Teil wieder zu den Hütten zurückkehrten, von denen sie gekommen waren. Drei von ihnen jedoch, welche ihm gehörten und in seiner Hütte lebten, sprangen an Wi empor und versuchten, seine Hände oder sein Gesicht zu lecken. Er tätschelte einem von ihnen den Kopf, dem großen Rüden Yow, den er liebte, der sein Wächter und Begleiter war, wenn er auf die Jagd ging, worauf die anderen beiden ihm in ihrer wilden Eifersucht sofort an die Kehle gingen; und Pag Mühe hatte, sie voneinander zu trennen.

Das Belfern und Jaulen der Hunde rief die anderen Leute des Stammes herbei, von denen viele aus ihren Hütten oder anderswoher erschienen, um den Grund für den Aufruhr herauszufinden. Es waren wild aussehende Geschöpfe, alle dunkelhaarig wie Wi, doch war er größer und kräftiger als die meisten von ihnen, einander in der Gesichtsform sehr ähnlich, eine Folge der Inzucht über eine unbekannte Anzahl von Generationen. Für einen Fremden wäre es in der Tat äußerst schwierig gewesen, sie auseinanderzuhalten, es sei denn an Hand ihres Alters, doch da niemals Fremde zum Heim der Strandmenschen kamen, spielte das keine Rolle.

Die Mehrzahl von ihnen wies grobe, rohe Gesichtszüge auf, als ob sie mit den Extremitäten von Grausamkeit und Not wohlvertraut seien, was ja auch tatsächlich der Fall war. Einige der Menschen, wie Wi, hatten zwar ausdrucksvolle Augen, doch selbst diese wirkten bedrückt und furchtsam. Kinder gab es nur wenige, aus Gründen, die ich bereits erwähnte, und diese hingen in einer kleinen Gruppe beisammen, vielleicht um Schlägen aus dem Wege zu gehen, wenn die Erwachsenen erschienen, oder sie schlichen um die Feuer aus Treibholz herum, auf denen Essen zubereitet wurde, zumeist kleine Stücke Robbenfleisch, die, auf Stöcke gespießt, über den Flammen geröstet wurden – denn der Stamm war noch nicht weit genug entwickelt, um Kochtöpfe zu besitzen – als ob sie, wie die Hunde, hofften, einen Happen zu erbeuten, wenn niemand hinsah. Nur ein paar der kleinsten Kinder saßen im Sand des Strandes und spielten mit kleinen Stöcken oder Muschelschalen. Viele der Frauen wirkten sogar noch niedergeschlagener als die Männer, was auch kein Wunder war, da es, wie bei den Sklaven, ihr Los war, die schweren Arbeiten zu verrichten und ihre

Herren ständig zu bedienen, jenen, welche sie zu ihrer Frau gemacht hatten, entweder durch Eroberung, oder im Austausch für andere Frauen, oder gegen solche Güter, wie diese Menschen sie besaßen und schätzten: Angelhaken aus Knochen, Feuersteinwaffen, Stricke aus Pflanzenfasern und zugerichtete Tierhäute.

Durch diese Ansammlung primitiver Menschheit – unserer Vorfahren, sollte man sich erinnern – gingen Wi und Pag zu ihrer Hütte, die größer und sauberer erbaut war als die meisten anderen, aus dünnen Kiefernstämmen, deren Spitzen zeltförmig zusammengebunden und mit gegerbten Tierhäuten abgedeckt waren, über einer Lage von Farnen und Seegras, um die Kälte abzuhalten. Offensichtlich war er ein Mann, der respektiert wurde, denn die Männer machten ihm Platz, doch einige der kleinwüchsigen Frauen blieben stehen und blickten ihn mitfühlend an, denn sie erinnerten sich, daß seine kleine Tochter vor wenigen Tagen von Henga verschleppt und getötet worden war. Eine von ihnen erwähnte es gegenüber einer anderen, die, da sie alt und zynisch war, sobald Wi außer Hörweite war erwiderte: »Was macht das schon? Da haben wir im kommenden Winter einen Mund weniger zu füttern, und wer kann schon wünschen, Töchter aufzuziehen, damit sie das werden, was wir sind?«

Einige der jüngeren Frauen – es schien keine jungen Mädchen zu geben, alle weiblichen Wesen waren entweder Kinder oder Frauen – drängten sich um Pag und, unfähig ihre Neugier zu bezähmen, fragten ihn nach dem Wolfsfell, das um seine Schultern hing. Seinem Rufe gerecht werdend erklärte er ihnen, sie sollten sich um ihren eigenen Kram kümmern und ihre Arbeit tun, anstatt faul herumzustehen, woraufhin sie ihn anpöbelten, ihm Schimpfnamen gaben, sich über seine Mißgestalt lustig machten, oder Fratzen schnitten, bis er die Hunde auf sie hetzte, woraufhin sie fortliefen.

Sie kamen zu Wis Hütte. Als sie sich ihr näherten, wurden die Fellvorhänge, welche die Eingangsöffnung verdeckten, beiseitegerissen, und ein etwa zehnjähriger Junge kam herausgestürzt, ein hübscher, kleiner Kerl, wenngleich etwas mager, mit einem aufgeweckten, lebhaften Gesicht, der sich im Aussehen von seinen Altersgenossen des Stammes deutlich unterschied. Foh, denn er war es, warf sich seinem Vater in die Arme und sagte:

»Meine Mutter wollte, daß ich in der Hütte esse, weil der Wind so kalt ist und ich noch immer huste, doch ich habe deine Schritte gehört, und auch die von Pag, der so latscht wie eine Robbe auf ihren Flossen. Wo warst du, Vater? Als ich am Morgen aufwachte, konnte ich dich nicht finden.«

»Beim Haus der Götter«, antwortete Wi und deutete mit einer Kopfbewegung auf den Gletscher, nachdem er den Jungen geküßt hatte.

In diesem Augenblick fiel Fohs Blick auf das Wolfsfell, das von Pags Schultern bis zum Boden hing, und von dem noch immer Blut tropfte.

»Woher hast du das?« rief er. »Was für ein herrliches Fell. Das war wahrlich ein Wolf, ein Vater von Wölfen. Hast du ihn getötet, Pag?«

»Nein, Foh, ich habe ihn nur abgehäutet. Du mußt lernen, die Dinge zu beobachten. Sieh den Speer deines Vaters an. Ist er nicht rot von Blut?«

»Das ist auch dein Messer, Pag, und das bist auch du, bis zu den Füßen hinab. Woher soll ich wissen, wer von euch dieses riesige Tier getötet hat, da ihr beide so tapfer seid? Was wirst du mit dem Fell tun?«

»Es zu einem Umhang für dich machen, Foh; sehr geschickt, so daß die Krallen erhalten bleiben, und ich werde sie polieren, damit sie glänzen, wenn du sie vor deiner Brust verknotest.«

»Gut. Beeil dich damit, Pag, denn es wird mich wärmen, und diese Winde sind kalt. Komm in die Hütte, Vater, wo das Essen auf dich wartet, und erzähl uns, wie du den Wolf getötet hast!« Der Junge ergriff Wi bei der Hand und zog ihn zwischen den Fellvorhängen ins Innere der Hütte, während Pag und die Hunde sich zu einem kleinen Anbau hinter der Hütte zurückgezogen, den der Zwerg für sich errichtet hatte.

Das Innere der Hütte war ziemlich geräumig, etwa sechzehn Fuß lang und zwölf Fuß in der Breite. In ihrer Mitte, auf einem aus Lehm gefertigten Herd, brannte ein Holzfeuer, dessen Rauch durch eine Öffnung im Dach abzog, doch zu dieser frühen Morgenstunde, in der noch kein Windhauch wehte, blieb ein großer Teil in der Hütte zurück und machte die Luft dick und verqualmt, doch da Wi daran gewöhnt war, bemerkte er es nicht einmal.

Auf der anderen Seite des Herdfeuers stand Aaka, Wis Frau, nur mit einem Rock aus Robbenfellen bekleidet, der unterhalb ihrer Brust festgebunden war, da sie hier, in der Wärme, keinen Umhang trug, und briet auf angespitzte Stäbe gespießte Fleischstücke über dem Feuer. Sie war eine gut gebaute Frau von etwa dreißig Jahren, deren üppiges schwarzes Haar ihr bis zur Taille herabfiel und zu vier Zöpfen geflochten war, deren jeder am Ende von Pflanzenfasern oder Tiersehnen zusammengehalten wurde. Ihre Haut war heller als die der meisten anderen, fast weiß sogar, mit Ausnahme der Teile, die vom Wetter gegerbt waren; ihr Gesicht, obwohl etwas breit, wies schöne, feine Züge auf, und wie alle anderen Menschen ihrer Rasse hatte sie große, dunkle, melancholische Augen.

Als Wie hereintrat, warf sie ihm einen seltsam forschenden Blick zu, als ob sie seine Gedanken lesen wollte, dann lächelte sie gezwungen und zog einen Holzklotz heran. Etwas anderes gab es nicht, worauf er sich setzen konnte, denn Mobiliar, selbst der einfachsten Art, war dem Stamme unbekannt. Manchmal wurde ein dicker, flacher Stein als Tisch benutzt, oder ein gespaltener Stock als Gabel, doch über solche Hilfsmittel hinaus gab es bei dem Stamm keine Fortschritte. So bestanden seine Betten aus Schütten von getrocknetem Seegras auf dem Boden der Hütten, die mit irgendwelchen Fellen bedeckt waren, und ihre Lampen waren große Muschelschalen, die mit Robbenfett gefüllt waren, auf dem ein Moosdocht schwamm.

Wi setzte sich auf den Holzklotz, und Aaka nahm einen der Stöcke vom Feuer, auf den ein großes Stück Robbenfleisch gespießt war, nicht sehr durchgebraten und vom Rauch geschwärzt, reichte es ihm und blieb wartend stehen, während er es auf eine Art zu verschlingen begann, bei der wir uns peinlich berührt abgewandt hätten.

Dann holte Foh, ein wenig scheu, ein großes, zusammengerolltes Blatt aus einem Versteck, rollte es auf und legte es auf den Boden. Es enthielt ausgetrocknetes und reichlich sandiges Meerwasser, oder vielmehr seine Ablagerung, die der Junge mit großer Sorgfalt von den Felsen eines Ufertümpels gekratzt hatte, aus dem das Meerwasser verdunstet war. Einmal hatte Wi zufällig etwas davon mit seinem Essen vermischt und festgestellt, daß sein Geschmack dadurch erheblich verbessert wurde. So war er zum Entdecker des Salzes bei seinem Stamm geworden, dessen andere Mitglieder es jedoch als eine luxuriöse Neuerung betrachteten, die zu benutzen sicher nicht rechtens war. Wi jedoch, dessen Denken fortgeschrittener war, verwandte es, und es war Fohs Aufgabe, es zu besorgen, wie es auch die Aufgabe Foas, seiner Schwester, gewesen war. Während sie damit beschäftigt gewesen war, weit von der Hütte entfernt und allein, hatte Henga, der Häuptling, das arme Kind ergriffen und verschleppt.

Als Wi sich daran erinnerte, stieß er das Blatt beiseite, doch dann, als er den verletzten Ausdruck auf dem Gesicht des Jungen sah, weil er seine Gabe zurückgewiesen hatte, zog er es wieder heran und stippte das Fleisch ins Salz. Als Wi so viel Fleisch gegessen hatte, wie er herunterbringen konnte, gab er Aaka und Foh durch einen Wink zu verstehen, daß sie den Rest essen könnten, was sie auch sofort taten, da sie seit dem Vortag nichts gegessen hatten; denn es war nicht rechtens, daß die Familie aß, bevor ihr Oberhaupt sich gesättigt hatte. Schließlich, als Nachtisch, kaute Wi ein Stück sonnengetrockneten Stockfisch, das so steinhart war, daß unsere Zähne nicht einmal eine Spur darin hinterlassen hätten, und als Beilage eine Handvoll Krabben, die Foh zwischen den Uferfelsen gefangen hatte, und die dann von Aaka in der heißen Asche des Herdes gegart worden waren.

Als Wi sein Festmahl beendet hatte, befahl er Foh, die Reste zu Pag zu bringen und bei ihm zu bleiben, bis er gerufen würde. Dann trank er Quellwasser, das Aaka in mehreren großen Muschelschalen aufbewahrte, und in einer Steinschale, die ihren kostbarsten Besitz darstellte; der Stein war durch das Reiben von Eis oder ständiges Abschleifen mit Sand und Steinen im Meer ausgehöhlt und zu einer Art Schüssel geworden. Er trank dieses Wasser, weil sonst nichts da war; doch zu gewissen Zeiten des Jahres bereitete Aaka eine Art Tee, indem sie ein bestimmtes Kraut in einer Muschelschale kochte, ein Getränk, das sie alle liebten, da es wärmte und eine gewisse stimulierende Wirkung ausübte. Dieses Kraut wuchs jedoch nur im Herbst, und es war ihnen nie eingefallen, es zu trocknen und aufzuheben. Aus diesem Grunde wurde der Gebrauch ihres ersten euphorisierenden Mittels zeitlich begrenzt, was sicherlich von Vorteil war.

Nachdem er getrunken hatte, zog er die Fellvorhänge vor den Eingang der Hütte, verschloß sie mit Knochen, die er durch die ins Fell geschnittenen Löcher steckte, und setzte sich wieder auf seinen Holzklotz.

»Was haben die Götter gesagt?« fragte Aaka sofort. »Haben sie dein Gebet beantwortet?«

»Das haben sie getan, Frau. Bei Sonnenaufgang fiel ein riesiger Stein von der Stirn des Eises und zermalmte meine Opfergabe, so daß das Eis sie zu sich nahm.«

»Was für eine Opfergabe?«

»Den Kopf des Wolfes, den ich tötete, als ich das Tal hinaufging.«

Aaka dachte eine Weile nach, dann sagte sie: »Mein Herz sagt mir, daß dieses Omen gut ist. Henga ist jener Wolf, und so wie du den Wolf getötet hast, wirst du auch Henga töten. Habe ich Pag sagen hören, daß sein Fell ein Mantel für Foh werden soll? Wenn ja, so ist auch das ein gutes Omen, da eines Tages die Herrschaft Hengas auf Foh übergehen wird.

Zumindest aber wird Foh leben, und nicht sterben wie Foa, wenn du Henga tötest.«

Ein Ausdruck von Glück breitete sich über Wis Gesicht, während er ihr zuhörte.

»Deine Worte geben mir Kraft«, sagte er, »und jetzt werde ich hinausgehen, um die Leute zusammenzurufen und ihnen zu sagen, daß ich Henga zum Kampf bis zum Tode herausfordern werde.«

»Geh«, sagte sie, »und höre auf mich, Wi! Kämpfe ohne Furcht, denn wenn meine Voraussage falsch sein und Henga, der Mächtige, dich töten sollte, so was? Bald werden wir alle sterben, die meisten von uns langsam am Hunger, doch der Tod durch die Hand Hengas wird rasch sein. Und wenn du sterben solltest, werden auch wir sterben, sehr, sehr bald. Pag wird dafür sorgen, und so kommen wir wieder zusammen.«

»Wieder zusammen! Zusammen wo, Frau?« fragte er und blickte sie seltsam an.

Eine Art Schleier schien vor Aakas Gesicht zu fallen – das heißt, sein Ausdruck wurde völlig verändert, es wurde starr, versteinert, und auch geheimnisvoll, ähnlicher den Gesichtern aller ihrer Schwestern im Stamme.

»Ich weiß es nicht«, antwortete sie hart. »Zusammen im Licht, oder zusammen in der Dunkelheit, oder zusammen mit den Eisgöttern – wer kann das sagen? Auf jeden Fall irgendwo zusammen. Du schüttelst den Kopf. Du hast wieder mit diesem Hasser der Götter und Wechselbalg Pag gesprochen, der in Wirklichkeit ein Wolf ist, und kein Mensch, und der nachts mit den Wölfen jagt; darum ist er auch immer so fett im Winter, wenn alle anderen hungern.«

Wi lachte ungläubig und sagte: »Wenn dem so sein sollte, so ist er zumindest ein Wolf, der uns liebt; ich wollte, wir hätten mehr solcher Wölfe.«

»Oh, du spottest, wie es alle Männer tun. Wir Frauen aber sehen weiter und sind sicher, daß Pag nächtens ein Wolf ist, und bei Tage ein Zwerg. Denn wenn irgend jemand ihm Böses antut, wird der nicht von den Wölfen geholt? Haben nicht Wölfe seinen Vater gefressen, und sind nicht die Wortführerinnen jener Frauen, die damals veranlaßt haben, daß er fortgejagt wurde, damit er verhungere, als eine solche Knappheit eintrat, daß selbst die Wölfe das Weite suchten, später von den Wölfen geholt worden, sie oder ihre Kinder?«

Dann, als ob sie das Gefühl hätte, zuviel gesagt zu haben, setzte sie hinzu: »Doch das alles mag nur Gerede sein, das von Mund zu Mund weitergegeben worden ist, weil wir Frauen Pag hassen, der uns ständig verhöhnt. Zumindest glaubt er an nichts und will dich das gleiche lehren, und du bist bereits dabei, in seine Fußstapfen zu treten. Doch wenn du glaubst, daß wir nicht mehr weiterleben, wenn unser Atem uns verläßt, sag mir eins: Warum hast du, als du Foa dort draußen begrubst, Nahrung in ihr Grab getan, und ihr Muschelhalsband, und die Steinkugel, mit der sie so gern spielte, und den zahmen Vogel, den sie besaß, und den du getötet hast, um ihn in ihre kalten Hände zu legen, und ihren Winterumhang, und die Puppe, die du ihr im vergangenen Jahr aus Kiefernholz geschnitzt hast? Wozu könnten all diese Dinge ihren Knochen nützen? Tatest du es nicht, weil du glaubtest, daß sie ihr anderenorts nützlich sein oder sie erfreuen würden, so wie der Trockenfisch und das Wasser sie dort nähren würden?«

Sie schwieg und starrte ihn an.

»Die Trauer bringt dich um den Verstand«, sagte Wi sehr sanft, denn ihre Worte hatten ihn bewegt, »so wie sie auch mich um den Verstand bringen, doch auf andere Art. Was das andere angeht, so weiß ich nicht, warum ich es getan habe; vielleicht, weil ich diese Dinge nicht mehr sehen wollte, vielleicht, weil es der Brauch ist, solche Dinge mit den Toten zu begraben, die sie am meisten geliebt haben, als sie lebten.«

Dann wandte er sich um und verließ die Hütte. Aaka blickte ihm nach und murmelte: »Er hat recht. Ich bin verrückt vor Trauer um Foa und vor Angst um Foh, denn es sind die Kinder, die wir Frauen lieben, mehr als den Mann, der sie zeugte, und wenn ich denken müßte, daß ich sie nie wiedersehen sollte, würde ich sofort sterben und es hinter mich bringen. Vorläufig aber möchte ich noch leben, um zu sehen, wie Wi Henga den Schädel einschlägt, oder, wenn er getötet werden sollte, um Pag zu helfen, Henga zu vergiften. Sie sagen, daß Pag ein Wolf sei, doch obwohl ich ihn hasse, von dem Wi so viel hält, was kümmert es mich, ob er ein Wolf ist oder ein Ungeheuer? Zumindest liebt er Wi und unsere Kinder und wird mir helfen, mich an Henga zu rächen.«

Kurz darauf hörte sie das Büffelhorn, das dem Stamm als Signalinstrument diente, erklingen und wußte, daß Winiwini, den sie den Schlotterer nannten, weil er wie eine Qualle zitterte, selbst wenn er keine Angst hatte, was nur selten der Fall war, die Menschen zusammenrief, um eine Mitteilung zu hören, oder damit sie sich berieten. Da Aaka ahnte, was es sein würde, warf sie ihren Umhang über und folgte dem Klang des Horns zum Versammlungsplatz.

Hier, auf einer ebenen Bodenfläche, die in einiger Entfernung von den Hütten und zweihundert Schritte von einem Felsausläufer des Berges lag, kamen jetzt alle Menschen, Männer, Frauen und Kinder, mit Ausnahme einiger, die im Kindbett lagen, oder die zu schwach oder zu alt waren, um sich zu bewegen, zusammen. Während sie gingen oder liefen, sprachen sie aufgeregt miteinander, glücklich, daß irgend etwas passierte, das die entsetzliche Monotonie ihres Lebens unterbrach, und deuteten hin und wieder auf die Eingangsöffnung der großen Höhle, die sich in der Felswand auf der anderen Seite des Versammlungsplatzes befand. In dieser Höhle wohnte Henga, denn durch ein aus unvordenklichen Zeiten überliefertes Recht war sie das Heim der Stammeshäuptlinge, das niemand ohne seine Erlaubnis betreten durfte, ein heiliger Ort, wie die Paläste unserer Zeit.

Aaka ging weiter und spürte, daß sie von den anderen beobachtet wurde, ohne sich jedoch darum zu kümmern, denn sie kannte den Grund dafür. Sie war Wis Frau, und es waren Gerüchte im Umlauf, daß Wi, der Starke, Wi, der große Jäger, Wi, dessen kleine Tochter ermordet worden war, irgend etwas Seltsames tun würde, obwohl niemand sicher war, was es war. Alle fühlten sie sich dazu gedrängt, Aaka zu fragen, doch war da etwas in ihrem Blick, das sie davor zurückhielt, denn Aaka war kühl und würdevoll, und sie fürchteten sie ein wenig. Also ging sie unbelästigt weiter und sah sich nach Foh um, den sie kurz darauf in der Gesellschaft Pags entdeckte, der noch immer das blutige Wolfsfell um die Schultern trug, dessen buschige Rute – weil Pag so klein war – am Boden schleifte. Sie bemerkte, daß die Menschen ihm Platz machten, wenn er sich ihnen näherte, nicht aus Ehrfurcht oder aus Liebe, sondern weil sie ihn und seinen bösen Blick fürchteten.

»Sieh«, sagte eine Frau zu einer anderen, »dort geht er, der uns haßt, der speerzüngige Zwerg.«

»Ja«, antwortete die andere, »und er ist in einer solchen Eile, daß er vergessen hat, seine Wolfshaut abzulegen, in der er während der vergangenen Nacht gejagt hat. Hast du gehört, daß Buks Frau ihr dreijähriges Kind verloren hat? Es wird gesagt, die Bären hätten es geraubt, aber vielleicht weiß der Wolfsmann es besser.«

»Doch Foh fürchtet ihn nicht. Sieh doch, er hält seine Hand und lacht.«

»Nein, er hat keine Angst, aber nur, weil ...« Die Frau entdeckte plötzlich Aaka und verstummte.

Ich frage mich, überlegte Aaka, ob wir Frauen Pag hassen, weil er so häßlich ist und uns haßt, oder weil er klüger ist als wir und uns mit seiner Zunge aufspießt. Ich frage mich auch, warum sie alle glauben, er sei zur Hälfte Wolf. Ich denke, das ist, weil er mit Wi jagt; denn wie könnte er sowohl ein Mann als auch ein Wolf sein? Doch auch ich glaube, daß an all dem Gerede irgend etwas Wahres ist, und daß er und die Wölfe etwas miteinander zu tun haben. Oder aber er setzt dieses Gerede selbst in Umlauf, damit alle ihn fürchten.

Sie erreichte den Versammlungsort und nahm ihren Platz

neben Foh und Pag ein, inmitten der Menge, die im Kreis um die offene Fläche stand oder saß, auf der die Leute manchmal tanzten, wenn sie reichlich zu essen hatten und die Luft warm war, oder sich berieten, oder den Kämpfen der jungen Männer zusahen, wenn sie um ein Mädchen rangen, das sie begehrten.

Am einen Ende des Ovals stand Winiwini, der Schlotterer, der von Zeit zu Zeit noch immer in sein Horn blies, und um ihn herum waren einige der Ältesten des Stammes versammelt, unter ihnen der alte Turi, der Gierige, der Hamsterer von Nahrung, der immer fett war, auch wenn alle anderen abmagerten; und Pitokiti der Unglückliche, dem alles schief ging, dessen Fische immer faulten, dessen Frauen ihn verließen, dessen Kinder starben, und dessen Netz mit Sicherheit riß, so daß er von anderen ernährt werden mußte, die fürchteten, daß er sterben und sein Unglück denen hinterlassen würde, die ihn vernachlässigt hatten; und Whaka, der Vogel bösen Omens, der ständig über kommendes Unheil jammerte; und Hou, der Wankelmütige, eine vom Winde verwehte Feder, der niemals an zwei aufeinanderfolgenden Tagen der gleichen Meinung war; und Rahi, der Reiche, der mit Steinäxten und Angelhaken handelte und davon gut lebte, ohne arbeiten zu müssen; und Hotoa, der Dickbäuchige und Langsamsprechende, der zu keiner Angelegenheit eine Meinung äußerte, bevor er nicht wußte, wie sie geregelt werden würde, und dann laut herumschrie und sich weise gab; und Taren, sie, die sich mit Ngae versteckte, dem Priester der Eisgötter und Zauberer, der aus Muschelschalen die Zukunft deutete und nur herauskam, wenn Unheil in der Luft lag.

Schließlich war auch noch Moananga, der Tapfere da, Wis jüngerer Bruder, der große Kämpfer, der sechs Männer besiegt hatte, um Tana, die Liebliche und Liebende, zu gewinnen, die schönste Frau des Stammes, und zwei andere getötet hatte, als sie versuchten, Tana zu rauben. Er war ein rundäugiger Mann mit einem fröhlichen Gesicht, zum Jähzorn neigend, doch sonst gutmütig, und nach Wi, dem Jäger, am beliebtesten bei den Menschen. Außerdem liebte er Wi und hielt zu ihm, so daß die beiden wie einer waren, aus welchem Grunde Henga, der Häutling, sie beide haßte und glaubte, daß sie zu stark für ihn seien.

Alle steckten sie die Köpfe zusammen und sprachen miteinander, bis schließlich Wi zu ihnen trat, hohen Hauptes, stark und ernst, und bei seinem Kommen wurden sie still. Er blickte von einem zum anderen und sagte dann: »Ich habe Worte für euch.«

»Wir hören«, antwortete Moananga.

»Hört!« fuhr Wi fort. »Gibt es nicht ein Gesetz, nach dem jeder Mann des Stammes den Häuptling des Stammes herausfordern mag, und, so es ihm gelingt, ihn zu töten, seinen Platz einnimmt?«

»Es gibt so ein Gesetz«, sagte Urk, der alte Zauberer, er, der die Talismane für die Frauen machte und Liebestränke braute, und im Winter Geschichten erzählte von Dingen, die geschehen waren, bevor der Großvater seines Großvaters geboren wurde – sehr seltsame Geschichten, einige von ihnen. »Zweimal ist das in meinen Tagen geschehen, das zweite Mal, als Henga seinen eigenen Vater herausforderte und tötete und seine Höhle übernahm.«

»Das weiß ich«, sagte Wi. »Hört weiter! Henga hat mir Unrecht getan; er hat meine Tochter geraubt und ermordet, meine Tochter Foa. Deshalb will ich ihn töten. Außerdem führt er den Stamm mit Grausamkeit. Keines Mannes Frau, oder Tochter, oder Kleidung, oder Nahrung ist vor ihm sicher. Seine Bosheit erzürnt die Götter. Warum denn sind die Sommer so kalt geworden und will der Frühling nicht kommen? Ich sage euch, daß es um der Bosheit Hengas willen so ist. Deshalb will ich ihn töten und seine Höhle übernehmen und gut und gerecht herrschen, so daß jeder Mensch reichlich Nahrung in seiner Hütte hat und nächtens sicher schlafen kann. Was sagt ihr?«

Nun sprach Winiwini, der Schlotterer, am ganzen Körper zitternd.

»Wir sagen, daß du tun mußt, was du willst«, stammelte

er, »und daß wir uns nicht in diese Angelegenheit einmischen. Denn wenn wir das tun würden und er dich tötet, wie es geschehen wird – denn Henga ist mächtiger als du, ja, er ist ein Tiger, er ist der Bulle der Wälder, er ist der brüllende Bär –, wird er uns ebenfalls töten. Tu also, was du willst, wir legen die Hände vor unsere Augen und sehen nichts.«

Pag spuckte auf den Boden und sagte mit seiner tiefen, knurrenden Stimme, die aus seinem Magen zu kommen schien: »Ich glaube, daß ihr etwas sehen werdet, eines Nachts, wenn die Sterne scheinen. Ich glaube, Winiwini, daß du eines Nachts etwas sehen wirst, das dich zu Tode schlottern läßt.«

»Er ist der Wolfsmann!« rief Winiwini. »Beschützt mich! Warum soll der Wolfsmann mir drohen dürfen, wenn wir hier versammelt sind, um zu reden?«

Niemand antwortete ihm, denn wenngleich einige Angst vor Pag haben mochten, so empfanden sie doch alle, bis hinab zur letzten, niedrigsten Sklavenfrau, Verachtung für Winiwini.

»Kümmere dich nicht um seine Worte, mein Bruder!« sagte Moananga, der Mann mit dem glücklichen Gesicht. »Ich werde mit dir zur Höhlenöffnung hinaufgehen, wenn du Henga herausforderst, und das werden, glaube ich, auch viele andere tun, um Zeugen dieser Herausforderung zu sein, wie es das Gesetz unserer Väter gebietet. Mag zurückbleiben, wer will. Du wirst wissen, was du von denen zu halten hast, wenn du Häuptling bist und in jener Höhle wohnst.«

»Es ist gut«, sagte Wi. »Laßt uns gehen!«

## 5

# *Die Axt, die Pag machte*

Nachdem diese Angelegenheit geregelt war, folgte eine erregte Diskussion über die Art, in der die Herausforderung Wis an Henga, den Häuptling, übermittelt werden sollte. Urk, der Alte, wurde nach früheren Begebenheiten gefragt und hielt eine lange Rede, in der er sich mehrmals selbst widersprach. Hou, der Wankelmütige sprang schließlich auf und erklärte, er habe keine Angst und würde der Führer der Delegation sein. Plötzlich jedoch änderte er seine Meinung und erklärte, ihm fiele gerade ein, daß dieses Amt von Rechts wegen Winiwini, dem Hornbläser, zukäme, welcher drei Hornstöße zum Höhleneingang hinaufblasen müsse, um den Häuptling herauszurufen. Dazu riefen alle anderen laut ihre Zustimmung, vielleicht, weil selbst ihre primitiven Gehirne einen Sinn für Humor entwickelt hatten, und Winiwini mochte protestieren, so heftig er wollte, er und sein Horn wurden vorwärtsgestoßen.

Die Prozession setzte sich in Bewegung, Winiwini voran, dicht gefolgt von Pag mit dem blutigen Wolfsfell, der ihn von Zeit zu Zeit mit seinem scharfen Feuersteinmesser in den Hintern stieß, um ihn am Zurückfallen zu hindern. Als nächster ging Wi mit seinem Bruder Moananga, und denen folgten die Ältesten und die anderen Leute. So brachen sie endlich auf, um die etwa dreihundert Schritte zu überwinden, die zwischen dem Platz und der Felswand lagen, doch bevor sie den Höhleneingang erreichten, waren die meisten von ihnen zurückgefallen, so daß sie eine lange, unregelmäßige Linie bildeten, die sich vom Versammlungsplatz bis zur Höhle erstreckte.

Ja, zum Schluß blieb nur noch Winiwini zurück, der Pag nicht entwischen konnte, gefolgt von Wi und Moananga, und, in einiger Entfernung, von Whaka, dem Vogel bösen Omens, der in einem pausenlosen Wortschwall Unheil prophezeite. Neben ihm schritt Aaka, stolz und selbstsicher, die voller Verachtung auf seine altersgebeugte Gestalt hinabblickte. Von den anderen blieben nur die Mutigsten, ihrer Neugier nachgebend, in Hörweite, die meisten von ihnen aber hielten sich in sicherer Entfernung oder versteckten sich gar.

»Blase!« knurrte Pag Winiwini an, und als dieser noch immer zögerte, drückte er ihm die Spitze seines Messers in den Rücken.

Nun blies Winiwini – einen jammervoll zitternden Ton.

»Blase noch einmal, lauter!« sagte Pag.

Winiwini setzte das Horn an die Lippen, doch bevor er einen Ton daraus hervorbringen konnte, flog ein schwerer Stein aus der Höhle und traf ihn in die Magengrube, so daß er zu Boden ging und keuchend nach Luft rang.

»Jetzt hast du einen Grund zum Schlottern«, sagte Pag, während er eilig zur Seite watschelte, für den Fall, daß ein zweiter Stein dem ersten folgen sollte.

Es folgte jedoch keiner, aber aus der Höhle stürmte brüllend ein riesiger, haariger, wütender Kerl, der eine gewaltige Keule schwang: Henga selbst. Er war ein mächtiger, muskulöser Mann von etwa vierzig Jahren, mit einer Brust wie ein Bulle, einem riesigen Kopf, von dem langes, schwarzes Haar bis auf die Schultern fiel, und einem breiten, dicklippigen Mund, aus dem gelbe, raubtierartige Zähne hervorragten. Von seinen Schultern hing, als Zeichen seines Ranges, das Fell eines Höhlentigers, und um den Hals trug er eine Kette, die aus den Krallen und Zähnen dieses Tieres gemacht war.

»Wer schickt diesen Hund, um mich im Schlaf zu stören?« schrie er mit seiner dröhnenden Stimme und deutete mit der Keule auf Winiwini, der sich am Boden wand.

»Ich tue es«, antwortete Wi – »ich und alle Menschen. Ich, Wi, dessen Kind du ermordet hast, bin gekommen, um dich, den Häuptling, herauszufordern, mit mir um die Herrschaft über den Stamm zu kämpfen, wie du es nach unserem Gesetz in Gegenwart des Stammes tun mußt.«

Henga brüllte nicht mehr, sondern starrte ihn finster an. »Ist das so?« fragte er mit ruhiger Stimme, in der ein Zischen von Haß lag. »Wisse, daß ich gehofft habe, du würdest mit diesem Begehr zu mir kommen, und deshalb habe ich dein Gör getötet, um dir den Mut dazu zu geben, so wie ich auch das andere töten werde, das dir verblieben ist« – er blickte zu Foh hinüber, der ein Stück entfernt stand. »Du störst mich schon lange mit deinem Gerede und deinen Drohungen gegen mich, Wi, und mich hungert danach, ihnen ein Ende zu machen. Nun sage mir, wann paßt es den Leuten, zuzusehen, wie ich dir die Knochen breche?«

»Wenn die Sonne eine Stunde vor dem Untergang ist, Henga, denn ich habe mir vorgenommen, heute nacht als Häuptling des Stammes in der Höhle zu schlafen.«

Henga starrte ihn finster an und nagte an seiner Unterlippe. Dann sagte er: »So sei es, Hund! Ich werde dich eine Stunde vor dem Untergang der Sonne auf dem Versammlungsplatz erwarten. Und was das andere betrifft: Aaka ist es, die heute nacht in der Höhle schlafen wird, nicht du, der, wie ich glaube, dann in den Mägen der Wölfe schläft. Und nun verschwinde, denn man hat mir einen Lachs geschickt, den ersten dieses Jahres, und ich, der ich Lachs liebe, will ihn jetzt braten und essen.«

Nun sagte Aaka: »Esse wohl, Teufelsmann und Kindermörder, denn ich, die Mutter, sage dir, daß dieses dein letztes Mahl sein wird.«

Henga lachte brüllend, während er in die Höhle zurückging, und Wi und die anderen schlenderten wieder zum Versammlungsplatz.

»Wer mag Henga den Lachs gegeben haben?« fragte Moananga beiläufig, nur weil sonst niemand sprach.

»Ich war es«, antwortete Pag, der neben ihm ging, doch außerhalb der Hörweite Wis. »Ich habe ihn gestern nacht in einem Netz gefangen und ihn ihm geschickt, oder vielmehr dafür gesorgt, daß er auf einen Stein beim Höhleneingang gelegt wurde.«

»Warum?« fragte Moananga.

»Weil Henga ganz wild auf Lachs ist, besonders auf den ersten des Jahres. Er wird den ganzen Fisch verschlingen und einen vollen Bauch haben, wenn es zum Kampf kommt.«

»Das ist sehr schlau; mir wäre es niemals eingefallen«, sagte Moananga. »Aber woher wußtest du, daß Wi Henga herausfordern würde?«

»Das habe ich nicht gewußt, und Wi wußte es auch nicht. Doch ich ahnte es, weil Aaka ihn hinausschickte, um den Rat der Götter einzuholen. Wenn eine Frau einen Mann fortschickt, um ein Zeichen der Götter zu suchen, wird dieses Zeichen immer das sein, das sie sich wünscht. So zumindest wird sie es ihm sagen, und er wird es glauben.«

»Das ist noch schlauer«, sagte Moananga und starrte den Zwerg mit seinen runden Augen an. »Aber warum will Aaka, daß Wi gegen Henga kämpft?«

»Aus zwei Gründen. Erstens, weil sie den Tod ihres Kindes rächen will, und zweitens, weil sie glaubt, daß Wi der bessere Kämpfer ist, so daß sie bald die Frau des Stammeshäuptlings sein wird. Dennoch ist sie sich dessen nicht sicher, denn sie hat einen Plan gemacht: sollte Wi besiegt werden, muß ich sie und Foh sofort töten, und das werde ich tun, bevor ich mich selbst töte. Vielleicht werde ich mich auch nicht töten, zumindest nicht, bevor ich versucht habe, Henga zu töten.«

»Willst du denn der Häuptling des Stammes sein, Wolfsmann?« fragte Moananga erstaunt.

»Vielleicht, für eine kurze Weile; denn haben nicht alle jene, die bespuckt und verhöhnt worden sind, den Wunsch, über die Spucker und Höhnenden zu herrschen? Doch will ich dir, der du Wis Bruder bist und ihn liebst, sagen, daß ich, der ich ihn noch mehr liebe und keinen anderen liebe, außer Foh vielleicht, weil er sein Sohn ist, ihn nicht lange überleben werde, wenn er sterben sollte. Nein, dann werde ich die Häuptlingswürde dir übergeben, Moananga, und fürderhin nicht mehr gesehen werden, doch magst du mich in späteren Jahren vielleicht in Winternächten um die Hütten heulen hören – mit den Wölfen, Moananga, zu denen die Narren mich zählen.«

Moananga starrte wieder diesen unheimlichen Zwerg an, dessen Worte ihm Furcht einflößten. Dann, um das Thema zu wechseln, fragte er ihn: »Was glaubst du, welcher der beiden siegen wird?«

Pag blieb stehen und deutete auf das Meer hinaus. In einiger Entfernung vom Ufer fand ein gewaltiger Kampf statt, zwischen einem Hai und einem Wal. Der mörderische Hai hatte den Wal in flaches Wasser getrieben, wo er strandete und nicht mehr entkommen konnte. Jetzt schnellte sich der Hai hoch in die Luft und schlug dem Wal beim Herabstürzen mit seiner schwertartigen Schwanzflosse auf den Kopf, Schlag um Schlag, deren Echos über das Wasser dröhnten. Der Wal rollte sich verzweifelt hin und her und peitschte das Wasser mit seinen gewaltigen Flossen zu Schaum, doch trotz all seiner Größe und Stärke war er ohnmächtig. Kurz darauf begann er zu keuchen und riß sein riesiges Maul auf, woraufhin der Hai sich zwischen seine Kiefer stürzte, seine Zunge packte und herausriß. Nun rollte der Wal auf die Seite und begann zu verbluten.

»Siehe«, sagte Pag. »Dort ist Henga, der Gewaltige und Mächtige, und dort ist Wi, der Wendige, und Wi hat gesiegt und wird sich den Bauch mit dem Fleisch des Wals vollschlagen, er und seine Freunde. Das ist meine Antwort, und das Omen ist sehr gut. Jetzt gehe ich, um Wi für diesen Kampf bereitzumachen.«

Als Pag in die Hütte trat, schickte er Aaka und Foh hinaus, so daß er mit Wi allein blieb. Dann bat er Wi, sich auszuziehen und rieb seinen ganzen Körper mit Robbenöl ein. Dann schnitt er ihm mit einem scharfen Feuerstein und einer angeschliffenen Muschelschale sein Haar so kurz, daß Hengas Hand keinen Halt daran finden konnte, und rieb es mit dem Rest des Robbenöls ein. Dann befahl er Wi, eine Weile zu schlafen und verließ die Hütte, unter Mitnahme seiner Waffen und seines Feuersteinmessers, das ein Heft aus zwei flachgeschabten Stücken eines Walroßzahnes aufwies, die am oberen Ende des Feuersteins festgelascht waren.

Außerhalb der Hütte traf er Aaka, die mißgelaunt auf und ab ging. Sie wollte an ihm vorbei zur Hütte gehen.

»Nein«, sagte Pag, »du darfst nicht hinein.«

»Warum nicht?« fragte sie.

»Weil Wi schläft und nicht gestört werden darf.«

»Also darf ein mißgestaltetes Ungeheuer, ein Wolfsmann, der von allen gehaßt wird und von unserer Gnade lebt, die Hütte meines Mannes betreten, aber ich, seine Frau, darf es nicht?« sagte sie wütend.

»Ja, denn bald muß er fortgehen, um das Geschäft eines Mannes zu vollbringen, nämlich, seinen Feind zu töten oder von ihm getötet zu werden, und da ist es am besten, wenn keine Frau in seine Nähe kommt, bis das getan ist.«

»Das sagst du, weil du Frauen haßt, da sie dich nicht mögen, Pag.«

»Ich sage es, weil die Frauen dem Manne die Kraft rauben und seinen Mut aussaugen und ihn durch sanfte Worte betören.«

Sie sprang zur Seite, um an ihm vorbeizulaufen, doch Pag sprang ebenfalls und hob den Speer, den er in der Hand hielt, worauf sie stehenblieb, denn sie fürchtete den Zwerg.

»Höre!« sagte er. »Es ist unrecht von dir, mich anzuklagen, der ich dein bester Freund bin. Trotzdem nehme ich es dir nicht übel, da ich den Grund für deinen Haß kenne. Du bist auf mich eifersüchtig, weil Wi mich mehr liebt als dich, und das tut auch Foh, wenn auch auf eine andere Weise.«

»Dich lieben, du Mißgeburt, du Auswurf?« rief sie.

»Ja, Aaka, die du nicht zu wissen scheinst, daß es verschiedene Arten der Liebe gibt; die Liebe des Mannes für eine Frau, welche kommt und geht, und jene für einen Mann, die unveränderlich ist. Ich sage dir, daß du eifersüchtig bist. Erst heute habe ich zu Wi gesagt, wenn er mich nicht mit auf die Jagd genommen, sondern mich zurückgelassen hätte, um auf Foa zu achten, wäre sie nicht von jenem Höhlenbewohner geraubt und getötet worden. Das war eine Lüge. Ich hätte mich weigern können, mit Wi auf die Jagd zu gehen, und er hätte mir meinen Willen gelassen, da er weiß, daß ich nichts ohne Grund tue. Ich bin mit ihm gegangen, weil du Worte gesprochen hattest, an die du dich wohl erinnern wirst. Ich hatte dich gewarnt, daß Foa Gefahr von Henga, dem Höhlenbewohner, drohe, und daß es gut wäre, wenn ich auf sie aufpassen würde, und du sagtest, daß kein Mädchen von dir in die Obhut eines Wolfsmannes gegeben werden würde, und daß du selbst auf sie aufpassen könntest, was du nicht getan hast. Deshalb, weil du mich gereizt hast, bin ich mit Wi auf die Jagd gegangen, und deshalb wurde Foa geraubt und getötet.«

Jetzt ließ Aaka den Kopf hängen und schwieg, denn sie wußte, daß er die Wahrheit sprach.

»Lassen wir das ruhen«, fuhr Pag fort; »die Toten sind tot, und das ist vielleicht gut so. Doch obwohl ich jetzt weise zu dir spreche, willst du dich wiederum gegen mich stellen und hineingehen und Wi wecken, obwohl ich dir sage, daß du dadurch den Ausgang des Kampfes gegen ihn kehren und auch deinen und Fohs Tod herbeiführen könntest.«

»Schläft Wi?« fragte Aaka, ein wenig nachgebend.

»Ich denke, daß er schläft, weil ich es ihm befohlen habe und er mir in solchen Dingen gehorcht. Außerdem hat er in der letzten Nacht nur wenig geschlafen. Doch der Weg ist frei, ich habe gesagt, was ich zu sagen hatte. Geh und sieh selbst! Weck ihn auf und frag ihn, ob er schläft, und ermüde ihn mit deinem weiblichen Geschwätz, und erzähl ihm, was du von Foa geträumt hast, und von den Göttern, und mache ihn auf diese Weise bereit, gegen den Teufelsriesen Henga zu kämpfen.«

»Ich werde nicht gehen«, sagte sie und stampfte mit dem Fuß auf, »denn wenn Wi fallen sollte, wird deine Giftzunge verbreiten, daß ich an seinem Tode schuld sei. Doch wisse, mißgestalteter, ausgestoßener Wolfsmann, daß er, sollte er siegen, zwischen dir und mir wählen muß, denn wenn er dich mitnimmt, um in der Höhle zu wohnen, bleibe ich hier in der Hütte.«

Pag lachte tief in seiner Kehle, wie es seine Art war, und antwortete:

»Das wäre wahrhaftig Frieden, wenn Henga nicht, falls er stirbt, ein ganzes Rudel hübscher Frauen hinterlassen würde, welche ebenfalls in der Höhle wohnen und sicher nur schwer hinauszuwerfen sind. Dennoch, in dieser Angelegenheit wie in allen anderen, tu, was du willst. Nur sage ich dir, Aaka, daß es ungut ist, mich zu verhöhnen, den du bald brauchen magst, um dich von dieser Welt zu bringen.«

Dann stellte er sein Spotten ein, und auch das Rollen seines riesigen Schädels von einer Seite zur anderen, wie es seine Gewohnheit war, wenn er spottete, blickte mit seinem einen Auge, von dem die Menschen behaupteten, daß er damit wie eine Wildkatze im Dunkeln sehen könne, in ihr Gesicht, und sagte ruhig:

»Warum machst du mir Vorwürfe, weil ich häßlich bin? Habe ich meine Gestalt selbst gemacht, oder war sie die Gabe einer Frau? Habe ich mein rechtes Auge weggeworfen oder hat es eine Frau an einem Stein herausgeschlagen? Und später, bin ich freiwillig aus dem Dorf gegangen, um in der Winterkälte zu verhungern, oder haben Frauen mich hinausgejagt, weil ich ihnen die Wahrheit gesagt hatte? Warum bist du wütend auf mich, weil ich Wi liebe, der mich vor der Grausamkeit der Frauen errettet hat, und auch deinen Sohn Foh, den Wi gezeugt hat? Warum willst du nicht verstehen, daß ich, wenngleich mißgestaltet, mehr Verstand besitze, als jeder andere von euch, und auch ein größeres Herz, und daß dieser Verstand und dieses Herz die Diener Wis und der Seinen sind? Warum also bist du auf mich eifersüchtig?«

»Möchtest du das wissen, Pag? Weil du die Wahrheit sagst. Weil du Wi mehr bedeutest als ich – ja, und Foh ebenfalls. Wenn jemand kommt, den Wi mehr liebt als dich, dann können wir wieder Freunde sein, doch nicht vorher.«

»Das könnte geschehen«, sagte Pag nachdenklich. »Und jetzt störe mich nicht länger, der ich Wis Waffen für den Kampf bereitmachen muß und keine Zeit zu vergeuden habe. Geh in die Hütte – wie ich dir sagte, ist der Weg frei – und erzähl Wi deine Geschichten!«

Aaka zögerte, dann schüttelte sie den Kopf.

»Nein«, sagte sie, »ich gehe mit dir und helfe dir mit den Waffen, denn meine Finger sind geschickter als die deinen. Laß für eine Stunde Frieden zwischen uns sein, oder höhne weiter, wenn du willst, doch ich werde nicht antworten.«

Wieder stieß Pag sein tiefes Lachen aus und sagte: »Frauen sind seltsam, so seltsam, daß selbst ich sie nicht wägen oder messen kann. Komm! Komm! Die Schneiden von Speer und Axt müssen scharfgerieben werden, und die Verschnürungen sind abgenutzt.«

Für eine Weile arbeiteten Pag und Aaka – unter Mithilfe des Jungen Foh, der verschiedene benötigte Dinge heranbrachte oder die Fellstreifen festhielt – an den einfachen Waffen Wis, schliffen die Speerspitzen scharf und schärften die Schneide der Axt. Als sie so scharf war, wie sie sie machen konnten, wog Pag sie in der Hand und warf sie dann mit einem Fluch zu Boden.

»Sie ist zu leicht«, erklärte er. »Welche Chance hat er mit diesem Spielzeug gegen die Keule Hengas?«

Dann sprang er auf und lief in seinen Stall hinter der Hütte, aus dem er kurz darauf zurückkehrte, in seiner Hand einen schimmernden Stein, der in der Form einer Axtklinge zurechtgeschlagen war.

»Sieh her!« sagte er. »Sie ist nicht viel größer, hat jedoch das dreifache Gewicht. Ich habe dieses Stück auf der Bergflanke gefunden, eins von vielen zersplitterten Fragmenten, und im letzten Winter, beim Lichte einer Robbenöllampe, habe ich es in die richtige Form gebracht.«

Aaka nahm es in die Hand, die es fast zu Boden zog, so schwer war es. Dann fuhr sie mit dem Finger über seine Schneide, die schärfer war als die eines frisch geschlagenen Feuersteins, und fragte, was es sei.

»Das weiß ich nicht«, antwortete Pag. »Von außen sieht es aus wie ein Stein, der in einem heißen Feuer gelegen hat, doch siehe, sein Inneres ist glänzend. Außerdem ist es so hart, daß ich es nur mit einem anderen Stück des gleichen Steins bearbeiten konnte, es zurechthämmern, nachdem es im Feuer gelegen hatte, bis es rot geworden war, und dann habe ich es mit feinem Sand und Wasser poliert.«

Hier sollte gesagt werden, daß es sich bei dieser Substanz, obwohl Pag es natürlich nicht wußte, um Meteoriteneisen handelte, das vom Himmel herabgefallen war, und Pag, einem natürlichen Instinkt folgend, einer der ersten Schmiede geworden war. Als er feststellte, daß er das Material wegen seiner Härte nicht bearbeiten konnte, warf er es in ein Feuer, bis es rotglühend war, und als er es mit einem Klumpen desselben Materials auf einem Stein zurechtschlug, erlernte er so den Gebrauch von Eisen und machte damit einen der ersten und größten Fortschritte der frühen Menschheit.

»Sie wird nicht brechen?« fragte Aaka zweifelnd.

»Nein«, antwortete Pag, »ich habe es versucht. Ein Schlag, der selbst die beste Steinaxt zerschmettert, hinterläßt auf dieser nicht einmal eine Schramme. Doch das, was sie trifft, zerbricht. Ich habe sie für mich selbst gemacht, doch Wi soll sie haben. Jetzt hilf mir.«

Er hatte einen Stiel mitgebracht, der, genau wie die Klinge, von neuer Art war, da er mit unendlicher Geduld und Mühe aus dem festen Unterschenkelknochen eines riesigen Hirsches hergestellt worden war, den er, geschwärzt und halb fossiliert, gefunden hatte, als er im morastigen Ufer des Flusses grub, um ein neues Wasserloch anzulegen; zweifellos war es ein Knochen jenes königlichen Tieres, das als *cervus giganteus* oder Irischer Hirsch bekannt ist, der einst in den Wäldern der Frühzeit lebte. Er hatte ein passendes Stück dieses Knochens abgetrennt und einen breiten Schlitz hineingeschnitten, durch den das Ende durchbohrt worden war, um den schmalen, rückwärtigen Teil der Axtklinge aufzunehmen, der genau hineinpaßte und auf der anderen Seite des Stiels etwa zwei Zoll hervorragte. Jetzt machte Pag sich unter Mithilfe der beiden anderen und mit großem Geschick daran, Stiel und Klinge mit Tiersehnen und durchfeuchteten Streifen von Rentierfell fest miteinander zu verbinden und die Enden immer wieder zu verknoten. Dann erhitzte er fossiles Baumharz, oder Bernstein, von dem am Meeresufer große Mengen gefunden werden konnten, in einer großen Muschelschale, bis er schmolz, goß es über und zwischen die Fellstreifen, und rieb es nach dem Erkalten mit einem Stein glatt. Nachdem das getan war, warf er die Axt für eine Weile in eiskaltes Wasser, bis das Harz steinhart geworden war, und hielt sie anschließend in den Rauch des Feuers, das in der Nähe brannte, um die Lederstreifen durch Hitze zu trocknen und schrumpfen zu lassen. Anschließend goß er, für den Fall, daß die erste Harzschicht gesprungen sein sollte, noch etwas auf die Verlaschung, kühlte es mit einer Handvoll Schnee, trocknete es im Rauch und polierte es.

Schließlich war alles getan, und mit stolzgeschwelltem Herzen hielt Pag die Waffe empor und sagte: »Seht die beste Axt, die der Stamm jemals besessen hat.«

»Der Knochen wird nicht splittern?« fragte Aaka, die immer Zweifelnde.

»Nein«, antwortete er, während er das rauchgeschwärzte Harz noch einmal polierte. »Ich habe den Knochen genauso geprüft wie die Klinge. Kein Mensch und kein Schlag kann ihn zerbrechen. Außerdem, um ganz sicher zu gehen, habe ich ihn, wie du siehst, in daumenbreiten Abständen mit Fellstreifen umwickelt. Jetzt werde ich gehen, um Wi zu wecken und ihn zu bewaffnen.«

Pag polierte noch immer die Axt und ihren Stiel mit einem Fellstück, während er zur Hütte ging, lautlos hineintrat und Aaka draußen zurückließ. Wi schlief wie ein Kind. Pag legte die Axt auf die Felldecke des Bettes, trat zur Wand der Hütte und verbarg sich im Schatten. Dann scharrte er mit dem Fuß auf dem Boden, und Wi erwachte. Sein Blick fiel sofort auf die Axt. Er setzte sich auf, ergriff die Axt und betrachtete sie mit glänzenden Augen. Als er alle ihre Wunder geprüft hatte – denn für ihn war sie das Wunderbarste, was er jemals erblickt hatte, aus einem schimmernden Stein gemacht, wie er ihn nie gesehen hatte, und dreimal schwerer als jeder Stein, mit einem Stiel aus schwarzem Knochen, so hart wie Walroß-Elfenbein, mit einer Kugel an seinem unteren Ende, die durch Abschleifen des Gelenkkopfes hergestellt worden war, damit er nicht aus der Hand rutschen konnte, und überall sorgfältig mit Fellstreifen verlascht, die Klinge schärfer als die eines frisch geschlagenen Feuersteins, und so gut und ausgewogen in seiner Hand liegend – wahrlich, er mußte träumen, denn dies war eine Waffe, wie sie die Götter gebrauchen mochten, wenn sie in den Eingeweiden des Gletschers miteinander kämpften.

Pag watschelte aus dem Schatten hervor und sagte: »Es ist Zeit zum Aufstehen, Wi. Doch sage mir erst, wie gefällt dir deine neue Axt?«

»Sicherlich haben die Götter sie gemacht«, sagte Wi überwältigt. »Mit ihr könnte ich allein einen Eisbären töten.«

»Ja, die Götter haben sie gemacht; es ist eine Gabe der Götter an dich – wie sie sie dir gesandt haben, werde ich dir später erzählen –, damit du damit töten kannst, doch nicht den weißen Bären, der in der Dunkelheit auf Raub ausgeht, sondern ein bösartigeres Tier, das bei Tag und in der Nacht wütet. Ich sage dir, Wi, daß dies eine Siegesaxt ist, und wenn du sie in deiner Hand hältst, kannst du nicht geschlagen werden. Höre, Wi! Henga wird sofort mit seiner gewaltigen Keule auf dich losstürzen. Spring zur Seite und schlag nach seinen Händen. Wenn der Hieb der Axt sie trifft, oder das Ende der Keule, wo er sie umklammert, werden die Hände oder die Keule abgeschlagen. Wenn er seine Hände behält, wird er sich wieder auf dich stürzen und versuchen, dich zu packen und zu erdrücken, oder dir das Rückgrat oder das Genick zu brechen. Wenn dir die Zeit dazu bleibt, schlage nach seinen Beinen oder dem Knie, so daß du die Sehnen durchtrennst und ihn kampfunfähig machst. Sollte er dich dennoch packen, so versuche, dich seinem Griff zu entwinden, was dir möglich sein sollte, da dein Körper eingeölt ist, und bevor er dich wieder packen kann, schlag nach seinem Hals, oder nach seinem Kopf, oder nach seinem

Rückgrat, wie es sich gerade ergibt, denn diese Axt macht nicht nur Beulen und Prellungen, sondern sie dringt tief ein und tötet ihn. Vor allem aber laß sie dir nicht aus der Hand gleiten. Sieh, hier ist ein Fellriemen an ihrem Stiel befestigt; schlinge ihn zweifach um dein Handgelenk – so ist es richtig –, dann kann er nicht herabgleiten. Nein, um ganz sicher zu gehen, werde ich ihn mit einer Hirschsehne festbinden; streck deine Hand aus!«

Wi tat es, und während Pag den Riemen mit der Sehne festschnürte, sagte er: »Ich verstehe, doch ob ich all diese Dinge tun kann, weiß ich nicht. Dennoch, es ist eine wunderbare Axt, und ich werde versuchen, sie gut zu gebrauchen.«

Nun rieb Pag noch mehr Öl auf Wis Körper, überprüfte noch einmal die Axt, um sich zu versichern, daß die feuchten Fellstreifen getrocknet und in der Hitze des Feuers straff um den Stiel geschrumpft waren und das Harz sich erhärtet hatte, gab dann Wi ein in Robbenöl getauchtes Stück Klippfisch zu essen und einen kleinen Schluck Wasser zu trinken, warf ihm seinen Fellumhang über die Schultern und führte ihn aus der Hütte.

Aaka wartete draußen, und Wis Bruder, Moananga, war bei ihr. Sie starrte Wi an und fragte: »Wer hat das Haar meines Mannes abgeschnitten?«

»Ich habe es getan«, antwortete Pag, »und aus einem guten Grunde.«

Sie stampfte mit dem Fuß auf und sagte eisig: »Wie konntest du es wagen, sein Haar abzuschneiden, das ich in jener Länge zu sehen liebte? Dafür hasse ich dich.«

»Da du ohnehin jede Gelegenheit suchst, dich mit mir zu streiten, warum sollst du mich nicht deshalb genausogut hassen, wie für alles andere? Dennoch, Aaka, magst du am Ende Grund haben, mir dafür zu danken, obwohl das deinen Haß auf mich nur noch verstärken würde.«

»Das ist kaum möglich«, sagte Aaka, und sie gingen zum Versammlungsplatz.

Hier war der ganze Stamm bereits zusammengekommen;

die Menschen standen in einem weiten Kreis, reglos und schweigend, weil sie zu erregt waren, um sprechen zu können. Vom Ausgang dieses Kampfes hing ihr Schicksal ab. Henga fürchteten und haßten sie, weil er sie grausam ausnutzte und jeden, der sich beklagte, tötete, während sie Wi gern hatten. Doch wagten sie nichts zu sagen, da sie nicht wußten, wie der Kampf ausgehen mochte, und glaubten, daß kein Mann es mit der Kraft des Riesen Henga aufnehmen oder sich davor retten konnte, von seiner mächtigen Keule zermalmt zu werden.

Dennoch starrten sie verwundert auf die neue Axt, die Wi trug, deuteten mit den Fingern darauf und stießen einander an. Sie bestaunten das kurzgeschnittene Haar, und da sie nicht wußten, aus welchem Grund er es abgeschnitten hatte, glaubten sie, daß es ein Opfer für die Götter gewesen sein mußte.

Die Zeit war gekommen. Obwohl die Sonne wegen des kalten Nebels, der über Meer und Küste hing, nicht zu sehen war, wußten doch alle, daß es eine Stunde vor Sonnenuntergang war, und wurden noch stiller als zuvor. Schließlich rief einer, der am Rand der Menge stand und Ausschau hielt: »Er kommt! Henga kommt!«, worauf alle sich umwandten und zum Eingang der Höhle starrten.

Aus den Schatten der Felswand tauchte der Riese auf und ging mit schweren Schritten unbekümmert auf sie zu. Wi beugte sich zu seinem Sohn Foh hinab und küßte ihn und gab Aaka ein Zeichen, ihn in ihre Obhut zu nehmen. Dann schritt er, gefolgt von seinem Bruder Moananga und von Pag, in die Mitte der offenen Fläche, wo der alte Urk, der Zauberer, dessen Aufgabe es war, die Bedingungen des Duells in ihrer alten, rituellen Form zu zitieren, schon bereitstand. Als Wi an Whaka, dem Vogel bösen Omens, vorbeikam, rief dieser ihm zu:

»Lebe wohl, Wi, den wir nicht mehr sehen werden. Wir werden dich sehr vermissen, denn ich weiß nicht, wo wir einen so guten Jäger wie dich finden sollen, einen, der uns so viel Fleisch bringt.«

Pag fuhr herum, starrte ihn finster an und knurrte: »Mich zumindest wirst du wiedersehen, du krächzender Rabe!«

Ohne sich um den Wortwechsel zu kümmern, ging Wi weiter. Dabei erinnerte er sich, daß er, als er in der Hütte gelegen und geschlafen hatte, einen wunderbaren Traum gehabt hatte. Er konnte sich kaum noch an Einzelheiten erinnern, doch handelte er davon, daß er in einem reichen und schönen Land war, wo die Sonne schien und Bäche murmelten und Vögel sangen, wo die Luft sanft und warm war und die wilden Tiere ohne Scheu einherwanderten, und wo süß duftende Nahrung in Mengen wuchs. An diesem herrlichen Ort trat seine Tochter Foa zu ihm, zu einer schönen, jungen Frau herangewachsen, mit einem Gesicht, das glänzte, wie Mondlicht auf dem Meere glänzt, und legte eine Girlande weißer Blumen um seinen Hals.

Das war alles, woran er sich erinnern konnte, und er wollte auch nicht mehr von dem Traum wissen, denn seine Vision Foas, die so grausam ermordet worden war, ließ Tränen der Wut in seine Augen steigen. Doch plötzlich schienen seine Kräfte sich zu verdoppeln, und er schwor, daß er Henga töten würde, selbst wenn er danach in jenes glückliche Land des Friedens eingehen müßte, in dem sie zu sein schien.

Nun sah er den Häuptling auf sich zukommen, das Tigerfell um seine Schultern gehängt, und in der linken Hand die gewaltige Keule.

»Es ist gut«, flüsterte Pag Wi zu. »Sieh, sein Leib ist geschwollen; er hat den ganzen Lachs gegessen!«

Henga, dem zwei Diener oder Sklaven folgten, blieb ein paar Schritte vor ihm stehen.

»Was!« knurrte er. »Muß ich außer diesem Männchen auch seine Freunde töten?«

»Noch nicht, Henga«, antwortete Moananga stolz. »Töte zuerst dieses Männchen; dann magst du gegen seine Freunde kämpfen.«

»Mit Vergnügen.« Henga grinste.

Dann trat Urk vor, schwang einen Stab und forderte herrisch Ruhe.

# 6
# *Der Tod Hengas*

Als erstes erging sich Urk, der Bewahrer der alten Bräuche des Stammes, ausführlich über das Gesetz eines solchen Kampfes, wie er zwischen Henga und Wi anstand. Er erläuterte, daß der Häuptling sein Amt und seine Privilegien allein auf Grund seiner Körperkraft innehatte, wie der Leitbulle einer Herde. Wenn ein Jüngerer und Stärkerer als er sich erhob, so mochte dieser den Häuptling töten, wenn er dazu in der Lage war, und seinen Platz einnehmen. Das mußte jedoch nach dem Gesetz in einem fairen und offenen Kampf unter den Augen des ganzen Stammes geschehen, und jeder der Kämpfer durfte nur eine Waffe führen. Dann, wenn er siegen sollte, gehörte die Höhle mit allen, welche dort lebten, ihm, und jedermann würde ihn als Häuptling anerkennen; wenn er jedoch besiegt werden sollte, würde man seinen Leichnam den Wölfen zum Fraß vorwerfen, denn das war das Los solcher, die versagten.

Kurz gesagt, obwohl Urk es nicht wußte, stellte er die Doktrin des Überlebens des Stärkeren auf und die der Herrschaft des Starken über den Schwachen, wie die Natur sie überall anwendet.

Zu diesem Zeitpunkt wurde ersichtlich, daß Henga wünschte, Urks Rede wäre endlich zu Ende, da er aus nur ihm bekannten Gründen sehr sicher war, seinen Feind, den er verachtete, rasch besiegen zu können, und zu seiner Höhle zurückkehren wollte, um dort die Lobpreisungen seiner Frauen entgegenzunehmen und dann zu schlafen und den Lachs zu verdauen, den er, wie von Pag vorausgesehen, fast bis zur Schwanzflosse aufgegessen hatte. Doch Urk ließ sich nicht zum Schweigen bringen. Hier war er der Herr – Hüter und Stimme der Zeremonien des Stammes, der natürlich jede Abweichung von den festgelegten Bräuchen als eins der schlimmsten Verbrechen betrachtete.

Alles müsse genau ausgeführt und erläutert werden, erklärte er, denn wie sonst könnte er seine Gebühr – Gewand und Waffen des Besiegten – redlich verdienen? Dabei warf er einen begehrlichen Blick auf Wis seltsame Axt, dergleichen er noch nie gesehen hatte, obwohl sein abgezehrter Arm kaum die Kraft gefunden hätte, sie zum Schlag zu erheben. Er verkündete mit vernehmlicher Stimme, daß er einst, in seiner Jugend, seinem Vater, welcher vor ihm Erster Zauberer gewesen sei, bei einer solchen Zeremonie assistiert habe, und der Umhang, den er noch immer trage – an der Stelle fuhr er mit der Hand über das glänzende, haarlose und zerlumpte Fell, das um seine Schultern hing – habe er von dem Leichnam des Besiegten genommen. Wenn er jetzt unterbrochen würde, setzte er hinzu, so würde er, als Zauberer, den furchtbarsten Fluch über den Verbrecher gegen Tradition und Privileg verhängen, und was das bedeute, wüßten sie sicher sehr gut.

Wi hörte zu, sagte jedoch nichts, doch Henga knurrte: »Dann beeil dich, du alter Narr, denn mir wird kalt, und bald ist es nicht mehr hell genug, damit ich diesen Burschen so zerschmettern kann, daß selbst sein Hund ihn nicht wiedererkennt.«

Nun führte Urk die Gründe auf, welche Wi zu dieser Herausforderung getrieben hatten, was er, verärgert über die Bezeichnung ›alter Narr‹ mit ätzender Schärfe tat. Er erzählte, daß Wi behauptet habe, Henga tyrannisiere die Menschen und gab einige sehr treffende Beispiele für diese Unterdrückung, die alle auf Wahrheit beruhten. Er berichtete von der Entführung und Ermordung von Wis Tochter Foa, mit der Wi Henga beschuldige, und daß die Götter über ein solches Verbrechen erzürnt seien. Er begann Gefallen an dieser Art Rede zu finden und begann, andere Beschwerden vorzubringen, die nichts mit Wi zu tun hatten, woraufhin Henga, der es nicht länger ertragen konnte, sich auf Urk stürzte und dem schwächlichen, alten Mann einen gewaltigen Fußtritt versetzte, daß dieser durch die Luft segelte.

Während Urk mühselig auf die Beine kam und davonhumpelte, wobei er auf Hengas Kopf seine wildesten, wenngleich ziemlich konfusen Zaubererflüche herabbeschwor, warf Henga den Tigerfellumhang von seinen Schultern, den ein Sklave auffing. Als Wi das gleiche tat, flüsterte Pag, der seinen Umhang an sich nahm, ihm zu: »Vorsicht! Er hält etwas in der rechten Hand verborgen. Er hat etwas vor.«

Dann watschelte er mit Wis Umhang beiseite, so daß der Riese und der Jäger einander in einem Abstand von fünf Schritten allein gegenüberstanden.

Noch während Pag beiseitetrat, riß Henga seinen Arm empor und schleuderte ein Feuersteinmesser mit einem Heft aus Walroßzahn nach Wi, das er in seiner riesigen Pranke verborgen gehalten hatte. Doch Wi, der vorgewarnt war, stand bereit, und als der laute Ruf: »Unehrlich!« aus der Menge erschallte, ließ er sich zu Boden fallen, und das Messer flog über ihn hinweg. Im nächsten Moment war er wieder auf den Beinen, und griff Henga an, der jetzt seine Keule mit beiden Händen umfaßt hielt und sie hochriß, um ihn damit zu zerschmettern.

Doch bevor sie niederfallen konnte, schlug Wi, der sich an Pags Rat erinnerte, mit aller Kraft zu. Henga riß die Keule seitwärts, um seinen Kopf zu schützen. Wis Axt traf sie ein Stück oberhalb seiner Hände, und das scharfe Eisen, in der Schmiede des Himmels gegossen, drang durch das harte Holz, so daß der dicke Teil der Keule absplitterte und zu Boden fiel, ein Anblick, der die Menschen vor Verwunderung aufschreien ließ.

Henga warf das Griffende der Keule nach Wi und traf ihn an der Stirn. Während Wi rückwärts taumelte, hob Henga den dicken Teil der Keule auf. Wi blieb stehen und wischte sich das Blut aus den Augen, denn das zersplitterte Holz hatte ihm die Haut aufgerissen. Dann griff er Henga erneut an, wobei er darauf achtete, außer Reichweite der nun kürzer gewordenen Keule zu bleiben, und versuchte, wieder Pags Rat folgend, Henga ins Knie zu treffen. Doch die Arme des Riesen waren sehr lang, und der Stiel von Wis Axt war kurz, so daß er da einige Schwierigkeiten hatte. Doch schließlich traf seine Axt, und wenngleich keine Sehne zertrennt wurde, drang die Schneide doch so tief in Hengas Fleisch oberhalb des Knies ein, daß dieser laut aufbrüllte.

Außer sich vor Wut und Schmerz änderte der Riese jetzt seine Taktik. Er ließ die Keule fallen, als Wi sich nach seinem Schlag aufrichtete, sprang ihn an und umklammerte ihn mit seinen gewaltigen Armen, um ihn zu zerdrücken, wie es ein Bär mit seiner Beute tut. Sie rangen miteinander.

»Jetzt ist alles aus«, stöhnte Whaka. »Ein Mann, den Henga umarmt, ist tot.«

Pag, der neben ihm stand, schlug ihm auf den Mund und sagte: »Meinst du? Sieh hin, Rabe, sieh hin!«

Während er sprach, glitt Wi aus Hengas Umklammerung, wie ein Aal aus der Hand eines Kindes gleitet. Nun packte Henga ihn beim Kopf; doch Wis Haar war abgeschnitten, und die Reste glatt vom Öl, so daß er keinen Halt fand. Der Riese schlug mit seiner gewaltigen Faust zu, ein furchtbarer Schlag, der Wi an die Stirn traf und zu Boden warf. Bevor er auf die Beine kommen konnte, warf Henga sich auf ihn, und die beiden rangen auf dem sandigen Boden.

Nie zuvor hatte der Stamm einen Kampf wie diesen erlebt, noch berichteten die Sagen von einem solchen. Sie wanden sich, sie rollten von einer Seite auf die andere, wobei manchmal dieser oben lag, dann jener. Henga versuchte, Wi bei der Kehle zu packen, doch seine Hände fanden keinen Halt an der eingeölten Haut; immer wieder gelang es dem Jäger, sich dem tödlichen Griff zu entwinden, und zwei- und dreimal fand er Gelegenheit, Henga mit der Faust ins Gesicht zu schlagen.

Schließlich sah man sie gemeinsam auf die Füße kommen, wobei Hengas Arme noch immer um Wi geklammert waren, den loszulassen er nicht wagte, da er selbst jetzt waffenlos war, während die Axt nach wie vor am Handgelenk des Jägers hing. Sie rangen, taumelten vor und zurück, mit Blut und Sand und Schweiß bedeckt. Die Zuschauer schüttelten den Kopf, denn wie, fragten sie sich, konnte irgendein Mann gegen das Gewicht und die Kraft Hengas bestehen? Doch Pag, dessen helles Auge alles beobachtete, flüsterte Aaka, die in ihrer Unruhe und Angst ihren Haß vergessen hatte und zu ihm getreten war, zu: »Kopf hoch, Frau! Der Lachs zeigt seine Wirkung. Henga wird müde.«

Es stimmte. Der Griff des Riesen wurde schwächer, sein Atem ging in keuchenden Stößen, und außerdem begann das Bein, in das die Schneide von Wis Axt gefahren war, zu erlahmen, und er wagte nicht mehr, es mit seinem ganzen Gewicht zu belasten. Trotzdem gelang es ihm, unter Aufbietung all seiner Kräfte, Wi mit einer solchen Gewalt von sich zu stoßen, daß der Jäger zu Boden geschleudert wurde und dort für einen Moment liegen blieb, als ob er benommen wäre oder ihm die Luft aus den Lungen gepreßt worden wäre.

Moananga stöhnte laut auf und erwartete, Henga auf den wehrlosen Körper seines Feindes springen zu sehen, um ihn zu Tode zu trampeln. Doch mit dem Mann ging eine plötzliche Veränderung vor. Es war, als ob er von Angst gepackt würde. Oder vielleicht glaubte er, daß Wi tot sei. Wenn dem so war, so machte er sich nicht die Mühe, sich dessen zu vergewissern, sondern wandte sich um und lief zur Höhle. Wi, der wieder zu Sinnen oder zu Atem kam, oder beides, setzte sich auf und sah ihn fliehen. Dann sprang er mit einem wilden Schrei auf die Füße und hetzte Henga nach, gefolgt von allen Menschen des Stammes; ja selbst der alte Urk humpelte mit und stützte sich dabei auf den Stab seiner Amtswürde.

Henga hatte einen weiten Vorsprung, doch sein verletztes Bein wurde mit jedem Schritt schwächer, und Wi lief so schnell wie ein Hirsch. Direkt im Höhleneingang holte er ihn ein, und alle, die ihm gefolgt waren, sahen das Aufblitzen einer niederfahrenden Axt und hörten den dumpfen Schlag, mit der sie in Hengas Rücken fuhr, der durch die Wucht des Schlages vorwärtsgeschleudert wurde. Dann verschwanden beide im Dunkel der Höhle, während die anderen vor ihr stehen blieben und auf den Ausgang des Kampfes warteten, wie immer er sein mochte.

Wenig später sahen sie Bewegung in den Schatten, und dann trat ein Mann hervor. Es war Wi, und er trug etwas in seinen Händen, Wi, an dessen rechtem Handgelenk noch immer die jetzt rotgefärbte Axt hing. Er stolperte heraus; ein Strahl der versinkenden Sonne drang durch den Nebel und fiel voll auf ihn und das, was er in seinen Händen trug. – Siehe! – Es war der gewaltige Kopf Hengas.

Einen Augenblick lang stand Wi reglos, wie in Trance, während der Stamm ihn jubelnd zu seinem neuen Häuptling durch das Recht des Siegers ausrief. Dann verließen ihn die Sinne, und er fiel schwer in die Arme Pags, der, als er sah, daß er zusammenbrechen würde, Aaka beiseite stieß und ihn auffing.

Da sie sich unmittelbar vor der Höhle befanden, wurde Wi hineingebracht, und dann schleiften sie den Leichnam des Riesen Henga heraus, als ob er nicht mehr als ein Hundekadaver wäre. Später wurde er, auf Befehl Wis, zum Fuße des Gletschers getragen, wie er es versprochen hatte, und dort als Opfergabe für die Eisgötter auf den Boden gelegt. Einige Menschen, denen er Unrecht getan hatte und die ihn haßten, nahmen seinen Kopf, kletterten auf eine abgestorbene Kiefer, deren Spitze vom Sturm abgerissen war, und die in der Nähe stand, und spießten ihn auf das zersplitterte Ende, von wo er mit leeren Augen auf die Hütten herabstarrte, während die langen Haare im Winde wehten.

Als sie die Höhle betraten, die sehr geräumig war, fanden sie sie voller Frauen, die sich beeilten, ihrem neuen Herrn ihre Reverenz zu erweisen, obwohl Wi noch immer bewußtlos war, und sich um ihn drängten, bis Pag sie, unter Mithilfe von Moananga und anderen, alle hinausjagte und erklärte, wenn Häuptling Wi einige von ihnen haben wollte, würde er sie holen lassen. Er fügte hinzu, daß er dies jedoch nicht für wahrscheinlich hielte, da sie alle so häßlich seien, was wahrlich nicht der Fall war. Also gingen sie fort, suchten sich Obdach, wo immer sie es fanden, und hegten großen Zorn gegen Pag, weil er sie vertrieben hatte, ihrer Meinung nach, weil er ihnen nicht traute und befürchtete, daß sie, Hengas Ehefrauen, Wi durch Gift oder auf andere Weise beseitigen könnten.

Wi, den man in einer kleinen Steinhöhle in der Nähe eines hell brennenden Feuers auf Hengas Bett gelegt hatte, kehrte bald wieder ins Bewußtsein zurück, und nachdem er etwas Wasser getrunken hate, das einer der Sklaven Hengas ihm brachte – denn diese waren nicht wie die Frauen vertrieben worden –, fragte er als erstes nach Foh, den er in die Arme schloß, und dann nach Pag, dem er befahl, Aaka zu suchen. Doch Aaka, die erfahren hatte, daß er wieder bei Bewußtsein und kaum verletzt sei, war fortgegangen, um, wie sie sagte, in ihrer Hütte nach dem Feuer zu sehen, damit es nicht erlösche, jedoch am Morgen zurückkommen würde.

Also brachten Pag und Moananga von dem, was sie in der Höhle vorfanden, Wi etwas zu essen, darunter auch den Rest jenes Lachses, den Henga aufgehoben hatte, um ihn nach dem Kampf zu essen. Nachdem er sich gestärkt hatte, drehte Wi sich auf die Seite und schlief, da er so völlig erschöpft war, daß er nicht einmal sprechen konnte. Foh kroch an seine Seite, da er seinen Vater nicht verlassen wollte, und schlief ebenfalls.

Wi schlief die ganze Nacht hindurch, und als er am Morgen erwachte, war er allein, denn Foh war fortgegangen. Er fühlte sich steif und zerschlagen; an seinem Hinterkopf war eine große Beule, von dem Sturz, als Henga ihn zu Boden geschmettert hatte. Außerdem schmerzte sein ganzer Körper von den Umklammerungen des Riesen; auf seiner Stirn war ein langer, tiefer Riß, wo der Griff der Keule ihn getroffen hatte, und seine Haut war von Hengas krallenartigen Fingernägeln aufgekratzt. Doch spürte er, daß kein Knochen gebrochen und sein Körper gesund und unversehrt war. Dankbarkeit erfüllte sein Herz, als er das erkannte, da er sehr wohl hätte jetzt dort sein können, wo Henga war.

Wem verdankte er seinen Sieg – den Eisgöttern? Vielleicht. Wenn dem so war, so dankte er ihnen dafür, da ihn nicht zu sterben verlangte und er fühlte, daß er für den Stamm Arbeit zu tun hatte. Doch die Eisgötter schienen sehr kalt und sehr weit entfernt, und obwohl der Stein herabgefallen war, mochte das Zufall gewesen sein, so daß er sich fragte, ob er und sein Schicksal sie überhaupt kümmerten. Pag glaubte, daß es keine Götter gäbe, und vielleicht hatte er recht. Zumindest dies war klar: wenn Pag nicht gewesen wäre, hätten die Götter ihn gestern nicht vor dem Riesen Henga errettet, dem mächtigsten Manne, von dem jemals in der Geschichte des Stammes berichtet worden war, selbst von Urk und den anderen, die sich solche Geschichten ausdachten und sie dann in Winternächten beim Feuer sangen, wie die von Henga, der einmal einen wilden Bullen bei den Hörnern gepackt und ihm mit bloßen Händen das Genick gebrochen hatte.

Pag war es, der ihn von Kopf bis Fuß eingeölt und ihm das Haar abgeschnitten hatte, so daß Henga ihn nicht festhalten konnte. Pag war es, der ihm die wunderbare Axt angefertigt hatte, die jetzt auf dem Bett neben ihm lag, nach wie vor an sein Handgelenk gebunden, ohne die er Henga nicht hätte niederschlagen können, als dieser die Sicherheit der Höhle erreichte, oder ihm jene tiefe Wunde über dem Knie beibringen, die ihn schließlich bewogen hatte, den Kampf aufzugeben und wegzulaufen, obwohl er, Wi, am Boden lag, und die seinen Lauf so gehemmt hatte, daß Wi ihn einholen konnte. Pag war es auch, der ein großes Herz in seine Brust gesetzt hatte, indem er ihm zuredete, keine Furcht zu haben, da er an diesem Tage siegen würde, Worte, an die er sich geklammert hatte, als alles verloren schien. Und jetzt war Henga tot, denn nachdem der Schlag in den Rücken ihn zu Boden gestreckt hatte, hatten zwei Schläge der wunderbaren Axt genügt, seinen dicken Hals zu durchtrennen, was mit keiner anderen Waffe möglich gewesen wäre. Foa war gerächt, Foh und Aaka waren gerettet, und er, Wi, war der Herr der Höhle und Häuptling des Volkes. Deshalb sollte

Pag, schwor Wi, obwohl ein mißgestalteter Zwerg, den alle haßten und ›Wolfsmann‹ nannten, der zweite Mann im Stamme sein und sein Berater. Ja, dies schwor er, obwohl er wußte, daß Aaka wegen ihrer Eifersucht wenig Freude daran haben würde.

Während er auf dem Bett lag und all dies bedachte, bemerkte er im Morgenlicht, das in die Höhle kroch, daß drei der Frauen, die jüngsten und schönsten von ihnen, zurückgekehrt waren und in einiger Entfernung beieinander standen, flüsternd miteinander sprachen und zu ihm herüberblickten. Dann schienen sie zu irgendeinem Entschluß gekommen zu sein, denn sie traten schweigend auf ihn zu, was Wi veranlaßte, seine Axt zu umklammern. Als sie sahen, daß seine Augen geöffnet waren, knieten sie nieder und verbeugten sich so tief, daß ihre Stirnen den Boden berührten, nannten ihn ihren Herrn und Meister und sagten, daß sie bei ihm zu bleiben wünschten, der so stark und mächtig sei, daß er Henga getötet hatte, und schworen, ihm treu zu sein.

Wir hörte verwundert zu und wußte nicht, was er darauf antworten sollte. Er hatte nicht die geringste Absicht, diese Frauen in seinen Haushalt aufzunehmen, wenn aus keinem anderen Grund, so deshalb, weil er jeden, den Henga berührt hatte, haßte; doch da er ein gutmütiger Mensch war, wollte er ihnen das nicht in so grober Form sagen. Während er noch nach den passenden Worten suchte, kroch eine der Frauen auf ihn zu ergriff seine Hand, drückte sie gegen ihre Stirn und küßte sie. Es war zu diesem Augenblick, daß Aaka erschien, begleitet von Pag. Die drei Frauen sprangen auf, liefen ein paar Schritte zurück und drängten sich ängstlich aneinander, während Pag mit tiefer Stimme lachte und Aaka, die sich zu ihrer vollen Größe aufrichtete, sagte: »Wie es scheint, hast du dich in deinem neuen Haus bereits heimisch gemacht, da ich sehe, daß Hengas abgelegte Frauen dich in Liebe küssen.«

»In Liebe!« antwortete Wi. »Bin ich in der Verfassung für Liebe? Die Frauen kamen – ich habe sie nicht gerufen.«

»O ja, sie kamen, weil sie wußten, wo sie willkommen sein würden; vielleicht sind sie gar nicht fort gewesen. Ich sehe bereits, daß in dieser Häuptlingshöhle kein Platz für mich ist. Nun, ich bin froh darüber, da mir meine Hütte ohnehin lieber ist als so ein dunkles Loch.«

»Aber oft, Frau, habe ich dich sagen hören, vor allem im Winter, wenn der Wind durch die Hütte blies, du wünschtest, warm und sicher in der Höhle des Häuptlings zu liegen.«

»Habe ich das gesagt? Nun, dann habe ich eben meine Meinung geändert, da ich nicht zu Hengas Familie gehörte und deshalb diesen Ort niemals gesehen habe.«

»Friede, Frau«, sagte Pag, »und laß uns sehen, wie es Häuptling Wi geht. Was diese Sklaven betrifft, so habe ich sie einmal hinausgejagt und werde es wieder tun. Häuptling, wir haben dir Nahrung gebracht. Kannst du essen?«

»Ich denke schon«, antwortete Wi, »wenn Aaka mich stützt.«

Aaka blickte wütend die drei Frauen an, dann noch wütender Pag, so daß Wi glaubte, sie würde sich weigern. Falls dem so gewesen war, änderte sie jedoch ihre Meinung, und sie stützte Wi, als dieser sich aufsetzte, da er zu steif war, es ohne Hilfe zu schaffen, während Foh, der jetzt zurückgekehrt war, ihm kleine Bissen in den Mund schob und dabei ununterbrochen über den Kampf sprach.

»Hast du denn keine Angst um deinen Vater gehabt?« fragte Wi schließlich, »der gegen einen Riesen kämpfen mußte, der doppelt so groß war wie er?«

»O nein«, antwortete Foh fröhlich. »Pag hat mir gesagt, daß du am Ende siegen würdest und ich deshalb keine Angst haben dürfe, und Pag hat immer recht. Dennoch«, setzte er hinzu und schüttelte den Kopf, »als ich dich am Boden liegen sah und du dich nicht bewegtest, glaubte ich, daß Henga auf dich springen und dich zertrampeln würde, und begann zu fürchten, daß Pag zum ersten Mal Unrecht gehabt haben mochte.«

Wi lachte, hob mit einiger Anstrengung die Hand und

strich über Fohs lockiges Haar. Pag knurrte aus dem Hintergrund: »Denke nie wieder, daß ich mich irren könnte, denn ein Gott lebt nur vom Glauben jener, die ihn verehren« – Worte, die Foh überhaupt nicht verstand.

Und auch Aaka verstand sie nicht ganz, vermutete jedoch, daß Pag sich mit einem Gotte verglich, und haßte ihn dafür noch mehr. Obwohl sie auf ihre Art an die Götter glaubte, weil ihre Vorväter es auch getan hatten, war sie doch keine spirituell veranlagte Frau und mochte dieses Gerede von Göttern nicht, die, wenn sie überhaupt existieren sollten, Wesen waren, die man fürchten mußte. Ja, sie hatte Wi hinausgeschickt, um zu den Eisgöttern zu beten, an die er glaubte, und nach dem Zeichen des herabfallenden Steines zu schauen; doch hatte sie das nur deshalb getan, weil sie entschieden hatte, es sei an der Zeit, gegen Henga zu kämpfen und den Tod Foas zu rächen, wenn ihm das möglich war, auch wenn er dabei das Risiko auf sich nähme, getötet zu werden; und sie wußte, um diese Zeit des Jahres war nach Sonnenaufgang fast sicher damit zu rechnen, daß ein Stein herabfiel, denn es lagen Hunderte davon auf der Stirn des Gletschers, und daß Wi ohne irgendein Zeichen der Götter nichts unternehmen würde. Dennoch hatte sie sich versichert, daß an jenem Morgen einer oder mehrere dieser Steine bestimmt herabstürzen würden.

Außerdem besaß sie eine gewisse hellseherische Begabung, die Frauen oft eigen ist, besonders denen der nördlichen Rassen, welche ihr sagte, daß Wi Henga besiegen würde. Sie hatte behauptet, daß etwas davon ihr in einem Traum enthüllt worden wäre; in dem Foa ihr erschienen sei, und es entsprach der Wahrheit, daß Foa ihr in einem Traum erschienen war und ihr gesagt hatte, Wi würde sie an Henga rächen, denn der Rachedurst und ihr Wunsch nach Hengas Tod waren in Aakas Denken ständig gegenwärtig.

Deshalb runzelte sie jetzt die Stirn und erklärte Foh, es sei töricht, etwas zu glauben, nur weil es aus dem Munde Pags komme.

»Aber Mutter«, antwortete Foh, »was Pag sagte, war doch

wahr. Außerdem hat er diese wunderbare Axt gemacht und hat Vaters Haut eingeölt und sein Haar abgeschnitten, woran niemand sonst gedacht hat.«

Nun unterbrach Pag, der diesem Gerede ein Ende setzen wollte, und sagte: »Das ist doch alles nichts, Foh, und wenn ich diese Dinge getan habe, so nur, weil eine so häßliche Mißgeburt wie ich, der anders als andere geboren wurde, daran denken muß, sich und jene, die er liebt, durch Weisheit zu schützen, wie es auch die Wölfe und andere wilde Tiere tun. Menschen, die schön sind, wie dein Vater und deine Mutter, brauchen nicht zu denken, denn sie können sich auf andere Weise schützen.«

»Aber vielleicht denken sie genauso viel wie du, Zwerg«, sagte Aaka wütend.

»Ja, Aaka, zweifellos denken sie, nur nicht so scharf. Der Unterschied ist, daß solche wie ich richtig denken, und sie falsch.«

Ohne auf eine Antwort zu warten, watschelte Pag davon, um seinen eigenen Geschäften nachzugehen. Aaka blickte ihm mit einem erstaunten Ausdruck in ihren hübschen Augen nach, und fragte dann: »Wird Pag mit dir in dieser Höhle wohnen, Mann?«

»Ja, Frau. Jetzt, wo ich Häuptling bin, wird er, dem ich so viel schulde, er, der Weise und der Axt-Geber, mein Berater sein.«

»Dann werde ich in meiner Hütte leben«, antwortete sie, »wo du mich besuchen kannst, wenn du magst. Ich hasse diese Höhle; sie riecht nach Henga und seinen Sklavenfrauen. Pfui!«

Damit ging sie fort, um später zurückzukehren, das ist wahr. Doch was das Schlafen in der Höhle betraf, so hielt sie ihr Wort – das heißt, bis es Winter wurde.

## 7

## *Der Schwur Wis*

Da Wi sehr kräftig und gesund war, erholte er sich rasch von dem großen Kampf, obwohl er noch eine Weile an eiternden Wunden an den Stellen litt, wo Henga, dessen Fingernägel anscheinend so giftig wie die Zähne eines Wolfes waren, ihn gekratzt hatte. Schon am folgenden Tage kam er aus der Höhle heraus und wurde von allen Menschen des Stammes erwartet, die ihn als ihren neuen Häuptling willkommen heißen wollten. Dieses taten sie auch mit großer Herzlichkeit durch den Mund von Urk, dem Alten, dann trug dieser ihm ihre Klagen über Mißstand vor, von denen sie eine lange Liste vorbereitet hatten. Mißstände, die er, der neue Herrscher, nun beseitigen solle.

Als erstes beschwerten sie sich über das Klima, das seit einigen Jahren so seltsam kalt und sonnenlos geworden sei. Um dem abzuhelfen, sagte er ihnen, müßten sie zu den Eisgöttern beten, worauf einer rief, daß, wenn sie das täten, diese Götter ihnen nur noch mehr Eis schicken würden, wovon sie bereits genug hätten; ein Argument, dem Wi nichts entgegenzusetzen hatte. Er sagte jedoch, daß sich das Wetter vielleicht auf Grund der Missetaten Hengas verändert hätte, und sich jetzt, da er fort sei, wieder bessern mochte.

Als nächstes sprachen sie über ein delikates und häusliches Problem. Es gäbe, so erklärten sie, nur sehr wenige Frauen unter ihnen, sie seien so knapp, daß manche Männer, obwohl sie bereit waren, selbst eine häßliche und zänkische Frau zu nehmen, keine Frau finden und kein Heim gründen könnten. Doch einige der stärksten und reichsten Männer holten sich drei oder vier in ihren Haushalt, und der verstorbene Häuptling hatte sich, seiner Stellung und Macht entsprechend, zwischen fünfzehn und zwanzig der jüngsten und hübschesten Frauen genommen, welche Wi, wie sie vermuteten, nun für sich zu behalten gedächte.

Zu diesem Punkt erklärte Wi, daß dies absolut nicht in seiner Absicht läge, was sie zu gegebener Zeit selbst würden feststellen können, und was die Knappheit von Frauen beträfe, so sei die auf ihre Gewohnheit zurückzuführen, weibliche Kinder bei der Geburt auszusetzen, um sich die Mühe und die Kosten ihrer Aufzucht zu ersparen.

Dann kamen sie zu anderen Problemen, wie den drükkenden Abgaben. Der Häuptling nähme zu viel, sagten sie, und gäbe zu wenig. Er leiste keine Arbeit und produziere nichts, doch er und sein großer Haushalt erwarteten, im Überfluß und mit dem Allerbesten versorgt zu werden. Außerdem nähme er ihnen ihre Frauen und Töchter weg, plündere ihre Vorräte an Nahrung und Fellen und beginge gelegentlich sogar Morde.

Schließlich bevorzuge er gewisse reiche Männer unter ihnen – hier maß Urk Turi, den Nahrungshamsterer, den Gierigen und Rahi, den Reichen, den Händler von Angelhaken, Fellen und Feuersteingeräten, welche er durch Zwangsarbeit herstellen ließ, und für die er die Hersteller nur mit ein wenig Nahrung in Notzeiten bezahlte, mit scharfen Blicken. Diese reichen Männer würden, behaupteten sie, von dem Häuptling beschützt, dem sie einen guten Teil ihrer unehrlich erworbenen Güter abgeben müßten, wofür er ihnen Ehrenämter gäbe und ihnen feine Titel verliehe, wie Berater, zum Beispiel, und anderen befahl, daß sie sich vor ihnen zu verneigen hätten.

Wi erklärte, daß er diese Praktiken nicht zu übernehmen gedenke und dem Unrecht ein Ende machen würde.

Schließlich lenkten sie seine Aufmerksamkeit auf den Bruch eines alten Gesetzes, wenn jemand, der ein Tier erlegt oder in einer Fallgrube gefangen oder es tot aufgefunden oder mit der Angel gefangen hatte und es für den Winter aufzubewahren gedachte, dieses Tieres von einer Horde hungriger Nichtstuer beraubt würde, die von den Fleißigen leben wollten, ohne selbst zu arbeiten.

Auch darum versprach Wi sich zu kümmern.

Dann erklärte er, daß er den ganzen Stamm am Tage des

nächsten vollen Mondes zu einer Zusammenkunft rufen werde, bei der er die Ergebnisse seiner Überlegungen bekanntgeben und neue Gesetze verkünden werde, über deren Annahme der Stamm entscheiden solle.

Während der Zeit zwischen dieser Versammlung und der des Vollmondtages, nämlich siebzehn Tage, dachte Wi sehr viel nach. Stundenlang ging er am Ufer auf und ab, nur von Pag begleitet, den Aaka verächtlich als seinen ›Schatten‹ bezeichnete, mit dem er sich sehr ernsthaft beriet. Gegen Ende dieser Zeitspanne, zog er auch Urk, den Alten, Moananga, seinen Bruder, und zwei oder drei weitere Männer hinzu, von denen keiner besonders hervorstechend war, die er jedoch als ehrlich und fleißig kannte.

Die anderen Menschen des Stammes, von Neugier zerfressen, versuchten aus diesen Männern herauszuquetschen, worüber der Häuptling mit ihnen sprach. Doch sie sagten nichts. Dann setzten sie die Frauen auf sie an, die, da sie noch neugieriger waren, alles versuchten, um durch ihre weiblichen Listen herauszubekommen, was sie wissen wollten. Selbst Tana, Moanangas Frau, spielte dieses Spiel mit, indem sie ihm drohte, kein Wort mehr mit ihm zu sprechen, ihn nicht einmal anzusehen, bis er es ihr gesagt hätte. Doch er tat es nicht, und die anderen auch nicht, woraufhin entschieden wurde, daß Wi oder Pag, oder auch alle beide, einen mächtigen Zauber besitzen müßten, da er die Zungen der Männer im Zaume hielt, selbst wenn die Frauen sie versuchten.

Nun geschah etwas Seltsames. Von dem Tage an, da Wi Häuptling wurde, besserte sich das Wetter. Endlich zogen die kalten, schneeschwangeren Wolken ab; endlich verebbte der eisige Wind aus dem Norden und Osten; endlich, wenn auch sehr verspätet, kam der Frühling, oder vielmehr der Sommer, denn in diesem Jahr gab es keinen Frühling. Robben erschienen, wenn auch nicht in gewohnten Mengen; die Lachse, die vom Eise festgehalten worden schienen, schwammen in Schwärmen die Flüsse hinauf, und Eiderenten und andere Vögel trafen ein und bauten ihre Nester.

»Spät gekommen, bald gegangen«, sagte Pag, als er all dieses bemerkte. »Dennoch, es ist besser als nichts.«

So kam es, daß an dem festgesetzten Tag die Menschen des Stammes, sattgegessen und in bester Stimmung, vor ihren Häuptling traten, den sie jetzt als Glücksbringer ansahen. Selbst Aaka war gut gelaunt, und als Tana, ihr sowohl blutsverwandt als auch durch ihre Heirat mit Wis Bruder, sie fragte, was geschehen würde, antwortete sie lachend: »Ich weiß es nicht, doch zweifellos wird man uns irgendeinen Unsinn erzählen, den Wi und dieser Wolfsmann zusammen ausgebrütet haben, leere Worte, wie das Schnattern von Wildgänsen, welches viel Lärm macht und bald vergessen ist.«

»Jedenfalls ist Wi sehr gut zu dir«, sagte Tana zusammenhanglos, »denn er hat alle Sklavenfrauen Hengas fortgeschickt.«

»O ja, er benimmt sich recht ordentlich, aber wie lange wird das dauern? Kann man erwarten, daß er jetzt, wo er Häuptling geworden ist, anders lebt als die früheren Häuptlinge, da ein Mann doch gleich allen anderen ist? Einer ist wie der andere. Außerdem«, setzte sie säuerlich hinzu, »hat er zwar die Frauen hinausgeworfen, doch Pag hat er behalten.«

»Was kann dir das ausmachen?« fragte Tana und riß erstaunt ihre großen Augen auf.

»Viel mehr als alles andere, Tana. Wenn du es verstehen könntest, was du aber nicht kannst: es ist Wis Verstand, auf den ich eifersüchtig bin, auf nichts anderes von ihm, und dieser Zwerg besitzt seinen Verstand.«

»Wirklich!« sagte Tana und starrte sie an. »Das ist aber eine seltsame Eifersucht. Was mich betrifft, so mag sich jeder an Moanangas Verstand vergnügen. Er selbst ist es, auf den ich eifersüchtig bin, und mit gutem Grund, nicht auf seinen Verstand.«

»Nein«, sagte Aaka scharf, »weil er keinen besitzt. Bei Wi ist das etwas anderes; sein Verstand ist mehr als sein Körper, und deshalb will ich ihn ganz für mich haben.«

»Dann solltest du lernen, so klug wie Pag zu sein«, antwortete Tana leicht verärgert und wandte sich ab, um mit jemand anderem zu sprechen.

Die Menschen waren auf dem großen Platz vor der Höhle versammelt, demselben Platz, auf dem Wi Henga besiegt hatte. Dort standen oder saßen sie im Halbkreis, jene von höherem Ansehen vorne, die anderen hinter ihnen. Schließlich blies Winiwini ins Horn, einen langen, kräftigen Ton – denn dieses Mal hatte er keine Angst vor Steinen oder aus anderen Gründen – um die Ankunft des Häuptlings zu verkünden. Dann trat Wi, in den Tigerfellumhang gekleidet, den Henga zu tragen pflegte – und von dem Aaka sagte, daß er ihm zu groß sei und auch sehr ausgefranst – auf die Versammelten zu, gefolgt von Moananga, Urk, Pag und den anderen, und setzte sich auf einen Stuhl, der aus zwei zusammengebundenen Wirbeln eines Wales gefertigt und für ihn bereitgestellt worden war.

»Ist der ganze Stamm hier versammelt?« fragte Winiwini, der Herold, worauf der Sprecher antwortete, daß dem so sei, mit Ausnahme einiger, denen zu kommen unmöglich wäre.

»Dann hört die Worte des Häuptlings, des großen Jägers, des mächtigen Mannes, des Bezwingers von Henga, dem Bösen – das heißt, falls nicht vorher einer mit ihm um die Herrschaft kämpfen will.« Er machte eine lange Pause.

Als niemand sich meldete – denn welcher Mann, der bei normalem Verstande war, hatte Lust, sich gegen die wunderbare Axt zu stellen, die den gewaltigen Kopf Hengas abgeschlagen hatte, dessen Augenhöhlen noch immer von der Spitze des abgebrochenen Baumes herabstarrten? – erhob sich Wi und begann seine Ansprache.

»O Menschen des Stammes«, sagte er, »wir glauben, daß es nirgends solche wie uns gibt, zumindest haben wir keine am Meeresufer oder in den Wäldern angetroffen, obwohl es stimmt, daß in dem Eis des Gletschers, hinter dem mächtigen Schläfer, etwas ist, das wie ein Mann aussieht. Doch wenn es wirklich einer ist, so muß er vor einer langen, langen Zeit gelebt haben, falls er nicht wahrhaftig ein Gott sein sollte. Vielleicht war er ein Vorvater des Stammes, der ins Eis gegangen und dort begraben worden ist. Da wir also die einzigen Menschen sind und viel erhabener als die Tiere – obwohl sie auf manche Weise stärker sind als wir –, denn wir können denken und sprechen und Hütten bauen und viele andere Dinge tun, zu denen die Tiere nicht in der Lage sind, ist es rechtens, daß wir zeigen, um wieviel besser wir sind als sie, und zwar durch unser Verhalten gegeneinander.«

Da es den Menschen noch nie eingefallen war, sich mit den Tieren ihrer Umgebung zu vergleichen, wurden diese erhabenen Gedanken mit Schweigen aufgenommen. Doch wenn sie überhaupt über diese Frage nachdachten, wären die meisten von ihnen, wenn sie Menschen und Tiere miteinander verglichen, sicher geneigt gewesen, die Palme den letzteren zu überreichen.

Konnte irgendein Mann, würden sie gesagt haben und sagten sie auch in späteren Gesprächen, sich mit der Kraft eines Auerochsen messen, des wilden Bullen des Waldes, oder mit der des Wales der See? Konnte irgendein Mensch schwimmen wie eine Robbe, oder fliegen wie ein Vogel, oder so schnell und so wild sein wie der gestreifte Tiger, der in den Höhlen lebte, oder in Rudeln jagen wie die blutgierigen Wölfe, oder solche Häuser bauen, wie es die Vögel taten, oder durch die Luft fliegen, oder viele andere Dinge mit der Perfektion dieser Kreaturen tun, welche den Himmel oder das Meer oder das Land bevölkerten? Waren, um die Dinge einmal von der anderen Seite aus zu betrachten, diese Kreaturen auf ihre Art nicht genauso klug wie der Mensch? Und, obwohl ihre Sprache nicht zu verstehen war, redeten sie nicht auch miteinander, wie es die Menschen taten, und beteten ihre eigenen Götter an? Wer konnte das bezweifeln, wenn er die Wölfe und die Hunde den Mond anheulen hörte? Doch von all diesem sagten sie zu der Zeit nichts.

Nachdem er so die Generallinie festgelegt hatte, fuhr Wi mit der Feststellung fort, daß er die Beschwerden der Menschen angehört habe und nach eingehender Beratung mit den weisesten unter ihnen zu der Erkenntnis gekommen sei, daß es an der Zeit war, neue Gesetze zu schaffen, die einzuhalten sich alle verpflichten müßten. Oder, falls nicht alle mit ihnen einverstanden sein sollten, würden solche, die dagegen seien, sich der Mehrheit unterordnen, die dafür war, oder, wenn sie sich dagegen auflehnten, als Übeltäter angesehen und bestraft werden. Wenn sie damit einverstanden seien, so sollten sie das mit einer Stimme verkünden.

Dies taten sie, einmal, weil sie des Stillsitzens müde waren und es ihnen eine Gelegenheit zum Schreien gab, und zweitens, weil sie die Gesetze nicht gehört hatten. Nur zwei oder drei der Schlauesten riefen, daß sie vorher die Gesetze hören wollten, doch wurden diese von den allgemeinen Schreien der Zustimmung niedergebrüllt.

Als erstes, fuhr Wi fort, sei da die Angelegenheit des Mangels an Frauen, welche jedoch zu einem gewissen Grade behoben werden konnte, wenn jeder Mann sich von nun an mit einer Frau begnügte, wozu er, Wi, absolut bereit sei, und bei den Göttern schwöre, daß er diesen Eid halten und auf sein Haupt und auf die Häupter des Volkes, dessen Häuptling er sei, den Zorn und die Rache der Götter herabbringen würde, wenn er diesen Eid brechen sollte und sie ihm erlauben würden, das zu tun.

In der Stille, die dieser überraschenden Verkündigung folgte, flüsterte Tana Aaka erfreut zu: »Hast du gehört, Schwester? Was hältst du von diesem Gesetz?«

»Ich glaube, daß es nichts bewirkt«, antwortete Aaka verächtlich. »Wi und die anderen Männer werden ihm nur so lange gehorchen, bis sie eine Frau sehen, die in ihnen den Wunsch wachruft, es zu brechen; außerdem werden auch viele der Frauen es ablehnen. Haben sie denn Lust, alle Arbeit im Haushalt zu tun, und das Essen für die ganze Familie zu kochen, wenn sie alt geworden sind? Soviel zu diesem Gesetz, das so närrisch ist, wie alles Neue.« Sie schnippte mit den Fingern. »Dennoch bin ich dafür, es anzunehmen, da es uns einen Stock in die Hand gibt, mit dem wir unsere Männer prügeln können, wenn sie es vergessen, was Wi, über kurz oder lang selbst feststellen wird, dieser törichte Träumer, der glaubt, die Natur der Menschen mit ein paar Worten ändern zu können. Falls es nicht Pag war, der sie ihm in den Kopf gesetzt hat, Pag, der weder Mann noch Frau ist, sondern nur ein Zwerg und ein Wolfshund.«

»Wolfshunde sind manchmal sehr nützlich, Aaka«, sagte Tana nachdenklich, dann wandte sie sich ab, um auf die Worte der anderen zu hören.

Deren gab es viele, denn sobald die Bedeutung von Wis überraschendem Vorschlag klar geworden war, erhob sich ein großer Tumult. All die Männer, die keine Frau hatten oder sich die eines anderen Mannes wünschten, brüllten vor Freude, wie auch viele Frauen, die Mitglieder großer Haushalte und deshalb sehr vernachlässigt waren. Andererseits protestierten einige der Herren solcher Haushalte lautstark dagegen, während andere ihm mit einem Achselzucken und verhaltenem Lächeln zustimmten.

Lange und lautstark war die folgende Debatte, die schließlich mit einem Kompromiß endete, als die Polygamisten sich mit dem Vorschlag einverstanden erklärten, unter der Bedingung, daß sie die Frau behalten dürften, die ihnen am liebsten war, und diese später bei Einverständnis aller Beteiligten gegen eine andere eintauschen könnten. Da die öffentliche Meinung unter den Angehörigen des Stammes, einem gutmütigen Volke, in solchen Dingen sehr tolerant war, wurde diese Lösung schließlich für alle angenommen, mit Ausnahme von Wi. Er erhob sich mit dem neugeborenen Enthusiasmus eines Reformators und eines, der anderen ein Beispiel geben wollte, und erklärte feierlich, sich von diesem Arrangement auszuschließen.

»Andere mögen tun, was sie wollen«, sagte er, »doch gebe ich kund und zu wissen, daß ich, der Häuptling, meine Frau nicht gegen eine andere eintauschen werde, so lange sie lebt – nein, nicht einmal, falls sie das wünschen sollte, was jedoch kaum geschehen dürfte. Hört, o Menschen! Noch einmal schwöre ich bei den Göttern, daß ich keine andere Frau nehmen werde und die Götter bitte, mich mit ihrem Fluche zu belegen, wenn ich meinen Eid breche. Außerdem bitte ich die Götter, in dem Falle, daß ich schwach und töricht werden und in Versuchung kommen sollte, es doch zu tun, ihren Fluch auch auf das Volk zu legen, auf jeden Einzelnen, vom Ältesten bis zum Jüngsten ...«

Hier erhob sich Unruhe unter den Zuhörern, und eine Stimme rief: »Aus welchem Grund?«

»Weil ich«, antwortete Wi in seinem brennenden Eifer, »wenn ich das Unheil kenne, das meine Torheit über euch bringen wird, ihr niemals nachgeben werde, ich, der ich euer Häuptling und euer Beschützer bin. Außerdem: wenn ich verrückt werden und so etwas tun sollte, könnt ihr mich töten.«

Stille folgte dieser bemerkenswerten Erklärung, während der Hotoa, der Langsamsprechende, endlich eine Frage herausbrachte.

»Wie könnte es uns helfen, dich zu töten, Wi, wenn der Fluch, um den du gebeten hast, bereits auf unsere Köpfe gefallen ist? Außerdem, wer wird schon versuchen, dich zu töten, wenn du jene wunderbare Axt hast, mit der du Henga in zwei Teile schlugst?« fragte er.

Bevor Wi über eine passende Antwort nachdenken konnte – denn die Frage war klug und ihr Kernpunkt einer, den er nicht in Rechnung gestellt hatte –, brach erneut eine heftige Debatte aus, an der sich die Frauen besonders lautstark beteiligten, so daß er diese Gelegenheit verlor. Schließlich wurden drei Männer vorgestoßen, ein etwas unheilvolles Trio: Pitokiti, der Unglückliche, Hou, der wankelmütige, und Whaka, der Vogel bösen Omens, deren Sprecher Whaka war.

»Häuptling Wi«, sagte er, »die Menschen haben deine Vorschläge, die Heirat betreffend, vernommen. Vielen von uns gefallen sie jedoch nicht, weil sie alte Bräuche zerstören. Trotzdem sehen wir ein, daß etwas getan werden muß, damit der Stamm nicht ausstirbt, denn solche, die viele Frauen haben, ziehen nicht mehr Kinder auf als jene, die nur eine Frau haben. Außerdem werden die alleinstehenden Männer oft zu Mördern und Dieben, sowohl von Frauen als auch von anderem Besitz. Deshalb wollen wir das neue Gesetz für eine Periode von fünf Sommern akzeptieren, was uns genügend Zeit geben wird, zu sehen, wie es wirkt. Wir haben auch deinen Eid vernommen, keine andere Frau zu nehmen, solange Aaka lebt, und die Herabbeschwörung des Fluches der Götter auf dich, wenn du ihn brechen solltest. Wir glauben jedoch nicht, daß du diesen Eid halten wirst, denn da du der Häuptling bist, der tun kann, was er will, warum solltest du ihn halten? Und wenn du ihn brichst, werden wir abwarten und sehen, was für ein Fluch auf dich fallen mag. Doch was das andere betrifft, daß du ihn auch auf die Menschen herabrufen willst, so wollen wir nichts davon wissen, noch glauben wir es. Denn warum sollen die Menschen leiden, weil du einen Eid brichst? Wenn es Götter gibt, so mögen sie sich an dem rächen, der die Sünde begeht, nicht an anderen, welche unschuldig sind. Darum sage ich, im Namen aller von uns sprechend, daß wir dein Gesetz annehmen, wenngleich ich selbst meine, daß niemals etwas Gutes davon kommen kann, wenn man die alten Bräuche verändert. Ja, ich wage sogar zu sagen, daß der Fluch auf dich fallen wird und du bald tot sein wirst.«

So sprach Whaka, der Vogel bösen Omens, und wurde damit seinem Rufe gerecht, dann zogen er und seine Begleiter sich wieder zurück.

Inzwischen hatte die Abenddämmerung eingesetzt, denn alle diese Debatten hatten lange Zeit in Anspruch genommen; außerdem hatten viele der Menschen sich davongemacht, um angesichts dieser plötzlichen und unerwarteten Revolution ihres Eherechts entsprechende Maßnahmen zu treffen. Deshalb vertagte Wi die Diskussion des nächsten Punktes seines neuen Gesetzeskodex', welcher sich mit dem Aussetzen unerwünschter weiblicher Kinder befaßte, auf den nächsten Tag, und die Stammesversammlung löste sich auf.

In jener Nacht schlief er in der Hütte, in der er gewohnt hatte, bevor er Häuptling geworden war, und beim Abendessen versuchte er, mit Aaka über sein großes, neues Gesetz zu sprechen. Sie hörte ihm eine Minute lang zu, dann sagte sie, daß sie am Nachmittag genug davon gehört habe, und wenn er weiter darüber reden wolle, anstatt zu essen oder über wirklich wichtige Dinge zu sprechen, nämlich wie sie ihre Wintervorräte anlegen solle, nun, da er Häuptling war, möge er das mit seinem Berater Pag tun.

Die Antwort erboste Wi, und er sagte: »Begreifst du denn nicht, daß dieses Gesetz die Frauen um einen ganzen Kopf größer macht, da sie dadurch den Männern gleichgestellt sind, welche viel aufgeben müssen?«

»Wenn dem so ist, so hättest du uns vorher fragen müssen, ob wir einen Kopf größer sein wollen. Wenn du es getan hättest, würdest du festgestellt haben, daß die meisten von uns mit unserer Größe durchaus zufrieden waren, da wir weder mehr Arbeit, noch mehr Kinder haben wollen. Aber es kommt ja nicht darauf an, denn dein Gesetz ist reiner Unsinn, von Narren erdacht, von denen ich dich für den größten halten würde, wüßte ich nicht, daß du mit dem Munde Pags sprichst, des Frauenhassers, dem das Fällen alter Bäume Spaß macht (womit sie die alten Bräuche meinte). Der Mann ist ein Mann, und die Frau ist eine Frau, und was sie von Anbeginn an getan haben, werden sie auch weiterhin tun. Und durch Reden wirst du sie nicht ändern. Wi, obwohl du dich für so klug hältst. Doch bin ich froh, daß man mir keine aufsässigen Mädchen in meinen Haushalt bringt – zumindest hast du so geschworen und Flüche auf dein Haupt herabgerufen, sogar, wie ein Narr, vor vielen Zeugen, denn wenn du diesen Eid brichst, werden sie dir Schwierigkeiten machen.«

Wi antwortete nicht. Er hatte geglaubt, Aaka damit zu erfreuen, die er sehr liebte und um die er hart gekämpft hatte, und die ihn, wie er wußte, auf ihre Art ebenfalls liebte, obwohl sie ihn manchmal so schlecht behandelte. Dennoch, stellte er fest, war sie entschlossen, dieses Gesetz ihren Interessen nutzbar zu machen, und ihn für sich allein zu beanspruchen. Aber warum, fragte er sich, bemäkelte und verdammte sie das, von dem sie sich Vorteile erhoffte, etwas, das kein Mann tun würde?

Dann zuckte er die Achseln und begann von dem Wintervorrat zu sprechen und von den Plänen, die er und Pag aufgestellt hatten, und durch die eine reichliche Versorgung gesichert sein würde.

In jener Nacht, gegen Morgen, wurden sie von einem lauten Tumult aus dem Schlaf gerissen. Frauen kreischten, und Männer schrien. Foh, der auf der anderen Seite der Hütte hinter einem Fellvorhang schlief, kroch hinaus, um zu sehen, was geschehen war, in der Annahme, daß vielleicht die Wölfe jemanden fortgeschleppt hätten. Kurz darauf kam er in die Hütte zurück und berichtete, daß die Leute sich prügelten, doch wüßte er nicht, aus welchem Grund.

Nun wollte Wi aufstehen und sich um die Angelegenheit kümmern, doch Aaka hielt ihn zurück und sagte: »Bleib liegen! Es ist das Werk deines neuen Gesetzes, nichts anderes.«

Als der Morgen graute, stellte sich heraus, daß sie recht hatte. Mehrere Frauen alter Männer waren weggelaufen und zu jungen Liebhabern in die Hütte gekrochen; und einige Männer, die keine Frauen besaßen, hatten sich welche mit Gewalt eingefangen oder einzufangen versucht, mit dem Resultat, daß es zu heftigen Schlägereien gekommen war, bei denen ein alter Mann getötet und eine Menge anderer, Männer wie Frauen, verletzt worden waren.

Aaka lachte über Wi, als er ihr davon berichtete, doch er war so traurig darüber, daß er nicht einmal versuchte, ihr zu antworten, sondern nur sagte: »Du behandelst mich sehr schlecht in letzter Zeit, der ich mein Bestes versuche, und der ich dich liebe, wie ich es vor langer Zeit bewiesen habe, als ich mit einem Manne kämpfte, der dich gegen deinen Willen nehmen wollte, und ihn dabei tötete, was mir viel Feindschaft und Ungemach eingetragen hat. Damals hast du mir gedankt, und wir sind zusammengekommen und haben jahrelang glücklich gelebt. Bis zu dem Tage, als Henga, der mich haßte und dich in seine Höhle nehmen wollte, unsere Tochter Foa raubte und tötete; von jenem Tage an hast du, die du Foa von jeher mehr liebtest als Foh, dein Verhalten mir gegenüber geändert, obwohl es nicht meine Schuld war, daß dies geschah.«

»Es war deine Schuld«, antwortete sie, »denn du hättest bleiben und über Foa wachen sollen, anstatt dich auf der Jagd zu vergnügen.«

»Ich habe nicht zu meinem Vergnügen gejagt, sondern um Fleisch zu beschaffen. Außerdem: wenn du mich darum gebeten hättest, hätte ich Pag zurückgelassen, um auf das Mädchen aufzupassen.«

»Also hat der Zwerg dir jene Geschichte so erzählt, wie? Dann erfahre die Wahrheit! Er hat angeboten, bei Foa zu bleiben, aber ich wollte nicht, daß dieses häßliche Tier meine Tochter bewacht.«

»Pag hat mir keine Geschichte erzählt, doch ist es wahr, daß er, zweifellos um dich in Schutz zu nehmen, mir Vorwürfe machte, ihn auf die Jagd mitgenommen zu haben, während Gefahr durch Henga drohte. Frau, du hast schlimm gehandelt, denn obgleich du Pag hassest, liebt er mich und die Meinen, und wenn du ihm erlaubt hättest, bei Foa zu bleiben, würde sie noch leben. Aber lassen wir das! Die Toten sind tot, und wir werden sie nicht wiedersehen. Anschließend habe ich zu den Göttern gebetet, wie du es verlangt hast, und Henga herausgefordert, und ihn getötet und Foa gerächt, wie du es auch verlangt hast, wobei Pag mir mit seiner Weisheit und durch die Gabe der Axt half. Und jetzt habe ich alle Frauen des Häuptlings fortgejagt, die durch das Recht des Brauchtums mein waren, und ein Gesetz gemacht, nach dem von nun an ein Mann nur eine Frau haben darf. Außerdem, um als Häuptling ein Beispiel zu geben, habe ich Flüche auf mein Haupt herabbeschworen, und, damit ich nicht schwach werde, auch auf den Stamm, falls ich jenes Gesetz brechen sollte. Dennoch hast du nur bittere Worte für mich. Ist deine Liebe für mich gestorben?«

»Möchtest du die Wahrheit wissen, Wi?« antwortete sie und blickte ihm in die Augen. »Dann will ich sie dir sagen. Sie ist nicht gestorben, und ich habe auch niemals an einen anderen Mann nur gedacht. Ich liebe dich noch genauso wie an dem Tage, als du meinetwegen Rongi getötet hast. Doch höre! Ich liebe nicht Pag, welcher dein erwählter Freund ist, und es ist Pag, dem du dich zuwendest, nicht ich. Pag ist dein Berater, nicht ich. Es ist wahr, daß seit dem Tage, an dem Foa getötet wurde, mir alles Wasser bitter schmeckt und alles Fleisch mit Sand bestreut ist, und daß anstelle eines Herzens ein Stein in meiner Brust ist, so daß mir nichts Freude macht und es mir gleich ist, ob ich lebe oder sterbe, was ich glaubte, tun zu müssen, als der riesige Höhlenbewohner dich zu Boden schleuderte. Doch sage ich dir dies: jage Pag fort, was du als Häuptling jederzeit tun kannst, dann will ich, so weit es mir möglich ist, dir wieder das sein, was ich vorher war, nicht nur deine Frau, sondern auch deine Beraterin. Wähle also zwischen mir und Pag!«

Wi biß sich auf die Lippe, wie er es immer tat, wenn er verwirrt war. Er blickte sie traurig an und sagte:

»Frauen sind seltsam, und sie kennen die Gerechtigkeit nicht. Einst habe ich Pag das Leben gerettet, und deswegen liebt er mich; und weil er sehr weise ist, der weiseste Mann des ganzen Stammes, wie ich glaube, höre ich auf seine Worte. Außerdem habe ich durch seine Schläue und seinen Rat, und mit Hilfe der Axt, die er mir gab« – er blickte auf die Waffe, die an seinem Handgelenk hing – »Henga töten können, der ich ohne diese von ihm getötet worden wäre. Auch unser Sohn Foh liebt ihn, und mit Pags Hilfe habe ich neue Gesetze geschaffen, welche das Leben für den ganzen Stamm gut machen werden. Dennoch sagst du zu mir: ›Verjage Pag, deinen Freund und Helfer‹, obwohl du weißt, daß die Frauen, die seine Feinde sind, ihn töten würden, wenn er nicht mehr in meinem Schatten säße, oder daß er fortlaufen und wie ein wildes Tier in den Wäldern leben müßte. Frau, wenn ich das täte, wäre ich ein verräterischer Hund, kein Mann, und schon gar nicht ein Häuptling, dessen

Pflicht es ist, allen gegenüber gerecht zu sein. Warum verlangst du so etwas von mir, nur weil du eifersüchtig bist?«

»Aus meinen eigenen Gründen, Wi, und die sind ausreichend. Nun, ich habe dich um etwas gebeten, und du hast es mir nicht gewährt, also geh du deinen Weg, und ich werde den meinen gehen, doch unter den Leuten braucht es nicht bekannt zu werden, daß wir uns zerstritten haben. Was diese neuen Gesetze betrifft, so sage ich dir, daß sie dir nur Schwierigkeiten bringen werden, und nichts anderes. Du versuchst, einen alten Baum umzuschlagen und einen besseren an seine Stelle zu pflanzen, doch falls er überhaupt Wurzeln schlagen sollte, so wirst du tot sein, bevor er einen Regentropfen von dir abhält. Du bist eitel und töricht, und Pag ist es, der dich so gemacht hat.«

So trennten sie sich, und Wi ging voller Traurigkeit fort, denn jetzt war er sicher, daß nichts, was er tun konnte, Aakas Herz ändern würde. Wenn er so gewesen wäre wie die anderen Männer des Stammes, würde er sie davongejagt, sich eine andere Frau genommen und es ihr überlassen haben, sich einen neuen Mann zu suchen, wenn sie das wollte. Doch Wi war nicht wie seine Stammesgenossen; er war ein Mann, der seiner Zeit weit voraus war, einer, der Vorstellungskraft besaß, der andere verstehen und mit ihren Augen sehen konnte. Er begriff, daß Aaka von Natur aus eifersüchtig war, eifersüchtig auf alle, nicht nur auf andere Frauen. Das, was sie besaß, wollte sie ganz für sich allein haben; es wäre ihr lieber, wenn Wi ohne jeden Rat wäre, als daß er diesen bei Pag oder bei anderen Männern fand. Sie war sogar auf ihren Sohn Foh eifersüchtig, weil der ihn, seinen Vater, mehr liebte als sie. Bei Foa war das anders gewesen, denn obwohl er auch sie sehr geliebt hatte, war sie ihm gegenüber recht gleichgültig gewesen und hatte sich mehr an ihre Mutter geklammert.

Als Foa getötet worden war, hatte Aaka also alles verloren; außerdem wußte sie, daß sie allein daran schuld war, denn als Wi auf die Jagd ging, um für Nahrung zu sorgen, wollte sie nicht zulassen, daß Pag das Kind beschützte, sowohl weil sie ihn haßte, als auch, weil Foa Pag sehr mochte. Deshalb hatte sie ihre Tochter durch die eigene Torheit verloren, doch obwohl sie das wußte, klagte sie nicht sich selbst an, sondern Wi, weil Pag dessen Freund war, was sie dazu gebracht hatte, Pag so zu hassen, daß sie nicht dulden konnte, wie er Foa beschützte. Von jenem Moment an war ihr, wie sie gesagt hatte, alles Wasser bitter geworden, und alles Fleisch mit Sand bestreut; sie war verbittert geworden und anders, als sie es vorher gewesen war, im Grunde genommen eine andere Frau.

Früher hatte sie mit einer Art zitternden Vorfreude daran gedacht, daß Wi eines Tages Häuptling des Stammes werden mochte; jetzt aber war es ihr egal, ob er Häuptling war oder nicht; selbst die Tatsache, zur ersten Frau des Stammes geworden zu sein, beglückte sie nicht. Denn der Schlag des Todes von Foa hatte, obwohl sie sich dessen nicht klar war, ihr Gehirn getroffen und ihren Verstand getrübt, um so mehr, als sie sicher war, keine Kinder mehr gebären zu können. Doch tief in ihrem Herzen liebte sie Wi mehr als je zuvor und litt mehr, als sie es zu sagen vermochte, weil sie fürchtete, daß eine andere Frau auftauchen könnte, bei der er die Gemeinsamkeit und die Nähe finden mochte, die sie ihm nicht mehr geben konnte.

Von diesen Dingen wußte nun Wi mehr als Aaka selbst, weil er von Natur aus ein Mann mit einem verständnisvollen Herzen war, wenn auch nur ein armer Wilder, der noch keinen Topf hatte, um sein Essen darin zu kochen. Deshalb war er sehr traurig, doch auch entschlossen, geduldig zu sein, in der Hoffnung, daß Aakas Verstand wieder in Ordnung kommen und sie ihm ein anderes Gesicht zuwenden würde.

Als Wi die Höhle erreichte, wartete Pag mit dem Essen auf ihn, welches Foh, der ihm vorausgegangen war, würdevoll und mit einem geheimnisvollen Lächeln servierte. Als er davon aß – es war ein kleiner Lachs, frisch vom Meer hereingekommen – stellte Wi fest, das er auf eine neue Art zubereitet und mit Salz, Muscheln und bestimmten Kräutern gewürzt worden war.

»So etwas habe ich noch nie gegessen«, sagte er. »Wie hast du es gemacht?«

Triumphierend deutete Foh auf ein Gefäß, das aus einem ausgehöhlten Holzklotz gefertigt war und neben dem Feuer stand, und zeigte ihm, daß in dem Gefäß Wasser kochte.

»Wie ist das möglich?« fragte Wi. »Wenn man Holz auf ein Feuer legt, so brennt es.«

Nun scharrte Foh etwas von der Asche in der Mitte des Feuers beiseite und legte eine Anzahl rotglühender Steine frei.

»Es ist so möglich, Vater«, sagte er. »Tagelang habe ich jenen Klotz von Schwarzholz, der aus dem Sumpf kommt, wo er begraben lag, mit Feuer ausgehöhlt und die verkohlten Teile mit einem Stück des gleichen, glänzenden Steins ausgekratzt, aus welchem deine Axt gemacht ist. Und als er fertig und ausgewaschen war, habe ich ihn mit Wasser gefüllt und rotglühende Steine hineingeworfen, bis das Wasser kochte. Dann habe ich den ausgenommenen Fisch mit den Muscheln und die Kräuter hineingetan und immer wieder rotglühende Steine nachgeworfen, bis der Fisch gargekocht war. So wird es gemacht, Vater – ist der Fisch nicht gut?« Und er lachte und klatschte in die Hände.

»Er ist sehr gut, Sohn«, sagte Wi, »und ich wollte, mein Magen wäre größer, damit ich mehr davon essen könnte. Aber wer hat sich diese Sache ausgedacht, die sehr klug ist?«

»Oh, Pag ist sie eingefallen, Vater, aber die Arbeit habe ich fast allein gemacht.«

»Nun, Sohn, dann nimm den Rest des Fisches und iß ihn! Und dann wasch den Topf aus, damit er nicht stinkt. Ich sage dir, daß du und Pag mehr getan habt, als ihr wissen könnt, und daß ihr bald berühmt sein werdet im Stamm.«

Foh lief jubelnd hinaus und brachte den Topf später sogar zu seiner Mutter, um ihr alles zu zeigen, in der Annahme, daß sie ihn loben würde. Doch darin wurde er enttäuscht, denn als sie erfuhr, daß Pag auf die Idee gekommen war, erklärte sie, daß sie zufrieden sei mit Essen, das so zubereitet werde, wie ihre Vorväter es von Anbeginn an zubereitet hätten, und sie sicher sei, daß gesottenes Fleisch jene, die es aßen, krank machen würde.

Doch es machte sie nicht krank, und diese neue Mode verbreitete sich sehr rasch. Bald war der ganze Stamm daran, Holzklötze mit Feuer auszuhöhlen und die zurückbleibenden verkohlten Teile mit scharfen Feuersteinen herauszukratzen; und wenn die Töpfe fertig waren, brachten sie darin Wasser zum Kochen, indem sie rotglühende Steine hineinwarfen, um darin das Fleisch zu kochen, das vom langen Lagern im Eis hart geworden war, oder Fisch, oder Eier, oder was immer sonst gekocht werden mußte. Auf diese Weise konnten auch solche, die alt und zahnlos waren, wieder essen und wurden fett; außerdem besserte sich der Gesundheitszustand des Stammes erheblich, besonders der der Kinder, die nun nicht mehr unter Durchfall litten durch das Essen von Fleisch, das nur im offenen Feuer angekohlt worden war.

## 8

## *Pag fängt die Wölfe*

Am Nachmittag dieses Tages, an dem er sich mit Aaka gestritten und den gekochten Lachs gegessen hatte, trat Wi mit seinen Beratern wieder vor den Stamm, der auf dem Platz vor der Höhle zusammengekommen war, um den Leuten weitere neue Gesetze zu verkünden. Dieses Mal waren jedoch nicht so viele gekommen, weil als Resultat des ersten Gesetzes eine Anzahl von ihnen verletzt waren, während andere sich noch immer über die Frauen stritten, oder, wenn sie zu den Unverheirateten gehörten, damit beschäftigt waren, Hütten zu bauen, die groß genug waren, einer Frau Platz zu bieten.

Sofort, noch bevor Wi ein Wort sagen konnte, wurden ihm zahlreiche Klagen über die Ausschreitungen der vergangenen Nacht vorgetragen, und Entschädigungsforderungen für dabei erlittene Verletzungen erhoben. Außerdem waren ein paar sehr heikle Entscheidungen zu treffen, welche die Zuteilung von Frauen betrafen. Zum Beispiel: Wenn drei oder vier Männer ein und dasselbe Mädchen haben wollten, wer von ihnen sollte es bekommen?

Das, entschied Wi, müsse dem betreffenden Mädchen überlassen bleiben, das denjenigen wählen könne, den sie wolle, eine Eröffnung, die Verwunderung und Enttäuschung auslöste. Noch nie zuvor war es einer Frau erlaubt worden, in einer solchen Angelegenheit wählen zu können, die von ihrem Vater entschieden wurde, so dieser bekannt war, häufiger jedoch von ihrer Mutter. Manchmal, wenn niemand da war, der sie beschützte, wurde sie von dem stärksten ihrer Bewerber kurzerhand an den Haaren fortgeschleppt, nachdem dieser die anderen getötet oder in die Flucht geschlagen hatte.

Bald darauf aber wiesen Pag und Moananga ihn darauf hin, daß er sich nicht länger damit aufhalten dürfe, alle diese Beschwerden anzuhören und Urteile zu sprechen, da er sonst mehrere Tage lang nicht dazu kommen würde, weitere neue Gesetze zu verkünden. Deshalb vertagte er die Anhörung auf einen späteren Zeitpunkt und verkündete das zweite Gesetz, das besagte, daß in Zukunft kein weibliches Kind mehr ausgesetzt werden dürfe, damit es von den Wölfen gefressen werde oder durch Kälte umkomme, falls es nicht mißgestaltet war. Dieses Dekret rief starken Widerspruch hervor, weil, so sagten seine Widersacher, das Kind den Eltern gehöre, und besonders der Mutter, welche also das Recht hätten, mit ihrem Eigentum zu tun, was ihnen beliebte.

Nun kam Wi eine Inspiration, und er sagte ein großes Wort, das später von fast aller Welt übernommen wurde.

»Das Kind kommt vom Himmel und gehört den Göttern, deren Gabe es ist, und die darüber Rechenschaft von jenen fordern werden, denen es leihweise überlassen wurde«, sagte er.

Diese Worte, die für die Menschen so erstaunlich waren, daß sie dergleichen nicht einmal geträumt hatten, wurden mit verwundertem Schweigen aufgenommen. Urk, der Alte, der neben Wi saß, murmelte, daß er dergleichen seinen Großvater nicht habe sagen hören, während Pag, der Skeptiker, fragte: »Von welchen Göttern?«

Wieder kam Wi eine Inspiration, und er antwortete laut: »Das werden wir erfahren, wenn wir tot sind, denn dann werden die verborgenen Götter sich uns zeigen.«

Er beeilte sich nun, die Strafe bekanntzugeben, welche ein Verstoß gegen dieses Gesetz nach sich ziehen würde. Sie war schrecklich: Diejenigen, die ein Kind aussetzten, sollten selbst ausgesetzt werden, um das dem Kind zugedachte Schicksal selbst zu erleiden, und niemand dürfe ihnen zu Hilfe kommen.

»Aber was ist, wenn wir kein Essen für die Kinder haben?« rief eine Stimme.

»Dann, wenn dem wirklich so sein sollte, werde ich, der Häuptling, sie aufnehmen und für sie sorgen, als ob sie meine eigenen Kinder wären, oder sie anderen geben, die unfruchtbar sind.«

»Dann werden wir bald eine sehr große Familie haben«, bemerkte Aaka zu Tana.

»Sicherlich«, sagte Tana. »Aber Wi hat ein großes Herz, und Wi hat recht.«

Zu diesem Zeitpunkt wurde die Zusammenkunft, wie durch gemeinsame Abstimmung, abgebrochen, denn alle hatten die Empfindung, daß sie pro Tag nicht mehr als ein Gesetz verdauen konnten.

Am nächsten Nachmittag kamen sie wieder zusammen, doch waren ihrer noch weniger als am Vortage, und Wi verkündete weitere Gesetze, ausgezeichnete Gesetze, die seine Zuhörer jedoch nicht sonderlich beeindruckten, entweder, weil sie, wie einer von ihnen es ausdrückte, ›schon bis zum Halse mit Weisheit vollgestopft seien‹, oder weil sie, wie andere Wilde, ihre Aufmerksamkeit nicht lange auf solche Dinge konzentrieren konnten.

Das Ende davon war, daß schließlich niemand mehr erschien und die Gesetze im ganzen Dorf von Winiwini ausgerufen werden mußten. Tag für Tag ging er von Hütte zu Hütte, blies in sein Horn und schrie die Gesetze durch die offenen Türen, bis es den Frauen schließlich zu viel wurde und sie Kinder anstifteten, ihn mit Eierschalen und Fischköpfen zu bewerfen. Und zu der Zeit, wo er die letzte Hütte erreichte, hatten die Leute in den Hütten, bei denen er seinen Rundgang begonnen hatte, völlig vergessen, wovon er gesprochen hatte. Dennoch wurden die Gesetze, da sie ordentlich verkündet worden waren und niemand sie abgelehnt hatte, als gültig betrachtet und Unkenntnis nicht als Entschuldigung für einen Verstoß gegen sie akzeptiert, da man von der Voraussetzung ausging, daß alle, jeder Mann, jede Frau und jedes Kind, die Gesetze kannten, auch wenn sie ihnen nicht gehorchten.

Doch Wi erkannte, daß es viel einfacher war, Gesetze zu erlassen, als die Menschen dazu zu bringen, sie einzuhalten, mit dem Ergebnis, daß er bald seinem Amt als Gesetzgeber auch das des Richters hinzufügen mußte. Fast jeden Tag war er gezwungen, vor seiner Höhle zu sitzen, oder in ihr, wenn das Wetter schlecht war, um Rechtsfälle anzuhören und Strafen zu verhängen, welche zumeist von einigen kräftigen Burschen mit Peitschen aus Walknochen vollstreckt wurden. Auf diese Weise wuchs allmählich die Kenntnis der Gesetze und dessen, was jenen geschah, die sie brachen. So wurde, als Turi, der Nahrungsmittelhamsterer, sich mehr als seinen Anteil von dem zum Trocknen ausgelegten Stockfisch verschaffte, indem er vor allen anderen eintraf, sein ganzer, gehorteter Vorrat beschlagnahmt und an die Armen verteilt – was zur Folge hatte, daß er von da an seine unrechtmäßig erworbenen Güter besser versteckte.

Und als Rahi, der reiche Händler, überführt wurde,

schlechte Knochen-Angelhaken verkauft zu haben, deren Spitze abgebrochen oder deren Schaft zu schwach war, wofür er die Bezahlung in Fellen im voraus verlangt hatte, ging Moananga mit einigen Männern zu seiner Hütte, wo sie den Boden aufgruben und dort an die hundert in Fellstücke gewickelte Angelhaken fanden, welche sie mitnahmen und solchen gaben, die keine hatten. Rahi erhob natürlich ein großes Geschrei, in das jedoch nur wenige einstimmten, denn alle empfanden Genugtuung darüber, daß einer, der sich in Notzeiten an den Armen mästete, gezwungen wurde, etwas von seiner Beute wieder auszuspucken.

Abgesehen davon erhielt Wi, wenngleich er viele vergrämte, die gegen ihn hetzten und intrigierten, im großen und ganzen viel Anerkennung für seine guten Gesetze. Denn jetzt wußten die Menschen, daß er, der in der Höhle wohnte, kein Mörder und Räuber war, wie Henga, und wie auch andere Häuptlinge es gewesen waren, sondern ein ehrlicher Mann, der ihnen so wenig wie nur möglich nahm, und einer, der – Narr, der er war, wie sie oft dachten – nur das Wohlergehen aller im Auge hatte. Deshalb gewöhnten sie sich nach und nach daran, die einen mehr, die anderen weniger, die Gesetze zu befolgen, und obwohl sie ihn vor anderen oft verfluchten, sprachen sie unter sich nur gut von ihm und hofften, daß seine Herrschaft lange andauern würde.

Schließlich aber kam es zu einer Kraftprobe. Eine sehr mißlaunige Frau namens Ejji gebar ein weibliches Kind, und da es ihr lästig war, zwang sie ihren Mann, es am Waldrand auf einen Stein zu legen, damit es von den Wölfen gefressen werde. Doch wurde diese Frau von anderen Frauen beobachtet, die von Pag dazu beauftragt waren, der ihr Herz kannte und ihr nicht traute; und genauso wurde auch ihr Mann beobachtet, den sie festnahmen, als er bei Anbruch der Nacht das Kind auf den Stein gelegt hatte und gerade seiner Frau Ejji berichtete und ihren Dank entgegennahm.

Am nächsten Vormittag wurden beide vor Wi gebracht, der vor dem Eingang der Höhle saß und Gericht hielt. Er fragte sie, was aus dem weiblichen Kind geworden sei, das ihnen innerhalb des letzten Mondes geboren worden war. Ejji antwortete dreist, daß es gestorben sei und man den Leichnam fortgebracht habe, wie es der Brauch vorschreibe. Daraufhin gab Wi ein Zeichen, und eine Frau trat aus dem Innern der Höhle, die das Kind auf den Armen trug, denn dorthin war es gebracht worden, wie es von Wi für solche Fälle bestimmt worden war. Die Frau Ejji bestritt, daß es ihr Kind sei, doch der Mann, der es in seine Arme nahm, widersprach ihren Worten und gab schließlich zu, was er getan hatte, gegen seinen Willen und nur, um den Frieden in seinem Hause zu bewahren.

Nachdem dann das Auffinden des Kindes geschildert worden war, zitierte Wi das Gesetz und ordnete an, daß diese beiden, die reich waren und nicht durch Not zu ihrer Tat getrieben worden waren, bei Sonnenuntergang hinausgebracht und bei dem Stein, auf dem sie das Kind ausgesetzt hatten, an Bäume gebunden werden sollten, auf daß sie von den Wölfen gefressen würden. Dieses strenge Urteil löste lautstarke Proteste unter den Menschen des Stammes aus, von denen die meisten irgendwann selbst weibliche Kinder ausgesetzt hatten, und Wi sah sich Drohungen ausgesetzt.

Doch wollte er sein Urteil nicht zurücknehmen, und bei Sonnenuntergang wurden die beiden, unter dem Jammern und Klagen von Verwandten und Freunden, hinausgebracht und an Bäume gebunden. Daraufhin wurden sie von allen verlassen, als Übeltäter, die das Pech gehabt hatten, erwischt zu werden.

Während der Nacht hörte man Knurren und Schreie aus der Richtung des Waldes, was dem Stamme verriet, daß Ejji und ihr Mann von den Wölfen gefressen wurden, die immer dort, in einiger Entfernung von den Hütten, umherstreiften, denen sie sich nicht zu nähern wagten, außer, wenn sie sehr hungrig waren, weil sie die Feuer an die Fanggruben fürchteten.

Der Tod dieser beiden rief bei den Menschen große Empörung hervor, so daß viele von ihnen zur Höhle liefen, um Wi, auf dessen Befehl dies geschehen war, zur Rechenschaft zu ziehen, und sie schrien, daß das Töten von Männern und Frauen, die sich eines nutzlosen Kindes entledigen wollten, unerträglich sei. Groß war ihr Erstaunen, als sie im Eingang der Höhle drei tote Wölfe liegen sahen, und, hinter ihnen stehend, an Händen und Füßen gebunden, Ejji und ihren Mann.

Dann watschelte Pag hervor, der einen von Blut roten Speer in seiner Hand hielt.

»Hört her!« sagte er. »Diese beiden sind rechtmäßig zu dem Tod verurteilt worden, den sie ihrem Kinde zugedacht hatten. Dennoch sind Wi, der Häuptling, und Moananga, sein Bruder, und ich, Pag, mit ein paar Hunden hinausgegangen und haben in der Dunkelheit, wo sie uns nicht sehen konnten, gewartet. Die Wölfe kamen, es waren ihrer sechs oder acht, und stürzten sich auf diese beiden. Jetzt ließen wir die Hunde los und griffen die Bestien unter Einsatz unseres Lebens an, töteten drei und verwundeten weitere, so daß sie die Flucht ergriffen. Dann banden wir Ejji und ihren Mann los und trugen sie hierher, denn sie waren so verängstigt, daß sie kaum gehen konnten. Jetzt lasse ich sie auf Befehl Wis frei, damit sie allen sagen, daß, wenn wieder ein Mädchen ausgesetzt werden sollte, die Schuldigen dem Tode überantwortet werden und niemand kommen wird, um sie zu retten.«

Also wurden Ejji und ihr Mann losgebunden, und sie schlichen davon, in Schmach und Schande, doch Wi gelangte für seine Regelung dieser Sache zu großen Ehren, wie auch Moananga und sogar Pag.

Nach diesem Zwischenfall wurden keine Mädchen mehr ausgesetzt, um zu sterben oder gefressen zu werden, doch wurden einige von ihnen zu Wi gebracht, da ihre Eltern behaupteten, sie nicht ernähren zu können. Diese Kinder nahm er zu sich in die Höhle, wie er es versprochen hatte, und reservierte einen Teil des Raumes, in Nähe von Licht und Feuer, für sie, was keinerlei Schwierigkeiten bereitete, da die Höhle sehr geräumig war. Hierher mußten ihre Mütter kommen, um sie zu säugen, bis sie groß genug waren, um in die Obhut anderer Frauen gegeben werden zu können, welche er eigens dafür ausgewählt hatte.

All diese Veränderungen verursachten viel Gerede unter den Menschen des Stammes, so daß sich bald zwei Parteien bildeten, von denen die eine sie befürwortete, die andere gegen sie war. Doch noch stellte sich niemand gegen Wi, den alle als besser und klüger anerkannten, als jeden der Häuptlinge, von denen ihre Geschichten berichteten. Außerdem hatten die Leute andere Sorgen, denn jetzt, während der Sommermonate, war die Zeit, um Nahrungsvorräte für den langen Winter einzulagern.

Dazu ließen Wi und sein Rat jeden nach seinen Kräften arbeiten, selbst die Kinder wurden angewiesen, Eier von Meeresvögeln zu sammeln und Kabeljau und andere Fische auszunehmen und zum Trocknen in der Sonne auszulegen, an einem Platz, der Tag und Nacht bewacht wurde, damit die Wölfe und Füchse sie nicht stahlen. Ein Teil aller Nahrung ging an den Häuptling, als Unterhalt für ihn und für jene, die von ihm abhängig waren. Dann wurde die Hälfte davon für Notzeiten eingelagert, entweder in der Höhle, oder, um sie frisch zu halten, tief im Eis am Fuße des Gletschers vergraben und mit großen Steinen beschwert, um sie vor Wölfen und anderen Raubtieren zu schützen.

So arbeitete Wi von Sonnenaufgang bis zum Einbruch der Nacht, unter der Mithilfe Pags, und er war oft so müde, daß er einschlief, bevor er sich auf das Bett gelegt hatte – er, der bisher die meisten Tage an der frischen Luft auf der Jagd zugebracht hatte. Hin und wieder schlief er in Aakas Hütte, denn sie blieb ihrem Worte treu und kam nicht in die Höhle, weil Pag dort war. So lebten sie in scheinbarer Übereinstimmung und sprachen miteinander über die Dinge des täglichen Lebens, doch nie wieder über jene, bei denen sie sich zerstritten hatten.

Foh schlief zwar nachts in der Hütte seiner Mutter, wie es ihm befohlen worden war, lebte jedoch mehr und mehr bei seinem Vater, weil er dort stets willkommen war. Denn Aaka war selbst auf Foh eifersüchtig, und das wußte der Junge, oder spürte es zumindest.

Der Winter kam sehr früh, genau genommen gab es in jenem Jahre kaum einen Herbst. Plötzlich, an einem klaren Tag, während eine Sonne ohne Wärme schien, hörte Wi, der mit Urk, dem Alten, Moananga und Pag am Ufer entlangging – denn er war so beschäftigt, daß er gezwungen war, sich auf diese Art mit ihnen zu beraten –, ein Geräusch wie Donnergrollen, und sah die Eiderenten zu Tausenden auffliegen und südwärts ziehen.

»Was hat sie aufgestört?« fragte er.

»Nichts, glaube ich«, antwortete der Alte, »aber als ich ein Junge war – vor über siebzig Sommern –, haben sie um diese Zeit dasselbe getan, und danach folgte der kälteste und längste Winter, von dem man jemals hörte, und es war so eisig, daß viele der Menschen erfroren. Dennoch mag es sein, daß die Vögel von irgend etwas erschreckt wurden, wie durch ein Erzittern der Erde, wenn das Eis weiter nördlich am Ende des Sommers in Bewegung gerät. Wenn dem so sein sollte, kommen sie zurück. Wenn nicht, werden wir sie vor dem nächsten Frühjahr nicht wiedersehen.«

Die Enten kamen nicht zurück, obwohl sie so eilig aufgebrochen waren, daß Hunderte der Jungen, welche kaum flügge waren, zurückblieben und von den Kindern des Stammes erjagt und als Wintervorrat im Eis gelagert wurden. Auch die Robben, die zum Werfen aus dem Süden heraufgekommen waren, und andere Tiere zogen mit ihrem Nachwuchs davon, wie auch die meisten Fische. In der folgenden Nacht setzte ein harter Frost ein, woraufhin Wi Männer zum Waldrand schickte, um Feuerholz heranzuschleppen, Kiefern, die von Stürmen umgerissen worden waren. Dies war eine zeitraubende und schwere Arbeit, weil sie keine Sägen hatten, um die Stämme zu zerteilen und die Äste zu entfernen, und sie sie mit ihren Feuersteinäxten mühselig in Stücke hacken mußten. Aufgrund langer Erfahrung brauchten sie einen Monat trockenen Wetters für diese Holzernte, bevor der erste Schnee fallen und die umgestürzten Baume begraben würde, so daß sie sie nicht mehr erreichen konnten, denn diese Sicherung von Brennmaterial war ihre letzte Arbeit vor Einbruch des Winters.

In jenem Jahr fiel der erste Schnee jedoch bereits am sechsten Tage, wenn auch nicht sehr stark, und der dunkle Himmel zeigte, daß mehr herabkommen würde. Als Wi das bemerkte, setzte er den ganzen Stamm für diese Arbeit ein und ging selbst mit ihnen hinaus, um sicher zu gehen, daß jeder seinen Teil beitrug. So kam es, daß sie nach vierzehn weiteren Tagen einen größeren Holzvorrat zusammengetragen hatten, als ihn Urk in seinem ganzen Leben gesehen hatte, und außerdem einen Haufen Moos für Lampendochte und große Mengen Seegras, das von der Flut zurückgelassen worden war und das, wenn man es in der Erde vergraben trocken hielt, sogar noch besser brannte als Holz.

Die Leute murrten über diese ständige, schwere Arbeit in Schnee oder Schneeregen. Doch Wi beachtete ihre Beschwerden nicht, da er Angst vor etwas hatte, das er nicht benennen konnte, und ließ sie durcharbeiten, solange es Tag war, und selbst im Lichte des Mondes. Und es war gut, daß er dies tat, denn kaum waren die letzten Baumstämme ins Dorf geschleppt, die Äste von den Jungen und Mädchen herangeschafft und gestapelt worden und alle Seegrashaufen mit Erde bedeckt worden, als dichter Schneefall einsetzte, der viele Tage lang anhielt und das ganze Land unter einer mehrere Fuß tiefen, weißen Decke begrub, so daß es unmöglich gewesen wäre, an die umgestürzten Bäume zu gelangen, oder Moos und Seegras zu sammeln. Und nach dem Schnee kamen Fröste, starke Fröste, die monatelang anhielten.

Noch nie hatte man einen solchen Winter erlebt wie den, welcher mit diesem Schneefall begann, besonders, da die Tage kürzer erschienen als früher, obwohl das, wie man annahm, auf den ständig mit Schneewolken bedeckten Himmel zurückzuführen sein mochte. Bevor er vorüber war, segneten selbst die größten Querulanten des Stammes Wi dafür, so große Vorräte an Nahrung und Brennmaterial angelegt zu haben, ohne die sie nicht hätten überleben können. So aber starben nur einige, die alt und schwach waren, und ein paar Kinder, und weil es nicht möglich war, sie in dem hartgefrorenen Boden zu begraben, wurden sie fortgebracht und im Schnee verscharrt, wo sie bald von den Wölfen ausgegraben und gefressen wurden.

Je weiter der Winter fortschritt, desto schrecklicher wurden die Wölfe, denn da sie nichts zu fressen fanden, kamen sie sogar ins Dorf und drangen nachts selbst in die Hütten ein, um einige ihrer Bewohner hinauszuzerren, während sie tagsüber den Kindern auflauerten. Nun ließ Wi hohe Schneewälle errichten, um das Dorf zu schützen, und an verschiedenen Stellen Feuer entzünden, und tat auch sonst alles, um die Tiere abzuschrecken. Es kamen auch große, weiße Bären über das zugefrorene Meer, die umherschlichen und sie in Angst und Schrecken versetzten, obwohl diese Tiere die Menschen zu fürchten schienen und niemanden töteten. Von dem Geruch angelockt gruben sie jedoch einige der vergrabenen Nahrungsvorräte aus und fraßen sie, was für den Stamm einen großen Verlust bedeutete.

Schließlich wurden die Angriffe der Wölfe und der anderen wilden Tiere so unerträglich, daß Wi, nach einer Beratung mit Pag und Moananga, entschied, einen Feldzug gegen sie zu führen, bevor noch mehr Menschen von ihnen getötet wurden. Auf den vereisten Bergen hinter dem Ufer, auf welchem die Hütten standen, befand sich ein Talkessel inmitten hoher Klippen, aus dem es kein Entkommen gab, da er nur durch eine enge Schlucht zu erreichen war. Und dies war der Plan Wis, des listenreichen Jägers: Er wollte alle Wölfe in den großen, von Felsen eingeschlossenen Kessel treiben und dann die enge Schlucht durch eine Steinmauer verschließen, die sie nicht überwinden konnten, und sie so für immer los sein. Zuvor jedoch mußte er sie an jenen Ort gewöhnen, damit sie nicht ausbrachen. Und dies wollte er auf die folgende Weise erreichen:

Zu Beginn des Winters war ein sterbender Wal, dem von Haien die Zunge herausgerissen worden war, an die Küste geschwemmt worden, oder vielmehr ins flache Wasser, und als er tot war, hatte der Stamm ihn geflenst, um sein Fleisch und seinen Blubber zu erlangen. Beides hatten sie auf Felsen gestapelt, die aus dem Wasser ragten, große Stücke Fleisch und Blubber, die sie ins Dorf schaffen wollten, wenn sich auf dem Meer eine Eisdecke gebildet hatte. Doch während sie noch mit dieser Arbeit beschäftigt gewesen waren, hatten furchtbare Schneestürme und Orkane eingesetzt, so daß sie ihr Vorhaben hatten aufgeben müssen, und danach Tauwetter mit weiteren Orkanen, die verhinderten, daß sie auf die Felsen gelangten.

Als die Unwetter sich endlich gelegt hatten, waren sie hinausgegangen und mußten feststellen, daß das Walfleisch während des Tauwetters faulig geworden war, so daß sie es nicht verwerten konnten und dort ließen, wo es war. Jetzt, da alles zugefroren war, wollte Wi dieses Fleisch holen, oder zumindest soviel davon, wie sie tragen konnten, und es in den großen Felsenkessel legen, wohin sein Geruch die Wölfe locken sollte. Nachdem er dies geplant hatte, rief er die führenden Männer des Stammes zusammen und sagte ihnen, was getan werden müsse.

Sie hörten ihm recht skeptisch zu, besonders eine Gruppe von ihnen, die von Pitokiti, dem Unglücklichen, und Whaka, dem Vogel bösen Omens, angeführt wurde, die sagten, daß Wölfe Menschen angriffen, doch noch nie hätten sie davon gehört, daß Menschen ein Rudel von Wölfen in der Mitte des Winters angriffen, wenn sie besonders wild und gefährlich waren.

»Hört her!« sagte Wi. »Wollt ihr die Wölfe töten, oder ist es euch lieber, von ihnen getötet zu werden, zusammen mit euren Frauen und Kindern? Wisset, daß es soweit gekommen ist, weil die Bestien vor Hunger verrückt sind.«

Dann begannen sie hitzig zu argumentieren, so daß die Angelegenheit an diesem Tage nicht entschieden werden, sondern auf den nächsten Tag verschoben werden mußte.

Wie es der Zufall wollte, unternahmen die Wölfe in jener Nacht einen erbitterten Angriff auf das Dorf: hundert oder mehr von ihnen kletterten über die Schneewälle und hetzten an den Feuern vorbei, und bevor sie wieder verjagt werden konnten, wurden eine Frau und zwei Kinder in Stücke gerissen und andere durch Bisse verletzt. Nun nahmen die Ältesten den Plan an, da sie keine andere Möglichkeit sahen.

Als erstes wurden alle kräftigen Männer zur Schlucht hinaufgeschickt, wo sie große Steinblöcke zusammentrugen, die dort zu Hunderten lagen, von denen sie jedoch viele nicht bewegen konnten, da sie am Boden festgefroren waren. Aus diesen Steinen errichteten sie eine Mauer mit einem breiten Fundament und von doppelter Mannshöhe, und füllten die Spalten mit Schnee, der bald festgefroren sein würde, ließen jedoch in der Mitte eine Lücke, durch welche die Wölfe hineingelangen konnten, und häuften daneben Steine auf, mit denen sie rasch geschlossen werden konnte. Dann gingen sie zum Strand hinab und über das Eis, oder wateten an den Stellen, wo es aufgebrochen war, durch das flache Wasser zu den Felsen, auf denen das Walfleisch gestapelt war, und schaufelten mit den Händen die dicke Schneeschicht von den Haufen.

Dann aber mußten sie sich geschlagen geben, denn trotz des abdeckenden Schnees hatte der Frost die äußeren Schichten von Fleisch und Blubber so hart gefroren, daß sie sich nicht lösen ließen; also war ihre Arbeit umsonst gewesen, und sie kehrten entmutigt ins Dorf zurück, wobei Whaka lautstark verkündete, er hatte von Anfang an gewußt, daß es nicht gutgehen würde.

An jenem Abend führten Wi und Pag ein langes, ernstes Gespräch, doch trotz all ihrer Klugheit konnten sie keinen Ausweg aus ihrem Dilemma finden. Wi dachte daran, auf den Haufen Feuer zu entzünden, um sie aufzutauen, doch Pag wies darauf hin, daß der Blubber Feuer fangen und alles verbrennen würde. So hörten sie auf zu reden, und Wi ging zu Aaka, die sich jetzt anders besonnen hatte und in der

Höhle schlief – wegen der Kälte und wegen der Wölfe –, und erbat ihren Rat.

»Also wenn Pag nicht weiter weiß, kommst du zu mir, um dir Weisheit zu holen«, sagte sie. »Aber ich habe keine, die ich dir geben kann. Suche sie bei den Göttern, denn sie allein können dir helfen.«

Wie es sich herausstellte, halfen die Götter, oder der Zufall, tatsächlich, und auf eine seltsame Weise. Gegen Morgen hörte man aus dem Dunkel von der See her lautes Knurren und Fauchen, und als es endlich hell wurde, sah Wi einen ganzen Trupp der großen weißen Bären durch den Nebel traben. Als sie alle fort waren, rief er Pag und ein paar andere, und sie gingen über das Eis zu den Felsen, auf denen das Walfleisch aufgeschichtet war, und fanden, daß die Bären, die nach der Entfernung der Schneebedeckung das Fleisch hatten wittern können, die Haufen mit ihren scharfen Krallen und ihrer gewaltigen Kraft auseinandergerissen und verstreut hatten, so daß deren untere Schichten, die nicht so hart gefroren waren, frei lagen. Einen großen Teil hatten sie natürlich gefressen, aber noch mehr war verblieben.

Wi sagte zu Pag: »Ich dachte schon, daß wir die Fanggrube ohne Köder lassen und die Wölfe irgendwie hineintreiben müßten, doch das ist nicht nötig, denn die Götter sind gut zu uns gewesen.«

»Ja«, sagte Pag, »die Bären sind sehr gut zu uns gewesen, und soweit ich das beurteilen kann, mögen die Götter Bären sein, oder die Bären Götter.«

Dann schickte er nach allen Männern des Stammes, bevor das freigelegte Fleisch zu Eis gefror. Sie kamen, an die hundert von ihnen, manche mit festen Fellstricken, die sie um riesige Fleischstücken schlangen, andere mit rohen Schilfkörben. Sie machten sich an die Arbeit, und bevor es wieder Nacht wurde, hatten sie mehrere Tonnen Fleisch in den Felskessel gebracht, welcher rund war und einen Durchmesser von hundert Schritten haben mochte, wo sie es aufhäuften, damit es festfröre, damit die Wölfe es nicht fortschleppen und auch nicht ohne Mühe fressen konnten.

In jener Nacht, als sie im Mondlicht auf der Lauer lagen, sahen und hörten sie viele Wölfe, die sich vor dem Eingang der Schlucht versammelt hatten und hin und her liefen, skeptisch und in Angst vor einer Falle. Schließlich aber wagten sich ein paar von ihnen hinein und konnten ungehindert wieder herausgelangen, nachdem sie sich vollgefressen hatten. In der folgenden Nacht wagten sich mehr der Wölfe hinein, und in der übernächsten noch mehr, obwohl sie es jetzt recht schwer hatten, denn durch den Frost war das Fleisch so hart wie Stein gefroren. Am vierten Tag rief Wi den Stamm zusammen und schickte alle jüngeren Männer unter der Führung Moanangas in die Wälder, wo sie einen weiten Halbkreis um die Stellen bildeten, wo die Wölfe ihre Lager hatten, und befahl ihnen, sich dort zu verbergen, jeweils in kleinen Gruppen, damit sie nicht angegriffen wurden, und sich nicht zu rühren, bis sie ein Feuer auf einem bestimmten Felsen brennen sahen. Dann sollten sie laut schreiend vorstürmen und alle Wölfe vor sich her zum Eingang der Schlucht treiben.

Also zogen die Männer hinaus, denn jetzt wußten sie, daß entweder sie die Wölfe besiegen mußten, oder sie von den Wölfen besiegt werden würden.

Jetzt war es, daß Pag sich sehr seltsam benahm, denn nachdem die Männer aufgebrochen waren, sagte er: »Dieser Plan ist aussichtslos, Wi, denn wenn die Wölfe das Schreien hören, werden sie nicht in die Schlucht laufen, sondern zu zweien und dreien seitlich ausbrechen, nach hierhin und dorthin, durch die Reihe der Treiber entwischen, oder um die beiden Enden der Kette herum, bevor sie sich schließt.«

»Wenn du das glaubst, warum hast du es dann nicht schon früher gesagt?« fragte Wi verärgert.

»Ich habe meine Gründe dafür. Höre, Wi! Alle Frauen nennen mich den Wolfsmann, wie du weißt – einen, der sich in einen Wolf verwandelt und mit den Wölfen jagt. Nun, das ist natürlich eine Lüge, aber dennoch liegt etwas Wahrheit darin. Du weißt, daß meine Mutter mich kurz nach meiner Geburt im Wald aussetzte oder aussetzen ließ, wo sie sicher war, daß die Wölfe mich fressen würden, doch wurde ich später von meinem Vater gefunden und zurückgebracht. Was du nicht weißt, ist, das dies erst zehn Tage nach jenem war, an dem ich ausgesetzt wurde. Wie nun habe ich diese Zeit überleben können? Das kann ich dir nicht sagen, da mir jede Erinnerung fehlt, doch bin ich überzeugt, daß eine Wölfin mich gesäugt haben muß, da ich sonst sicher gestorben wäre.«

»Ich habe von solchen Dingen gehört«, sagte Wi zweifelnd, »sie jedoch stets für Winterfeuergeschichten gehalten. Warum also glaubst du, daß diese wahr sein sollte? Vielleicht hat dein Vater dich noch am gleichen Tage gefunden, an dem du ausgesetzt wurdest.«

»Ich halte sie für wahr, weil viel später meine Mutter, als sie im Sterben lag, sie mir ins Ohr flüsterte. Sie sagte, daß mein Vater, der wenig später von Wölfen getötet wurde, ihr heimlich berichtet habe – denn er wagte nicht, über diese Sache offen zu sprechen –, daß er, als er mich im Wald fand, wohin er gegangen war, um meine Knochen zu suchen und sie, so welche von ihnen gefunden werden konnten, zu begraben, mich in einem solchen Lager entdeckte, wie sie die Wölfe machen, wenn sie ihre Jungen bekommen, und eine große, graue Wölfin über mir stehen sah, deren Zitze ich im Munde hatte – vielleicht eine Wölfin, die ihre Jungen verloren hatte. Sie knurrte ihn an, lief dann jedoch fort, und er lief auch fort, nachdem er mich an sich gerissen hatte, und brachte mich in unsere Hütte. Dies hat meine Mutter mir beschworen.«

»Die Phantasien einer Sterbenden«, sagte Wi.

»Das glaube ich nicht«, antwortete Pag, »und zwar aus diesem Grunde: Als ich zum zweiten Mal von den Frauen vertrieben wurde, oder vielmehr von Hengas Vater, dem sie eingeredet hatte, daß ich ein Hexer und Unglücksbringer sei, wanderte ich, da ich nicht wußte, wohin ich gehen sollte und alle gegen mich waren, in die Wälder, damit die Wölfe mich töten und allem ein Ende machen sollten. Der Tag näherte sich seinem Ende, und nun begannen sich Wölfe um mich zu sammeln, denn ich sah sie zwischen den Baumstämmen, wo sie hin und her liefen und auf den Einbruch der Nacht warteten, um mich anzufallen. Ich beobachtete sie gleichgültig, ohne jede Furcht, denn ich war ja hergekommen, um ihr Futter zu sein. Immer näher pirschten sie sich heran, und plötzlich sprang eine große, graue Wölfin auf mich los, als ob sie mich packen wollte, verhielt dann jedoch und beschnupperte mich.

Dreimal roch sie an mir, dann leckte sie mir mit der Zunge über das Gesicht, fuhr herum und stürmte, mit gebleckten Fängen und gesträubtem Fell, knurrend auf die anderen zu. Die Rüden flohen vor ihr, doch zwei der Wölfinnen blieben stehen, da sie hungrig waren. Mit diesen beiden kämpfte sie, biß der einen die Kehle durch und richtete die andere so zu, daß sie jaulend davonhinkte. Dann verschwand auch sie, und ich war völlig verwirrt, bis ich mich an die Geschichte meiner Mutter erinnerte, worauf ich mich nicht mehr wunderte, da ich sicher war, daß diese alte Wölfin jene gewesen sein mußte, die mich einst gesäugt und nun wiedererkannt hatte.«

»Und hast du sie wiedergesehen, Pag?«

»Ja. Zweimal ist sie zurückgekommen, das erste Mal nach fünf Tagen, und dann nach sechs weiteren, und jedes Mal brachte sie Fleisch mit und legte es mir zu Füßen. Es war stinkendes Aas, von einem toten Hirsch gerissen, den sie aus dem Schnee gescharrt hatte, dennoch das beste, das sie finden konnte. Außerdem: obgleich sie vor Hunger abgezehrt war und dieses ihre Tagesration war, brachte sie sie mir.«

»Und hast du sie gegessen?« fragte Wi erstaunt.

»Nein; warum sollte ich auch, der ich in jenes Loch gekrochen war, um zu sterben? Außerdem drehte allein der Anblick mir schon den Magen um. Kurz darauf hast du mich gefunden und zu deiner Hütte gebracht, und ich habe meine Amme nicht mehr getroffen. Doch ist sie noch am Leben, denn mehr als einmal habe ich sie gesehen; ja, sogar in diesem Winter habe ich sie gesehen, die jetzt das Leittier des ganzen Rudels ist.«

»Eine seltsame Geschichte«, sagte Wi und starrte ihn an. »Denn wenn du sie nicht nur geträumt haben solltest, müßtest du, der so viele von ihnen tötet, den Wölfen gegenüber freundlicher sein.«

»Nein, denn haben sie nicht meinen Vater getötet, und würden sie nicht auch mich getötet haben? Doch dieser Wölfin gegenüber will ich freundlich sein, wie ich dir beweisen werde, denn als Bezahlung für das, was ich tun werde, fordere ich ihr Leben.«

»Und was wirst du tun?« fragte Wi.

»Dies: Bevor das Feuer entzündet wird, werde ich in den Wald hineingehen und jene Wölfin finden, denn sie wird mich wiedererkennen und zu mir kommen. Dann, wenn das Rufen beginnt und die Wölfe in Panik geraten, wird sie mir folgen, und alle Wölfe werden ihr folgen, und ich werde sie durch die Schlucht in die Falle führen. Nur sie werde ich vor der Falle bewahren, denn das ist meine Bedingung.«

»Du bist verrückt«, sagte Wi.

»Wenn ich nicht zurückkommen oder wenn mein Plan fehlschlagen sollte, dann nenne mich verrückt. Aber wenn ich am Leben bleibe und Erfolg habe, dann nenne mich weise«, antwortete Pag mit einem tiefen, gutturalen Lachen. »Es ist noch eine Stunde bis zum Entzünden des Feuers, wenn der Rand des Mondes jenen Stern dort verdeckt. Gib mir diese Stunde, dann wirst du sehen!«

Ohne auf Antwort zu warten, stieg Pag von dem Stein, auf dem sie standen und verschwand im Dunkel.

»Wahrlich, er ist verrückt«, murmelte Wi, »und zweifellos ist dies das Ende unserer Freundschaft.«

Während er in der Kälte stand und seinen Atem als Dampfwolke in die unbewegte Luft emporsteigen sah, wanderten Wis Gedanken zu dieser Geschichte Pags zurück. Jetzt, wo er wieder daran dachte, kam es ihm schon seltsam vor, daß der ganze Stamm glaubte, Pag sei ein Gefährte der Wölfe. Was von allen akzeptiert wurde, hatte er gelernt, war meistens wahr. Wenn ein Mensch einen Fuchs witterte, mochte er sich irren, doch wenn alle ihn rochen, war mit Sicherheit ein Fuchs da. Auch war sicher, daß Pag niemals Angst vor Wölfen hatte; er würde so ruhig in den Wald gehen, wenn sie überall um ihn herum heulten, wie ein anderer in seine Hütte gehen mochte, ohne sich darum zu scheren, während er vor Bären und anderen wilden Tieren genauso davonlief wie alle anderen auch.

Außerdem erinnerte Wi sich jetzt, als Kind diese Geschichte gehört zu haben, daß, als Pag kurz nach seiner Geburt ausgesetzt worden war, aus irgendeinem Grunde, den er vergessen hatte, zehn Tage vergangen waren, bevor sein Vater hinausging, um nach seinen Knochen zu suchen und sie zu begraben. Dennoch hatte er ihn lebend und kräftig vorgefunden, was der Grund dafür war, daß die Leute Pag nicht für einen Menschen hielten, sondern für ein Ungeheuer, das aus einem jener bösen Geister entsprungen war, die man im Dunkel der Nacht um die Hütten heulen hörte.

Also war das, was Pag gesagt hatte, vielleicht wahr. Vielleicht hatte sein Vater ihn tatsächlich im Lager einer Wölfin gefunden und gesehen, wie sie ihn säugte. Vielleicht war ihm von dieser selben Wölfin tatsächlich Nahrung gebracht worden, als er zum zweiten Mal ausgesetzt worden war. Denn es war bekannt, daß diese Tiere sehr alt werden konnten, besonders wenn der Geist eines toten Menschen in ihnen wohnte, was, wie Urk und ein paar andere Alte erklärten, von Zeit zu Zeit geschähe, sowohl im Falle der Wölfe, als auch bei anderen Tieren, wie dem langzähnigen Tiger.

Nun, er würde es bald erfahren; jetzt aber näherte sich der Zeitpunkt, wo er das Signalfeuer anzünden mußte.

Etwas später blickte Wi zum Mond hinauf und sah, daß der Stern im Lichte seines Randes verschwand; dann flüsterte er Foh etwas zu, der inzwischen zu ihm gekommen war und neben ihm hockte, und alles so eifrig beobachtete, wie es Jungen tun. Foh nickte und eilte fort, um kurz darauf mit einem glimmenden Zweig zurückzukehren, den er von einem kleinen Feuer geholt hatte, welches außer Sicht ein Stück hangabwärts brannte.

Wi nahm den Brand, trat zu dem Holzstoß, der auf dem

Felsen aufgeschichtet worden war, blies die Glut zur Flamme und schob den Brand in einem Haufen pulverfein zerriebenen Seegrases in der Basis des Holzstoßes. Das Seegras fing sofort Feuer, wie immer, wenn es gut getrocknet war, und brannte mit blauer Flamme, und kurz darauf brannte der ganze Holzstoß. Dann befahl Wi seinem Sohn Foh, zur Höhle zurückzugehen, was dieser auch zu tun vorgab, jedoch nicht tat, denn da er mehr als alles andere diese große Wolfsjagd sehen wollte, versteckte er sich hinter einem Felsen.

In der Annahme, daß Foh heimgegangen sei, kroch Wi den Hang hinab zu der Stelle, wo die alten Männer, es mochten ihrer fünfzig oder mehr sein, die von Hotoa, dem Langsamsprechenden, angeführt wurden, zwischen den Felsen verborgen lagen, auf der windabgekehrten Seite, so daß die Wölfe sie nicht wittern konnten, und in der Nähe des Eingangs der Schlucht, die mit Ausnahme einer Lücke in der Mitte durch eine Wand von schneebedeckten Steinen verschlossen war, wie bereits geschildert wurde. Diesen Männern befahl er, sich bereit zu halten, und, sowie die Wölfe durch die Lücke in die Schlucht gelaufen waren und er das Kommando gab, jedoch auf keinen Fall vorher, jeder mit einem großen Stein vorzustürzen und die Lücke damit zu verschließen, so daß die Wölfe nicht wieder herauskommen konnten. Bis dahin aber mußten sie die Steine immer wieder bewegen, damit sie bei der Kälte nicht am Boden festfroren.

Diese Männer, die vor Kälte oder Angst, oder vor beidem, zitterten, hörten ihm teilnahmslos zu. Whaka verkündete, sein Herz sage ihm, daß nichts Gutes aus dieser Angelegenheit erwachsen könne; Hou, der Wankelmütige, fragte, ob sie nicht den Plan abändern und nach Hause gehen könnten; Ngae, der Zauberer, erklärte, daß er ein Omen der Eisgötter gesucht habe, deren Priester er war, und einen sehr schlimmen Traum gehabt habe, in welchem er Pitokiti in dem Bauche eines Wolfes schlafen gesehen habe, was zweifellos bedeute, daß sie alle getötet und gefressen werden würden; eine Mitteilung, die Pitokiti stöhnend die Hände ringen ließ. Urk, der Alte, schüttelte den Kopf und erklärte, daß es seit Anbeginn der Zeit keinen Plan wie diesen gegeben habe, zumindest habe sein Großvater ihm niemals so etwas berichtet, und was nicht zuvor getan worden sei, könne auch jetzt nicht getan werden. Nur Hotoa, ein mutiger Mann, wenn auch etwas dumm, antwortete Wi schließlich und sagte, die Steine seien bereit, und er sei bereit, sie zur Mauer aufzuschichten, falls und wenn die Wölfe in die Falle gingen, selbst wenn er es allein tun müßte.

Nun wurde Wi wütend.

»Hört her!« sagte er. »Der Mond ist sehr hell, und ich kann alles sehen. Wenn einer von euch weglaufen sollte, werde ich ihn erkennen und ihm entweder gleich oder später den Schädel einschlagen. Ja, der erste Mann, der wegläuft, wird sterben.« Und er hob seine Axt und blickte Hou und Whaka an.

Daraufhin wurden alle still, denn sie wußten, wenn Wi etwas sagte, würde er es auch tun.

Wenig später begannen Wölfe aufzutauchen, wie Schatten auf dem Schnee; zu zweien und dreien schnürten sie mit heraushängender Zunge vorbei und verschwanden durch die Lücke in der Schlucht in dem dahinter liegenden Kessel.

»Nicht bewegen!« flüsterte Wi. »Diese werden nicht getrieben, sondern kommen, um von dem Walfleisch zu fressen, wie sie es seit Tagen tun.«

Und dem war so, denn wenig später hörten sie vom Kessel das Knurren und das Knirschen der Zähne dieser hungrigen Tiere auf dem gefrorenen Fleisch.

Schließlich ertönte in weiter Ferne Rufen und Schreien, und sie wußten, daß die Treiber das Feuer auf den hohen Felsen gesehen hatten und bei der Arbeit waren. Eine lange Zeit verstrich. Und dann – oh, dann bot sich ihnen ein entsetzlicher Anblick, denn siehe, der schneebedeckte Hang unterhalb von ihnen war schwarz von Wölfen – mit mehr Wölfen, als sie jemals gesehen hatten; Hunderte schienen es zu sein, und alle kamen sie lautlos heran, langsam, wie eine disziplinierte Heerschar. Und siehe, vor ihnen trottete eine riesige Wölfin, und, entweder neben ihr laufend und an ihr Nackenhaar geklammert, oder auf ihrem Rücken reitend, dessen waren sie sich nicht sicher wegen der tiefen Schattens, war Pag, der Zwerg, Pag, der Wolfsmann!

Die Männer hielten den Atem an vor Furcht, und ein paar von ihnen preßten vor Entsetzen die Hände vor die Augen. Selbst Wi war wie gebannt, denn nun wußte er, daß Pag die Wahrheit gesagt hatte, daß Wolfsmilch in seinem Blut war, so wie die Listigkeit des Wolfes in seinem Gehirn.

Die große Wölfin verschwand im Schatten der Schlucht; Wi konnte ihre glühenden Augen und ihre abgenutzten, gelben Reißzähne sehen, als sie unter ihm dahintrabte, und mit ihr Pag. Siehe! Sie zogen durch die Lücke in der schneebedeckten Steinwand, und als sie das taten, hob die große Wölfin den Kopf und stieß ein lautes Heulen aus. Die Masse von Wölfen, die ihr folgten, und die in diesem Moment zu zögern schienen, hoben den Kopf und begannen ebenfalls zu heulen, und es war ein Geräusch, wie es die Menschen noch nie gehört hatten – ein so entsetzlicher Laut, daß einige von ihnen bewußtlos zu Boden sanken. Denn dies war der Ruf der Leitwölfin an ihr Rudel, der Ruf, dem sie gehorchen mußten. Dann drängten sie ihr nach, sprangen einander auf den Rücken, um als erster im Kessel zu sein.

Nun waren alle drinnen, nicht einer der Hunderte war draußen geblieben, und es war an der Zeit, die Bresche zu schließen. Wi öffnete den Mund, um den Befehl dazu zu geben, und zögerte dann. Pag war noch in dem Kessel, und wenn die Wölfe merkten, daß sie in der Falle saßen, würden sie ihn in Stücke reißen, und auch die Wölfin, die sie in ihren Tod geführt hatte. Er mußte den Befehl geben; doch Pag war noch immer drinnen! Wie konnte er den Tod von Pag befehlen? Oh, Pag war nur ein Mensch, und des Stammes waren viele, und wenn diese Wölfe rasend vor Wut, wieder ausbrechen sollten, würde keiner von ihnen überleben.

»An die Mauer!« rief er heiser, hob selbst einen schweren Stein auf und sprang vorwärts.

In diesem Augenblick erschienen Pag und die große Wölfin in der Lücke, beide unverletzt. Pag beugte sich nieder und flüsterte der Wölfin etwas ins Ohr, und den Beobachtern schien es, als ob sie ihm zuhörte. Sie leckte mit ihrer Zunge über sein Gesicht, fuhr dann plötzlich herum und stob davon, wie ein abgeschossener Pfeil.

In ihrem Wege stand Pitokiti, der Unglückliche, der sich zur Flucht wandte. Mit einem wütenden Knurren schnappte sie nach ihm, riß ihm ein großes Loch in den Hintern, lief weiter und ward nicht mehr gesehen.

»Baut die Mauer auf!« rief Wi. »Baut sie auf!«

»Ja, baut ihr sie auf!« rief Pag. »Und zwar schnell, wenn ihr die Sonne sehen wollt. Ich gehe; meine Arbeit ist getan.« Damit watschelte er an ihnen vorbei, die ihm scheu auswichen.

Wi rannte zur Mauer und warf seinen Stein zu Boden, wie es auch die anderen taten. Der Kopf eines Wolfes tauchte über dem wachsenden Steinhaufen auf; er schlug ihm mit der Axt den Schädel ein, so daß er tot zurückfiel, und sie hörten, wie er von den anderen in Stücke gerissen und verschlungen wurde. Das gab ihnen eine Atempause. Die Steinmauer wuchs höher, doch jetzt warf sich das ganze Gewicht der Wölfe gegen sie. Manche wurden zurückgetrieben oder getötet, denn selbst die Ängstlichsten kämpften nun mit dem Mut der Verzweiflung mit ihren Steinspeeren, ihren Keulen und Äxten, da sie wußten, daß sie alle, wenn es der eingesperrten Horde gelingen sollte, die Mauer zu durchbrechen oder zu überklettern, verloren waren. Also bauten einige von ihnen weiter an der Mauer, während andere kämpften, und eine weitere Gruppe schleppte Körbe mit feuchtem Steinschutt oder Schnee heran, die sie aus tiefen Gruben holten und über die Steine gossen, wo sie sofort in die Ritzen der Mauer flossen und gefroren, und sie so in eine Festungsmauer verwandelten.

Einige der Wölfe konnten jedoch entkommen, indem sie auf die Rücken von anderen stiegen und von dort auf die Mauerkrone sprangen, bevor diese ihre volle Höhe erreicht hatte. Die meisen von ihnen flohen in die Wälder, um in späteren Jahren die Eltern neuer Rudel zu werden, doch einige der wildesten griffen Männer jenseits der Mauer an und brachten ihnen so schwere Bißwunden bei, daß einer von ihnen daran starb.

Durch all diesen Lärm und die Aufregung hörte Wi plötzlich einen Hilfeschrei, der ihn herumfahren ließ, da er die Stimme zu erkennen glaubte. Er blickte in die Richtung, aus der er den Schrei gehört hatte, und sah im hellen Mondlicht, das auf den Schnee fiel, Foh, seinen Sohn, gegen einen großen Wolf kämpfen. Mit einem wütenden Knurren sprang die Bestie ihn an. Foh duckte sich und fing den Wolf mit der Feuersteinspitze seines Speers ab. Dann fiel er zu Boden, und der Wolf lag auf ihm. Wi rannte auf ihn zu, sicher, den Jungen mit durchgebissener Kehle zu finden. Er erreichte die Stelle zu spät, denn sowohl Foh, als auch der Wolf lagen reglos. Unter Aufbietung aller Kräfte zerrte er das Tier von dem Jungen. Fohs Körper war blutbedeckt. Da Wi ihn für tot hielt, riß er ihn verzweifelt in seine Arme, denn er liebte diesen Jungen mehr als jeden anderen Menschen auf der Welt. Doch plötzlich glitt Foh aus seinen Armen, stand vor ihm und zog keuchend Luft in die Lungen, als seine Atmung wieder einsetzte.

»Sieh, Vater, ich habe ihn getötet! Mein Speer ist gebrochen, doch sieh, seine Spitze ragt aus seinem Rücken. Seine Zähne waren an meiner Kehle, als er plötzlich den Rachen aufriß und starb.«

»Geh nach Hause!« sagte Wi grob, doch in seinem Herzen dankte er den Eisgöttern, daß sein einziger Sohn am Leben geblieben war.

Dann eilte er zu der Mauer zurück, und er verließ sie nicht eher, bis sie so hoch war, daß kein Wolf, der auf der Welt lebte, sie überspringen hätte können. Und auch erklettert werden konnte sie nicht, denn ihre obersten Steine waren so gesetzt, daß die Mauerkrone leicht nach innen geneigt war. Dann wartete Wi, bis der feuchte Sand und der Schnee hartgefroren waren, und er wußte, daß vor Anbruch des Frühjahrs nichts die Steine verrücken konnte.

Schließlich war die Arbeit getan, und im Osten dämmerte ein neuer, kurzer Wintertag herauf. Nun stieg Wi auf die Mauer und blickte in den hinter ihr liegenden Kessel. Er lag noch immer in Dunkelheit, denn der Mond war hinter den Bergen versunken, doch aus dem Dunkel funkelten Hunderte von Augen, und die Felswände warfen das Geheul der gefangenen Tiere zurück.

So heulten sie tagelang, und die kräftigsten fraßen jene, die schwach wurden, bis es schließlich still wurde, an dem unheimlichen Ort, denn alle waren tot.

## 9

## *Wi begegnet dem Tiger*

Zwei Tage waren vergangen, während derer Wi zumeist geschlafen hatte. Nach diesem Feldzug gegen die Wölfe war er zu Tode erschöpft, nicht von der Arbeit oder dem Kampf, sondern von seiner Verwunderung über den Anblick Pags, der eine unheimliche Freundschaft mit der großen Wölfin unterhielt, und von seinem seelischen Schmerz, als er glaubte, Foh sei die Kehle durchgebissen worden, und auch als er geglaubt hatte, daß die ganze Meute der Wölfe über die halbfertige Mauer stürmen und ihn und seine Begleiter in Stücke reißen würde.

Wenn er hin und wieder aus seinem Schlaf erwachte, war Aaka freundlich zu ihm, mehr als je zuvor seit jenem Tage, als Foa von Henga ermordet worden war. Denn sie war stolz auf seine Tat und auf seinen Ruhm, der in aller Munde war, und jetzt, wo er aus seinem Bett aufgestanden war, brachte sie ihm zu essen und sprach mit sanfter Stimme zu ihm, was Wi glücklich machte, denn er liebte Aaka, die Frau seiner Jugend, obwohl sie in letzter Zeit ihr Gesicht von ihm abgewandt zu haben schien. Während er aß und Aaka ihm die Nahrung Stück für Stück zureichte, wie es bei den Frauen des Stammes der Brauch war, trat Moananga herein und begann auf seine leichte Art über jene Nacht der Angst zu sprechen.

»Alles Gute stand auf deiner Seite, Bruder«, sagte er, »denn wir sind völlig umsonst durch den Wald gestapft, haben unsere Füße aufgerissen und unsere Schienbeine an halb im Schnee vergrabenen Baumstämmen und Ästen zerschunden.«

»Habt ihr denn keine Wölfe gesehen?« fragte Wi.

»Nicht einen einzigen, obwohl wir sie heulen hörten. Wie es scheint, waren sie alle schon fortgezogen, angeführt von einem gewissen Freund von uns, der Wölfe verhexen kann, wie es scheint, wenn das, was ich gehört habe, wahr sein sollte.« Er zuckte die Achseln. »Doch etwas anderes haben wir gesehen.«

»Und was?« fragte Wi.

»Wir sahen das große, gestreifte Tier, von dem wir unsere Väter sprechen hörten; den Tiger mit Zähnen wie Speerspitzen, ein Tier wie jenes, aus dem dein Umhang – oder was davon übrig ist – gemacht wurde, der von Anbeginn an von den Häuptlingen des Stammes getragen wurde.«

Dem war so, denn seit Generationen hatten jene, die in der Höhle wohnten, einer nach dem anderen, diesen Umhang getragen, obwohl niemand sagen konnte, auf welche Weise er ursprünglich zu ihnen gelangt war. Doch obwohl Geschichten von dieser großen Tigerbestie berichteten, die einst der Schrecken des Stammes gewesen war, hatte seither niemand eine gesehen, so daß die Menschen, obwohl sie noch darüber sprachen, der Ansicht waren, daß seine Art ausgestorben war oder ihr Land verlassen hatte.

»Was hat er getan?« fragte Wi sehr erregt, was bei einem Jäger nicht zu verwundern war.

»Er tauchte zwischen den Bäumen auf, lief ohne jede Scheu vorbei, sprang auf einen Felsen und stand dort, peitschte mit dem Schwanz und starrte zu uns herab. Er war ein mächtiges Tier, so hoch wie ein Hirsch, jedoch länger. Wir schrien, um ihn zu verscheuchen, doch er kümmerte sich gar nicht darum sondern blieb stehen, schnurrte wie eine Wildkatze und starrte uns mit seinen glühenden Augen an. Nun stand direkt vor ihm der Mann namens Finn, den Henga gehaßt und zu töten geschworen hatte, so daß er sich in den Wäldern verbergen mußte, aus denen er erst zurückkam, nachdem du Henga getötet hattest. Plötzlich hörte der Tiger zu schnurren auf und starrte Finn an. Finn sah es und warf sich herum, um zu fliehen. Da sprang der Tiger – und es war ein Sprung, wie man ihn noch nie gesehen hatte. Über die Köpfe der anderen sprang er hinweg und landete auf dem Rücken Finns, den er zu Boden riß. Im nächsten Moment hatte der Tiger ihn mit seinen Zähnen gepackt und sprang mit ihm davon, wie eine Wildkatze mit einem Vogel, den sie erbeutet hatte. Das war das letzte, was wir von dem Tiger sahen – und von Finn.«

»Seltsam, daß der Tiger gerade ihn ausgewählt hat, der von Henga gehaßt wurde, dem Tigermann«, sagte Wi.

»Ja, Wi, so seltsam, daß alle Menschen des Stammes glauben, der Geist Hengas sei in jenen Tiger gefahren.«

Wi lachte nicht über diese Worte, denn es war der Glaube seines Stammes, daß der Geist eines bösen Menschen oft in den Körper eines schrecklichen Tieres eintrat, das nicht getötet werden konnte, und in jener Gestalt Rache an denen nahm, die der Mann in seinem Leben gehaßt hatte, oder an dessen Kindern.

Deshalb sagte er nur: »Wenn dem so ist, werde ich wohl auf der Hut sein müssen, denn wenn Henga Finn haßte, haßte er mich zehnmal mehr, und aus gutem Grund, wie er heute vielleicht wissen mag. Nun, ich habe Henga getötet, und ich schwöre, daß ich, wenn er uns mehr Schwierigkeiten machen sollte, auch diesen Tiger töten werde, obwohl ich nicht sagen kann, woher er gekommen sein mag.«

In diesem Augenblick erschien Pag, worauf Aaka, die der Geschichte von Finns Tod schweigend zugehört hatte, sich umwandte und fortging, wobei sie über die Schulter hinweg sagte: »Hier kommt einer, der dir vielleicht zeigen kann, wie man den Tiger in eine Falle lockt. Denn was ist ein Tiger denn anderes, als ein großer, gestreifter Wolf?«

Andere wichen ebenfalls zurück, als Pag sich näherte, denn obwohl sie ihm dankbar waren für das, was er getan hatte, fürchteten sie, die Pag von jeher gefürchtet hatten, ihn jetzt noch sehr viel mehr. Ja, selbst Moananga trat zur Seite und machte ihm Platz.

»Habt keine Furcht«, sagte Pag spöttisch. »Die graue Wolfsmutter ist weit fortgelaufen, und keine ihrer Art folgen weder ihr noch mir. Ich habe sie gerade beobachtet. Sie kämpfen untereinander und fressen einander in jenem großen Felskessel, und es wird nicht mehr lange dauern, bis alle tot sind, denn jene Wand können sie weder überklettern, noch untergraben.«

»Sag uns, Pag«, wandte Moananga sich auf seine offene Art an ihn, »was bist du eigentlich: ein Mensch, oder ein Wolf in der Gestalt eines Zwerges?«

»Du hast meinen Vater und meine Mutter gekannt, Moananga, und solltest deshalb in der Lage sein, deine Frage selbst zu beantworten. Doch steckt in allen Menschen etwas von einem Wolf, und in mir, aus Gründen, die ich Wi erklärt habe, vielleicht mehr als in den meisten anderen.«

»So glauben es die Menschen, Pag.«

»Wirklich, Moananga? Wenn dem so ist, so sage ihnen von mir, daß ich kein Wolf bin, der in irgendeiner Falle gefangen werden kann; und sage ihnen außerdem, daß ich sie in Frieden lassen werde, wenn sie mich in Frieden lassen. Doch wenn sie es nicht tun, mögen sie meine Zähne zu spüren kriegen.«

»Wie hast du die Wölfe führen können, Pag?«

»Warum fragst du nach Geheimnissen, Moananga? Doch wenn du es wissen willst, werde ich es dir sagen, damit du es den anderen sagen kannst. Die Mutter der Wölfe ist meine Freundin. Ich bin in den Wald gegangen und habe gerufen, und sie ist zu mir gekommen. Dann habe ich ihr befohlen, mir zu folgen, wie ein Hund seinem Herrn folgt.

Sie folgte mir, und die anderen Wölfe folgten ihr; das ist alles.«

Moananga blickte Pag zweifelnd an und antwortete. »Ich denke, daß mehr dahintersteckt, Pag.«

»Ja, Moananga, hinter allem steckt mehr für jene, die es finden können. Wir können nicht weit blicken, und wir wissen sehr wenig, Moananga – nicht einmal, was wir waren, bevor wir geboren wurden, oder was wir sein werden, wenn wir gestorben sind.«

Es lag eine solche Ernsthaftigkeit in Pags Worten, daß Moananga, obwohl er neugierig war, keine Fragen mehr stellte, sondern nur sagte: »Wenn etwas von einem Wolf im Menschen ist, mag auch etwas von einem Menschen in einem Tiger sein« – und er wiederholte Moananga die Geschichte, welche er Wi erzählt hatte.

Pag hörte ihm ernsthaft zu und antwortete dann: »Wenn eine Wolke vorüberzieht, kommt eine andere; die Wölfe sind fort, nun ist der Tiger gekommen. Ob Henga in jenem Tier wohnt, weiß ich nicht. Wenn dem aber so sein sollte, sage ich: je eher es getötet wird, desto besser.« Und er blickte Wi an, und Foh, der jetzt neben seinem Vater stand, den Arm um seine Hüfte gelegt. Dann ging er, um sich sein Essen zu holen, denn er war hungrig.

Von jenem Tage an wurde der Tiger für den Stamm zu einer so großen Plage, wie es die Wölfe gewesen waren, obwohl er nur einer war, und jener viele gewesen waren. Er schlich im Dunkel der Nacht lautlos durch das Dorf, und wenn der Morgen dämmerte und die Menschen aus ihren Hütten gekrochen kamen, packte er heute diesen und morgen jenen und lief davon, die Beute im Maul. Kein Zaun konnte ihn aufhalten, noch trat er auf eine der Fallgruben, und so schnell waren seine Bewegungen, daß niemand ihn mit dem Speer zu treffen vermochte. Außerdem wurde festgestellt, daß alle, die er getötet hatte, Männer waren, die Henga einst gehaßt hatte, oder deren Kinder, oder auch Frauen, die einmal ihm gehört hatten und jetzt mit anderen verheiratet waren. Deshalb waren die Menschen sicher, daß der Geist Hengas in diesem Tiger wohnte, und auch Ngae, der Priester, und Taren, seine Frau, die sich mit den Eisgöttern beraten hatten, erklärten nach ihrer Rückkehr vom Gletscher, daß dem so sei.

Als Wi sich alle diese Dinge durch den Kopf gehen ließ, wurde er von starker Furcht gepackt, wenngleich mehr um Floh denn um sich selbst. Sicherlich würde der Junge früher oder später von dem Tiger geholt werden, oder er selbst war vorher an der Reihe. Die anderen Menschen lebten ebenfalls in Angst und Schrecken, und niemand wagte sich mehr aus seiner Hütte, bis es völlig hell geworden war, und noch weniger trauten sie sich, das Dorf zu verlassen, es sei denn, in größeren Gruppen.

Sehr langsam und sehr spät stellte sich endlich der Frühling ein; der Schnee schmolz, und im Walde tauchten die Hirsche wieder auf. Wi hoffte, daß der riesige Tiger mit den blitzenden Zähnen nun aufhören würde, Menschen zu töten, und sich mit Wild vollschlüge, oder vielleicht fortgehen und dorthin zurückkehren würde, woher er gekommen war, wo immer das sein mochte, um sich dort eine Partnerin zu suchen. Doch der Tiger tat nichts dergleichen. Es schien fast, als ob er der letzte seiner Art wäre, der keine Partnerin finden konnte, da keiner mehr auf der Erde lebte. Auf jeden Fall blieb er in den großen Wäldern, die an den Strand grenzten, mal an dem einen Ort, dann an einem anderen; außerdem suchte und fand er weiterhin Opfer, denn zwischen dem Frühling und dem ersten Sommermonat wurden drei Menschen des Stammes fortgeschleppt, so daß schließlich niemand mehr wagte, hinauszugehen, um Nahrung zu suchen, da sie niemals sicher sein konnten, wann die gestreifte Bestie sie aus irgendeinem Versteck heraus anfallen würde, denn sie schien alle ihre Bewegungen genau zu beobachten und zu wissen, wohin sie gingen.

Das Ende davon war, daß die Menschen auf dem Versammlungsplatz zusammenkamen, und Winiwini, den Schlotterer, zu Wi schickten und verlangten, mit ihnen zu sprechen.

Er kam, von Pag begleitet, und der Stamm ließ ihm durch den Mund Urks, des Alten, dies sagen: »Der Tiger mit den großen Zähnen, den wir für Henga in der Gestalt eines Tieres halten, tötet uns. Wir verlangen, daß du, der du Henga getötet und in einen Tiger verwandelt hast, du, der du ein mächtiger Jäger bist und durch das Recht des Sieges unser Häuptling, diesen Tiger tötest, so wie du Henga getötet hast.«

»Und wenn ich das nicht kann, oder nicht will, was dann?« fragte Wi.

»Dann werden wir, wenn wir stark genug dazu sind, dich und Pag töten und einen anderen Häuptling wählen«, antworteten sie durch den Mund Winiwinis. »Oder, wenn wir das nicht können, werden wir zumindest dir und deinen Gesetzen nicht mehr gehorchen, sondern diesen Ort verlassen, an dem wir von Anbeginn an gelebt haben, und uns eine neue Heimat suchen, weit weg von dem Tiger.«

»Vielleicht aber wird der Tiger mit euch gehen«, sagte Pag düster, mit einem Grinsen auf seinem häßlichen Gesicht, Worte, die ihnen gar nicht gefielen, denn daran hatten sie nicht gedacht.

Bevor jedoch einer von ihnen antworten konnte, sagte Wi mit leiser, bedrückter Stimme: »Es scheint, daß ich viele Feinde unter euch habe, und das ist kein Wunder, da der vergangene Winter auf vielfache Weise der schlimmste gewesen ist, den wir jemals erlebt haben, mit größerer Kälte und mehr Schnee als jeder andere, von dem uns viel Tod und Krankheit gekommen ist. Auch sind einige von uns von Tieren getötet worden, erst von den Wölfen, welche jetzt vernichtet worden sind, und danach von diesem Tiger; und obwohl wir den Göttern, die dort drüben im Eis leben, Opfergaben dargebracht haben, sind sie uns nicht zu Hilfe gekommen. Jetzt sagt ihr mir, daß ich diesen Tiger töten muß, oder daß ihr sonst mich töten und euch einen anderen Häuptling suchen wollt, wozu ihr nach altem Brauch durchaus das Recht habt. Oder, wenn ihr mich nicht töten könnt, wenn ihr es nicht schafft, mich zu töten, wollt ihr mich verlassen und fortziehen, um euch eine neue Heimat zu suchen, weit von dem Orte entfernt, an dem ihr geboren wurdet.

Hört, Menschen des Stammes. Ich sage euch, daß es nicht nötig ist, fortzuziehen und vielleicht größere Gefahr zu finden als jene, die ihr hinter euch gelassen habt. Bald werde ich hinausgehen, um diesen Tiger zu suchen und mich mit ihm zu messen, so wie ich mich mit Henga gemessen habe, dessen Geist, wie ihr glaubt, in seinem Fell lebt. Vielleicht werde ich ihn töten, wahrscheinlicher aber ist, daß er mich töten wird, in welchem Fall ihr selbst versuchen müßt, irgendwie mit ihm fertigzuwerden, oder, wenn euch das lieber ist, die Flucht zu ergreifen und fortzugehen. Auf jeden Fall ist es nicht nötig, daß ihr mich tötet, denn ich bin es müde, Häuptling zu sein. Vor einiger Zeit habe ich euch einen Tyrannen vom Halse geschafft, der viele von euch ermordet hat, wie auch meine Tochter, und seitdem habe ich Tag und Nacht gearbeitet, für euer aller Wohlergehen gesorgt und mein bestes getan, um euch zu dienen. Jetzt aber, da ihr zu der Ansicht gekommen seid, daß ich versagt habe, und ich derselben Meinung bin, da ihr mich sonst mehr lieben würdet, ist es mein Wunsch, mein Amt niederzulegen, oder, so der Brauch dieses nicht erlaubt, hier unbewaffnet zu stehen, wenn er, den ihr zu meinem Nachfolger erwählt habt, meinem Leben mit Keule und Speer ein Ende setzt.

Also wählet jenen Mann, damit ich mich ihm unterwerfen kann. Doch wenn ihr einen letzten Rat von mir als Häuptling annehmen wollt, befehlt diesem Manne, mich noch eine kleine Weile am Leben zu lassen, damit ich hinausziehen und den Tiger suchen kann, so das in meinen Kräften steht. Dann, wenn dieser mich nicht töten sollte, werde ich zurückkehren, und ihr könnt mit mir tun, was euch gefällt, mich entweder weiterleben lassen als einen von euch, wie ich es war, bevor ich euer Häuptling wurde, oder mit mir ein Ende zu machen.«

Als die Menschen diese Worte hörten und seine Großmut begriffen, waren sie tief beschämt. Und sie waren auch verwirrt, denn sie wußten nicht, wen sie zum Häuptling wählen sollten, falls sich überhaupt jemand finden lassen sollte, der bereit war, dieses Amt zu übernehmen. Außerdem war es auch nicht gerade ermutigend, daß Pag laut verkündete, dieser neue Häuptling würde innerhalb einer Stunde gegen einen Herausforderer antreten müssen, und zwar gegen ihn, Pag, selbst. Bei diesen Worten blickten sie unsicher zur Seite, oder vielmehr diejenigen unter ihnen, welche verlangend nach der Höhle geschielt hatten, taten es, denn obwohl Pag ein Zwerg war, besaß er doch gewaltige Kraft. Außerdem war er auch ein Wolfsmann, der zweifellos Mächte des Himmels und der Erde herbeirufen konnte, um ihm beizustehen, vielleicht die graue Wolfsmutter, oder jene Geister, die bei der Nacht heulen. Dennoch rief einer von ihnen den Namen Moanangas. Worauf dieser antwortete: »Nein, du Narr. Ich stehe zu meinem Bruder Wi, und ich sage euch, wenn ihr ihn verjagen solltet, so kann es nur darum sein, daß die Götter euch verrückt gemacht haben, denn wo könnt ihr einen finden, der mutiger oder ehrlicher ist? Warum geht ihr nicht selbst hinaus und tötet den Tiger? Liegt es vielleicht daran, daß ihr Angst habt?«

Niemand antwortete. Eine Weile murmelten sie verwirrt untereinander; dann jedoch riefen sie wie mit einer Stimme: »Wi ist unser Häuptling. Wir wollen keinen anderen Häuptling als Wi!«

So wurde diese Angelegenheit beigelegt.

In jener Nacht berieten Wi und Pag darüber, wie sie dem Tiger ein Ende machen könnten. Ernsthaft und eingehend sprachen sie über dieses Problem, konnten jedoch lange keine Lösung sehen. Alles war schon versucht worden. Die Bestie ging nicht in die listigste ihrer Fanggruben; sie fraß nicht die Fleischstücke, die mit den Säften eines bestimmten Fisches vergiftet worden waren, welche, wenn faulig, eine tödliche Wirkung hatten; sie fürchtete sich nicht vor Feuer und konnte nicht durch Schreien verjagt werden. Zweimal waren Männer in starken Gruppen ausgezogen, um den Tiger anzugreifen, doch beim ersten Mal hatte er sich versteckt, und beim zweiten fiel er sie an, schlug einen der Männer mit seiner gewaltigen Pranke nieder und verschwand, woraufhin niemand mehr Jagd auf ihn machen wollte.

»Wir beide müssen allein gegen ihn kämpfen«, erklärte Wi.

Pag schüttelte den Kopf. »Unsere Kräfte reichen dafür nicht aus«, antwortete er. »Bevor du auch nur einmal mit der Axt zuschlagen könntest, würde er uns beide getötet haben. Oder, wenn der Geist Hengas in ihm wohnt, wie alle Leute glauben, würde er sich dieser Axt nicht noch einmal stellen und sich verbergen.«

Dann trat er zum Eingang der Höhle und starrte gleichgültig zu dem abgebrochenen Baum hinauf, von dessen Spitze, wie er im Licht des Mondes sah, Hengas geschwärzter Kopf noch immer herabstarrte, und in dessen langen Locken der Wind spielte.

Er kam zurück und sagte: »Jener Tiger muß sehr einsam sein, da er keinen seiner Art hat, mit dem er reden oder Junge zeugen kann. Wirst du mir deinen Häuptlingsumhang leihen, Wi? Falls er verloren gehen sollte, verspreche ich dir einen besseren.«

»Wozu?« fragte Wi.

»Das werde ich dir hinterher erzählen. Leihst du mir deinen Umhang, und auch die Halskette aus Tigerkrallen?«

»Nimm sie, wenn du willst«, sagte Wi resigniert, da er wußte, daß es sinnlos war, in dem dunklen Herzen Pags nach Geheimnissen zu graben. »Nimm die Häuptlingswürde ebenfalls, wenn es dir Spaß macht, denn von allen diesen habe ich genug und wünschte, ich wäre wieder ein Jäger und nichts anderes.«

»Ein Jäger sollst du auch sein«, sagte Pag, »der größte aller Jäger. Doch nun sprich mir eine Weile nicht mehr von Tigern, damit ich sie nicht auch noch in meinem Schlaf rieche.«

Während der folgenden Tage war Pag stundenlang verschwunden, und wenn er am Abend zurückkehrte, schien er immer sehr erschöpft. Außerdem bemerkte Wi, daß mehrere Dinge verschwunden waren, nämlich sein Tigerfell und die Halskette, sowie auch der Kopf Hengas von dem abgebrochenen Baum, der vor der Höhle stand, obwohl der Kopf nur noch aus Haut und Knochen bestand.

Aaka fragte ihn eines Tages, warum er seinen Umhang nicht trüge, und er antwortete: »Weil der Winter vorbei geht und es zu warm ist.«

»Ich finde es nicht warm«, sagte Aaka. »Und warum trägst du deine Kette nicht?«

»Weil die Haut im Frühling empfindlich wird und sie mich kratzt.«

»Ich sehe, daß Pag dir ein guter Lehrer ist«, sagte Aaka. »Er könnte nicht mit glatterer Zunge geantwortet haben. Doch wohin geht Pag so heimlich?«

»Das weiß ich nicht, Frau. Ich wollte es gerade dich fragen, die ihn so genau beobachtet, ob du es mir sagen kannst.«

»Ich glaube, daß ich es kann, Wi. Zweifellos jagt er mit der alten Wölfin, wie er es tun muß, wenn sie ihn ruft, und das ist der Grund dafür, daß er so müde heimkehrt. Ich habe gehört, daß einige unserer Toten in letzter Zeit ausgegraben und gefressen worden sind.«

»Das ist mir nicht gemeldet worden«, sagte Wi.

»Selbst einem Häuptling wird nicht alles erzählt, besonders nicht von solchen, die er liebt«, antwortete Aaka und ging lachend davon.

Zwei Abende später trat Pag in die Öffnung der Höhle, und prüfte sehr sorgfältig die Windrichtung, indem er seinen Finger befeuchtete und ihn emporstreckte. Dann kam er zu Wi zurück und flüsterte: »Wirst du eine Stunde vor der Dämmerung aufstehen und mit mir hinausgehen, um den Tiger zu töten?«

»Sollten wir nicht lieber noch ein paar Männer mitnehmen?« sagte Wi zögernd.

»Nein. Nur Narren teilen ihr Fleisch mit Fremden; der

Ruhm soll uns allein gehören. Und nun stell mir keine Fragen mehr an diesem Ort, der viele Ohren hat.«

»Gut«, sagte Wi. »Ich werde mit dir gehen – um den Tiger zu töten – oder von ihm getötet zu werden.«

Also schlichen die beiden etwas mehr als eine Stunde vor der Dämmerung wie Schatten aus der Höhle. Doch bevor Wi sie verließ, trat er zu dem fest schlafenden Foh und küßte ihn, da er nicht glaubte, ihn jemals wiederzusehen. Er blickte auch zu der schlafenden Aaka hinüber und seufzte traurig. Er war voll bewaffnet, mit seiner schweren Axt aus glänzendem Stein, zwei Speeren mit Spitzen aus Feuerstein und einem Messer, auch aus Feuerstein. Pag trug ebenfalls zwei Speere und ein Messer.

Als sie die Hütten hinter sich gelassen hatten und im Schein des Mondes, der schon dicht über dem Horizont stand, auf den Wald zugingen, sagte Pag, daß der Sturm, welcher tagelang gewütet hatte, sich jetzt ausgetobt zu haben schien, und die Sterne so klar wirkten, daß sie gutes Wetter versprachen.

Worauf Wi ärgerlich wurde und sagte: »Hör auf mit deinem Gerede vom Wetter und von den Sternen und sag mir, wohin wir gehen, und was wir dort tun werden! Bin ich denn etwa noch ein Kind, daß du mich derart im unklaren läßt?«

»Ja«, antwortete Pag, »ich denke, daß du so etwas wie ein Kind bist, aus dem Frauen Geheimnisse heraussaugen können, was von mir nicht gesagt werden kann.«

»Ich gehe zurück«, sagte Wi und blieb stehen.

»Aber«, fuhr Pag ruhig fort, »wenn du die Geschichte hören willst, werde ich sie dir erzählen, denn sie ist kurz. Nur steh nicht so herum wie ein Mädchen, das ihrem Geliebten nachschaut, sondern komm weiter, denn unsere Zeit ist kurz bemessen.«

»Das glaube ich gerne«, murmelte Wi, als er sich wieder in Bewegung setzte.

»Hör zu!« sagte Pag. »Du kennst doch die beiden Felsen nahe dem Waldrand, die von den Menschen ›Mann und

Frau‹ genannt werden, weil sie einander so nahe sind, und doch getrennt?«

»Ja, ich kenne sie. Einmal dachten wir daran, dort eine Fallgrube zu graben, haben es jedoch nicht getan, weil die Basen beider Felsen nach innen geneigt sind und zweifellos dicht unter der Erdoberfläche zusammenstoßen.«

»Solche, die erkennen wollen, müssen erst einmal nachsehen«, sagte Pag. »Ich habe das Gerede von der Grube gehört, und auch Urk sagen hören, daß sein Großvater einmal versucht habe, dort zu graben, es aber nicht konnte, weil die Felsen aufeinanderstoßen. Doch weil ich weiß, daß Urks Großvater ein großer Lügner gewesen sein muß – oder vielleicht ist Urk der große Lügner –, bin ich hinausgegangen, um mich selbst davon zu überzeugen, habe mit einem spitzen Stock ein Loch gegraben und festgestellt, daß die beiden Felsen nicht aneinanderstoßen. Und noch etwas fand ich heraus: daß der Tiger dort seinen Wechsel hat. Um ihn für eine Weile zu vergrämen, habe ich an jener Stelle abgetragene Fellkleidung aufgehängt, an der Menschengeruch haftet. Dann machte ich mich an die Arbeit und grub meine Fallgrube; eine sehr schöne Grube, so eng wie ein Grab, und ich habe den Boden mit spitzen Stangen gespickt und ein rauchendes Feuer entzündet, um den Menschengeruch zu tilgen. Als nächstes legte ich Kiefernäste darüber, die einen starken Eigengeruch haben, und bedeckte alles mit feinem Sand, gleich dem der Umgebung, den ich in einem Fell heranschaffte, in das ich ihn mit einer Muschelschale geschaufelt hatte, so daß meine Hand nicht ein Korn davon berührte, und tat noch einiges mehr, das einen Tiger hinters Licht führen kann.«

»Dieser Tiger kann nicht hinters Licht geführt werden«, sagte Wi düster, »denn ist er nicht so verschlagen wie ein Mensch? Wie viele Fallgruben haben wir angelegt, und hat er nicht um jede einen Bogen gemacht?«

»Ja, Wi, dieser Tiger ist sehr verschlagen, aber er ist auch einsam, und wenn er sieht, daß ein anderer Tiger die Fallgrube überquert hat und jenseits von ihr auf ihn wartet, wird er ihm dann vielleicht folgen; zumindest hoffe ich es.«

»Ein anderer Tiger! Was meinst du damit?«

»Das sollst du gleich erfahren. Und jetzt,Wi, bitte ich dich, zu vergessen, daß du ein guter Häuptling bist, und nur daran zu denken, daß du ein noch besserer Jäger bist und nicht mehr zu fragen, denn es kann nichts schiefgehen, weil der Wind durch die Felskluft direkt auf uns zuweht und der Tiger uns nicht wittern kann.«

Kurz darauf erreichten sie die Fallgrube, in einer Lücke der Felsenkette, welche die Höhe einer ausgewachsenen Kiefer hatte; diese Lücke war oben breiter als am Boden, wahrscheinlich von Eis und Wasser so geformt. Am Boden war sie nicht weiter als zwei Schritte. Zur einen Seite dieser Kluft lagen mehrere große Steine, und Pag wies Wi an, sich zwischen ihnen zu verstecken.

»Mach schnell und bleib am Boden liegen, denn die Dämmerung ist nahe, und wenn, wie ich hoffe, der Tiger erscheinen sollte, so wird das bald geschehen. Halt auch deine Axt bereit!«

»Was hast du vor, Pag?«

»Das wirst du gleich erleben. Verwundere dich nicht über irgend etwas, das du sehen magst, und rühre dich nicht, so lange du nicht angegriffen wirst oder ich dich rufe!«

Dann verschwand Pag im Dunkel, und Wi, der auf dem Boden kniete, starrte durch eine Lücke zwischen den Steinen hinaus. In dem spärlichen Licht – er war von Jugend auf Jäger gewesen und deshalb daran gewöhnt, im Dunkeln zu sehen, wie es wilde Tiere können – sah er, daß auf dem schneebedeckten Boden der Kluft – denn hier, an dieser verschatteten Stelle, war der Schnee nicht getaut – eine Fährte, wie die von den Pranken eines Tigers, deren Krallen Rillen in den Schnee gezeichnet hatten, und überlegte, daß Pag zu spät gekommen war, denn das Tier war bereits hier entlanggekommen. Dann fiel ihm ein, daß das nicht möglich war, denn wenn er diesen Weg genommen hätte, wäre er in die Grube gestürzt, die genau unter dieser Fährte lag.

Woher stammten dann diese Spuren? fragte er sich. Und dann fragte er sich noch viel mehr, denn fast unmittelbar unterhalb von ihm, im Schatten des Felsens, und diesseits der Fallgrube, tauchte der Tiger auf. Doch wie konnte der Tiger dorthin gelangt sein, denn waren sie nicht eben hergekommen, über offenes Land, auf dem keine Bäume standen, wie sie als dichter Wald auf der anderen Seite der Kluft wuchsen, sie ihn also auf jeden Fall gesehen haben müßten? Doch da war der Tiger, denn er konnte sein gestreiftes Fell sehen, oder jedenfalls einen Teil davon. Außerdem knurrte er, wie es Raubtiere tun, und schien mit seinen Klauen etwas zu zerreißen, das vor ihm im Schnee lag, genau an der Stelle, wo sich der Rand der Fallgrube befinden mußte.

Wenn ich jetzt aufspringe und mit aller Kraft zuschlage, könnte ich der Bestie mit meiner Axt das Genick brechen oder ihr den Schädel zertrümmern, bevor sie mich anfallen kann.

Dann erinnerte er sich, daß Pag ihm gesagt hatte, er dürfe sich auf keinen Fall rühren, außer, um sich zu verteidigen, oder wenn er, Pag, nach ihm riefe; und auch, daß Pag sich rühmte, niemals etwas grundlos zu sagen. Also blieb Wi, wo er war, und beobachtete.

Das erste graue Licht des Tages dämmerte herauf, und obwohl der Tiger noch immer vom Schatten verborgen wurde, fiel es auf das, was er zu fressen schien, etwas Rundes, Schwarzes, von dem langes Haar herabhing.

Bei den Göttern! Es war der Kopf Hengas. Jetzt begriff Wi alles. Pag war dieser Tiger! Ja, unter dem Fell, dem Häuptlingsumhang, der in der Form eines Tigers über einen Rahmen aus Zweigen gebreitet und mit trockenem Gras oder Seegras ausgepolstert war, steckte Pag, vor dessen Gesicht der ausgedörrte Kopf Hengas lag, den er zu verschlingen vorgab. Und noch eben hatte er daran gedacht, diese Attrappe mit seiner Axt zu zerschmettern und hätte dabei Pag getötet! Wis Blut wurde zu Eis bei dieser Vorstellung; doch dann vergaß er sie, und auch alles andere.

Denn auf der anderen Seite der Kluft, so tief geduckt kriechend, daß sein Bauch den Boden berührte, mit peitschendem Schweif, blitzenden Reißzähnen und gesträubtem Fell, erschien die riesige Bestie, die zu töten sie ausgezogen waren. Ja, dort stand sie, denn nun hatte sie sich zu ihrer vollen Größe aufgerichtet, welche der eines Hirsches gleichzukommen schien, und starrte mit glühenden Augen mißtrauisch herüber.

Der andere Tiger, unter, oder vielmehr in dessen Fell Pag steckte, knurrte noch wütender und fetzte mit seinen Krallen an dem Kopf Hengas. Der riesige Tiger stellte die Ohren auf und knurrte zurück, doch auf freundliche Art. Dann schien er plötzlich den Kopf Hengas zu riechen und starrte ihn an. Er kam ein paar Schritte näher, krümmte den Rükken und sprang, wie ein Wolfsjunges oder ein junger Hund zuspringt um etwas zu packen, mit dem er spielen möchte. Der Tiger erhob sich hoch in die Luft und landete mit allen vier Pranken auf der Abdeckung der Fallgrube, die unter seinem Gewicht einbrach. Er sauste in die Grube hinab, und der Kopf Hengas rollte ihm nach. Wütendes Brüllen ließ die Luft erzittern, als die spitzen Holzstäbe, die Pag in den Boden der Grube geschlagen hatte, durch das Gewicht des Tieres in seinen Leib getrieben wurden.

Wi sprang aus seiner Deckung hervor und lief zu Pag, der das ausgestopfte Tigerfell abgeworfen hatte und in die Grube hinabstarrte, den Speer in der Hand. Wi blickte ebenfalls in die Grube und sah den riesigen Tiger, dessen Augen wie Lampen glühten, sich an den eingedrungenen Stangen winden. Plötzlich hörte sein entsetzliches Brüllen auf, und sie dachten, er sei tot. Im nächsten Augenblick aber rief Pag: »Paß auf! Er springt!«

Noch während er sprach, krallten sich die Vorderpranken des Tigers an den Rand der grabartigen Grube, und dann tauchte der riesige, flache Kopf auf. Er hatte sich von den angespitzten Stangen losgerissen und zog sich mit all seiner gewaltigen Kraft aus dem Loch. Pag stieß mit seinem Speer zu und verwundete ihn am Hals. Der Tiger packte den Schaft mit den Zähnen und biß ihn glatt durch.

»Schlag zu!« rief Pag, und Wis Axt fuhr auf den Schädel herab und zertrümmerte ihn – ein gewaltiger Hieb.

Doch selbst das tötete den Tiger nicht. Wi schlug wieder zu und zerschmetterte einen Vorderlauf. Doch der Tiger stemmte sich hoch und zog sich aus der Grube. Er richtete sich auf die Hinterbeine auf und schlug mit seiner unverletzten Vorderpranke nach ihm. Wi sprang zurück und duckte sich, so daß der Hieb über seinen Kopf hinwegging, und Pag lief zur Seite. Der Tiger folgte Wi, auf seinen Hinterbeinen laufend, denn wegen seiner Verletzungen schien er nicht mehr springen zu können. Wi schlug wieder mit der Axt zu, die er mit beiden Händen gepackt hatte, und die scharfe Klinge grub sich unterhalb des Rippenbogens in den mächtigen Leib. Er versuchte, die Axt herauszureißen, die in dem zähen Fell feststak, doch bevor er es schaffte, warf der Tiger sich auf ihn und begrub ihn unter seinem schweren Körper.

Pag kam angerannt und trieb ihm seinen verbliebenen Speer in die Seite, dicht unterhalb der Schulter des Vorderlaufs. Immer wieder stieß er zu und legte sein ganzes Gewicht auf den Speer. Da gab der Tiger, der seinen Rachen aufgerissen hatte, um den Kopf Wis zu packen und zu zermalmen, ein heiseres Stöhnen von sich; seine Kiefer schlossen sich, sein Kopf sank auf das Gesicht Wis, seine Krallen wurden eingezogen, ein Zittern lief durch seinen ganzen Körper, und er lag still.

Wieder warf Pag sich auf den Speer und drückte ihn noch tiefer hinein, bis er wußte, daß er das Herz der Bestie durchstoßen hatte. Dann packte er einen der Vorderläufe und zerrte mit all seiner gewaltigen Kraft daran, bis der tote Tiger auf die Seite rollte und Wi freigab, der vom Kopf bis zu den Füßen mit Blut besudelt war.

Pag, der ihn für tot hielt, stieß einen leisen Schmerzensschrei aus, doch während er das tat, richtete Wi sich auf und zog keuchend Luft in die Lungen, denn das Gewicht des Tigers hatte ihm den Atem herausgepreßt.

»Bist du verwundet?« fragte Pag.

»Ich glaube nicht«, knurrte Wi. »Ich denke, daß seine Zähne mich verfehlt haben.«

»Vielleicht gibt es doch ein paar Götter«, sagte Pag.

»Zumindest gibt es Teufel«, antwortete Wi und blickte das tote Ungeheuer an.

»Du wirst einen schönen, neuen Umhang bekommen, einen Umhang des Ruhms«, sagte Pag.

»Der sollte auf deine Schultern gelegt werden«, antwortete Wi.

## 10

## *Das Boot und seine Fracht*

Wi und Pag stützten sich gegenseitig, während sie zur Höhle zurückgingen, denn obwohl keiner von ihnen verletzt war, fühlten sie sich jetzt, wo alles vorüber war, wie zerschlagen, und den Kadaver des riesigen Tigers konnten sie auf keinen Fall allein fortschaffen. Doch vorher hatte Pag den Seetang und das Gras, mit dem der Häuptlingsumhang ausgestopft gewesen war, in dem er die Rolle eines Tigers gespielt hatte, aus diesem herausgeschüttelt, und da Wi ihn nicht tragen wollte, weil er zu stark mit Blut und Schmutz besudelt war, über die eigenen Schultern gehängt. Den Kopf Hengas hatten sie jedoch dort gelassen, wo er lag. Er hatte seine Aufgabe erfüllt; und außerdem wollte Pag ihn nie wieder so nahe vor den Augen und vor der Nase haben.

Als sie die Hütte erreichten, war es noch immer so früh am Morgen, daß niemand auf war, denn seit die Menschen erfahren hatten, daß der Tiger vornehmlich um diese Stunde auf Beutesuche zu gehen pflegte, waren sie zu Spätaufstehern geworden. Deshalb erreichten Wi und Pag den Eingang der Höhle unbemerkt.

Dort jedoch wartete jemand auf sie, Aaka, die Foh früh geweckt hatte, um ihr zu sagen, daß sein Vater sein Bett verlassen habe, war aufgestanden, um nach ihm zu suchen. Denn darin war Aaka seltsam: obwohl sie Wi so grob behandelte, wenn sie mit ihm beisammen war, beobachtete sie doch jeden seiner Schritte und war unruhig, wenn sie ihn nicht sehen konnte und nicht wußte, wo er sein mochte, oder warum er fortgegangen war. Dieses Gefühl war an diesem Morgen besonders stark, weil sie sicher war, daß er sich in Gefahr befand, und wurde noch bedrückender, nachdem sie bemerkt hatte daß auch Pag aus der Höhle verschwunden war. Deshalb befahl sie Foh, ungeachtet der Tatsache, daß der Tiger irgendwo herumstreifen könnte, rasch zur Hütte seines Onkels Moananga zu laufen und ihn zu ihr zu bringen.

Also kamen Moananga, und mit ihm Tana, die nicht allein in der Hütte bleiben wollte, und auch andere, die er gerufen hatte, denn wegen des Tigers gingen die Menschen, wenn sie zu dieser Stunde, in der er, wie man wußte, auf Beutesuche umherstreifte, ihre Hütten verließen, stets in Gruppen. Sie erreichten die Höhle, und Moananga fragte, was es gäbe. Aaka antwortete, daß sie wissen wolle, ob sie Wi gesehen hätten, den sie nicht finden könne, oder Pag, welcher zweifellos bei ihm war, oder ob sie wüßten, wohin die beiden gegangen seien.

Moananga antwortete, daß er es nicht wüßte, und versuchte sie zu beruhigen, denn sie war sehr verstört, und erklärte ihr, daß Wi viele Pflichten habe, von denen er niemandem etwas sage, und zweifellos sei er durch eine von diesen fortgerufen worden. Oder vielleicht, setzte er hinzu, war er zum Gletscher hinaufgegangen, um zu den Eisgöttern zu beten, oder nach einem Zeichen von ihnen zu suchen.

Während er das sagte, deutete Foh mit dem Finger, und – siehe! – aus dem Frühnebel tauchte Wi auf, von Kopf bis Fuß mit Blut bedeckt, und auf die Schulter Pags, des Zwerges, gestützt, so wie ein Lahmer sich auf seinen Stecken stützt.

»Nicht umsonst war ich in Sorge«, sagte Aaka. »Seht, Wi ist verwundet, und schwer.«

»Doch er geht auf den eigenen Füßen, und seine Axt ist so rot wie seine Haut«, antwortete Moananga.

Dann trat Wi zu ihnen, und Aaka fragte: »Wessen Blut ist es, das dich bedeckt, das deine oder das eines anderen Mannes?«

»Weder das eine noch das andere, Frau«, antwortete Wi. »Es ist das Blut des großzahnigen Tigers, gegen den Pag und ich gekämpft haben.«

»Doch die Haut Pags ist weiß, und die deine ist rot, was seltsam ist. Und was ist mit dem Tiger?«

»Der Tiger ist tot, Frau.«

Jetzt starrten sie ihn alle an, und Aaka fragte: »Hast du ihn getötet?«

»Nein«, antwortete er. »Ich habe gegen ihn gekämpft, doch glaube ich, daß Pag es war, der ihn tötete. Er hat den Plan gemacht, er hat die Fallgrube gegraben, er hat den Köder ausgelegt, und sein Speer war es, der schließlich das Herz der Bestie durchbohrte, bevor sie mir den Kopf abbeißen konnte.«

»Geht und seht euch den Schädel des Tigers an!« sagte Pag, »und seht, ob Wis Axt nicht in das Loch paßt, das in dem Schädel ist. Seht euch auch den Vorderlauf an und überlegt, welche Waffe ihn zerschlagen hat.«

»Pag, Pag, immer nur Pag! Gibt es denn nichts, das du ohne Pag tun kannst, Wi?«

»Ja«, antwortete Wi verbittert. »Vielleicht kann ich ohne ihn eine Frau küssen, wenn ich eine finde, die schön und liebenswert ist.«

»Warum tust du es dann nicht, Wi?« fragte Aaka spöttisch.

Er trat an ihr vorbei in die Höhle und rief nach Wasser, um sich zu waschen, während Pag sich vor ihren Eingang hockte und allen, die bereit waren, ihm zuzuhören, erzählte, wie Wi den Tiger getötet hatte, jedoch über seinen Anteil daran kein Wort verlor.

Unter der Führung von Moananga zog eine Gruppe von Männern hinaus, es mochten ihrer zwanzig oder mehr gewesen sein, und trugen den toten Tiger ins Dorf, wo sie ihn an eine Stelle legten, an der er von jedermann gesehen werden konnte. An diesem Tage kamen alle Angehörigen des Stammes, vom ältesten bis zum jüngsten, um das tote Ungeheuer anzustarren, das so viel Unheil angerichtet hatte, während Pag grinsend dabei saß und ihnen erklärte, wie Wis Axt seinen Schädel zerschmettert und den einen Vorderlauf fast abgeschlagen hatte.

»Aber wer hat die Wunde gestoßen, die sein Herz durchbohrte?« fragte einer.

»Oh, das hat Wi ebenfalls getan«, antwortete Pag. »Als die Bestie sich mit ihrer letzten Kraft auf ihn stürzte, sprang er zur Seite und trieb seinen Speer in ihr Herz, worauf sie auf ihn fiel und versuchte, ihm den Kopf abzubeißen.«

»Und was hast du während all dieser Zeit getrieben?« fragte Tana, die Frau Moanangas.

»Ich? Oh, ich habe zugeschaut. Nein, ich vergaß: ich habe mich niedergekniet und die Götter angefleht, daß Wi siegen möge.«

»Du lügst, Wolfsmann«, sagte Tana, »denn beide deiner Speere stecken in der Brust des Tigers.«

»Vielleicht«, antwortete Pag. »Wenn dem so ist, so habe ich diese Kunst von den Frauen erlernt. Wenn du niemals gelogen hast, Tana, aus gutem oder aus bösem Grunde, dann tadele mich dafür; doch wenn du es getan hast, so laß mich in Frieden!«

Darauf war Tana still, denn obwohl sie gütig und liebenswert war, wußte doch jeder, daß sie nicht immer die Wahrheit sagte.

Als Wi sich von seiner Erschöpfung erholt hatte und seine Rippen ihn nicht mehr schmerzten, kamen alle Menschen herauf, um ihm zu danken, der sie von dem Tiger erlöst hatte, so wie vorher von den Wölfen, und erklärten, daß er einer der Götter sei, aus dem Eise hervorgekommen, um sie zu erretten.

»So sprecht ihr, wenn alles gut ausgeht und die Gefahr vorüber ist. Doch wenn es schlecht steht und sie über euren

Köpfen hängen, dann erzählt ihr eine andere Geschichte über mich«, antwortete Wi mit einem bitteren Lächeln. »Außerdem spendet ihr einem Lob, der es nicht verdient hat, und verwehrt es dort, wo ihr es schuldig seid.«

Dann, um all diesem Getue zu entfliehen, ging er hinaus und schlenderte allein am Strand entlang, während Pag zurückblieb, um den Tiger abzuhäuten und das Fell zuzurichten. Denn jetzt, da die Wölfe tot waren und der Tiger tot war, und Henga, der Mörder, tot war, alle von Wi getötet, konnten Männer, Frauen und Kinder wieder unbesorgt und allein an den Strand gehen, besonders, da die Bären sich zurückgezogen zu haben schienen, doch ob dies aus Angst vor dem Tiger oder aus Mangel an Nahrung geschehen war, konnte niemand sagen.

Der große Südsturm, der in jenem Frühjahr viele Tage lang wütete, fast bis zu der Nacht, in welcher Wi hinauszog, um den Tiger zu töten, hatte sich nun völlig ausgetobt und einen klaren, grauen Himmel zurückgelassen, wenngleich die Sonne in diesem Frühjahr noch weniger zu scheinen schien, als in dem vergangenen. Die Luft blieb sehr kalt, als wenn Schnee in ihr läge, obwohl dies nicht die Zeit des Schnees war; die Blumen, welche die Wälder und die Berghänge bunt färben sollten, waren noch nicht erblüht, noch waren die Robben und die Vögel in gewohnter Zahl zurückgekehrt. Doch obwohl der Wind erstorben war, wurde das Meer noch immer von einer starken Dünung bewegt, und große Wellen, auf denen manchmal Eisschollen trieben, brachen sich mit dumpfem Donnern am Strand.

Wi schritt ostwärts, und wenig später erreichte er die Mündung der Gletscherschlucht. Und obwohl es nicht in seiner Absicht gelegen hatte, zur Wand des Gletschers hinaufzusteigen oder die Gestalt des Schläfers anzublicken, schien irgend etwas ihn dorthin zu führen; ja, er hatte das Gefühl, als ob eine unsichtbare Leine ihn zu jenem düsteren Ort zöge, der ihm jedoch auch heilig war, da dort die einzigen Götter wohnten, die er kannte. Außerdem erinnerte er sich, daß während der starken Fröste des vergangenen Winters, und besonders zur Zeit der großen Stürme, laute Geräusche aus dem Eis gedrungen waren, welche die Menschen des Stammes darauf zurückführten, daß die Götter sich bewegten.

Er erreichte das obere Ende der Schlucht und dort kniete er – der arme Wilde, der er war – sich auf den Boden, bedeckte die Augen mit beiden Händen und betete auf seine Art. Er dankte den Göttern, daß sie ihn und sein Volk von großen Gefahren befreit, ihm die Kraft verliehen hatte, den bösen Henga zu töten und unter Mithilfe Pags die meisten der Wölfe zu vernichten, und auch den großen Tiger, der nach dem Glauben des Stammes den Geist Hengas in sich getragen hatte, der auf der Erde zurückgeblieben war. Er betete auch dafür, daß die Gesetze, welche er geschaffen hatte, Segen bringen mochten; daß immer genügend Nahrung da sein würde; daß Foh, sein Sohn, groß und kräftig werden und nicht mehr husten möge; daß Aaka wieder freundlich zu ihm sein möge, der sich so vereinsamt und verlassen fühlte, und dem durch das von ihm selbst geschaffene Gesetz verboten war, sich eine andere Frau zu suchen. Schließlich betete er noch darum, daß die Sonne scheinen und das Wetter warm werden möge.

Dann, wie es ihm schon zuvor an diesem Orte geschehen war, schien etwas in seinem Herzen zu ihm zu sprechen, ihn daran zu erinnern, daß er keine Opfergabe gebracht habe, und daß es zu spät sei, eine zu holen, besonders da er jetzt, nachdem es keine Wölfe mehr gab, nicht einen von ihnen töten konnte, wie er es zuvor getan hatte, um seinen Kopf auf einen Stein zu setzen, damit die Götter Blut riechen mochten.

Nun, wenn schon? Was kam es darauf an? Wie konnte das Blut von Wölfen Göttern dienlich sein? Und wenn dem so sein sollte, war es dann gut, Wesen anzubeten, die Freude an Blut und Leid hatten? Wenn sie lebten und Macht besaßen, müßte es sie dann nicht nach ganz anderen Opfergaben verlangen? Doch nach was für Opfergaben? Ihm kam ein Einfall. Natürlich nach Opfergaben des Herzens, das der Reue über begangene Sünden, das des Gelobens von Besserung. Eine Woge der Ekstase brandete über ihn hinweg. Er warf sich auf sein Angesicht und murmelte:

»O Götter, laßt mich dieses Opfer sein. Gebt mir die Kraft, zu sehen und zu verstehen, Segen auf die Häupter aller zu bringen, alle zu beschützen und zu nähren, wenn auch nur für eine kurze Zeit, und dann, wenn ihr das wollt, nehmt mein Leben als Bezahlung für diese Gabe.«

So betete der arme Wilde und glaubte für einen Augenblick, besser zu sein als jene, unter denen er lebte, da er wußte, daß nicht in einem von ihnen ein Herz schlug, aus welchem dieses Gebet hätte geboren werden können, außer vielleicht in dem von Pag, falls Pag an irgend etwas geglaubt hätte, aber das tat er nicht. Denn Wi begriff in diesem Augenblick, daß der, der nicht glaubt, auch nicht beten kann. Ein Junge, der glaubt, etwas sehen oder hören oder riechen zu können, das sich bewegt, wird einen Stein danach werfen, in der Hoffnung, es zu treffen; doch wenn er sicher ist, daß es nichts unter der Wasseroberfläche oder im Gezweig der Bäume gibt, wie lange wird er dann fortfahren, Steine zu werfen? Und dies war der Unterschied zwischen ihnen beiden: obwohl Wi es nicht sehen konnte, glaubte er dennoch, daß es etwas unter der Wasseroberfläche oder im Gezweig der Bäume gab und fuhr deshalb fort, die Steine der Gebete danach zu werfen, während Pag sicher war, daß es nichts gab und deshalb seine Steine behielt und seine Kräfte schonte.

Dann fiel Wi ein, daß er dennoch keinen Grund hatte, sich zu rühmen. Er hatte für sein Volk gebetet. Aber warum hatte er das getan? Oh, die Antwort war einfach: nicht die Menschen und ihre Leiden bedrückten ihn, sondern seine eigenen, in denen er die ihren im Spiegel seines Herzens reflektiert sah, so wie Abbildungen von Dingen im klarem Wasser gesehen werden konnten. Seine kleine Tochter war ihm auf grausame Art genommen worden. Er hatte ihren Tod an dem Mörder gerächt, in der Annahme, dadurch seinen Seelenfrieden zu finden. Doch seine Seele war nicht befriedet worden, denn er hatte gelernt, daß kein Trost in der Rache liegt. Was er brauchte, war seine Tochter, nicht das Blut ihres Mörders. Deshalb hatte er geglaubt, daß ein unsichtbares Land hinter dem des Lebens liegen müsse, wo er sie wiederfinden würde, sie und andere, die er geliebt hatte, und das war der Grund dafür, daß er zu den Göttern betete. Ihm taten die anderen leid, die auch ihre Kinder verloren hatten, weil er etwas von ihrem Leid mit dem seinen ermessen konnte, doch im Grunde genommen tat er sich selbst am meisten leid. Und so war es mit allen Dingen. An seinem eigenen Unglück maß er das von anderen, und wenn er für sie fürchtete, fürchtete er in Wahrheit um sich, und um jene, die er liebte, fühlte für alle mit dem Schmerz des eigenen Herzens, und sah alles im Licht der eigenen Augen.

Diese Erkenntnis drückte Wi nieder, der durch sie nun begriff, daß selbst das Opfer, das er für andere angeboten hatte, voller Selbstsucht war, weil er Schwierigkeiten entrinnen und gleichzeitig Verdienste erwerben und einen geheiligten Namen zurücklassen wollte, er, der nicht wußte, daß den Menschen kein so hohes Maß gegeben war, denn sonst würde er kein Mensch mehr sein, sondern zum Gott werden.

Plötzlich hörte Wi auf zu beten. Er hatte den Speer seiner Gedanken himmelwärts geschleudert, und siehe, er stak dort vor seinen Füßen im Boden. Da er sich nicht selbst entfliehen konnte, was nützte ihm dann das Beten? Er sollte alle jene Dinge tun, die ihm zur Hand lagen, so gut, wie es ihm möglich war; er sollte seine Bürde so weit tragen, wie er es konnte und aufhören, Hilfe von wer weiß woher zu erflehen – er, der in diesem bitteren Augenblick des Begreifens für eine Weile sicher wurde, daß es dem Menschen unmöglich war, die Götter zu jagen, da es sie waren, die ihn jagten, und seinen Gebeten nicht mehr Beachtung schenkten als er, Wi, sie dem Stöhnen irgendeiner Robbe schenkte, die er verfolgte, während sie vergeblich versuchte, das sichere Meer zu erreichen.

Er erhob sich von den Knien, um die Eiswand des Gletschers anzublicken und zu sehen, wie weit er sich in dem harten Winter, der gerade vergangen war, verschoben hatte. Er starrte das Eis an – und es starrte zu ihm zurück, denn dort, in gräßlicher Metaphorik, stand das Porträt seines eigenen Denkens. Er war daran gewöhnt, in dem klaren Eis die undeutliche Gestalt des Schläfers zu sehen, und hinter ihm, ein Stück seitlich versetzt und noch undeutlicher, eine Gestalt, die man für einen Mann hielt, der den Schläfer verfolgt hatte, oder vielleicht für einen der Götter, der sich mit ihm hier ausruhte. Doch siehe, jetzt war alles verändert. Dort stand der Schläfer, wie zuvor, doch durch eine Zauberei, oder durch irgendeine Verschiebung des Eises, befand sich die Gestalt, die bisher hinter ihm gewesen war, jetzt vorne. Ja, dort stand sie, mit nicht mehr als einer Schrittlänge Eis zwischen Wi und sich, eine unheimliche, entsetzliche Erscheinung.

Es war ein Mann, daran gab es keinerlei Zweifel, doch ein Mann, wie ihn Wi noch nie gesehen hatte, denn seine Glieder waren dicht behaart, seine Stirn war flach und zurückweichend, und sein mächtiger Kiefer ragte über die Linie seiner platten Nase hinaus. Seine Arme waren sehr lang, seine Beine krumm, und in einer Hand hielt er einen kurzen, rohen Holzknüppel. Seine eingesunkenen, doch offenen Augen wirkten sehr klein, die Zähne waren groß und vorstehend, sein Kopf war von grobem, verfilztem Haar bedeckt, und von seinen Schultern hing ein Umhang, das Fell irgendeines Tieres, die Haut der Vorderläufe um den Hals geknotet.

Auf dem Gesicht dieser abstoßenden Kreatur stand ein Ausdruck panischen Entsetzens, der Wi sagte, daß er plötzlich gestorben war und im Augenblick des Todes maßlose Angst empfunden hatte. Wovor hatte er Angst gehabt? fragte sich Wi. Nicht vor dem Schläfer, überlegte er, denn bis zu dem Zeitpunkt, während des letzten Winters, wo irgendeine Bewegung innerhalb des Gletschers ihn nach vorne geschoben hatte, war er hinter dem Schläfer gewesen, so als ob er ihn verfolgt hätte. Nein, es war etwas anderes, das er gefürchtet hatte.

Und plötzlich glaubte Wi, erraten zu können, was es gewesen war. Vor langer, langer Zeit war dieser Vorvater seines Stammes – denn da Wi keine anderen Menschen kannte, glaubte er, daß dem so sein mußte – vielleicht vor Tausenden von Wintern, war dieser Mann vor dem Schnee geflohen, als dieser von einer Sekunde zur anderen über ihn hereinbrach und ihn unter sich begraben hatte, so daß er erstickt und gestorben war. Es war also kein Gott, sondern nur ein armer Mensch, falls er tatsächlich schon ein Mensch gewesen sein sollte, der auf diese Weise vom Tode ereilt worden war, und den das Eis bewahrt hatte, die Geschichte seines Todes auf sein häßliches Gesicht und auf seine fliehende Gestalt geschrieben.

War dann der Schläfer auch kein Gott, sondern nur irgendein riesiges, wildes Tier, das zu den Zeiten gelebt hatte, als jener Mann lebte und starb, und auf die gleiche Art den Tod gefunden und mit offenem Maul den Himmel um Hilfe angeschrien hatte? So viel für die Götter! Wenn sie hier in dem Gletscher wohnten, so wie sie vielleicht überall wohnten, dann nicht in der Gestalt dieses gewaltigen Tieres, oder in der des Menschen, der auch wie ein Tier aussah, denn da Wi niemals einen Affen gesehen hatte, konnte er nicht wissen, daß er diesem ähnlich war.

Doch wie immer auch ihr Ende gewesen sein mochte, als Wi sie anstarrte, hatte er eine Vision. Jener Mensch war er selbst, er war Sinnbild aller Menschen, und das riesige Tier dahinter war der Tod, der ihn verfolgte, und das ihn umgebende Eis war das Schicksal, welches sowohl das Leben als auch den Tod verschlang. Vage Vorstellung all dieser Mysterien nahmen von seinem ungebildeten Verstand Besitz und überwältigten ihn, so daß er sich hastig umwandte und zitternd und bleich vor Angst davonkroch, fort von diesen Resten und Zeichen einer Tragödie, die er nicht verstehen konnte.

Als Wi an den Strand zurückkam, ging er weiter ostwärts,

vorbei an den kleineren Bergen und eisgefüllten Tälern, denn er wollte eine bestimmte Bucht jenseits davon aufsuchen, wo die Robben sich nach ihrer Rückkehr zu versammeln pflegten, und er hoffte, die ersten vorzufinden, die aus dem Süden gekommen waren, um sich hier zu begatten und ihre Jungen zu werfen. Wie alle anderen Menschen des Stammes hielt Wi die Robben für wertvoller als alle anderen Tiere, denn sie lieferten nicht nur den größten Teil ihrer Winternahrung, sondern auch viele der anderen Dinge, die sie brauchten. Weiter und weiter ging er, bis er einen Felsausläufer östlich des Gletscherfeldes umrundete, der bis ans Wasser reichte, und in die Bucht gelangte, die von einem breiten Sandstrand eingefaßt wurde, hinter dem eine kahle, felsige Ebene lag. Wi zwang sich, nicht mehr an den Schläfer und den Mann zu denken, und an die tiefgreifenden Überlegungen, die ihr Anblick in ihm ausgelöst hatte, und suchte den Strand mit den scharfen Augen eines Jägers ab, und auch das Wasser der Bucht und das Felsenriff, durch das sie bei Niedrigwasser fast abgeschlossen wurde, und das etwa vier Speerwurflängen vom Ufer entfernt lag; doch nicht eine einzige Robbe konnte er entdecken.

»Sie kommen in diesem Frühjahr sogar noch später als im letzten«, murmelte er und wollte sich umwenden, um wieder zurückzugehen, als er auf der anderen Seite des Riffs, wo die Wellen sich brachen, ein seltsames Objekt entdeckte, das in der Brandung gestrandet war: ein langes Ding, das an beiden Enden spitz zuzulaufen schien. Zuerst dachte er, daß es ein totes Tier sei, von einer Art, die ihm nicht bekannt war, das die Wellen an das Riff geworfen hatten, und er wollte sich schon wieder abwenden und zurückgehen, als die Dünung das Objekt anhob, und er sah, daß es hohl war und in ihm etwas lag, das wie ein menschlicher Körper wirkte.

Nun war Wis Neugier geweckt, und er wünschte, daß er näher herankommen könnte. Dies war ihm jedoch unmöglich, da sich an beiden Enden des Riffs offenes Wasser befand, in dem ein starker Gezeitenstrom herrschte; oder vielmehr war es nicht möglich, wenn man nicht vom Ufer aus die Bucht durchschwamm. Nun war Wi zwar ein guter Schwimmer, doch das Wasser war kalt, denn es war noch immer Treibeis darin, so kalt, daß es für einen Schwimmer gefährlich werden konnte, der außerdem von den scharfen Kanten des Eises verletzt werden mochte. Auch würde er lange Zeit brauchen, denn das Riff lag ziemlich weit draußen. Also dachte er wieder daran, nach Hause zu gehen und sich nicht mehr Phantastereien über jemanden hinzugeben, der in diesem hohlen Ding liegen mochte, das ihm fremd war, da Wi noch nie ein Boot gesehen hatte. Er wandte sich auch tatsächlich um und machte ein paar Schritte.

Da jedoch hatte er zum zweiten Mal an diesem Tag das Gefühl, als ob er von einem Seil gezogen würde, diesmal nicht zur Eiswand des Gletschers, sondern zu der Felsklippe und dem, was auf seiner anderen Seite lag. Angenommen, daß ein Mann – oder eine Frau – darin war? Es schien ihm unmöglich, denn es gab keine Männer oder Frauen außer jenen des Stammes, dessen Häuptling er war. Was er dort sah, war ein angetriebener Baumstamm, der vom Rollen auf scharfen Steinen weiß aufgesplittert worden war, oder vielleicht ein großer Fisch, tot und faulig. Dennoch: wie konnte er mit Sicherheit sagen, daß es keine weiteren Männer und Frauen gab, er, der gerade den Leichnam eines Mannes gesehen hatte, der vor Tausenden von Jahren gelebt haben mußte, als das uralte Eis, das ihn umschlossen hielt, in den Schoß des fernen Berges getragen worden war, von dem es zu Tale glitt? Wie also konnte er sicher sein, daß er und seine Leute die einzigen zweibeinigen Wesen auf der Welt waren, die vielleicht größer sein mochte, als sie glaubten?

Oh, er würde hingehen und es ansehen, denn wenn er es nicht täte, würde er es sein Leben lang bedauern. Wenn er in dem eisigen Wasser einen Krampf bekommen und ertrinken sollte, oder wenn er von einer Eisscholle an den Kopf getroffen und versinken würde – was machte das schon? Dann würde zweifellos Pag Häuptling werden, oder er würde dafür sorgen, daß Moananga es wurde und der Flüsterer an dessen Ohr sein, was den Leuten zweifellos besser gefallen würde. Jeder der beiden würde sich um Foh kümmern, und wenn sie es nicht tun sollten, so würde Aaka es tun, besonders wenn er fort war und sie keinen Grund zur Eifersucht mehr hatte, weil der Junge ihn mehr liebte als sie. Wahrscheinlich war dort, auf dem Grunde des Meeres, auch Friede ohne Ängste und ohne Hoffnungen, ohne Zweifel und ohne Enttäuschungen. Außerdem war immer das Schicksal hinter den Menschen, so wie der riesige Schläfer hinter jener wilden, haarigen Kreatur, die einst ein Mensch gewesen war.

So dachte Wi, und während er so dachte, warf er seinen Umhang ab, legte ihn auf einen Fels und beschwerte ihn mit seiner Axt, damit, falls er nicht zurückkehren sollte, Pag und die anderen wüßten, daß die See ihn genommen hatte. Dann warf er sich sofort ins Wasser, bevor der Mut ihn verlassen konnte, und schwamm auf das Riff zu. Im ersten Moment war es bitter kalt, doch als er mit kräftigen Zügen in die Bucht hinausschwamm, wobei er hin und wieder kurz innehielt, um schwimmende Eisblöcke beiseitezustoßen oder um ihre Seiten mit den Händen nach scharfen Kanten abzutasten, an denen er sich verletzen könnte, wurde ihm wärmer.

Und auch der Spaß an der Sache, die Hoffnung auf Abenteuer, ließ sein Blut rascher durch die Adern pulsieren als am Strand, wo er von so vielen bedrückenden Gedanken erfüllt gewesen und von der Erinnerung an den seltsamen und häßlichen Mann geplagt worden war, dem er im Eis des Gletschers Angesicht zu Angesicht gegenübergestanden hatte. Jetzt fühlte er sich, wie er sich einst als Junge gefühlt hatte, als er den Berggipfel erstiegen hatte, auf den niemand jemals seinen Fuß zu setzen wagte, um das Nest des großen Adlers auszunehmen, und er das Junge in einem auf den Rücken gebundenen Korb herabgebracht hatte, während die Adler-Eltern kreischend um seinen Kopf gekreist, nach ihm gehackt und gekrallt hatten; und dies Junge hatte er abgerichtet und jahrelang gehalten, bis es schließlich von den

Hunden getötet worden war. Ja, wieder war er dieser furchtlose Junge, unbeschwert von Erinnerungen an das Gestern oder Furcht vor dem Morgen, nur das suchend, was die Stunde ihm bringen mochte.

Schließlich erreichte Wi das Riff, ohne Krampf, und ohne Verletzung. Als er auf die Felsen gekrochen war, schüttelte er sich wie ein Hund, suchte sich dann vorsichtig seinen Weg über die scharfen Steine und blickte zu der Stelle hinab, an der er, von der Höhe des Ufers aus, jenes seltsame, spitzendige Ding gesehen hatte, in dem jemand zu liegen schien. Es war fort! Nein, dort war es, direkt unterhalb von ihm, und es wurde jetzt von dem Kamm einer Woge zu ihm emporgehoben. Es war etwas von Menschen Gemachtes, um damit auf dem Wasser zu treiben, und erheblich größer, als er angenommen hatte, denn fünf oder sechs Menschen konnten in ihm sitzen, ein Baumstamm, der dicker war als alle Bäume, die er jemals gesehen hatte, und offensichtlich ausgehöhlt worden war, denn er sah die Spuren von Axthieben in dem rotfarbenen Holze. Und seine Augen hatten ihn nicht getrogen, denn siehe, in diesem ausgehöhlten Baumstamm lag eine Gestalt, welche mit einer Decke oder einem Umhang aus weißem Fell bedeckt war, der alles verbarg, selbst den Kopf, welcher auf dem erhöhten Ende des Baumstammes ruhte. Nein, doch nicht alles, denn unter dem Fell hingen Haarsträhnen hervor, langes Haar, und so gelb wie Dotterblumen, die im Frühjahr erblühen, und auch ein weißer Arm mit einer Hand, die ein hölzernes Ding umklammerte, das, wie er aus seiner Form schloß, dazu benutzt werden mußte, den ausgehöhlten Baumstamm durch das Wasser zu treiben.

Wi starrte und starrte, und während er das tat, erkannte er, daß dies nicht die Hand einer toten Frau war – aus ihrer Feingliederigkeit schloß er, daß es eine Frauenhand war –, denn obwohl sie vor Kälte blau war, bewegte sich jetzt der kleine Finger und bog sich nach innen. Als er das sah, überlegte er einen Moment. Was konnte er tun? Mit der bewußtlosen Frau zum Ufer zurückzuschwimmen, war unmöglich;

außerdem würde sie in dem eisigen Wasser sterben. Wenn sie überhaupt zum Ufer gebracht werden konnte, so in diesem Ding, in dem sie lag. Doch reichten seine Kräfte nicht aus, diesen schweren Baumstamm über das Riff zu bringen. Deshalb gab es nur eine Möglichkeit: er mußte es am westlichen Ende des Riffs vorbei ans Ufer bringen, durch die Engen, durch welche das Wasser in die Bucht hinein- und wieder herausströmte. Es war gerade Gezeitenwechsel, hatte er beim Schwimmen festgestellt, und die Flut hatte eingesetzt. Wenn er den Baumstamm zum Ende des Riffs brachte, würde die Strömung ihn zum Ufer treiben. Er sprang in die Brandung und stieß ihn voran; da er leicht war, ließ er sich ohne Schwierigkeit bewegen, und bei seinem geringen Tiefgang – nicht mehr als vier Handbreiten, wie es ihm schien – konnte er ihn ohne Schwierigkeiten durch die Brecher und über die Untiefen aus dem Brandungsbereich schieben.

Er stieß ihn vor sich her, bis er zum Ende des Riffs gelangte, wo der Gezeitenstrom landwärts lief. Hier machte er einen Moment Pause. An sich hatte er vorgehabt, wieder ins Wasser zu gehen, hinter dem hohlen Baumstamm herzuschwimmen und ihn mit den Händen zu lenken. Doch dann erinnerte er sich, daß das Wasser sehr kalt und der Weg bis zum Ufer sehr weit war, und daß er, bevor er ihn hinter sich gebracht hatte, von einem Krampf befallen werden mochte, so daß er unterginge, um die Wahrheit über die Götter und viele andere Dinge herauszufinden.

Vielleicht war das nur gut für ihn, aber wenn er ertrank, was würde dann aus ihr werden, die dort lag? Zweifellos war sie bereits dem Tode nahe und würde ebenfalls sterben, denn außer zum Töten von Robben kam niemals jemand in diese einsame, abgelegene Bucht; und wenn zufällig doch jemand herkommen sollte und eine fremde Frau in einem ausgehöhlten Baumstamm liegen sähe, würde er sofort weglaufen, in der Annahme, daß sie eine Meereshexe sei, von denen die Legenden berichteten. Oder aber er würde sie töten, aus Furcht, daß sie einen Fluch mit sich bringen könnte.

Dann überlegte er: warum soll ich nicht in den Baumstamm klettern und ihn mit dem Ding zum Ufer lenken, das in der Hand der Fremden liegt? Oft war er, wenn die See ruhig und die Luft warm waren, mit anderen Männern des Stammes auf ein Holzstück gestiegen und hatte es mit Hilfe eines Astes zu einer vorgelagerten Sandbank gepaddelt, bei der es von Fischen wimmelte, um sie dort mit der Angel zu fangen.

Wi kletterte in das Kanu – denn ein solches war es – nahm der Frau vorsichtig das Paddel aus der Hand, setzte sich ihr zu Füßen und trieb es in die Mitte des Flutstromes. Hier wurde es von der Strömung gepackt und uferwärts getrieben, und alles, was er zu tun hatte – zumindest anfangs – war, das Gefährt auszurichten, und als sie die Strömung hinter sich gelassen hatten und in der Bucht waren, stieß er das Paddel erst auf der einen Seite, dann auf der anderen ins Wasser, wie er es tat, wenn er von einem Baumstamm aus angelte, und trieb das Boot mit leichten Schlägen uferwärts, wobei er vermied, mit den treibenden Eisschollen zusammenzustoßen.

So gelangten dieser wilde, nackte Mann, und die unter ihrer Decke verborgene Frau, deren Gesicht er noch nicht anzusehen gewagt hatte, weil er nackt war und weil er sich vor dem fürchtete, was sich unter der Decke verbergen mochte – eine Meereshexe vielleicht, die ihn in die Tiefe des Wassers hinabziehen würde – sicher ans Ufer.

Als Wi kurz zuvor im Eis den Schläfer und den Haarigen, der vor ihm zu fliehen schien, angesehen hatte, hatte er in seinem Herzen diese beiden mit dem Menschen verglichen, der vom Schicksal in seiner furchtbarsten Form verfolgt wird. Er wußte nicht, daß das Schicksal vielerlei Gestalt hat und daß manche von ihnen sehr schön sind. Er konnte nicht ahnen, daß dort, vor ihm ausgestreckt, *sein* Schicksal lag, ein Schicksal, so tödlich wie das des riesigen Schläfers für den haarigen Mann gewesen sein mochte, der vor Tausenden von Jahren gestorben war.

## 11

# *Laleela*

Wi sprang ans Ufer, packte das Kanu bei dem Fellseil, das an seinem Bug befestigt war, und zog es über den harten, feuchten Sand, was ihm, da er sehr kräftig war, keinerlei Mühe bereitete, bis es sich ein gutes Stück oberhalb der Hochwassergrenze befand. Dann lief er zu dem Felsen und bekleidete sich eilig mit seinem Kilt aus Robbenfell und seinem mit einer Kapuze besetzten Umhang aus grauem Wolfsfell, den er immer trug, wenn er auf die Jagd ging, und schob seine Hand in die Schlinge der Axt, denn wer konnte wissen, was sich unter jener Decke verbergen mochte? Dann hängte er sich die Tasche über die Schulter, in der er, wenn er unterwegs war, Nahrung für einen oder zwei Tage mitnahm, sowie seine Geräte zum Feuermachen. Schließlich kehrte er zu dem Kanu zurück und zog mit klopfendem Herzen, denn wie alle Wilden fürchtete er sich vor dem Unbekannten, die Felldecke von jener, die bewußtlos unter ihr lag.

Im nächsten Moment taumelte er zurück, denn noch nie hatte er eine Frau gesehen – noch nie hatte er auch nur von einer Frau geträumt –, die so schön war wie sie, welche die See ihm gebracht hatte. Groß war sie und wohlgestalt. Und auch jung, und um sie herum flossen Massen gelben Haares. Wenngleich ihre Haut vor Kälte etwas bläulich gefärbt war, und gerötet an den Stellen, die dem Wetter ausgesetzt waren, war sie weiß wie Schnee; ihr Gesicht war oval und von feinem Schnitt. Ihre Augen konnte er nicht sehen, da sie geschlossen waren, was ihn beglückte, denn wären sie offen gewesen, hätte er gewußt, daß sie tot war; doch er bemerkte, daß die langen, gebogenen Wimpern nicht gelb waren, wie ihr Haar, sondern dunkel, beinahe schwarz.

Sie war bekleidet, doch auf eine Art, die ihm fremd war, denn unterhalb ihrer Brust, von zwei über die Schultern verlaufenden Trägern gehalten, war ein langes blaues Kleidungsstück, aus etwas gefertigt, daß er nicht kannte, das um die Taille von einem Fellgürtel zusammengehalten wurde, auf den polierte Steine und wunderschöne kleine Muschelschalen genäht waren, die im Licht glitzerten. Um ihren Hals hing eine Kette aus Bernstein, der zu kleinen Kugeln abgeschliffen und durchbohrt war, und ihre Füße steckten in Sandalen, die mit geflochtenen Schnüren befestigt waren. Schließlich hing von ihren Schultern ein langer Umhang, ebenfalls von tiefblauer Farbe und von dem gleichen, unbekannten Zeug wie ihr Gewand, und dazu eine Tasche, die wie ihre Sandalen gearbeitet war.

Wi taumelte rückwärts und murmelte: »Die Meereshexe! Die Meereshexe selbst! Sie, die Flüche über die Menschen bringt; keine Frau. Wie sagt die Geschichte? Daß so eine ins Meer zurückgeworfen werden müsse, damit sie ihre Flüche mit sich nähme. Ich werde sie also ins Meer zurückwerfen.«

Er trat wieder zu ihr und berührte ihre Wange mit der Fingerspitze, als ob er erwartete, daß sie aus Rauch bestünde, was jedoch nicht der Fall war, denn er murmelte im Selbstgespräch: »Diese hat Fleisch, wie eine Frau. Haben Meereshexen Fleisch wie Frauen?«

In diesem Moment erschauerte die Meereshexe und stöhnte leise.

»Und können sie erschauern«, fuhr Wi fort, »sie, von denen gesagt wird, daß sie auf dem Eis leben? Sicherlich sollte ich sie, die leiden kann, erst einmal wärmen und ins Leben zurückbringen. Töten mag ich sie auch später, wenn ich herausfinde, daß sie eine Hexe ist und keine Frau. Das heißt, falls sie nicht mich tötet.«

Er blickte umher. Hinter dem Strand war eine leicht abfallende Felswand aus weichem Gestein, und in ihr eine kleine Höhle, die vom Wasser ausgewaschen worden war; und neben ihr sprudelte eine Quelle, von der Wi oft getrunken hatte, wenn er sich, von der Jagd auf Robben ermüdet, in der Höhle ausgeruht hatte. Jetzt fiel sie ihm wieder ein, und er beugte sich über die Meereshexe, hob sie auf seine starken Arme und trug sie, die recht schwer war, wenngleich vielleicht durch Kälte und Hunger ein wenig abgezehrt, über den Strand zu der Höhle, wo er sie auf eine Schütte von getrocknetem Seegras bettete, die er selbst bei seiner letzten Robbenjagd benutzt hatte. Dann begann er ihre Hände und Arme zu reiben, und als sie auch da noch nicht erwachte, hob er sie wieder auf und drückte sie an seine Brust, damit sie sich an seinem Körper wärme.

Dennoch blieb sie in ihrer Bewußtlosigkeit, obwohl er sie fest an sich gedrückt hielt, also legte er sie wieder auf die Seegrasschütte, bedeckte sie mit seinem Umhang und dem ihren und versuchte, sich etwas Neues einfallen zu lassen. In dieser Höhle befand sich neben anderen Dingen, welche von Jägern gebraucht wurden, ein kleiner Stapel Treibholz, um Feuer zu machen, auf dem sie Robbenfleisch brieten. Wi holte die beiden Feuerhölzer aus seiner Tasche, klemmte eins davon unter die Fußsohlen, streute eine Prise trockenen Holzpulvers darauf und quirlte den anderen, angespitzten Stab zwischen seinen Handflächen, schneller, als er es je zuvor getan hatte. Ein Funke glühte auf, das Holzpulver fing Feuer; Wi blies darauf, und auf die kleinen Stücke getrockneten Seegrases, die er darauflegte, bis eine kleine Flamme emporzüngelte, auf die er mehr von dem getrockneten Seegras legte, und mehr und noch mehr. Dann schob er das brennende Seegras unter den kleinen Holzstoß, den er aufgeschichtet hatte, und kurz darauf hatte er ein hell brennendes Feuer.

Er machte eine Pause und bewunderte sein Werk auf seine einfache Art, und er fragte sich vage, warum zwei aneinandergeriebene Holzstücke ein Feuer hervorriefen, welches, wenn man es wachsen und sich ausbreiten ließe, imstande wäre, einen ganzen Wald niederzubrennen, so wie er sich Tag für Tag über Dinge fragte, die er sich nicht erklären konnte. Dann brachte er seine Gedanken wieder zu dem Problem zurück, das er zu lösen hatte, hob die Meereshexe auf und legte sie auf ihrem Fellumhang dicht neben das Feuer, wobei er darauf achtete, die Massen ihres Haares so zu betten, daß kein Funke drauf fallen konnte. So lag sie eine Weile, während die Hitze des Feuers sie erwärmte und das helle Licht der Flammen ihr wunderschönes Gesicht beleuchtete, und Wi, der sie verzückt anstarrte, fragte sich, ob sie leben oder sterben würde. Er hoffte, daß sie leben würde, obwohl er fühlte, daß es vielleicht besser für ihn sein mochte, wenn sie stürbe, denn dann würde er in Gesellschaft einer wunderbaren Erinnerung leben können, doch ohne Furcht vor einem bevorstehenden Unheil.

»Wie willst du es haben?« fragte Wi das Schicksal und saß reglos beim Feuer, in Erwartung einer Antwort.

Schließlich kam sie, denn die Meereshexe war kräftig und hatte nicht die Absicht zu sterben, zu Bewußtsein. Sie brauchte nichts anderes als Wärme, um ins Leben zurückzukommen, und an seiner Brust und an dem Feuer hatte Wi ihr Wärme gegeben. Sie schlug die Augen auf, und mit einem kleinen Seufzer der Verwunderung sah Wi, daß sie groß und dunkel waren – nicht schwarz, sondern von der Farbe jener Waldblumen, die wir heute Veilchen nennen, und einen sehr sanften Ausdruck zeigten. Dann setzte sie sich auf und stützte sich mit einer Hand ab, starrte ins Feuer, murmelte etwas mit einer sanften Stimme und streckte den Flammen ihre andere Hand entgegen. So blieb sie für eine Weile, saugte die herrliche Wärme in sich auf, dann blickte sie umher, zuerst über das Meer, dann in der kleinen Höhle.

Ihre Augen sahen Wi, eine dunkle, kräftige Gestalt, ein Sinnbild reifer Männlichkeit, der auf den Knien hockte und sich ihr entgegenneigte, mit leicht ausgestreckten Händen, schweigend, reglos, wie die Statue eines im Gebet Versunkenen. Sie zuckte zusammen, dann betrachtete sie ihn mit ihren großen Augen. Langsam glitt ihr Blick über ihn, vom Kopf bis zu den Füßen, ruhte lange auf seinem Gesicht. Dann fiel er auf die schimmernde Axt, die an seinem Handgelenk hing. Ihre Augen nahmen für einen Augenblick einen angstvollen Ausdruck an. Von der Axt glitt ihr Blick wieder zu seinem Gesicht zurück und als sie dort las, daß sie nichts zu befürchten hatte, denn es war ein freundliches, wenn auch sehr ernstes Gesicht, das Gesicht eines Wilden zwar, doch auf seine Art gut aussehend, schüttelte sie den Kopf und lächelte, worauf er auf eine langsame und vorsichtige Art zurücklächelte.

Als nächstes berührte sie mit ihren schlanken Fingern ihre Lippen und ihre Kehle. Im ersten Moment war Wi verwirrt. Dann begriff er. Er sprang auf, lief aus der Höhle und kam mit Wasser zurück, das er in seinen hohlen Händen trug, denn ein anderes Gefäß besaß er nicht. Sie lächelte wieder und nickte, dann beugte sie ihr Gesicht über seine Hände und trank, bis alles Wasser verschwunden war und bat durch ein Zeichen um mehr. Dreimal ging er hinaus, und dreimal kam er zurück, bis ihr Durst endlich gestillt war.

Wieder hob sie die Finger, diesmal auf ihre Zähne deutend, und wieder begriff Wi, was sie wollte. Er holte seine Tasche und zog eine Handvoll Dörrfisch heraus; um ihr zu zeigen, daß er gut war, nahm er ein kleines Stück, schob es in den Mund und kaute es. Sie blickte die Nahrung zweifelnd an und machte ihm durch Zeichen verständlich, daß sie etwas war, das sie nicht kannte, doch vom Hunger getrieben nahm sie ein kleines Stück und probierte es. Anscheinend schmeckte es ihr, denn sie bat um mehr und mehr, bis sie eine gute Mahlzeit zu sich genommen hatte, wonach sie ihm ein Zeichen machte, ihr nochmals Wasser zu bringen.

Zu der Zeit, als dieses seltsame Bankett zu Ende ging, begann es zu dunkeln. Sie bemerkte es und deutete zum Himmel empor, dann sprach sie, stellte eine Frage, doch was sie sagte, verstand er nicht, noch konnte sie verstehen, was er zu ihr sagte. Nun wußte Wi nicht, was er tun sollte. Es wurde Nacht, und das Dorf war weit entfernt, auch war es nicht sicher, im Dunkel dorthinzugehen, wegen der wilden Tiere und anderer Gefahren.

Außerdem mußte die Meereshexe sehr müde sein und brauchte Schlaf, falls Hexen jemals schliefen. Also gab er ihr durch Zeichen zu verstehen, sich hinzulegen und zu schlafen, und machte ihr ein Bett von getrocknetem Seegras beim Feuer. Danach trug er mehr von dem Seegras hinaus, machte daraus eine Schütte vor der Öffnung der Höhle und bedeutete ihr, indem er erst auf sich, dann auf das Seegras deutete, daß er dort schlafen würde. Sie nickte, um ihm zu zeigen, daß sie verstanden hatte, worauf Wi sie für einige Zeit verließ und in dem vergehenden Tageslicht um den Felsausläufer des Berges herumging, der die Bucht fast umschloß und sich noch weiter erstreckte, um zu sehen, ob Pag ihm vielleicht nachgegangen war, indem er seinen Fußspuren folgte, wie er es hin und wieder tat.

Doch Pag, der an dem Tigerfell arbeitete und glaubte, daß Wi bei Anbruch der Dunkelheit zurückkehren würde, war ihm nicht gefolgt. Als Wi also weder Pag noch sonst jemanden entdecken konnte, ging er wieder zurück. Als er den Höhleneingang erreichte, warf er einen Blick hinein und sah, daß die Meereshexe sich hingelegt hatte und schlief, oder zumindest ihre Augen geschlossen hatte. Er trat zurück, bedeckte sich mit Seegras und legte sich ebenfalls hin; doch schlafen konnte er nicht, denn es war kalt außerhalb der Höhle, und er war hungrig und wagte nicht, von dem Dörrfisch zu essen, weil die Meereshexe bald mehr davon brauchen mochte und sein Vorrat nur gering war. Und um sicher zu gehen, nicht der Versuchung anheimzufallen, hatte er die Tasche, in welcher er sich befand, ihr zur Seite gelegt.

Doch Kälte und Hunger hätten ihn vielleicht nicht wachgehalten, da er abgehärtet und wie alle Wilden an Entbehrungen gewöhnt war. Vielleicht war es das Nachdenken über das seltsame Abenteuer, das ihm zuteil geworden war, und über die wunderbare Schönheit dieses Wesens, das er vor dem Tode errettet hatte, und über alles, was diese Dinge für ihn bedeuten mochten, was dazu führte, daß er sich mit offenen Augen von einer Seite auf die andere warf.

Schon jetzt wußte er, daß, ganz gleich, was geschehen mochte – selbst wenn sie so rasch und geheimnisvoll fortgehen sollte, wie sie gekommen war –, er niemals diese Meereshexe würde vergessen können, die sein Herz unwiderstehlich anzuziehen schien. Und wenn sie nicht fortgehen würde, was dann? Mit was für Augen würden die Menschen sie ansehen, und wie würde Aaka sie empfangen, und wo sollte sie wohnen? In den alten Tagen, vor der Schaffung des neuen Gesetzes, wäre das alles sehr einfach gewesen, denn wenn sie dazu willens wäre, hätte es nichts gegeben, das ihn, den Häuptling, oder auch jeden anderen Mann, daran hindern hätte können, eine zweite Frau zu nehmen; und auch wenn sie nicht willens wäre, würde sie als solche gegolten und ihr Heim in der Höhle gefunden haben. Doch es gab nun einmal dieses neue Gesetz, und er hatte einen Eid geschworen, der nicht gebrochen werden durfte, denn wenn er es doch täte, würden Schande, Spott und Unheil über ihn kommen, und vielleicht auch über andere.

Dies dachte Wi Stunde um Stunde, versuchte dem schlüpfrigen Berg von Zweifel und Angst erst von der einen Seite her zu erklimmen, und dann von der anderen, jedoch immer vergebens, bis sein Kopf sich drehte und er den Versuch aufgab. Zweimal stand er auf und kroch in die Höhle, um Holz nachzulegen, damit die schöne Schläferin nicht fröre. Dies tat er mit abgewendeten Augen, denn nach den Bräuchen des Stammes war es ungehörig, eine Jungfrau anzublicken, wenn sie schlief. Doch obwohl er sie nicht ansah, war er sicher, daß sie ihn anblickte, denn er spürte den Blick ihrer Augen, oder glaubte zumindest, ihn zu spüren.

Nach dem zweiten Besuch in der Höhle sank er endlich in unruhigen Schlaf, aus dem er jedoch plötzlich erwachte. Als er aufblickte, ohne sich zu rühren, sah er, was ihn geweckt hatte. Es war die Meereshexe, die vor ihm stand, hochgewachsen und erhaben, und mit ernsten Augen auf ihn herabblickte. Er lag völlig reglos, tat so, als ob er schliefe, bis sie, nachdem sie, wie er meinte, überzeugt war, daß er wirklich schlief, ein Stück zur Seite trat und mit den Augen den Himmel absuchte. Kurz darauf fand sie, wonach sie gesucht hatte, denn in einer Lücke zwischen den Wolken erschien die schmale Sichel des abnehmenden Mondes. Dreimal verbeugte sie sich vor ihr, dann kniete sie nieder, streckte ihre Arme empor und sprach mit lieblicher Stimme ein Gebet.

Offensichtlich ist sie eine Hexe, dachte Wi, denn sie betet den Mond an, was unter Menschen nicht üblich ist. Aber ist es hexenhafter, den Mond anzubeten, der Licht spendet, als vor den Eisgöttern und jenem, der im Eise schläft, niederzuknien und Opfer zu bringen? Wenn sie mich das tun sähe, würde sie vielleicht sagen, ich sei ein Hexer.

Sie erhob sich, verneigte sich abermals dreimal, wandte sich dann um und blickte Wi an wie zum Abschied und schritt über den Strand.

Sie geht zurück ins Meer, wo das Heim der Meereshexen ist, dachte Wi. Nun, soll sie gehen, es ist vielleicht besser so.

Sie kam zu dem Kanu und stand in Gedanken versunken neben ihm; dann beugte sie sich vor und begann zu schieben; doch inzwischen war es in den feuchten Sand gesunken, und da es voll Wasser gelaufen war, konnte sie es nicht bewegen.

»Ich werde ihr helfen«, murmelte Wi und stand auf, um zu ihr zu gehen.

Sie blickte ihn ohne Erstaunen an, und offenbar auch ohne Angst; es war, als ob sie ganz sicher wüßte, daß er ihr nichts antun würde. Durch Zeichen gab er ihr zu verstehen, daß er ihr helfen würde, wenn sie es wünsche, daß er das Kanu ausschöpfen und ins Wasser schieben wolle, was sie ein wenig zu überraschen schien. Sehr ernsthaft studierte sie sein Gesicht und bemerkte vielleicht, daß es sehr traurig war und sein Angebot nicht mit der Absicht gemacht worden war, sie loszuwerden. Dann murmelte sie ein paar Worte, winkte mit den Armen und blickte erneut zu dem sterbenden Mond empor, wie eine, die nach einem Zeichen sucht. Plötzlich schien sie jedoch zu einem Entschluß zu kommen, denn sie schüttelte den Kopf, lächelte ein wenig, nahm Wi bei der Hand und führte ihn zur Höhle zurück, die sie betrat, während sie ihn am Eingang zurückließ.

Also will die Hexe bleiben, dachte Wi. Wenn dem so ist,

dann ist es ihr freier Wille, denn ich habe mein möglichstes getan, ihr ins Meer zurückzuhelfen.

Endlich dämmerte der Tag, grau und trübe, wie alle Tage jenes Jahres zu sein schienen, jedoch ohne Schnee oder Regen. Die Hexe erschien im Eingang der Höhle und winkte Wi zu sich, der vor Kälte zitternd draußen saß. Eine Weile zögerte er, dann trat er hinein und stellte fest, daß sie Holz auf das Feuer gehäuft hatte, das herrlich brannte. Sie saß vor dem Feuer auf dem Seegras ihres Bettes, das sie zu einem Haufen geschichtet hatte, eine erstaunliche Veränderung von dem Anblick, den sie geboten hatte, als er sie zuerst auf dem Boden des ausgehöhlten Baumstammes hatte liegen sehen.

Als er sie ansah, bemerkte er, daß sie sich an der Quelle gewaschen haben mußte, bevor er sie zum Mond hatte beten sehen, denn es war kein Schmutz mehr auf ihrem Gesicht oder auf ihren Armen, und ihr blauer Umhang und die andere Kleidung waren trocken, und in seinen Augen, der solche Gewänder nie gesehen hatte, unbeschreiblich prächtig. Außerdem zog sie nun durch die Masse ihrer gelben Haare etwas, das aus Horn oder Knochen gemacht war und viele scharfe Spitzen aufwies, und das sie zweifellos aus ihrer Tasche geholt hatte; etwas Neues für Wi, denn Kämme waren beim Stamm unbekannt, obwohl er jetzt, da er einen vor sich sah und seine Verwendung erkannte, sich fragte, warum sie nicht selbst darauf gekommen waren.

Während sie noch damit beschäftigt war und die langen, gelben Haare, die so verklebt und verfilzt gewesen waren, sich voneinander lösten, bis sie im Lichte des Feuers glänzend herabflossen, ein Kleidungsstück für sich, das ihren Körper bis zur Taille bedeckte, stand Wi verlegen vor ihr und starrte sie bewundernd an.

Dann fiel ihm ein, daß sie hungrig sein mußte, und er hob seine Tasche auf, die neben dem Feuer lag, nahm etwas von dem zerschnittenen Dörrfisch heraus und bot es ihr an. Sie aß mit gutem Appetit, bis ihr etwas einzufallen schien, denn sie deutete auf die Fischstücke, dann auf Wis Mund und dann auf seinen Magen, womit sie ihm, so gut das durch Zeichensprache möglich war, sagte, daß auch er hungrig sein müsse.

Er schüttelte den Kopf, um zu sagen, daß dem nicht so sei, doch sie ließ sich nicht täuschen, streckte ihm ein Fischstück entgegen und weigerte sich, weiterzuessen, bevor er es hinuntergeschluckt hatte.

Schließlich aßen sie gemeinsam den in der Tasche verbliebenen Rest, den sie ehrlich untereinander teilten.

In diesem Moment, als Wi der Meereshexe das letzte Stück reichte, erschien Pag im Eingang der Höhle und sie vor dem hellen Hintergrund des Feuers anstarrte, als ob er sie für Geister hielte.

Die Meereshexe blickte auf und sah die kleine O-beinige Gestalt, den großen Kopf mit dem einäugigen, häßlichen Gesicht und zeigte zum ersten Mal Angst. Sie umklammerte Wis Arm und blickte ihn fragend an, woraufhin er, da er nicht wußte, was er sonst tun sollte, lächelte, ihre Hand tätschelte und Pag befehlend etwas sagte, dessen Worte sie zwar nicht verstand, den Ton jedoch begriff.

»Was willst du hier?« fragte Wi.

»Das frage ich mich jetzt auch«, antwortete Pag nachdenklich, »denn in dieser Höhle scheint kein Platz für mich zu sein. Trotzdem, wenn du es wissen willst: Ich bin deinen Fußspuren hierher gefolgt, da ich fürchtete dir, könnte ein Unglück zugestoßen sein – was meiner Meinung nach auch geschehen ist«, setzte er noch nachdenklicher hinzu und richtete den Blick seines einen Auges auf die Meereshexe.

»Hast du etwas zu essen bei dir?« fragte Wi, der die Erklärungen noch ein wenig hinauszögern wollte. »Wenn ja, so gib es mir, denn diese Jungfrau« – er deutete mit einem Kopfnicken auf die Meereshexe – »hat lange gefastet und ist noch immer hungrig.«

»Woher weißt du, ob sie nicht längst verheiratet ist und daß sie lange gefastet hat?« fragte Pag, und setzte hinzu: »Sprichst du ihre Sprache?«

»Nein«, antwortete Wi, klammerte sich an dem letzten

Teil der Frage fest und ignorierte alles andere. »Ich habe sie in einem hohlen Baumstamm treibend gefunden, der draußen auf dem Strand liegt, und sie ins Leben zurückgeholt.«

»Dann hast du etwas gefunden, das zu finden sich lohnte, Wi, denn sie ist sehr schön«, sagte Pag; »doch was Aaka über sie sagen wird, weiß ich nicht.«

»Ich auch nicht«, antwortete Wi unbehaglich und rieb sich die Stirn, »und auch nicht, was die Menschen sagen werden.«

»Vielleicht ist sie eine Hexe, und du tätest gut daran, sie zu töten. Urk und Ngae erzählen von solchen, Wi.«

»Vielleicht, Pag, aber ob sie nun eine Frau oder eine Hexe ist, ich habe nicht vor, sie zu töten.«

»Ich verstehe das, Wi, denn wer könnte etwas so Wunderschönes töten? Sieh dir doch ihr Gesicht an, und ihre Gestalt, und ihr Haar, und diese großen Augen.«

»Ich habe sie bereits angesehen«, erwiderte Wi verärgert. »Hör also mit deinem närrischen Gerede auf und sag mir, was ich tun soll!«

Pag überlegte eine Weile und antwortete dann: »Ich denke, es wäre am besten, wenn du sie zu deiner Frau machen und den Menschen sagen würdest, daß die Eisgötter, oder die Meeresgötter, oder irgendwelche anderen Götter sie dir gegeben hätten, was sie ja tatsächlich getan zu haben scheinen.«

»Narr! Wie soll ich wissen, ob sie mich als Mann will, der ich so tief unter ihr stehe? Außerdem ist da auch das neue Gesetz.«

»Ah!« sagte Pag. »Ich habe von Anfang an diesem Gesetz mißtraut, und jetzt erkenne ich den Grund dafür. Nun, wenn du sie nicht zur Frau nehmen und auch nicht töten willst, mußt du sie ins Dorf bringen; und da sie weder bei Aaka, noch in der Höhle wohnen kann oder an irgendeinem anderen Ort, wo eine Frau ist, mußt du sie allein in eine Hütte setzen. Da ist eine sehr schöne ganz in der Nähe der Höhle, so daß du sie ansehen kannst, wann immer dir danach zumute ist.«

Wi, der an ganz andere Dinge dachte, fragte zerstreut, ob sie leer stünde.

»Es ist die von Rahi, dem Gierigen, der, wie du dich erinnern wirst, in der letzten Woche gestorben ist, aus Angst vor dem Tiger, wie einige sagen, doch ich glaube eher aus Kummer, weil du befohlen hast, ihm seinen Hort von Angelhaken und Feuersteinmessern wegzunehmen und unter denen zu verteilen, die keine besitzen.«

»Ja, ich erinnere mich«, sagte Wi. »Übrigens, hast du die Angelhaken?«

»Noch nicht, Wi, aber ich werde sie bald haben, denn ich bin sicher, daß die alte Frau, die mit Rahi zusammenlebte und nach seinem Tod die Hütte verlassen hat, sie mit seinem Leichnam begrub, wie er es ihr befahl. Wir werden sie bald einfangen und es herausfinden. Die Hütte aber ist schon jetzt frei.«

»Ja«, sagte Wi, »und die Frauen, die sich um die Kinder kümmern, können diese Meereshexe versorgen.«

Pag schüttelte zweifelnd den Kopf und meinte, daß wohl keine Frau sie versorgen würde, die jungen aus Eifersucht nicht, und die älteren, weil sie Angst vor ihr hätten. »Besonders«, setzte er hinzu, »wenn du sagst, sie sei eine Hexe.«

»Ich habe dieses Wort nicht gebraucht«, rief Wi verärgert. »Eine Meereshexe nenne ich sie nur, weil sie aus dem Meer gekommen ist, und ich sonst keinen anderen Namen weiß.«

»Oder vielleicht, weil sie eine Hexe ist«, meinte Pag. »Dennoch will ich versuchen herauszufinden, wie sie sich nennt.«

»Ja«, sagte Wi, »das wäre für dich gut zu wissen, denn wenn die Frauen sie zurückweisen, werde ich sie in deine Obhut geben.«

»Ich habe schon Schlimmeres tun müssen«, antwortete Pag.

Dann wandte er sich der Meereshexe zu, die sie während der ganzen Zeit genau beobachtet hatte, da sie spürte, daß sie über sie sprachen, und klatschte in die Hände, wie um sie zu wecken. Er tippte an die Brust und sagte: »Wi.« Dann tippte er an die eigene Brust und sagte: »Pag.« Dies tat er mehrere Male, dann tippte er an ihren Arm, deutete mit dem Finger auf sie und blickte sie fragend an.

Zuerst schien sie verwirrt zu sein, doch nach der dritten Wiederholung der Gesten und der Namen verstand sie, denn sie lächelte, deutete dann auf jeden von ihnen und wiederholte: *»Wi-i, Pa-ag.«* Schließlich deutete sie mit dem Finger auf ihre Brust und setzte hinzu: *»La-lee-la.«*

Sie nickten und riefen gemeinsam: »La-lee-la«, woraufhin sie nickte und, erneut lächelnd, wiederholte: *»Laleela.«* Dann sprachen sie über das Kanu, führten sie zu ihm und gaben ihr durch Zeichen zu verstehen, daß sie beabsichtigten, es in der Höhle zu verbergen, womit sie einverstanden schien.

Also leerten sie das Wasser aus und zogen das Kanu zur Höhle, und nachdem Pag es sehr interessiert untersucht hatte – denn in diesem seltsamen und nützlichen Ding sah er eine große Entdeckung – verbargen sie es unter einem Haufen Seegras und vergruben die Paddel, von denen sie zwei fanden, im Sandboden der Höhle. Nachdem das getan war, nahm Wi sie bei der Hand und bedeutete ihr, so gut es ihm möglich war, daß sie sie begleiten solle. Zuerst schien sie sich zu fürchten, denn sie zögerte, doch dann zuckte sie die Achseln, seufzte, blickte Wi beschwörend an, wie um ihn zu bitten, sie zu beschützen, und ging dann zwischen den beiden den Strand entlang.

Eine Stunde später sahen Aaka, Moananga, Tana und Foh, die am Rande des Dorfes standen und Ausschau hielten, weil Wi nicht zurückgekehrt war, die drei auf sich zukommen.

»Seht!« rief Foh, als sie den Ausläufer des Gletscherberges umrundeten und in Sicht kamen, »dort sind Vater und Pag und eine schöne Frau.«

»Schön ist sie wahrlich«, sagte Moananga, während seine Frau sie mit weit aufgerissenen Augen anstarrte, doch Aaka meinte nur: »Ihr nennt sie schön, und das ist sie auch, doch ich sage, daß sie eine Hexe ist, die Unheil über uns bringen wird.«

Tana blickte die hochgewachsene Fremde an, die mit eleganten Schritten über den Sand ging; sie bemerkte den blauen Umhang und die Bernsteinkette, ihr gelbes Haar und, als sie näher herangekommen war, ihre großen, dunkelblauen Augen in einem Gesicht, das so rosig war wie das Innere einer Muschelschale.

Dann sagte sie: »Du hast recht, Aaka; hier kommt eine Hexe, wenn auch nicht eine der Sorte, die du meinst, sondern eine Hexe, wie du und ich uns wünschten, sein zu können.«

»Was meinst du damit?« fragte Aaka.

»Ich meine, daß diese die Herzen aller Männer hinter sich herziehen und den Neid aller Frauen ernten wird, und das ist es, was jede von uns sich wünscht.«

»Das sagst du«, antwortete Aaka, »ich aber bin anderer Meinung.«

»Dennoch wirst du auf demselben Wege entlanggehen wie wir, obwohl du deinen Kopf abwendest und vorgibst, daß dem nicht so sei – du, die uns sagt, daß Wi dir nichts bedeutet und ihn schlecht behandelst, und ihn dennoch ständig aus den Augenwinkeln heraus beobachtest«, sagte Tana, die Aaka nie allzu gern gehabt hatte und Wi sehr mochte.

Aaka wollte ihr sehr scharf antworten, doch in diesem Moment traten die drei auf sie zu. Foh lief zu seinem Vater und schlang seine Arme um ihn, der sich niederbeugte und ihn küßte. Moananga murmelte ein Wort des Willkommens, denn er, der seinen Bruder liebte, war froh, ihn heil und gesund wiederzusehen, und Tana lächelte zweifelnd, den Blick auf die wunderbare Kleidung und das Halsband der Fremden geheftet. Wi sagte ein paar Grußworte zu Aaka, die antwortete: »Willkommen, Mann. Wir hatten Sorge um dich und sind froh, dich wiederzusehen, und auch deinen Schatten« – sie blickte Pag an –»doch wer ist das in dem seltsamen Gewand? Ist es ein großgewachsener Junge, den du gefunden hast, oder vielleicht eine Frau?«

»Eine Frau, glaube ich«, antwortete Wi. »Sieh sie dir genau an, dann wirst du es selbst feststellen, Frau.«

»Das ist nicht nötig, denn zweifellos weißt du das schon ganz genau. Aber wo hast du sie gefunden?«

»Das ist eine lange Geschichte, Frau, doch der Kern davon ist, daß ich sie gestern in einem hohlen Baumstamm treibend gesehen habe, worauf ich hinausschwamm und sie in der Bucht der Robben an Land brachte.«

»Wirklich? Wo hast du dann in der letzten Nacht geschlafen? Wie ich bereits sagte, waren wir in Sorge um dich.«

»In der Höhle an der Bucht der Robben. Zumindest hat diese Frau, Laleela, dort geschlafen, nachdem ich sie ins Leben zurückgebracht hatte.«

»So? Und woher weißt du ihren Namen?«

»Frage Pag«, sagte er kurz angebunden. »Er hat ihn erfahren, nicht ich.«

»Also steckt Pag auch in dieser Sache, wie in jeder anderen. Ich kann nur hoffen, daß diese Hexe, die er zu dir gebracht hat, nicht eine seiner grauen Wölfinnen ist, in die Gestalt einer Frau verwandelt.«

»Ich habe dir gesagt, daß ich selbst sie gefunden und zu der Höhle getragen habe, wo Pag erst heute morgen zu uns kam. Lache nur, wenn du willst, doch es ist wahr, wie Pag dir bestätigen wird.«

»Pag wird mir alles bestätigen, was du willst. Dennoch sage ich ...«

Jetzt wurde Wi wütend und rief: »Schluß jetzt! Ich brauche Essen und Ruhe, genau wie diese Fremde.« Er schritt mit Pag und Laleela weiter, und Pag grinste vergnügt. Die anderen folgten ihnen, mit Ausnahme von Tana, die vorausgelaufen war, um im Dorf zu verbreiten, was geschehen war.

## 12

# *Die Mutter der ausgesetzten Kinder*

Die Nachricht sprach sich schnell herum, so schnell, daß selbst aus den abgelegensten Hütten Menschen herausstürzten, um diese Hexe-aus-dem-Meer anzustarren, die Wi gefunden hatte; denn eine Hexe mußte sie sein, dessen waren sie sich sicher, weil sie, die Leute des Stammes, die einzigen Menschen waren, die auf der Welt lebten und jemals auf ihr gelebt hatten. Natürlich gab es da noch den Toten, der mit dem Schläfer im Eise stand; doch wenn er ein Mensch war, und dessen waren sie sich nicht sicher, so zweifellos einer ihrer Vorväter. Deshalb war diese, welche Wi und Pag mit sich gebracht hatten, keine Frau, sondern ein Geist oder eine Hexe.

Als sie so ruhig und würdevoll zwischen den beiden Männern einherschritt, wie ein Hirsch, wie einer der Zuschauer sagte, und sie ihr langes, gelbes Haar und das Weiß ihrer Haut sahen, ihre Größe – sie überragte alle Frauen, mit der Ausnahme von Aaka, um einen Kopf – und ihren wunderbaren, blauen Umhang und die andere Kleidung, die bestickten Sandalen an ihren Füßen, die Bernsteinkette an ihrem Busen, und alles andere, das um sie war, nicht zu vergessen ihre großen, dunkelblauen Augen, feucht und sanft wie die eines Hirsches, doch irgendwie verächtlich, da, natürlich, waren sie sicher, daß sie wahrhaftig eine Hexe war, denn keine Frau konnte so aussehen. Sie starrten, sie gafften, sie deuteten mit dem Finger; mehrere Kinder liefen fort – das war der schlagendste Beweis – und auch einige der Hunde, die bellend auf sie zugesprungen waren, doch, als sie das, was sie anbellten, sahen und rochen, den Schwanz einkniffen und die Flucht ergriffen, wie sie es bei Geistern taten, die mit unsichtbaren Steinen nach ihnen warfen. Also starrte eine schmutzige, abgerissene, notdürftig bekleidete Schar Laleela an, als diese zwischen Wi und Pag wie eine Gefangene durch das Dorf schritt, einmal nach links, einmal nach rechts blickend, mit unbewegtem Gesicht und schweigend.

Anfangs waren sie still, doch dann, als sie vorbei war, und mit ihr die Angst, daß sie mit einem Blick ihrer dunkelblauen Augen einen Fluch auf sie abschießen könnte, setzte eine flüsternde Debatte ein, und sie folgten ihr, eng zusammengedrängt, in sicherem Abstand.

»Sie ist eine sehr häßliche Hexe«, sagte eine Frau, »mit Haaren von der Farbe des Sonnenlichtes, und so lange Arme.«

»Ich wünschte, du wärest auch so häßlich«, sagte ihr Mann, und damit begann eine lautstarke Auseinandersetzung, bei der alle Frauen und einige der alten Männer behaupteten, daß sie abgrundtief häßlich sei, während die jungen Männer, und auch einige der Kinder, sobald sie sich an ihren Anblick gewöhnt hatten, sie für wunderschön hielten.

»Wohin will Wi sie bringen?« fragte einer.

»Nirgendwohin«, antwortete Urk, der Alte, »weil sie sich auflösen und verschwinden wird.« Und weil die anderen dies anzweifelten, erfand er rasch eine Geschichte.

Sein Großvater, so sagte er, habe von *seinem* Großvater erfahren, daß eine Hexe wie diese – wahrscheinlich sogar dieselbe, da Hexen niemals altern – vor langer Zeit den Stamm besucht habe, und auf einer Eisscholle stehend, die von weißen Bären mit ihren Nasen geschoben wurde, ans Ufer gekommen sei. Da die Menschen sie als das erkannten, was sie war, hätten sie versucht, sie zu steinigen, doch als sie die Steine warfen, fielen die auf ihre Köpfe zurück und töteten sie; und auch von den Bären wurden sie angegriffen. Also kam sie an Land und saß sechs Tage lang singend in der Höhle, bis der Sohn des Häuptlings, ein mutiger und entschlossener junger Mann, sich in sie verliebte und sie zu küssen versuchte, worauf sie ihn in einen Bären verwandelte, auf seinen Rücken stieg und zum Meer zurückritt und nie wieder gesehen wurde.

Einige glaubten diese Geschichte, andere nicht, doch war

sie zum Vorteil Laleelas, da alle daraus die Lehre zogen, daß es sicherer war, diese Hexe weder zu steinigen noch zu küssen zu versuchen, damit nicht auch sie in Bären verwandelt oder auf andere Weise zu Schaden kommen würden.

Als die drei sich nun der Höhle näherten, wurden sie von Aaka und Moananga eingeholt, und auch Tana war wieder bei ihnen, die, nachdem sie die Nachricht verbreitet hatte, atemlos ihrem Mann nachgelaufen war.

»Was wirst du mit der Hexe tun, Mann?« fragte Aaka und blickte sie aus den Augenwinkeln heraus an.

»Ich bin mir noch nicht sicher«, antwortete er und setzte dann zögernd hinzu: »Vielleicht könntest du, Frau, sie in unsere alte Hütte aufnehmen, da du ja jetzt in der Höhle schläfst und nur tagsüber dort weilst.«

»Ich denke nicht daran«, erwiderte Aaka entschieden. »Habe ich nicht genug Sorgen, daß ich mir auch noch eine Hexe aufladen soll? Außerdem beabsichtige ich, da der Winter vorbei ist und ich die Höhle und das Schreien der Kinder dort hasse, wieder in der Hütte zu schlafen.«

Wi biß sich auf die Lippe und dachte angestrengt nach.

»Bruder«, unterbrach Moananga. »Wir haben zwei Hütten, die Seite an Seite stehen, und in der zweiten lagern wir nur unsere Nahrung, also könnte diese Frau-aus-dem-Meer dort wohnen und ...«

Weiter kam er nicht, denn Tana schnitt ihm das Wort ab. »Was sagst du da?« fragte sie. »Diese Hütte wird für den Dörrfisch benötigt, für Feuerholz und die Netze, und auch von mir zum Zubereiten des Essens.«

Nun ging Wi weiter und ließ Tana und Moananga alleine weiterdiskutieren. Am Eingang der Höhle standen jene Frauen, die die Kinder versorgten, die ausgesetzt worden wären, doch nach Wis neuem Gesetz gerettet worden waren. Einige von ihnen waren jung und säugten die Kinder an ihrer Brust, die anderen waren alt und verwitwet und gaben auf die Kinder acht, wenn die Ammen nicht da waren. Wi trat auf sie zu und befahl ihnen, eine von ihnen auszuwählen, die diese Fremde-aus-dem-Meer versorgen und für sie kochen würde. Sie hörten, sie blickten die Fremde an, und dann liefen sie fort, in die Höhle oder sonstwohin, so daß Wi keine von ihnen mehr sah. Nun wandte er sich an Pag und sagte: »Alles ist so geschehen, wie du es mir vorausgesagt hast, und die Frauen lehnen jene aus dem Meer, deren Name Laleela ist und deren Herkunft wir nicht kennen, ab. Was also ist zu tun?«

Pag spuckte auf den Boden, starrte mit seinem einen Auge zum Himmel empor, blickte Laleela an, und dann Wi. Dann antwortete er:

»Wenn ein Knoten geschlungen ist und nicht gelöst werden kann, ist es das beste, die Schnur zu zerschneiden und die beiden Enden neu zu verbinden. Nimm die Hexe in deine Höhle und sorge selbst für sie, Wi, da Aaka und die anderen sie nicht haben wollen und man sie nicht verhungern lassen kann. Oder, wenn dir das nicht gefallen sollte, töte sie, so sie getötet werden kann.«

»Keines von beiden werde ich tun«, antwortete Wi. »In die Höhle kann sie nicht kommen, wegen meines Eides. Verhungern soll sie nicht, denn wer würde selbst einem Hund Nahrung verweigern, der hungrig zur Tür der Hütte gekrochen kommt? Töten werde ich sie nicht, denn das wäre Mord, und der Himmel würde uns auf den Kopf stürzen.«

»Ja, Wi; obwohl der Himmel, wenn sie alt und häßlich wäre, dort bleiben würde, wo er ist, da er für eine alte Vettel sicher nicht einstürzt. Doch da die Dinge nun einmal so sind, wie sie sind, was tun?«

»Dies, Pag: Bring sie zu der Hütte Rahis, der tot ist. Befiehl einigen meiner Diener – Männern, nicht Frauen – sie für sie bereitzumachen, ein Feuer anzuzünden und Nahrung von meinem Vorrat hinzubringen. Dann wirst du dich in dem Anbau einrichten, der an der Hüttenwand steht und der Rahis Werkstatt war, in der er Feuersteingeräte herstellte und seine Waren aufbewahrte, und dort wirst du Tag und Nacht bleiben und diese Schöne bewachen, die die Götter zu uns gesandt haben.«

»Also soll ich jetzt Hexen-Kindermädchen werden«, sagte Pag. »Und ich glaubte, schon alles erlebt zu haben, was es gibt.«

So geschah es, daß die schöne Laleela, die dem Meer entstiegen war, in der Hütte Rahis wohnte, des einstmals Gierigen, und dort von Pag, dem Zwerg, dem Frauenhasser, versorgt wurde. Ohne ein Wort zog sie in die Hütte, ergab sich geduldig allen Anforderungen wie eine, die sich vom Strom des Schicksals mitgerissen fühlt und darauf wartet, daß er sie hinbringt, wohin er will, ohne viele Gedanken darüber, wo diese Reise enden mag. Auch Pag erfüllte geduldig seine seltsame und ungewohnte Pflicht, Wächter und Diener einer zu sein, die der ganze Stamm für eine Hexe hielt, alle ihre Bedürfnisse zu erfüllen, sie die Bräuche des Volkes zu lehren und sie vor allem Unheil zu bewahren.

All dies tat er, nicht nur, um Wis willen, sondern auch aus gewissen eigenen Gründen. Er, der weiter blickte als die anderen, ausgenommen vielleicht Wi, hatte vom ersten Augenblick an begriffen, daß diese Frau keine Hexe war, sondern zu irgendeinem Volk gehörte, von dem sie nichts wußten. Er erkannte auch, daß dieses unbekannte Volk über viele Künste verfügte, die ihm fremd waren, und wollte diese Künste erlernen, und auch erfahren, wo es lebte und alles andere, was es darüber zu wissen gab. Woraus war dieser blaue Umhang gemacht? Wie kam es, daß diese fremde Frau in einem ausgehöhlten Baumstamm über das Meer reiste, und wie war dieser Baumstamm so bearbeitet worden, daß er sie trug? Was für Wissen war in ihr verborgen, das sie nicht enthüllen konnte, weil ihre Sprache eine andere war? All dies und noch vieles mehr wollte Pag, den nach Weisheit dürstete, erfahren. Als also Wi ihm befahl, Gefährte und Führer Laleelas, der Aus-dem Meer-Gestiegenen, zu sein, hatte er sofort gehorcht, ohne etwas einzuwenden.

Seltsam war das Leben Laleelas. Dort saß sie nun in der Hütte und kochte die Nahrung, welche Pag ihr brachte, auf eine Art, die ihm unbekannt war. Oder manchmal ging sie hinaus, gefolgt und bewacht von Pag, beobachtete die Lebensweise der Menschen, und als sie diese begriffen hatte, ging sie am Strand hin und her, den Blick auf die See gerichtet, nach Süden. Oder, eines Tages, als das Wetter schlecht war, bat sie Pag durch Zeichen, ihr zugerichtete Felle und Sehnen zu geben, und auch Elfenbeinsplitter von Walroßzähnen. Diese Splitter verarbeitete sie zu Nadeln, bohrte mit einem glühend gemachten Feuerstein ein Loch hinein, durch das sie die Sehnen fädelte, und begann dann auf eine Art zu nähen, wie Pag es noch nie gesehen hatte. Über dieses Nähen berichtete er den Frauen des Stammes, welche sich vor der Hütte versammelt hatten, und die ihr dann verwundert zusahen und später Pag baten, er möge die Hexe ersuchen, ihnen auch solche Nadeln zu machen, was sie bereitwillig und lächelnd tat, bis alles Elfenbein aufgebraucht war.

Dann begann Pag, da er ihre Sprache nicht verstehen konnte, sie die seine zu lehren, welche sie erstaunlich rasch erlernte, besonders, nachdem Wi sich als weiterer Lehrer zu ihnen gesellte. Schon nach zwei Monaten konnte sie nach allem fragen, was sie haben wollte, und verstehen, was zu ihr gesagt wurde, und nach vier Monaten konnte sie, da sie sehr sehr klug und eifrig war, die Sprache des Volkes recht gut sprechen, wenn auch nur langsam.

So geschah es, daß Wi und Pag so viel von ihrer Vergangenheit erfuhren, wie sie bereit war, ihnen zu erzählen, doch war das nicht sehr viel. Sie sagte, daß sie die Tochter eines Großen sei, dem Herrscher eines Stammes, dessen Menschen nicht zu zählen seien, und der weit entfernt im Süden lebte. Die Menschen lebten dort zum größten Teil in Häusern, die auf Baumstämmen errichtet waren, welche man in den Uferschlamm getrieben hatte; während andere Angehörige des Stammes landeinwärts lebten.

Ihre Nahrung war Fisch und Wild, doch bauten sie auch gewisse Pflanzen an, deren Samen sie einsammelten und aßen, nachdem sie ihn zwischen Steinen zermahlen und zu einer Paste verrührt hatten, welche dann in von Feuer erhitztem Lehm gebacken wurde. Sie besaßen auch Geräte und Kriegswaffen, die kunstvoll aus Feuerstein, Elfenbein und Horn gefertigt waren, und sie webten Tuch, so wie das, aus dem ihre Kleider gemacht waren, aus der Wolle gezähmter Tiere, die sie mit den Säften von besonderen Pflanzen färbten.

Außerdem schien dort, wo sie lebten, obwohl es viel regnete, die Sonne heller, und war die Luft wärmer als in der Heimat des Stammes.

Allen diesen Berichten, die mühsam, Wort für Wort, zusammengesucht wurden, lauschten Wi und Pag mit großer Verwunderung, und schließlich fragte Wi: »Wie kommt es, Laleela, daß du ein Land verlassen hast, wo du so groß warst, und wo du in solchem Überfluß und Wohlsein lebtest?«

»Ich habe es verlassen wegen einem Mann, den ich haßte, und wegen eines Traums«, war ihre Antwort, soweit sie sie verstanden.

»Warum hast du diesen einen gehaßt, und wie war dieser Traum?« fragte Wi.

Sie schwieg eine Weile, wie um diese Frage zu verstehen, die sie in ihrem Kopfe zu übersetzen schien, dann antwortete sie: »Jener, den ich haßte, war der Bruder meines Vaters. Mein Vater war fortgegangen (womit sie meinte, daß er gestorben war) und sein Bruder wollte mich heiraten und König werden. Ich hasse ihn. Ich nahm das Boot, mit viel Nahrung beladen, und fuhr während der Nacht den Fluß hinab zum Meer.«

Wi nickte, zum Zeichen, daß er verstanden habe, und fragte dann weiter: »Doch was war mit dem Traum?«

»Der Traum sagte mir, daß ich nordwärts gehen sollte«, antwortete sie, »und ein starker Wind trieb mich Tag um Tag nach Norden, bis ich einschlief und du mich fandest.«

»Warum hat der Traum dir gesagt, du solltest nordwärts gehen?« fragte Wi, unter Mithilfe Pags.

Sie schüttelte den Kopf und antwortete mit verschlossenem Gesicht: »Das mußt du den Traum fragen, Wi.« Und sie weigerte sich, mehr zu sagen.

Von diesem Zeitpunkt an begann Laleela die Sprache des Stammes sehr rasch zu erlernen, so daß sie sie bald recht fließend sprach, denn sie war sehr aufnahmefähig und klug, und Pag, der ebenfalls klug war, erwies sich als unermüdlicher Lehrer. An den Abenden, wenn die Tagesarbeit getan war, kam auch Wi zu der Hütte und fragte sie nach vielen Dingen, besonders solchen über ihr Land. Sie antwortete wie zuvor, daß es viel wärmer sei als dieses, obwohl es oft regne, wenn auch nur selten schneie; und auch, daß es sehr weit entfernt liege, denn sie sei viele Tage und Nächte von dem Sturm nordwärts getrieben worden, bevor sie in einen tiefen Schlaf gefallen war.

»Dann kann jenes Ufer nicht allzuweit entfernt sein«, sagte Wi, »denn sonst wärest du erfroren, bevor ich dich fand.«

Damit endete dieses Gespräch, doch Wi dachte später viel darüber nach, und er und Pag sprachen oft darüber.

Wenig später begann Laleela unruhig zu werden und erklärte, daß sie eine Arbeit brauche, da sie bei ihrem Volk eine große Frau gewesen sei und immer viel zu tun gehabt habe.

Pag dachte eine Weile über ihre Worte nach, und dann, eines Tages, als Wi anderwärts zu tun hatte, nahm er sie mit sich in die Höhle, zeigte ihr die kleinen Kinder, die dort versorgt wurden und erzählte ihr, daß sie früher ausgesetzt worden seien, damit sie umkämen, oder vielmehr, wie sie ausgesetzt werden würden, wenn Wi nicht sein neues Gesetz erlassen hätte.

»Eure Mütter sind sehr grausam«, sagte sie. »In meinem Lande würde sie, die so etwas tut, selbst ausgesetzt werden.«

Dann nahm sie einige der Kinder auf, und nachdem sie sie kritisch betrachtet hatte, erklärte sie, daß sie schlecht versorgt würden und zwei von ihnen wahrscheinlich sterben müßten.

»Es sind schon einige gestorben«, sagte Pag.

Nun war inzwischen Wi zur Höhle zurückgekehrt, doch sahen sie ihn nicht, da er im tiefen Schatten stand, und beobachtete sie und lauschte ihren Worten.

»Du hast recht, Laleela«, sagte er, als er vortrat, »diese Kinder brauchen mehr Fürsorge. Nach den ersten paar Wochen werden sie von ihren Müttern vernachlässigt, weil sie damit, wie ich glaube, zeigen wollen, daß das Schicksal sie zum Sterben bestimmt hätte und sie aus diesem Grunde wünschten, sie auszusetzen; und die anderen Frauen kümmern sich auch nicht so um sie, wie sie es sollten. Doch bin ich hilflos, weil mir die Zeit fehlt, mich um diese Angelegenheit zu kümmern, und wenn ich den Frauen irgendwelche Vorhaltungen mache, stehen sie alle gegen mich. Willst du mir mit diesen Kindern helfen, Laleela?«

»Ja, Wi«, antwortete sie, »obwohl mich dann die Frauen deines Stammes noch mehr hassen werden, als sie es jetzt schon tun. Warum kümmert deine Frau, Aaka, sich nicht darum?«

»Wenn ich in die eine Richtung gehe, so geht Aaka immer in die andere«, antwortete Wi bedrückt. »Höre«, setzte er hinzu, »ich ernenne dich, Laleela, die Fremde-aus-dem-Meer, zur Mutter für diese Kinder, mit der Vollmacht, alles, was du willst, für ihr Wohlergehen zu tun. Dies werde ich bekanntmachen lassen, zusammen mit meiner Warnung, daß jeder, der dir nicht gehorcht, bestraft werden wird.«

Also wurde Laleela, die Hexe-aus-dem-Meer, die ›Mutter der ausgesetzten Kinder‹, unter deren Leitung andere Frauen arbeiten mußten, und sie erfüllte diese Aufgabe gut. Sie saß beim Feuer und fütterte die Kleinen mit solcher Nahrung, wie dieses Volk sie kannte, und sang ihnen mit sanfter, lieblicher Stimme Lieder ihres Landes vor, die schön anzuhören waren. Zumindest empfand Wi sie als sehr schön, denn er kam oft in die Höhle, setzte sich in den Schatten und sah und hörte ihr zu, in der Annahme, daß sie nichts von seiner Anwesenheit merkte, doch war sie sich dieser sehr wohl bewußt. Schließlich, als er feststellte, daß seine

Anwesenheit ihr wohl bekannt war, kam er aus dem Schatten heraus, setzte sich auf einen Holzklotz und sprach mit ihr, die seine Sprache inzwischen schon sehr gut verstand.

Auf diese Weise lernte er sehr viel, denn obwohl sie nicht über sich sprechen mochte, erzählte sie ihm einiges von ihrem Lande, und daß um dieses Land herum viele weitere Völker wohnten, mit denen sie in Krieg oder Frieden lebten, was ihn sehr verwunderte, da er geglaubt hatte, daß sein Stamm die einzigen Menschen auf der Welt wären. Auch berichtete sie ihm und Pag über solche einfachen Künste, die sie und ihr Volk praktizierten, von denen die beiden voller Erstaunen hörten. Doch über den Grund, aus dem sie von ihrem Volk geflohen war und sich in einem offenen Boot der See anvertraut hatte, um dorthin zu treiben, wohin die Winde sie wehen mochten, wollte oder konnte sie ihnen nur wenig oder nichts sagen. Und als Wi sie einmal fragte, ob sie zu ihrem Volk zurückzukehren wünsche, antwortete sie, daß sie das nicht wisse.

Dann, nach einer Weile, begann Wi ihr von seinen eigenen Sorgen zu berichten, verlor jedoch kein Wort über Aaka. Sie hörte ihm aufmerksam zu und antwortete ihm schließlich, daß es keine Kur für seine Krankheit gäbe.

»Du gehörst zu diesem Volk, Häuptling«, sagte sie, »bist jedoch nicht einer von ihm. Du hättest in meinem Volk geboren werden sollen.«

»In jeder Gemeinschaft gibt es einen, der schneller geht als die anderen«, antwortete Wi.

»Dann findet er sich allein«, sagte Laleela.

»Nein, denn er muß zurückgehen, um die anderen zu führen.«

»Dann wird, bevor der Berggipfel erreicht werden kann, die Nacht sie alle einholen.«

»Wenn ein Mann den Gipfel erreicht, was kann er allein dort tun?« fragte Wi.

»Er kann auf die unter ihm liegenden Ebenen hinabschauen und dann sterben. Es ist zumindest etwas, als erster neue Dinge zu sehen, und eines Tages werden jene, die ihm nachfolgen, seine Knochen finden.«

Von dem Moment an, da er Laleela diese Worte sprechen hörte, begann er, sie mit seinem Herzen zu lieben, und nicht nur um ihrer Schönheit willen, wie er es von dem Augenblick an getan hatte, als er sie zum ersten Mal in ihrem Boot erblickte.

Aaka bemerkte dies sehr bald und lachte ihn aus.

»Warum nimmst du dir diese Hexe nicht für dich, wie es für einen Häuptling rechtens ist?« fragte sie. »Denn wer hat jemals von einem Häuptling gehört, der nur eine Frau hatte? Ich werde auf sie nicht eifersüchtig sein, und dir ist nur ein Kind verblieben.«

»Weil sie weit über mir steht«, antwortete er. »Außerdem habe ich in dieser Angelegenheit einen Eid geschworen.«

»Soviel für deinen Eid!« sagte Aaka und schnippte mit den Fingern.

Doch als Aaka so sprach, sagte sie nicht die Wahrheit. Als Frau war sie nicht eifersüchtig, da sie in der Tradition ihres Volkes aufgewachsen war. Auf andere Weise war sie jedoch sehr eifersüchtig, da früher nur sie und niemand sonst sein Berater gewesen war. Sie war verbittert geworden, weil ihm die Kinder wichtiger waren als sie, und hatte ihn seiner Wege gehen lassen. Daraufhin hatte er sich Pag zugewandt, sich ihn zum Freund gemacht und auf sein Wort gehört, und aus diesem Grunde haßte sie Pag. Nun war auch noch diese Hexe-aus-dem-Meer gekommen, mit ihrer neuen Weisheit, die er so gierig in sich aufsaugte, wie trockener Sand Wasser trinkt, und sie haßte sie noch mehr als Pag, nicht weil sie schön war, sondern um ihrer Klugheit wegen.

Und Pag, der Laleela anfangs sehr gemocht und sie als Freund bewacht hatte, begann sie jetzt ebenfalls zu hassen, und aus demselben Grunde, weil er Wi liebte, der trotz seiner Fehler, von denen er viele hatte, von allen geliebt wurde, die mit ihm zu tun hatten, selbst wenn sie ihn nicht verstanden, so sehr, daß jene, die ihn liebten, eifersüchtig aufeinander wurden. Doch das wurde Wi nie bewußt, genausowenig wie der Umstand, daß er, weil er in die Herzen aller eindrang und darin ihre Freude und ihr Leid las, die Herzen aller hinter sich herzog.

Also schloß Wi Freundschaft mit Laleela, der er nun von allen seinen Sorgen berichtete, und je näher er ihr kam, desto weiter entfernten Aaka und Pag sich von ihm. Laleela hörte ihm zu, beriet ihn und sprach ihm Mut zu, und da sie eine Frau war, fragte sie sich, warum er ihr nicht noch näher kommen sollte, obwohl sie sich nicht klar war, ob sie darüber froh sein würde oder nicht, wenn er das täte. Zumindest aber hätte sie sich über seine Zurückhaltung gewundert, wenn Wi ihr nicht von dem neuen Gesetz erzählt hätte, das er geschaffen hatte, nach dem, da Frauen so knapp waren im Stamm, kein Mann mehr als eine Frau haben durfte, und von dem Eid, den er geschworen hatte, daß auch er sich diesem Gesetz unterwerfen würde, und auf sein Haupt der Fluch der Eisgötter herabbeschworen hatte, die er anbetete, wenn er diesen Eid brechen sollte, und nicht allein auf sein Haupt, sondern auch über die Menschen seines Volkes.

Laleela glaubte natürlich nicht an die Eisgötter, da sie eine Mondanbeterin war, doch glaubte sie, daß ein Fluch, der im Namen eines Gottes beschworen wurde, genauso schrecklich war wie einer, der im Namen eines anderen Gottes beschworen wurde. Sie glaubte mehr an den Fluch als an die Götter, denn die Götter waren unsichtbar, während Böses immer gesehen werden konnte. Deshalb war sie nicht verletzt darüber, daß Wi, der ihr im Denken so nahe war, ihr ansonsten so fern blieb, als ob er ihr Bruder oder ihr Vater wäre; und sie versuchte auch nicht, ihn näher zu sich zu ziehen, was sie, wenn sie es gewollt hätte, sehr leicht hätte tun können.

Nun sollte noch festgestellt werden, daß in diesem Jahr alles schiefging, was den Stamm betraf. Es gab keinen Frühling, und als die Zeit des Sommers kam, blieb das Wetter so kalt und sonnenlos, daß man ständig das Gefühl hatte, es würde gleich schneien, und der Wind aus dem Osten war so kalt, daß kaum etwas wachsen konnte. Außerdem kamen nur wenige Robben aus dem Süden, um für Nachwuchs zu sorgen, nicht genügend, um Ernährung und Bekleidung der Menschen während des Winters zu sichern. Mit den Enten oder anderen Wildvögeln und mit den Fischen, besonders den Lachsen, war es dasselbe, so daß sie bis zum Frühling des kommenden Jahres nur spärlich zu essen gehabt hätten, wenn nicht zufällig vier Wale einer kleineren Art mit der Flut in die Bucht gekommen und dort gestrandet wären, so daß sie deren Fleisch zerschneiden und durch Räuchern und auf andere Art haltbar machen und als Wintervorrat aufbewahren konnten.

Bei dem Zerteilen dieser vier Wale und auch bei dem Einsammeln aller Nahrung, die zu finden war, arbeitete Wi sehr hart. Doch die Menschen, daran gewöhnt, während des Sommers im Überfluß zu leben, ganz gleich, wie eng sie ihren Gürtel im Winter schnallen mußten, begannen zu murren und gingen mit finsteren, gesenkten Gesichtern einher, beklagten sich und fragten einander, warum solches Unglück über sie gekommen war, an dergleichen sich nicht einmal Urk, der Alte, erinnern konnte. Dann begann ein Flüstern von Ohr zu Ohr, dies sei geschehen, weil die Meereshexe aus der See Unglück zu ihnen gebracht habe, indem sie das Angesicht des Himmels veränderte, was die Robben und die Wildvögel vertriebe, und auch die Fische, die alle nicht dorthin kommen wollten, wo keine Sonne schien.

Wenn sie fort wäre, so sagten die Flüsternden, würde die Sonne wieder scheinen, und die Tiere und die Vögel würden zurückkehren, und ihre Mägen würden gefüllt sein, und wenn sie zu den Decken ihrer Hütten hinaufblickten, würden sie sehen, wie diese sich bogen unter dem Gewicht des Wintervorrates, so wie es in den alten Zeiten gewesen war. Darum müsse sie mit ihrem hohlen Baumstamm wieder ins Meer zurückgehen, oder, wenn sie nicht wollte, sollte sie lebend hineingeworfen werden, oder, wenn es sein mußte – tot. So sprachen sie miteinander durch verstohlene Zeichen oder Andeutungen, doch bis dahin, auch wenn er etwas ahnen mochte, wußte Wi noch nichts von ihrem Gerede.

## 13

## *Die Lehre der Wolfsmutter*

Eines Tages sah Aaka Pag an ihrer Hütte vorbeischlurfen, den Blick zu Boden gerichtet.

»Der Wolfsmann ist traurig«, sagte sie leise, »und ich weiß auch, warum er traurig ist. Weil Wi dort oben in der Höhle alle wichtigen Dinge mit dieser gelbhaarigen Laleela berät und nicht ihn um seine Hilfe bittet.«

So waren ihre Gedanken, und dann rief sie Pag herein und bot ihm zu essen an, Muscheln, in einer großen Muschelschale gekocht. Pag, der hungrig war, blickte sie an und fragte: »Sind sie vergiftet, Aaka?«

»Warum sagst du so etwas, Pag?« sagte sie entrüstet.

»Aus zwei guten Gründen«, antwortete Pag. »Erstens kann ich mich nicht an einen einzigen Tag erinnern, an dem du mir etwas zu essen angeboten hast, und zweitens, weil du mich haßt, Aaka.«

»Beides ist wahr, Pag. Weil ich dich hasse, habe ich dir nie zu essen angeboten. Doch ein Haß mag von einem größeren Haß vertrieben werden. Iß die Muscheln, Pag! Sie sind frisch und gut, denn Foh hast sie mir heute früh gebracht, wenn sie auch nicht so dick sind, wie sie in vergangenen Jahren waren.«

Also setzte Pag sich und leerte das Gefäß bis zur letzten Muschel, wobei er mit seinen dicken Lippen schmatzte, denn er war ein großer Esser, und die Nahrung war in letzter Zeit knapp gewesen, weil Wi bestimmt hatte, daß alles, was entbehrt werden konnte, für den kommenden Winter aufgehoben werden sollte.

Aaka, schön, ernst, nachdenklich, sah ihm zu, während er aß, und als er gegessen hatte, sagte sie: »Ich will mit dir reden.«

»Ich wünschte, es wären noch mehr Muscheln da«, sagte Pag und leckte die Muschelschale aus, »aber wenn nichts mehr da ist und du etwas über Laleela zu sagen hast, so sprich, denn ich bin sicher, daß sie es ist, über die du reden willst.«

»Ja, du bist, wie immer, sehr klug, Pag.«

»Ja, ich bin klug; wenn ich das nicht wäre, würde ich schon längst tot sein. Nun, was ist mit Laleela der Schönen?«

»Oh, nicht viel, außer ...« – sie beugte sich vor und flüsterte ihm ins Ohr – »außer, daß ich wünsche, du würdest sie töten, Pag, oder dafür sorgen, daß sie getötet wird. Das kannst du, der du ein Mann bist – oder doch etwas Ähnliches wie ein Mann – jederzeit tun, während es für uns Frauen unmöglich ist, da es als Eifersucht angesehen würde.«

»Ich verstehe«, sagte Pag. »Aber dennoch: warum sollte ich Laleela töten, die ich sehr gern habe, und die mehr weiß als wir alle zusammen?«

»Weil sie einen Fluch über den Stamm gebracht hat«, begann Aaka, doch Pag hieß sie mit einem Wink seiner großen Hand innehalten.

»Das magst du glauben, Aaka, oder dir einreden, es zu glauben, doch warum verschwendest du deinen Atem, es mir zu erzählen, der weiß, daß es eine Lüge ist? Es sind der Himmel und die Jahreszeit, die den Fluch über uns gebracht haben, nicht die Frau-aus-dem-Meer, wie die Menschen glauben.«

»Was die Menschen glauben, ist immer wahr«, sagte Aaka finster. »Oder zumindest glauben sie, daß es wahr ist, was auf dasselbe hinausläuft. Hör zu! Wenn diese Hexe nicht getötet oder fortgejagt wird, so daß sie stirbt, oder in ihren hohlen Baumstamm gesteckt und aufs Meer hinausgeschickt wird, damit wir sie nie wiedersehen, werden die Menschen Wi töten.«

»Ihm mag Schlimmeres geschehen, Aaka. Zum Beispiel mag er weiterleben und sehen müssen, wie alle seine Pläne scheitern und alle seine Freunde sich gegen ihn wenden, was einige von ihnen bereits getan zu haben scheinen.«

Und er sah sie mit hartem Blick an. »Komm, sag mir, was du zu sagen hast, oder laß mich gehen!«

»Du weißt es«, antwortete Aaka und starrte mit ihren hübschen Augen zu Boden.

»Ja, ich glaube, ich weiß es«, antwortete Pag. »Ich glaube, du bist auf Laleela so eifersüchtig, daß du sie loswerden willst. Aber warum bist du so eifersüchtig, da du doch weißt, daß Wi durch sein neues Gesetz eine Wand zwischen sich und ihr errichtet hat?«

»Sprich mir nicht von Wis törichten Gesetzen, denn ich hasse sie und alle Neuerungen!« unterbrach Aaka ungeduldig. »Wenn Wi mehr Frauen haben will als eine, so soll er sie sich nehmen. Das würde ich verstehen, da es der Brauch unseres Volkes ist. Was ich nicht verstehe, ist, daß er dort am Feuer mit ihr zusammensitzt, und diese Hexe zu seiner Beraterin und Freundin macht, und mich, seine Frau, bei dieser Kälte in die Hütte schickt, während sie in der warmen Höhle schläft, mich – und auch dich, Pag«, setzte sie bedächtig hinzu.

»Ich verstehe das sehr gut«, sagte Pag. »Wi, der weise ist und Schwierigkeiten hat, sucht Weisheit, die ihm aus diesen Schwierigkeiten heraushelfen könnte. Da er ein Licht in seiner Hand findet, hält er es empor, um das Dunkel zu erleuchten.«

»Ja, und während seine Augen dieses neue Licht anstarren, stolpern seine Füße in eine Fallgrube. Hör zu, Pag! Einst war ich Wis Beraterin. Dann bist du, der Wolfsmann und Ausgestoßene, den er gerettet hatte, gekommen und hast ihn mir weggenommen. Und jetzt ist eine andere gekommen und hat ihn uns beiden weggenommen. Deshalb sollten wir, die wir Feinde waren, jetzt Freunde sein und uns von dieser anderen befreien.«

»Um uns danach wieder als Feinde gegenüberzustehen. Doch es ist etwas Wahres an dem, was du sagst, Aaka, denn wenn du eifersüchtig sein kannst, so kann ich das auch. Also, was du von mir verlangst, ist, den Tod Laleelas herbeizuführen, entweder, indem ich dafür sorge, daß sie ermordet wird, oder indem ich sie aufs Meer hinaus treibe, was auf dasselbe herauskäme. Ist es so, Aaka?«

»Ja, Pag.«

»Du willst, daß ich dies tue, doch nicht mit eigener Hand, weil du weißt, daß ich niemals mit der Axt oder mit dem Stein eine niederschlagen könnte, die zu bewachen mir geboten wurde, und die immer freundlich zu mir war, sondern indem ich die Menschen gegen sie aufhetze.«

»Vielleicht wäre das der bessere Plan«, sagte Aaka unruhig, »da es die Menschen sind, auf die sie den Fluch herabbringt.«

»Bist du dessen sicher, Aaka? Bist du sicher, daß sie, wenn du sie in Frieden läßt, nicht am Ende Segen auf die Menschen herabbringt, da Weisheit immer stark ist, und sie mehr davon hat als wir alle zusammen?«

»Ich bin sicher, daß sie uns aus dem Weg geräumt werden muß«, antwortete Aaka finster, »und das würdest du auch sein, wenn du einen Mann hättest, den du liebst, und der auf Abwege geführt wird.«

»Wie sollte eine Frau ihrem Mann Liebe zeigen, Aaka? Ich frage dich das, weil ich es nicht weiß. Tut sie das, indem sie ständig grob zu ihm ist, an allem, was er tut, etwas auszusetzen findet und seine Freunde haßt? Oder tut sie das, indem sie freundlich und liebevoll ist und ihm in Schwierigkeiten beizustehen versucht, wie es eine wie Laleela tun würde? Aber wer bin ich, daß ich über solche Dinge spreche, von denen ich als Wolfsmann ja doch nichts verstehe? Freundschaft und ihre Pflichten verstehe ich, da selbst ein Hund an seinem Herrn hängt, doch Liebe und ihre Wege waren mir zu wissen nie gegeben. Dennoch ist es wahr, daß ich, so wie du, auf diese Laleela eifersüchtig bin und nicht traurig wäre, sie von hinten zu sehen. Deshalb will ich mir überlegen, was du gesagt hast, und danach wollen wir wieder reden. Und nun werde ich gehen, das heißt, wenn du wirklich keine Muscheln mehr hast, Aaka.«

Da keine Muscheln mehr da waren, ging Pag und ließ eine nachdenkliche Aaka zurück, da sie nicht sicher war, was er tun würde. Sie wußte, daß er auf Laleela eifersüchtig war, die seinen Platz als Wis Ratgeber eingenommen hatte und deshalb genauso wünschen mußte, sie loszuwerden wie sie. Doch Pag war sehr seltsam, und wer konnte bei ihm sicher sein? Er war nur ein mißgestalteter Zwerg, von einer Wölfin gesäugt, wurde behauptet; doch schien er den Verstand eines Mannes zu besitzen, und wie konnte man sich auf Männer verlassen, besonders wenn Frauen im Spiele waren? Sie mochte auch ihn behext haben. Ungeachtet allen Unrechtes mochte er es sich anders überlegen. Jetzt wünschte sie fast, Pags Murren keinen so großen Wert beigemessen und ihm ihr Herz nicht geöffnet zu haben; denn Pag war schließlich ein Mann, und wie konnte man Männern trauen – Verrückte, die meisten von ihnen, die ganz anders dachten als Frauen und durch alle möglichen albernen Dinge von ihren Zielen abgebracht werden konnten?

Pag verließ das Dorf und ging weit in die Wälder hinein, denn er wußte, daß Wi sich mit Laleela beriet und ihn nicht brauchte. An einer gewissen Stelle des Waldes, einem geheimen Ort, wo die Bäume sehr dicht standen und den außer ihm kein Mensch jemals aufsuchte, warf er sich auf den Boden und dachte nach.

Es war dazu gekommen, daß er Laleela haßte, die er anfangs so sehr gemocht hatte, sie nun fast so sehr haßte, wie es Aaka tat, und aus demselben Grund, weil sie ihm das Herz Wis geraubt hatte. Wenn er dafür sorgte, daß sie getötet wurde, wie Aaka es ihm vorgeschlagen hatte, und was er ohne weiteres tun konnte, indem er die Menschen, die glaubten, daß sie einen Fluch über sie gebracht habe, gegen sie aufhetzte, würde er sie los sein, und Wis Herz würde sich wieder ihm zuwenden, weil Wi ein Mensch war, der jemanden brauchte, dem er vertraute und den er mochte, und der Junge Foh war noch nicht alt genug, daß er sich auf ihn stützen konnte. Nur wenn Wi jemals erführe, daß er, Pag, den Stein geworfen hatte, der Laleela tötete, was dann? Er würde ihn töten. Nein, das war nicht Wis Art. Er würde über seinen Kopf hinwegblicken und ihn nicht mehr sehen, selbst wenn er ihm am Feuer gegenübersäße oder ihm ins Gesicht starrte. Ja, Wi würde ihn verachten und ihn in seinem Herzen einen Hund nennen.

Pag dachte nach, bis er nicht mehr denken konnte, denn seine Gedanken rasten hin und her, erst hierhin, und dann dorthin, wie ein vom Sturm geschüttelter Schößling. Schließlich wurde er von einer gewissen Wildheit gepackt, da er dieses Nachdenkens müde ward und wünschte, wie die Tiere zu sein, die allein ihren Trieben folgen und nichts anzweifeln. Er legte die Hand an seinen breiten Mund und stieß einen leisen, heulenden Schrei aus. Dreimal tat er das, und – aus weiter, weiter Ferne – kam die Antwort. Pag saß schweigend und wartete, und während er wartete, versank die Sonne und die Dämmerung brach an.

Er hörte das Geräusch leiser Schritte auf den trockenen Kiefernnadeln. Dann tauchte zwischen den Stämmen zweier Bäume der Kopf eines grauen Wolfes auf und blickte mißtrauisch umher. Pag heulte wieder, in etwas tieferem Ton, doch der Wolf schien noch immer mißtrauisch zu sein. Er schlich zur Seite, bis eine leichte Brise von Pag zu ihm hinüberwehte; er witterte dreimal und kam dann auf ihn zugesprungen, gefolgt von einem Jungen. Der Wolf kam zu Pag, ein riesiges, hageres Tier, richtete sich auf und legte seine Pfoten auf Pags Schultern, denn er erkannte ihn wieder. Pag streichelte seinen Kopf, worauf die alte Wölfin sich wie ein Hund neben ihn setzte und mit einem kehligen Knurren dem Jungen befahl, näherzukommen, wie um es mit Pag bekannt zu machen, was es jedoch nicht tat, da der Mensch ihm fremd war. Also saßen Pag und die Wölfin dort nebeneinander, und Pag sprach zu ihr, die ihn vor so vielen Jahren gesäugt hatte, und sie saß still, als ob sie ihn verstehen würde, was natürlich nicht der Fall war. Alles, was sie verstand, war, daß einer bei ihr war, den sie gesäugt hatte.

»Ich habe deine Verwandten getötet, graue Mutter«, sagte Pag zu der Wölfin, oder vielmehr im Selbstgespräch, »wenn auch nicht alle, denn wie es scheint, hast du irgendwo einen gefunden, mit dem du dich paaren konntest.« Er blickte das

Junge an, das ihn aus einiger Entfernung mißtrauisch beäugte. »Dennoch hast du mir vergeben und bist auf meinen Ruf hin gekommen, wie zuvor, du, die du nur ein dummes Tier bist, während ich ein Mensch bin. Wenn also du, das Tier, vergeben kannst, warum sollte ich, der Mensch, nicht auch einer vergeben können, die mir ein weitaus geringeres Unrecht getan hat? Warum sollte ich diese Hexe-aus-dem-Meer, diese Laleela, töten, nur weil sie mir für eine Weile die Gedanken eines gestohlen hat, den ich liebe, da sie weiser ist als ich und mehr weiß; da sie eine sehr schöne Frau ist, und darum bewaffnet mit einem Netz, das ich nicht auswerfen kann? Oh, alte Wolfsmutter, wenn du, das wilde Tier, mir vergeben kannst und meinem Rufe folgst, weil du mir einst von deiner Milch gabst, warum kann nicht auch ich vergeben, der ich ein Mensch bin?«

Darauf wandte die große hagere Wölfin, die nichts weiter verstand, als daß er, ihr Säugling, Sorgen hatte, den Kopf, fuhr mit ihrer Zunge über sein Gesicht und lehnte sich an ihn, der den Mord an allen ihrer Art geplant und ihre Liebe zu ihm dazu mißbraucht hatte, sie in ihr Verderben zu führen.

»Ich werde Laleela nicht töten oder ihren Tod herbeiführen«, sagte Pag schließlich laut. »Ich werde vergeben, so wie diese meine graue Wolfsmutter mir vergibt. Wenn Aaka es sich in den Kopf gesetzt hat, sie zu töten, so mag sie ihr Übel selber tun, vor dem ich Laleela warnen werde, ja, und auch Wi. Ich danke dir für deine Lehre, Graue Mutter, und nun geh zurück zu deinem Jungen und zu deiner Jagd!«

Also ging die alte Wölfin fort, und kurz darauf ging auch Pag.

Am nächsten Morgen saß Pag im Höhleneingang und beobachtete Laleela bei ihrer Arbeit zwischen den ausgesetzten Kindern, sah sie von einem zum anderen gehen, sie versorgen, sie streicheln, mit den Frauen sprechen, die sie säugten, mutig, liebenswert, wunderbar in ihrem Aussehen und in ihrer Art.

Schließlich war ihre Arbeit getan, und sie trat zu Pag, setzte sich neben ihn, warf einen Blick zum grauen, kalten Himmel empor, zog ihren Umhang fester um sich und erschauerte.

»Warum bleibst du an diesem kalten Ort, Laleela?« fragte Pag, »du, die, wie ich verstanden habe, aus einem Land kommt, wo die Sonne scheint und es warm ist?«

»Weil ich es muß, oder es zumindest zu müssen glaube, Pag.«

»Du würdest also fortgehen, wenn es dir möglich wäre, Laleela?«

»Das weiß ich nicht; ich bin mir dessen nicht sicher, Pag. Das weite Meer ist ein sehr einsamer Ort.«

»Warum hast du es dann überquert, um hierher zu kommen, Laleela, die du uns erzählt hast, daß du in deinem Lande eine Anführerin warst?«

»Weil keine Frau allein herrschen kann; es muß immer einer da sein, der sie beherrscht, Pag; und ich hasse jenen, der mich beherrscht hätte. Deshalb wurde ich zu einer Todessucherin, doch statt des Todes habe ich diesen Ort des Eises und der Kälte gefunden, und euch, die ihr hier wohnt.«

»Und bist hier wieder zu einer Anführerin geworden, da du jenen beherrschst, der über uns herrscht. Wo ist Wi?«

»Ich glaube, er ist ins Dorf gegangen, um einen Streit unter den Menschen beizulegen, Pag. Es gibt ständig Streit unter euren Menschen.«

»Ja, Laleela, leere Mägen und kalte Füße machen schlechte Laune, besonders wenn die Männer und Frauen Angst haben.«

»Angst wovor, Pag?«

»Vor dem sonnenlosen Himmel, vor dem Mangel an Nahrung und vor dem kalten, dunklen Winter, der näherkommt, und auch vor dem Fluch, der über den Stamm gekommen ist.«

»Was für ein Fluch, Pag?«

»Der Fluch der Hexe-aus-dem-Meer, der Fluch einer schönen Frau namens Laleela.«

»Warum sollte ich einen Fluch über euch gebracht haben, Pag?« fragte sie, starrte ihn entsetzt an und wurde bleich.

»Das weiß ich nicht, Laleela, da deinem Aussehen nach nur Segen in unsere Körbe fallen sollte, und kein Fluch, weil deine Augen freundlich sind und deine Hände freundliche Werke tun. Doch sind die Menschen anderer Meinung, weil sie glauben, die einzigen Männer und Frauen auf Erden zu sein, und deshalb überzeugt sind, daß du eine aus dem Meer geborene Hexe sein mußt. Außerdem hat es, seitdem du hier bist, nur Unglück gegeben; die Sonne hat sich versteckt, die Tiere und Vögel und Fische, von denen wir leben, sind fortgeblieben, und selbst die Beeren an den Büschen des Waldes sind nicht gewachsen, und bereits jetzt, im frühen Herbst, hören wir den Winter auf uns zumarschieren, denn auf den Berggipfeln wird der Regen schon zu Eis, wie es sonst erst in der Dunkelheit des Jahres der Fall ist. Ja, der Winter ist bereits zu uns gekommen. Höre! Das ist einer seiner Schritte.« Er hob die Hand, weil von den Bergen hinter ihnen ein furchtbares, knirschendes Geräusch ertönte, als gewaltige Eismassen von anderen, neu gebildeten Massen, die sich oberhalb von ihnen angestaut hatten, vorwärtsgeschoben wurden.

»Kann ich der Sonne befehlen?« fragte Laleela bedrückt. »Ist es meine Schuld, wenn es kalt ist und die Robben und die Vögel nicht kommen, und daß es auf den Berggipfeln schneit, wenn es regnen sollte, und all dies?«

»Die Menschen glauben es«, antwortete Pag und nickte mit seinem großen Kopf, »besonders seit du Wis erwählter Berater geworden bist, was früher meine Aufgabe war.«

»Pag, du bist eifersüchtig auf mich«, sagte Laleela.

»Ja, das ist wahr; ich bin eifersüchtig auf dich, doch glaube mir, daß ich versuche, dich gerecht zu beurteilen. Ich bin gedrängt worden, dich zu töten, oder deinen Tod herbeizuführen, was mir ein leichtes wäre. Doch wollte ich das nicht tun, weil ich dich zu gern habe, die du schöner und weiser bist als jeder von uns und uns gezeigt hast, wie man Felle zusammennäht, und andere Künste; und auch weil es feig und unrecht wäre, eine Fremde zu töten, die durch Zufall zu uns gekommen ist, denn ich weiß sehr wohl, daß du keine Hexe bist, sondern nur eine Fremde.«

»Mich töten! Man hat dich aufgefordert, mich zu töten?« rief sie und starrte ihn mit großen, angstvollen Augen an, wie eine Robbe, die die Keule über ihrem Kopf sieht.

»Ich habe das gesagt, und auch, daß ich meine Hand für diese Sache nicht hergebe; doch mögen andere gefunden werden, die nicht so denken. Darum will ich dir, wenn du mir zuhören willst, einen Rat geben, den du befolgen kannst oder auch nicht.«

»Wenn der Fuchs dem Raben sagt, wie er den Riegel seines Käfigs zurückziehen kann, hört der Rabe ihm zu, heißt es in einem Sprichwort meines Landes, und dabei vergißt er, daß der hungrige Fuchs draußen wartet«, antwortete Laleela und blickte Pag mißtrauisch an. »Trotzdem, sprich weiter!«

»Hab keine Angst«, sagte Pag ernst, »daß der Rat, den ich dir geben werde, diesen Fuchs vielleicht hungriger lassen wird, als er es heute ist. Hör zu! Du bist in Gefahr. Doch gibt es einen Weg, dich zu retten. Werde Wis Frau, was du, wie man sehr wohl weiß, nicht bist, obwohl er ständig um dich ist und seine Augen nicht von deinem Gesicht wenden kann. Niemand wagt Wi anzugreifen, der, auch wenn manche gegen ihn murren mögen, doch geliebt wird, weil die Menschen wissen, daß er Tag und Nacht an andere denkt, und nicht an sich, weil er Henga getötet hat, und den langzahnigen Tiger, und weil er stark ist. Und niemand würde eine auch nur zu berühren wagen, die in seinen Mantel gehüllt ist, doch solange sie außerhalb seines Mantels ist, sehen die Dinge anders aus. Deshalb werdet Mann und Frau. Ja, dies sage ich, obwohl ich weiß, daß dann ich, Pag, der Wi mehr liebt als du, aus der Höhle vertrieben werde und vielleicht im Walde leben muß, wo ich nach wie vor Freunde finden kann, die mich nicht fortschicken, selbst wenn sie sich paaren; oder doch zumindest einen Freund.«

»Wis Frau werden!« rief Laleela. »Ich weiß nicht, ob ich

Wis Frau werden will; ich habe nie daran gedacht. Außerdem hat Wi bereits eine Frau: Aaka. Und er hat niemals davon gesprochen, mich zur Frau nehmen zu wollen. Wenn das sein Wunsch wäre, würde er es mir sicher gesagt haben, doch hat er mit mir nie über solche Dinge gesprochen.«

»Männer reden nicht immer über das, was ihnen am Herzen liegt, und Frauen auch nicht, Laleela. Hat Wi mit dir nicht über seine neuen Gesetze gesprochen?«

»Ja. Oft sogar.«

»Und erinnerst du dich nicht, daß das erste dieser Gesetze bestimmt, daß kein Mann mehr als eine Frau haben darf, weil es so wenige Frauen unter uns gibt?«

»Ja«, sagte Laleela, wobei sie den Blick senkte und errötete.

»Hat er dir auch gesagt, daß er einen Fluch auf sein Haupt herabbeschworen hat, und auf den ganzen Stamm, wenn er dieses Gesetz brechen sollte?«

»Ja«, sagte sie mit leiser Stimme.

»Dann ist es vielleicht wegen dieses Eides, daß Wi, obwohl er immer in deiner Nähe ist und keinen anderen Menschen ansieht, wenn du da bist, nicht davon gesprochen hat, daß er dir noch näher kommen möchte.«

»Und das kann er auch nicht, da er diesen Eid geschworen hat, Pag.«

Nun lachte Pag kehlig und sagte: »Es gibt solche Eide und andere. Einige sind gemacht, um gehalten zu werden, und einige, daß man sie bricht.«

»Ja, doch dieser ist mit einem Fluch beladen.«

»Ja«, sagte Pag, »und das ist die Schwierigkeit. Wähle also. Willst du Wi dazu bringen, dich zu heiraten, was dir bei deiner Schönheit und deinem Verstand nicht schwerfallen sollte, wenn du es darauf anlegst, und das Risiko des Fluches auf dich nehmen, das gebrochenen Eiden folgt und auf sein Haupt und das deine und auf den Stamm fallen wird, und glücklich sein, bis er herabfällt, oder nicht herabfällt? Oder willst du ihm nicht Frau sein und weiterhin nur seine Beraterin bleiben, zwar mit deiner Hand in der seinen, doch niemals um seinen Hals, bis die Wut des Stammes, von deinen Feinden angestachelt, von denen ich vielleicht der schlimmste bin ...«

Hier lächelte Laleela.

»... dich trifft und du getötet oder auf das Meer hinausgetrieben wirst? Oder würde es dir vielleicht gefallen, zu deinem Volk zurückzukehren, was dir in deinem Zauberboot sicherlich möglich ist – das jedenfalls sagt Urk, der Alte, der behauptet, eine Urgroßmutter von dir zu kennen, die genau so war wie du.«

Laleela hörte ihm zu und runzelte ihre helle, breite Stirn in ernsthafter Konzentration. Dann antwortete sie:

»Ich muß nachdenken. Ich weiß nicht, was ich tun werde, weil ich nicht weiß, was für Wi und sein Volk am besten ist. Ich danke dir für alles, was du für mich getan hast, Pag, seit der Mond mich hierher geführt hat – du weißt doch, daß ich eine Mondanbeterin bin, nicht wahr, so wie alle meine Vorväter? Falls wir uns nicht wiedersehen sollten, so bitte ich dich, Laleelas zu gedenken, die aus dem Meer kam, eine arme Reisende, und dir für die Freundlichkeit dankt, die du ihr gezeigt hast, und die, sollte sie weiterhin auf Erden weilen, oft an dich denken wird, oder, wenn der Mond sie zu sich nehmen sollte und ihr in den Häusern des Mondes die Erinnerung verbleibt, von dort hinabblicken und dir danken und dich segnen wird.«

»Wozu?« sagte Pag rauh. »Ist es, weil ich dich hasse, die du mir das Vertrauen und die Gesellschaft Wis geraubt hast, den allein ich auf Erden liebe? Oder ist es, weil ich mit einem Ohr auf Aaka gehört habe, die mich drängte, mit dir ein Ende zu machen? Dankst du mir für all dies?«

»Nein, Pag«, antwortete sie auf ihre ruhige Art; »wie kann ich dir für etwas danken, das nicht ist? Ich weiß, daß Aaka mich haßt, wie es nur natürlich ist, und darum mache ich ihr auch keinen Vorwurf deswegen. Aber ich weiß auch, daß du mich nicht haßt; nein, daß du mich vielmehr auf deine Art liebst, selbst wenn ich zwischen dich und Wi gekommen zu sein scheine, was ich, wie du mir glauben kannst, in Wirklichkeit nicht getan habe. Du magst mit einem Ohr Aaka zugehört haben, Pag, doch war dein Finger fest in das andere gepreßt, denn du wußtest sehr wohl, daß du niemals daran dachtest, mich zu töten oder meinen Tod herbeizuführen, der du in deiner Güte sogar hergekommen bist, um mich vor Gefahren zu warnen.«

Als Pag nun diese sanften Worte hörte, stand er auf und starrte auf das freundliche, schöne Gesicht jener, die sie gesprochen hatte. Dann ergriff er Laleelas kleine Hand, hob sie an seine dicken Lippen und küßte sie. Dann wischte er sich sein eines Auge mit dem Rücken seiner behaarten Pranke, spuckte auf den Boden, murmelte etwas, das ein Segen oder ein Fluch sein mochte, und schlurfte davon, und Laleela blickte ihm, noch immer lieblich lächelnd, nach.

Doch als er fort war und sie sich allein wußte, lächelte sie nicht mehr. Nein, sie setzte sich, bedeckte ihre wunderbaren Augen mit den Händen und weinte.

Als Wi an diesem Abend zurückkehrte, machte sie ihm ihren Bericht über die Kinder, die Wi ihr anvertraut hatte, und sprach besonders von zweien, die krank waren und ihrer Meinung nach besonderer Pflege und Kost bedurften.

»Und?« sagte Wi auf seine freundliche Art. »Du bist es doch, die sie pflegt und beköstigt.«

»Das stimmt«, antwortete sie, »doch meine ich, daß alles zweien bekannt sein sollte, da einer krank werden oder es vergessen könnte. Und das erinnert mich an Pag.«

»Warum?« fragte Wi erstaunt.

»Ich weiß es nicht, doch es ist ... oh, es war der Gedanke an zwei. Du und Pag ihr seid einst eins gewesen, und jetzt seid ihr zwei geworden, oder so glaubt er zumindest. Du solltest ihn mit mehr Aufmerksamkeit behandeln, Wi, und mehr mit ihm reden, was du früher anscheinend getan hast. Horch! Das kranke Kind schreit; ich muß zu ihm. Gute Nacht, Wi, gute Nacht.«

Sie ging und ließ ihn verwirrt zurück, denn da war etwas in ihrer Art und in ihren Worten, das er nicht verstand.

## 14

# *Die Rotbärte*

Am nächsten Morgen war Laleela verschwunden. Als Wi es bemerkte, was er sehr früh tat, und fragte, wo sie sei, antwortete ihm eine der Frauen, die ihr bei der Pflege der ausgesetzten Kinder halfen, daß die ›sonnenhaarige Weiße‹, wie sie sie nannte, ihr, nachdem sie das Frühstück für die Kinder zubereitet hatte, gesagt habe, daß sie etwas Ruhe und frische Luft brauche. Sie habe hinzugefügt, so sagte die Frau weiter, daß sie den Tag im Wald zubringen wolle und niemand sich die Mühe machen brauche, sie zu suchen, da sie bei Einbruch der Dunkelheit zurück sein würde.

»Hat sie dir sonst noch etwas gesagt?« fragte Wi beunruhigt.

»Ja«, antwortete die Frau. »Sie hat mir gesagt, was für Nahrung den beiden kranken Kindern gegeben werden müsse, und zu welchen Zeiten, für den Fall, daß sie sich doch entschließen sollte, die Nacht im Walde zu verbringen, was sie jedoch sicherlich nicht tun würde. Das ist alles.«

Wi ging, um sich seinen Tagespflichten zu widmen, von denen er viele hatte, und stellte keine weiteren Fragen, vielleicht weil Aaka in die Höhle gekommen war. Doch der Tag schien ihm sehr langsam zu vergehen, und bei Dunkelwerden eilte er zur Höhle zurück, in der Hoffnung, Laleela dort zu finden, und mit dem Vorsatz, ihr Vorwürfe zu machen, weil sie ihm durch ihr Fortgehen Sorgen gemacht, und ihm nicht Bescheid gesagt hatte, damit er sie vor Gefahren beschützen konnte.

Doch als er bei Anbruch der Nacht in die Höhle trat, war Laleela immer noch nicht da.

Er wartete eine Weile und tat, als ob er äße, doch konnte er keinen Bissen hinunterbringen. Dann schickte er nach Pag. Wenig später schlenderte Pag herein, blickte Wi an und fragte: »Warum schickt der Häuptling nach mir, was er so lange nicht getan hat? Dein Ruf ist gerade noch zurecht gekommen, denn da ich dieser Tage nicht verlangt werde, wollte ich gerade aufbrechen, um in den Wald zu gehen.«

»Also hast auch du den Wunsch, im Walde zu sein?« fragte Wi mißtrauisch.

»Was ist geschehen?« fragte Pag.

Wi sagte es ihm.

Während Pag ihm zuhörte, erinnerte er sich an sein Gespräch mit Laleela, und war in seinem Herzen verstört. Dennoch sagte er nichts von dem Gespräch, sondern antwortete nur: »Es besteht kein Grund zur Sorge. Diese Laleela aus dem Meer ist, wie du weißt, eine Mondanbeterin. Zweifellos ist sie fortgegangen, um den Mond anzubeten und ihm Opfer darzubringen, wie es die Riten ihres Volkes verlangen.«

»Mag sein«, sagte Wi, »aber ich bin dessen nicht sicher, denn es ist kein Mond zu sehen heute.«

»Wenn du Angst um sie hast, werde ich hinausgehen und nach ihr suchen«, erklärte Pag.

Wi musterte Pags Gesicht mit seinen scharfen Augen und sagte: »Mir fällt gerade ein, daß du, Pag, mehr Angst um sie hast als ich, und vielleicht aus einem besseren Grund. Doch sei dem, wie es mag, niemand kann heute nacht nach Laleela suchen, da der Mond von Wolken verhangen ist und Regen fällt, und wer kann eine Frau im Dunkeln finden?«

Pag trat zum Eingang der Höhle und blickte zum Himmel empor, dann kam er zurück und antwortete: »Es ist so, wie du es sagst: es regnet sogar sehr heftig. Niemand kann sehen, wohin er seinen Fuß setzt. Zweifellos hat Laleela sich in irgendein Loch verkrochen, oder unter einen dicken Baum, und wird im Morgengrauen zurückkehren.«

»Ich glaube, daß sie ermordet worden ist, oder fortgegangen, und daß du, Pag, oder Aaka, oder ihr beide, wißt, wohin und warum sie gegangen ist«, sagte Wi mit leiser, zornbebender Stimme und starrte ihn finster an.

»Ich weiß von nichts«, antwortete Pag. »Vielleicht ist sie in der Hütte Moanangas. Ich werde gleich nachsehen.«

Er ging hinaus und kam erst viel später wieder zurück, triefnaß von dem Regen, um zu sagen, daß sie nicht in Moanangas Hütte sei und auch nicht in den anderen, bei denen er gefragt habe, und daß niemand sie am Tage gesehen hatte.

In jener Nacht saßen Wi und Pag zu beiden Seiten des Feuers, oder legten sich hin und taten, als ob sie schliefen, sprachen kein Wort, hielten ihre Blicke jedoch ununterbrochen auf den Eingang der Höhle gerichtet. Endlich dämmerte der Morgen, ein scheußlicher Morgen, grau und sehr kalt, wenngleich der Regen aufgehört hatte. Beim ersten Anflug der Dämmerung schlich Pag aus der Höhle, ohne gegenüber irgend jemandem ein Wort zu verlieren. Kurz darauf ging auch Wi hinaus, da er glaubte, ihn draußen zu finden, doch Pag war verschwunden und niemand wußte, wohin er gegangen war. Nun schickte Wi Boten aus, um nach Laleela zu fragen. Diese kehrten nach angemessener Zeit zurück, doch ohne Ergebnis. Darauf schickte er Männer aus, um sie suchen zu lassen, ja, und ging auch selbst hinaus, obwohl Aaka, die zur Höhle heraufgekommen war, ihn fragte, warum er sich solche Sorgen mache, nur weil diese Hexe verschwunden sei, da dies doch die wohlbekannte Art von Hexen sei, wenn sie alles Unheil gestiftet hatten, das sie anrichten konnten.

»Diese hat nur Gutes getan, und nichts Böses, Frau«, sagte Wi und blickte auf die große Schar der Kinder.

Dann ging er in den Wald hinaus und nahm Moananga mit sich.

Den ganzen Tag über suchte er, wie es auch die anderen taten, fand jedoch nichts, und kehrte am Abend müde und sehr niedergeschlagen zurück, denn es schien ihm, als ob Laleela sein Herz herausgerissen und mit sich genommen hätte. In jener Nacht starb eins der beiden kranken Kinder, die sie gepflegt hatte, da es seine Nahrung von keiner anderen Hand entgegennehmen wollte, als von der ihren. Wi fragte nach Pag, doch hatte ihn niemand gesehen; auch er war verschwunden.

»Zweifellos ist er mit Laleela fortgegangen«, sagte Aaka, »denn die beiden waren gute Freunde, auch wenn sie so taten, daß dem nicht so wäre.«

Wi antwortete nicht, dachte jedoch bei sich, daß Pag vielleicht fortgegangen war, um sie zu begraben.

Zum zweiten Mal kam die Dämmerung, und kurz darauf kroch Pag in die Höhle, sehr erschöpft und hungrig, wie eine Kröte, die nach Ende des Winters aus ihrem Loch gekrochen kommt.

»Wo ist Laleela?« fragte Wi.

»Das weiß ich nicht«, antwortete Pag, »aber ihr hohler Baumstamm ist fort. Sie muß ihn während der Flut aus der Robbenhöhle über den Strand gezogen haben, was für eine Frau eine große Leistung ist.«

»Was hast du zu ihr gesagt?« fragte Wi.

»Wer kann sich daran erinnern, was er vor Tagen gesagt hat?« antwortete Pag. »Gib mir zu essen, denn ich bin so leer wie eine Muschelschale auf dem Strand.«

Während Pag aß, ging Wi zum Ufer hinab. Er wußte nicht, aus welchem Grund er das tat, außer der Vorstellung, vielleicht, daß das Meer ihm Laleela genommen haben mochte, so wie es sie ihm einst gegeben hatte, und er es deshalb anblicken wollte. So stand er dort und starrte auf das graue, stille Wasser hinaus, bis er plötzlich, weit entfernt, am Rande des Nebels, der es bedeckte, etwas sah, das sich bewegte.

Ein Fisch, dachte er, konnte jedoch nicht sagen, was für eine Art von Fisch es sein mochte, denn er blieb auf der Oberfläche des Wassers, wie es nur Wale tun, und dieser Fisch war zu klein, um ein Wal zu sein.

So stand er und blickte gleichgültig hinaus, da es ihm egal war, um was für einen Fisch es sich handelte, bis er plötzlich erkannte – obwohl es noch so weit entfernt und von Nebelschwaden verschleiert wurde – daß dieses Ding kein Fisch war. Es erinnerte ihn an irgend etwas. Doch an was erinnerte es ihn? Ja: an jenen hohlen Baumstamm, mit dem Laleela an diese Küste getrieben worden war. Doch jetzt trieb er nicht; er wurde uferwärts bewegt von einem, der ihn paddelte, von einem, der sehr schnell paddelte.

Das heller werdende Licht fiel auf das Haar des Paddlers, und Wi sah, daß es gelb schimmerte. Da wußte Wi, daß Laleela dieser Paddler war und lief ins Meer, bis ihm das Wasser an die Brust reichte. Sie kam heran, doch sie sah ihn nicht, bis er sie anrief. Da hörte sie auf zu paddeln und versuchte, ihren keuchenden Atem zu beruhigen, und das Kanu glitt auf ihn zu.

»Wo warst du?« fragte er verärgert. »Wisse, daß ich mir große Sorgen um dich gemacht habe.«

»Wirklich?« keuchte sie und blickte ihn auf eine seltsame Art an. »Nun, darüber können wir später sprechen. Doch jetzt das Wichtige: Wisse, Wi, daß viele Menschen über euch herfallen werden; sie kommen in Booten wie diesem, nur größer. Ich bin vor ihnen geflohen, um dich zu warnen.«

»Viele Menschen?« sagte Wi. »Wie kann das sein? Es gibt keine anderen Menschen, es sei denn, daß es die deines Volkes sind und du sie über uns gebracht hast.«

»Nein, nein«, protestierte sie; »diese sind ganz anders, und außerdem kommen sie vom Norden, nicht aus dem Süden. Ans Ufer, rasch ans Ufer, denn ich glaube, daß sie sehr grausam sind!«

Sie paddelte uferwärts, und Wi watete neben ihr her.

Sie erreichten den Strand, wo einige Menschen, die das Kanu ebenfalls entdeckt hatten, versammelt waren, unter ihnen Moananga und Pag. Sie zogen das Kanu auf den Sand, und Laleela stieg steifbeinig heraus, wobei Wi sie stützte. Sie sank völlig erschöpft auf den Sand.

»Erzähl uns deine Geschichte«, sagte Wi, den Blick auf sie gerichtet, als ob er fürchtete, sie könne wieder verschwinden.

»Sie ist kurz, Häuptling«, antwortete sie. »Da ich des Lebens auf dem Lande müde war, wollte ich für eine Weile auf dem Meer sein. Deshalb nahm ich mein Boot und paddelte zu meinem Vergnügen ein Stück aufs Meer hinaus.«

»Du lügst, Laleela«, sagte Wi grob. »Aber sprich weiter!«

»Da das Wetter ruhig war, paddelte ich ziemlich weit hinaus, bis zu dem Ende jener Kette von Felseninseln, die dort draußen liegt, obwohl ihr sie wahrscheinlich niemals gesehen habt«, sagte sie und lächelte ein wenig.

»Dort, gestern abend bei Sonnenuntergang, sah ich plötzlich eine große Zahl von Booten aus dem Norden herankommen und die Inselkette umrunden, als ob sie dem Verlauf der Küste folgten. Es waren große Boote, von denen jedes mit vielen Männern besetzt war, haarigen, gräßlich aussehenden Männern. Sie entdeckten mich und schrien mir mit harten Stimmen in einer Sprache, die ich nicht kenne, etwas zu. Ich riß mein Kanu herum und floh vor ihnen. Sie verfolgten mich, doch die Nacht senkte sich herab und rettete mich. Hin und wieder jedoch brach der Mond durch die Wolken, und sie entdeckten mich wieder. Dann aber wurde sein Gesicht endgültig verhüllt, und ich paddelte durch Nebel und Dunkelheit weiter, da ich die Umrisse dieser Berge gesehen hatte und wußte, in welche Richtung ich mich halten mußte. Ich glaube, daß sie nicht mehr weit entfernt sind. Wahrscheinlich werden sie euch angreifen. Ihr müßt euch auf einen Kampf vorbereiten! Das ist alles, was ich dir zu sagen habe.«

»Was wollen sie denn hier?« fragte Wi verwundert.

»Das weiß ich nicht«, antwortete Laleela, »doch sie wirkten abgezehrt und hungrig. Vielleicht suchen sie Nahrung.«

»Was müssen wir tun?« fragte Wi.

»Gegen sie kämpfen, denke ich«, sagte Laleela; »gegen sie kämpfen und sie vertreiben.«

Nun wirkte Wi verstört, denn dieser Gedanke, daß Menschen gegeneinander kämpfen sollten, war ihm fremd. Er hatte noch nie so etwas gehört, denn bis zu der Ankunft Laleelas glaubte der Stamm sich allein auf der Welt und brauchte deshalb keine Verteidigung gegen andere Menschen.

Nun sagte Pag: »Häuptling, du hast gegen wilde Tiere gekämpft und sie getötet; du hast gegen Henga gekämpft und ihn getötet. Nun, wie es scheint, mußt du und müssen wir alle gegen die Menschen kämpfen, die uns angreifen. Denn wenn Laleela recht hat, werden entweder sie uns töten, oder wir müssen sie töten.«

»Ja, ja, so ist es«, sagte Wi, noch immer verwirrt, und setzte hinzu: »Laß Winiwini die Männer des Stammes zusammenrufen und ihnen befehlen, ihre Waffen mitzubringen. Ja, und laß andere mit ihm gehen, damit die Nachricht schneller bekannt wird.«

Also verließen einige derer, die sich am Ufer versammelt hatten, die Gruppe und liefen so schnell sie konnten zum Dorf. Als sie fort waren, wandte Wi sich an Pag. »Was sollen wir tun, Pag?«

»Suchst du bei mir Rat, obwohl Laleela neben dir steht?« fragte Pag bitter.

»Laleela ist eine Frau, und sie hat ihren Teil getan«, sagte Wi, »jetzt ist es an den Männern, den ihren zu tun.«

»Dazu kommt es am Ende immer«, sagte Pag.

»Was können wir tun?« fragte Wi.

»Das weiß ich nicht«, antwortete Pag. »Doch die Ebbe hat eingesetzt, und bei Ebbe gibt es nur einen Einlaß in die Bucht: durch die Lücke zwischen den Felsen dort drüben. Diese Fremden wissen das nicht, und wenn sie herankommen, werden ihre Boote bald stranden, oder nur wenige von ihnen werden durch die Lücke kommen. Gegen diese müssen wir kämpfen, und auch gegen die, welche auf dem Riff bleiben. Doch was weiß ich vom Kämpfen, der ich nur ein Zwerg bin? Dort ist Moananga, dein Bruder, der stark und groß und tapfer ist. Laß ihn den Führer sein und den Kampf leiten, du aber, Wi, mußt zurückbleiben und dich um die Menschen kümmern, die dich brauchen werden; oder, so es notwendig werden sollte, um gegen solche der Fremden zu kämpfen, die ans Ufer gelangen.«

»So soll es sein«, sagte Wi. »Moananga, ich mache dich zum Führer der Kämpfer. Tu dein Bestes, und ich werde mein Bestes hinter dir tun.«

»Ich gehorche«, sagte Moananga schlicht. »Wenn ich sterben sollte, und du am Leben bleibst, kümmere dich um Tana und sorge dafür, daß sie nicht hungert.«

Jetzt kamen die Menschen, von den heftigen Hornsignalen Winiwinis und den von Mund zu Mund fliegenden Gerüchten gerufen, herangelaufen, jeder irgendwie bewaffnet, manche mit Steinäxten, andere mit Speeren und Messern aus Feuerstein, wieder andere mit im Feuer gehärteten Knüppeln oder mit Steinschleudern.

Wi sprach mit ihnen, erklärte den Menschen, daß Teufel, die auf dem Wasser treibend aus dem Norden kämen, im Begriff stünden, sie anzugreifen, und daß sie gegen sie kämpfen müßten, falls sie nicht getötet werden wollten, zusammen mit ihren Frauen und Kindern; und daß Moananga ihr Führer sein würde. Nun setzte ein lautes Lärmen ein, denn die Frauen, die mit den Männern herangelaufen waren, begannen zu jammern und sich an sie zu klammern, bis sie schließlich weggejagt wurden. Darauf fing Hou, der Wankelmütige, laut zu argumentieren an und sagte, Laleela sei eine Lügnerin, und es gäbe keine Männer in Booten, und deshalb bestünde auch keine Notwendigkeit, Vorbereitungen zu treffen. Und Whaka, der Vogel bösen Omens, erklärte, wenn es solche Männer wirklich gäbe, sei es sinnlos, sich gegen sie zur Wehr zu setzen, denn wenn sie es täten, würden sie alle getötet werden, da Männer in Booten sehr stark und klug sein müßten. Also bliebe ihnen nur eine Möglichkeit: wegzulaufen und sich in den Wäldern zu verstecken.

Dieser Rat schien vielen zu gefallen; einige von ihnen liefen sofort davon. Als Wi dies sah, trat er auf Whaka zu und streckte ihn mit einem Faustschlag zu Boden. Er wollte Hou auf gleiche Art bedienen, doch als er ihn auf sich zukommen sah, ergriff er die Flucht. Wi verkündete, daß er dem nächsten Mann, der weglaufen würde, mit seiner Axt den Schädel einschlagen werde, woraufhin die Männer es vorzogen, zu bleiben. Hou jedoch schrie weiter seine Unkenrufe zu ihnen herüber, bis plötzlich ein lauter Ruf ertönte – denn dort, auf dem nebelverhangenen Wasser des Meeres, erschien eine große Zahl mächtiger Kanus, von denen manche mit acht oder zehn Paddlern bemannt waren. Diese Kanus glitten auf die Bucht zu, da die Fremden nichts von den bei

Ebbe einsetzenden starken Strömungen bei den Felsenriffen wußten. So geschah es, daß wenig später sechs oder acht ihrer Boote auf jenen Felsen aufliefen, an denen sich die Wellen brachen, und kenterten, wobei die Paddler ins Wasser geschleudert wurden und einige von ihnen ertranken. Die meisten konnten sich jedoch auf die Felsen retten und standen dort und schrien mit lauter Stimme ihren Gefährten in den anderen Booten jenseits des Riffes etwas zu, worauf diese zurückschrien.

Schließlich paddelten diese Männer vorsichtig weiter, was ihnen bei der ruhigen See keinerlei Schwierigkeiten bereitete, jedoch nicht auf die Lücke des Riffes zu, wo die Boote der vorderen Linie gescheitert waren, sondern zu den Felsen rechts davon, auf die viele der Männer kletterten; doch blieben in jedem Boot einer oder zwei von ihnen zurück, die sich und ihr Boot an dem Seegras festhielten, das auf den Steinen wucherte. Als sie sich auf dem Felsen versammelt hatten, es waren ihrer hundert oder mehr, begannen sie miteinander zu reden, wedelten mit ihren langen Armen und deuteten mit Speeren, die Spitzen aus Walroßelfenbein oder weißem Stein zu haben schienen, zum Ufer.

Wi, der sie vom Ufer aus beobachtete, sagte zu Pag: »Wahrlich, diese Fremden sind schrecklich. Sieh, wie kräftig sie sind, und sieh, wie ihre Haut mit Fell bewachsen ist, und sieh ihr rotes Haar und ihre roten Bärte. Ich denke, daß sie keine Menschen sind, sondern Teufel. Nur Teufel können aussehen wie diese und ohne Frauen und Kinder umherziehen.«

»Wenn dem so ist«, sagte Pag, »so sind es sehr hungrige Teufel, denn dieser riesige Kerl dort drüben, der ihr Häuptling zu sein scheint, reißt seinen Mund auf und deutet darauf, und auch auf seinen Magen, und jetzt deutet er herüber, um den anderen zu sagen, wo sie Nahrung finden können. Außerdem sind sie auch Teufel, die ertrinken können.« Er deutete mit einer Kopfbewegung auf die Leichen von einigen, die in den gekenterten Kanus gewesen waren, und deren Körper nun im flachen Wasser hin und her rollten. »Was das andere betrifft«, setzte er nach einer kurzen Pause hinzu, »so können Frauen geraubt werden.« Er warf einen raschen Blick auf die Frauen des Stammes, die in kleinen Gruppen hinter ihnen standen und alle gleichzeitig redeten oder schrien und sich auf die Brust schlugen, während die Kinder sich angstvoll an sie klammerten.

»Ja«, sagte Wi. Dann dachte er einen Moment lang nach und rief bestimmte Männer zu sich.

»Geht«, sagte er, »zu Urk, dem Alten, und befehlt ihm, die Frauen, die Kinder, und die Alten in die Wälder zu führen und sich dort mit ihnen zu verstecken, denn ich weiß nicht, wann diese Sache zu Ende sein wird, und sie sind sicherer dort.«

Die Männer gingen, und es folgte ein großes Geschrei und wildes Durcheinander. Einige der Frauen liefen auf den Waldrand zu; andere wollten sich nicht von der Stelle rühren; andere schlangen die Arme um ihre Männer und versuchten, diese mit sich fortzuziehen.

»Wenn dieses Gejammere nicht bald aufhört, werden die Herzen der Männer schmelzen wie Blubber über dem Feuer«, sagte Pag. »Siehe, ein paar von ihnen schleichen sich bereits fort, zu den Frauen.«

»Geh und treib sie in die Wälder!« sagte Wi.

»Nein«, erwiderte Pag. »Ich, der ich die Gesellschaft von Frauen noch nie sehr geschätzt habe, bleibe, wo ich bin.«

Nun suchte Wi von anderer Seite Rat. Als er Aaka in einiger Entfernung zwischen den Frauen und den Männern stehen sah, welch letztere Moananga, so gut es ging, zusammenhielt, rief er sie zu sich. Sie hörte ihn und kam, denn Aaka ermangelte es nicht am Mut.

»Frau«, sagte er, »diese roten Teufel werden uns angreifen, und wir müssen sie töten oder werden von ihnen getötet.«

»Das weiß ich«, antwortete Aaka ruhig.

»Es ist besser«, fuhr Wi fort, blickte zu Boden und sprach sehr rasch, »wenn die Frauen den Kampf nicht sehen. Darum bitte ich dich, sie alle in die Wälder zu führen und sie dort zu verstecken, zusammen mit den Alten und den Kindern, und solchen, die bereits fortgelaufen sind. Danach könnt ihr zurückkommen.«

»Wozu ist es gut, zurückzukommen und unsere Männer tot zu finden? Es ist besser, daß wir hierbleiben und mit ihnen sterben.«

»Ihr werdet nicht sterben. Diese roten Meereswanderer werden Frauen haben wollen. Zumindest werdet ihr nicht sofort sterben, obwohl sie euch schließlich töten und aufessen mögen. Deshalb befehle ich dir, zu gehen!«

»Die Hexe-aus-dem Meer, die diese Wanderer hergebracht hat, damit sie über uns herfallen, sollte auch fortgeschickt werden, bevor sie noch mehr Verrat üben kann«, antwortete Aaka.

»Sie hat sie nicht hergebracht; sie ist vor ihnen geflohen«, rief Wi wütend. »Trotzdem, nimm sie mit dir, wenn du es willst, und Foh ebenfalls! Und schick jeden Mann zurück, den du dort antreffen magst! Geh jetzt, ich befehle es dir!«

»Ich gehorche«, sagte Aaka, »doch wisse dies: obwohl wir uns voneinander entfernt haben, werde ich, wenn du sterben solltest, ebenfalls sterben, da wir einst einander sehr nahe waren.«

»Ich danke dir«, antwortete Wi. »Doch wenn das geschehen sollte, so sage ich dir: lebe weiter, herrsche über den Stamm und bau ihn von neuem auf.«

»Wozu sind Frauen ohne Männer nütze?« erwiderte Aaka und zuckte die Achseln.

Dann wandte sie sich um und ging fort, und Wi sah, daß sie sich mit dem Handrücken über die Augen fuhr. Sie erreichte die Frauen und rief ihnen mit harter Stimme etwas zu, das sie so lange wiederholte, bis sie sich schließlich in Bewegung setzten, zusammen mit den Alten, ihre Kinder an der Hand hinter sich herzogen, oder sie auf den Armen trugen, so daß der Tumult endlich erstarb und der traurige Zug zwischen den Bäumen verschwand.

Während all dieser Zeit hatten die Fremden miteinander geredet und ihre Pläne gemacht. Schließlich schienen sie sich geeinigt zu haben, denn ein paar von ihnen fuhren mit ihren Booten über die Mündung der Bucht und versammelten sich auf den Felsen links von der Lücke des Riffs, die jetzt, während der Ebbe, ebenfalls aus dem Wasser ragten. Andere lenkten ihre Boote zwischen die Felsenkiefer, als ob sie vorhätten, zum Ufer zu paddeln.

Pag sah dies und rief triumphierend: »Das schaffen sie nicht, denn ihre Boote werden auf den Riffen kentern, die unter den Wellen verborgen sind, und sie werden ertrinken, wie jene dort.« Er deutete auf die Leichen, die von den Wellen hin und her gerollt wurden.

Doch lag dies nicht in der Absicht der Rot-Männer, wie er gleich erfahren sollte.

Während Pag sprach, hörte Wi das Knirschen von Muscheln und Sand hinter sich, und als er sich umwandte, um zu sehen, wer dort kam, erkannte er Laleela, die ihren blauen Umhang trug und einen Speer in der Hand hielt.

»Warum bist du hier?« fragte er ärgerlich. »Warum bist du nicht mit den anderen Frauen im Wald?«

»Deine Befehle galten dem Stamm«, erwiderte sie mit ruhiger Stimme. »Ich gehöre nicht zu deinem Stamm, also habe ich mich in einer Hütte verborgen, bis alle anderen Frauen fortgegangen waren. Sei nicht zornig auf mich, Häuptling«, fuhr sie sanfter fort, »denn ich, die ich andere Stämme und ihre Kämpfe gesehen habe, könnte in der Lage sein, dir Rat zu geben.«

Nun begann er, harte Worte zu gebrauchen, und befahl ihr, fortzugehen, wovon sie, die neben ihm stand, jedoch keinerlei Notiz nahm, sondern schweigend aufs Meer hinausblickte. Plötzlich, mit dem Schrei: »Ich ahnte es!« sprang sie vor Wi, der mit dem Rücken zur See stand, und im nächsten Augenblick taumelte sie rückwärts und sank in seine Arme, als er herumfuhr. Er starrte sie an, und Pag ebenfalls, denn in ihrem Umhang steckte ein kleiner Speer, mit Federn an seinem Ende, der sie unmittelbar über der Brust getroffen hatte.

»Zieh ihn heraus, Pag!« sagte sie, während sie sich wieder

auf die Füße kämpfte. »Es ist ein Pfeil, wie ihn andere Völker auch gebrauchen, und es war ein Glück für mich, daß dieser Umhang so fest und so dick ist.«

»Wenn du nicht vor mich gesprungen wärst, hätte der kleine Speer mich durchbohrt!« rief Wi und starrte sie an.

»Es war ein Zufall«, sagte Laleela mit einem Lächeln.

»Du lügst«, sagte Wi, worauf sie nur noch mehr lächelte und den Umhang fester um sich zog. Ja, sie lächelte auch noch, als Pag an dem Pfeil zog, obwohl, wie er bemerkte, ihre Lippen blaß wurden und zitterten. Schließlich war der Pfeil heraus, und er bemerkte noch etwas: an den Widerhaken seiner Knochenspitze waren Blut und ein winziger Fleischfetzen, doch da er klug war, sagte er nichts davon.

»Leg dich auf den Boden, Häuptling«, sagte Laleela, »dort, hinter diesen Felsen; und du auch, Pag, denn dort seid ihr sicherer. Ich werde es ebenfalls tun«, fügte sie hinzu und tat es. »Nun hört mich an!« fuhr sie fort. »Diese Rotbärte, oder zumindest einige von ihnen, haben Bogen und Pfeile, wie wir gerade erfahren haben, und ihr Plan ist es, von ihren Booten aus auf euch zu schießen, bis der Ebbstrom den Meeresspiegel noch mehr abgesenkt hat; um dann auf beiden Felsriffen an Land zu gehen und euch von zwei Seiten anzugreifen.«

Moananga kam zu ihnen gelaufen und mußte sich ebenfalls zu Boden legen.

»Vielleicht«, sagte Wi, »und wenn es so kommen sollte, wäre es besser, uns aus der Reichweite ihrer kleinen Speere zurückzuziehen.«

»Genau das wollen sie ja«, antwortete Laleela, »denn dann können sie ungestört und ohne Verluste über die beiden Felsenriffe an Land kommen. Ich habe einen anderen Plan – falls du daran interessiert sein solltest.«

»Wie ist der?« fragten Wi und Moananga gleichzeitig.

»Dies, Häuptling: du und alle Männer kennen diese Felsen hier und wissen, wo die Tiefwasserlöcher in ihnen sind, da ihr von Kindheit auf dort Muscheln gesammelt habt. Teil die Männer in zwei Gruppen auf, von denen du die eine führen wirst und Moananga die andere. Klettert von links und von rechts auf die Felsenklippen und greift die Rotbärte auf ihnen an, denn wenn die euch so furchtlos auf sich zukommen sehen, werden einige von ihnen in ihre Boote zurückfliehen. Die anderen müßt ihr besiegen und töten; und jene, die in die Bote zurückgegangen sind, werden nicht mit Pfeilen auf euch schießen, da sie ihre eigenen Leute treffen könnten. Tut dies, und sofort!«

»Das sind gute Worte«, sagte Wi. »Moananga, du nimmst die linke Felsenkette mit der Hälfte der Männer, und ich nehme die rechte mit den anderen. Und dir, Laleela, befehle ich, hierzubleiben oder in den Wald zu gehen!«

»Ich werde hierbleiben«, sagte Laleela leise und wandte sich ab, damit niemand den größer werdenden Blutfleck bemerkte, der sich an ihrem blauen Umhang ausbreitete. Doch als sie losgingen, rief sie ihnen nach: »Befehlt euren Männern, schwere Steine aufzuheben, Wi und Moananga, um sie in die Boote zu schleudern und ihre Böden zu zertrümmern.«

Als Wi zu den Männern des Stammes trat, die in kleinen Gruppen beieinander standen und sehr verstört und ängstlich wirkten, während sie zu den haarigen Rotbärten auf den Felsen und in den Booten hinüberstarrten, wandte er sich mit harter Stimme an sie und sagte:

»Die Rotbärte kommen ich weiß nicht woher. Sie hungern, was sie sehr tapfer macht, und sie wollen uns töten, jeden einzelnen von uns, und dann erst unsere Nahrung wegnehmen, und dann unsere Frauen, wenn sie sie finden können; vielleicht werden sie sogar unsere Kinder essen. Nun zählen wir so viele Köpfe wie sie, vielleicht sogar mehr, und es wäre eine große Schande für uns, wenn wir zulassen würden, daß diese Fremden uns besiegen, die alten Menschen abschlachten, unsere Frauen vergewaltigen und unsere Kinder essen. Ist es nicht so?«

Auf diese Frage antworteten die Männer, daß es so sei, doch ohne Begeisterung, und die Blicke der meisten von ihnen waren auf den Wald gerichtet, wohin die Frauen gegangen waren.

Nun sagte Moananga: »Ich bin bei dieser Sache euer Häuptling. Wenn irgendeiner von euch weglaufen sollte, werde ich ihn auf der Stelle töten. Und wenn nicht sofort, werde ich ihn später töten.«

»Und ich«, setzte Pag hinzu, »der ich ein gutes Gedächtnis habe, werde jeden einzelnen Mann ständig im Auge behalten und mir merken, was er tut, um später den Frauen berichten zu können, wie tapfer er war.«

Dann wurde die Streitmacht in zwei Gruppen geteilt, deren tapferste Männer den Schluß bildeten, um die anderen am Weglaufen zu hindern. Als dies getan war, begannen sie über die beiden Hörner des Riffes zu klettern, das die kleine Bucht einschloß, und wateten um die wassergefüllten Löcher herum, die zwischen den Felsen lagen, denn sie wußten, wo das Wasser tief und wo es flach war.

Als die Rotbärte sie kommen sahen, stießen sie ein drohendes Gebrüll aus, schüttelten die Köpfe, so daß ihre langen Bärte hin und her flogen, und schlugen sich mit der linken Hand auf die Brust. Dann stießen sie ihre Speere empor, warteten jedoch nicht, bis sie angegriffen wurden, sondern kletterten die Felsen hinab, während jene, die in den Booten waren, Pfeile abschossen, von denen einige der Männer getroffen und verwundet wurden.

Als sie nun das Blut ihrer Brüder fließen sahen, die von Pfeilen getroffen worden waren, wurden die Männer des Stammes von wilder Wut gepackt. Von einer Sekunde zur anderen schienen sie ihre Furcht abzuschütteln; es war, als ob etwas, woran weder sie noch ihre Väter seit Hunderten von Jahren gedacht hatten, in ihre Herzen zurückgekehrt. Sie schwangen ihre Steinäxte und ihre Speere, sie schrien, so daß es klang wie das Heulen von Wölfen und das Brüllen anderer Raubtiere, sie knirschten mit den Zähnen und sprangen in die Luft, und stürmten los. Doch Wi und Moananga, beide von dem gleichen Gedanken bewegt, befahlen ihnen, zu bleiben, wo sie waren, denn sie wußten, was den Rotbärten geschehen würde.

Und dies geschah: Die Rotbärte, die ebenfalls vorwärtsstürmten, rutschten auf den mit Seegras bewachsenen Felsen aus und stürzten in die Wasserlöcher dazwischen. Oder, wenn sie nicht ausglitten, versuchten sie, diese zu durchwaten, ohne jedoch zu wissen, welche von ihnen tief waren, und welche flach, so daß viele von ihnen darin versanken und keuchend und spuckend an die Oberfläche kamen. Nun riefen Wi und Moananga die Männer des Stammes zum Angriff.

Sie stürmten voran, sprangen von Fels zu Fels, was ihnen ein leichtes war, da sie jeden dieser Steine von Jugend auf kannten und wußten, wohin sie ihre Füße setzen konnten. Als sie dann die Wasserlöcher erreichten, in welche die Rotbärte gefallen waren, fielen sie über diese her, als sie herauszuklettern versuchten, und schlugen ihnen mit Äxten und Steinen die Schädel ein; so töteten sie eine Anzahl von ihnen ohne eigene Verluste.

Nun kletterten die Rotbärte zu den Enden der beiden Felshörner zurück, um sich dort zum Kampf zu stellen, und der Stamm griff sie an. Es wurde ein schwerer Kampf, denn die Rotbärte waren groß und kräftig und wild und jagten ihre mit Elfenbeinspitzen besetzten Speere durch die Körper vieler Männer des Stammes. In der Tat, es sah für den Stamm schlecht aus, bis Wi mit seiner schimmernden Axt, die Pag gemacht und mit der er Henga getötet hatte, den großen Kerl erschlug, welcher der Häuptling der Rotbärte zu sein schien, indem er seinen Schädel in zwei Hälften spaltete, und der Riese tot ins Wasser fiel. Als die Rotbärte das sahen, stießen sie ein lautes Geheul aus und versuchten, von plötzlicher Panik gepackt, zu den Booten zu entkommen, in die sie hineinsprangen oder -fielen. Nun erinnerten Wi und Moananga sich an den Rat Laleelas und befahlen den Männern, die schwersten Steine, die sie heben konnten, in die Boote zu schleudern. Dieses taten sie und zerschmetterten die Böden der meisten von ihnen, so daß Wasser hineinströmte und sie sanken.

Die Männer dieser Boote schwammen umher, bis sie ertranken, oder versuchten, an Land zu kriechen, wo sie mit

Speeren und Steinen erwartet wurden, so daß sie starben, jeder einzelne von ihnen. Das Ende der Geschichte war, daß nur fünf Bootsladungen der Rotbärte entkommen konnten, und diese ruderten eilig auf die See hinaus und wurden nie mehr gesehen. In jener Nacht kam ein Sturm auf, so daß sie vielleicht gekentert sind und umgekommen, oder vielleicht sind sie, die keine Nahrung hatten, auf dem Meere verhungert. Auf jeden Fall sah der Stamm sie nie wieder. Sie waren gekommen, niemand wußte woher, und sie waren gegangen, niemand wußte wohin, nur daß die meisten von ihnen in den Wasserlöchern des Riffes zurückgeblieben waren, oder in den Tiefen des Meeres hinter dem Riff.

So endete dieser Kampf, der erste, den der Stamm jemals hatte ausfechten müssen.

## 15

## *Wi küßt Laleela*

Als alles vorbei war, zählten Wi und Moananga, die an Land zurückgegangen und ihre Verwundeten mitgebracht hatten, die Verluste. Sie stellten fest, daß alles in allem zwölf Männer getötet und einundzwanzig verwundet worden waren, unter ihnen auch Moananga, der von einem Pfeil in die Seite getroffen worden war, jedoch nicht schwer. Von den Rotbärten waren jedoch über sechzig gestorben, die meisten durch Ertrinken; das jedenfalls war die Anzahl der Leichen, die sie nach der nächsten Flut ans Ufer geschwemmt fanden. Es mochten noch weitere getötet worden sein, die aufs Meer hinausgetrieben worden waren.

»Es ist ein großer Sieg«, sagte Moananga, als Wi die Wunde in seiner Seite mit Salzwasser auswusch, »und der Stamm hat gut gekämpft.«

»Ja«, antwortete Wi, »der Stamm hat sehr gut gekämpft.«

»Dennoch«, unterbrach Pag, »es war die Hexe-aus-dem-Meer, die den Kampf durch ihren Rat gewonnen hat, denn ich glaube, wenn wir gewartet hätten, bis die Rotbärte am Strand gewesen wären, hätte dies das Ende sein können. Und sie war es auch, die uns gelehrt hat, Steine in die Boote zu werfen.«

»Das ist wahr«, sagte Wi. »Laß uns zu ihr gehen und ihr danken.«

Also gingen sie, alle drei, und fanden Laleela dort, wo sie sie verlassen hatten, mit dem Gesicht nach unten am Boden liegen.

»Sie ist eingeschlafen, da sie sehr müde sein muß«, sagte Moananga.

»Ja«, sagte Wi. »Doch ist es seltsam, zu schlafen, wenn der Tod so nahe ist.« Und er blickte sie zweifelnd an.

Pag sagte nichts; er kniete sich neben Laleela, schob seinen langen Arm unter sie und drehte sie auf den Rücken. Nun sahen sie, daß der Sand unter ihr rot von Blut war, und auch ihr blauer Umhang. Wi stieß einen Schrei aus und wäre zu Boden gestürzt, wenn Moananga ihn nicht beim Arm gepackt hätte.

»Laleela ist tot!« sagte er mit hohler Stimme. »Laleela, die uns gerettet hat, ist tot.«

»Das wird eine, die ich kenne, sehr glücklich machen«, murmelte Pag. »Dennoch, sei dessen nicht so sicher.«

Nun öffnete er ihr Gewand, und sie sahen die Wunde über ihrer Brust, die noch immer ein wenig blutete. Pag, der sich auf die Behandlung von Wunden verstand, beugte sich herab und untersuchte sie.

Während er das tat, sagte Moananga zu Wi: »Weißt du, Bruder, daß der kleine Speer ihr diese Wunde gemacht hat, während sie mit uns sprach, und sie sie verborgen gehalten hat, damit keiner von uns wußte, daß sie getroffen worden war?«

Wi nickte wie einer, der sich nicht zu sprechen traut.

»Ich wußte es«, knurrte Pag, »da ich ihr den Pfeil herausgezogen habe.«

»Warum hast du uns dann nichts davon gesagt?« fragte Moananga.

»Wenn Wi gewußt hätte, daß diese Hexe-aus-dem-Meer in die Brust getroffen wurde, hätte er sein Herz verloren und seine Knie wären weich geworden. Es war besser, ihren Tod zu riskieren, als daß das Herz unseres Häuptlings zu Wasser würde, während die roten Wanderer sich sammelten, um uns zu töten.«

»Was ist mit der Wunde?« fragte Wi, ohne auf Pags Worte zu achten.

»Beunruhige dich nicht«, antwortete Pag. »Obwohl sie stark geblutet hat, glaube ich doch nicht, daß sie tief ist, weil ihr dicker Umhang den kleinen Speer stark aufgehalten hat. Deshalb denke ich, daß sie leben wird, falls die Spitze nicht vergiftet gewesen sein sollte. Bleib hier und halte bei ihr Wache!«

Er watschelte davon, auf bestimmte Büsche und Meereskräuter zu, die am Strand wuchsen, und suchte unter ihnen herum bis er fand, wonach er Ausschau gehalten hatte. Er pflückte eine Anzahl von Blättern, die er in den Mund steckte und mit seinen großen Zähnen zerkaute. Er kam zurück, nahm den grünen Brei aus dem Mund, drückte einen Teil davon in Laleelas Wunde, den anderen in die Moanangas.

»Es brennt«, sagte Moananga und verzog das Gesicht.

»Ja, es brennt das Gift heraus und stillt die Blutung«, antwortete Pag, während er Laleela mit ihrem Umhang zudeckte.

Wi schien aus dem tiefen Grübeln, in das er versunken war, zu erwachen; er bückte sich, hob Laleela auf seine Arme, als ob sie ein Kind wäre, und trug sie zur Höhle, gefolgt von Pag und Moananga und einigen Männern des Stammes, die ihre Speere über den Köpfen schwangen und schrien. Zu dieser Zeit begannen auch die Frauen aus dem Wald zurückzukommen, denn einige der jüngeren und aktiveren von ihnen, die auf hohe Bäume geklettert waren, um alles zu beobachten, hatten den unten versammelten berichtet, daß die roten Wanderer getötet oder in die Flucht geschlagen worden waren, und so eilten sie nun zu ihren Hütten zurück und überließen es den Alten und den Kindern, ihnen zu folgen.

Allen voran kam Foh, und er lief wie ein Hirsch.

»Vater!« rief er aufgebracht, als er Wi erreichte. »Bin ich ein Kind, daß ich von den Frauen in den Wald geschleppt werde, während du kämpfst?«

»Sei still!« sagte Wi und deutete mit einem Kopfnicken auf die Last, die er auf seinen Armen trug. »Sei still, mein Sohn. Wir sprechen später über diese Angelegenheit.«

Dann erschien Aaka, mit ruhigem, gelassenem Gesichtsausdruck, obwohl auch sie schnell gelaufen war.

»Willkommen, Mann«, sagte sie. »Man berichtet mir, daß ihr diese Rotbärte besiegt habt. Ist das wahr?«

»Es scheint so, Frau; zumindest sind sie geschlagen worden. Ich werde dir die Geschichte später erzählen.«

Während er sprach, versuchte er, an ihr vorbeizugehen, doch sie vertrat ihm wieder den Weg und sagte: »Wenn diese Hexe-aus-dem-Meer für ihren Verrat getötet worden ist, warum trägst du sie auf deinen Armen?«

Wi antwortete nicht, denn der Zorn machte ihn sprachlos. Doch Pag lachte kehlig und sagte: »Du wirfst Steine nach dem Habicht und triffst die Taube, Aaka. Die Hexe-aus-dem-Meer, die Wi an seiner Brust hält, ist nicht für Verrat gestorben. Falls sie tot sein sollte, so fand sie den Tod, als sie Wi das Leben rettete, da sie sich vor ihn warf und das in ihre Brust fuhr, das sonst ihn durchbohrt hätte.«

»Solche Dinge waren von ihr zu erwarten, die immer dort ist, wo sie nicht sein sollte. Was tat sie bei den Männern, die uns Frauen begleiten hätte sollen?« fragte Aaka.

»Das weiß ich nicht«, antwortete Pag. »Ich weiß nur, daß sie Wi das Leben rettete, indem sie das ihre dafür riskierte.«

»Ist es so, Pag? Dann ist es jetzt an ihm, das ihre zu retten, wenn er es kann; oder sie zu beerdigen, wenn es ihm nicht möglich ist. Ich werde mich jetzt um unsere Verwundeten kümmern. Komm, Tana, denn ich sehe, daß Moanangas

Wunde schon versorgt ist und wir hier unerwünscht sind!« Sie warf den Kopf zurück und stolzierte davon.

Doch Tana folgte ihr nicht, da sie neugierig war, die Geschichte Laleelas zu hören, und auch, um sich zu versichern, daß Moananga keinen Schaden davongetragen hatte.

Wi trug Laleela in die Höhle und legte sie auf das Bett, auf dem sie schlief, in der Nähe der ausgesetzten Kinder. Tana führte Moananga fort, und Pag ging zum Feuer, um eine Brühe für Laleele zu kochen, so daß Wi und Laleele allein zu sein schienen, obwohl sie es nicht waren, denn die Frauen, welche sich um die Kinder kümmerten, beobachteten sie aus den dunklen Ecken der Höhle. Wi warf Felldecken über Laleela, nahm ihre Hand und rieb sie zwischen seinen Händen. In der Wärme der Höhle, wo die Feuer noch brannten, erwachte Laleela und begann zu sprechen, wie eine, die in einem Traum gefangen ist.

»Gerade noch rechtzeitig! Gerade noch rechtzeitig«, murmelte sie, »denn ich sah den Pfeil kommen – sie alle sahen ihn nicht – und sprang in seine Bahn. Er hätte ihn getötet. Wenn ich ihn gerettet habe, ist alles gut, denn was kommt es auf das Leben einer Fremden an, die niemand haben will, nicht einmal er?«

Dann schlug sie die Augen auf und sah im Schein des Feuers die Augen Wis, der auf sie hinabblickte.

»Lebe ich?« murmelte sie. »Und lebst du, Wi?«

Wi antwortete nicht; er beugte sich nur über sie und küßte sie auf den Mund, und obwohl sie so schwach war, erwiderte sie seinen Kuß, dann wandte sie den Kopf ab und schien einzuschlafen. Doch ob sie schlief oder wachte, Wi küßte sie weiter, bis Pag mit der Brühe erschien, und dann tauchten die Frauen mit den ausgesetzten Kindern aus ihren Verstecken auf, schnatternd wie Stare vor ihrem herbstlichen Zug nach dem Süden.

Schließlich blickte Wi, der Laleela ununterbrochen anstarrte, die, nachdem sie die Brühe getrunken hatte, eingeschlafen zu sein schien, auf und sah Aaka beim Feuer stehen und sie beide anblicken.

»Also lebt die Hexe«, sagte sie leise, »und sie hat einen Pfleger gefunden. Wann wirst du sie zu deiner Frau machen, Wi?«

Wi stand auf, trat auf sie zu und sagte: »Wer sagt dir, daß ich sie zur Frau machen werde? Habe ich nicht in dieser Sache einen Eid geschworen?«

»Deine Augen sagen es mir, denke ich, Wi. Was sind Eide gegenüber einem solchen Dienst, wie sie ihn dir geleistet hat? – obwohl es seltsam ist, daß ich erleben muß, daß Wi im Kampf die Brust einer Frau als Schild benutzt.«

»Du kennst die Wahrheit in dieser Sache«, antwortete er.

»Ich weiß nur das, was ich sehe, da ich Worten keine Beachtung schenke; und auch das, was mein Herz mir sagt.«

»Und was sagt dein Herz dir, Frau?«

»Es sagt mir, daß der Fluch, den diese Hexe über uns brachte, sein Werk begonnen hat. Sie geht mit ihrem hohlen Baumstamm aufs Meer hinaus und kehrt mit einer Horde roter Krieger wieder. Du kämpfst gegen diese Rotbärte und treibst sie zurück – für eine Weile zumindest. Doch viele Männer des Stammes sind tot oder verwundet. Was sie als nächstes tun wird, weiß ich nicht, doch bin ich sicher, daß sie noch schlimmere Geschenke in ihrem Beutel hat. Denn ich sage dir, daß sie eine Hexe ist, die den Mond angestarrt und mit Luftgeistern gesprochen hat, und daß du besser daran getan hättest, diesen deinen Liebling am Strand der Bucht sterben zu lassen, so sie sterblich ist.«

»Manche Frauen würden sagen, daß dies harte Worte für eine sind, die gerade ihren Mann vom Tode errettet hat«, sagte Wi. »Doch wenn du so schlecht von ihr denkst, Aaka, so töte sie, denn sie ist wehrlos!«

»Und lade damit einen Fluch auf mein Haupt? Nein, Wi, sie ist vor mir sicher.«

Da Wi es nicht länger ertragen konnte, wandte er sich um und verließ die Höhle.

Draußen, auf dem Versammlungsplatz, herrschte große Aufregung, denn hierher waren die Toten gebracht worden, und alles war zusammengeströmt. Frauen und Kinder, die ihre Männer und Väter verloren hatten; sie jammerten und machten lauten Lärm, wie es der Brauch des Stammes war; Männer, die verwundet waren, aber noch gehen konnten, gingen umher, wiesen ihre Verletzungen vor und suchten Lob oder Trost, während andere, die mit heiler Haut davongekommen waren, sich lautstark ihrer Taten in dem großen Kampf mit den Rotbärten, die aus dem Meer gekommen waren, rühmten.

Da und dort hatten sich Gruppen gebildet, und im Mittelpunkt jeder Gruppe befand sich ein Redner. In einer davon erzählte Whaka, der Vogel bösen Omens, seinen Zuhörern, daß diese Rotbärte, gegen die sie gekämpft und die sie besiegt hatten, lediglich der Vortrupp einer großen Heerschar gewesen seien, die sehr bald über sie herfallen werde. Ein Stück entfernt erklärte Hou, der Wankelmütige, während er den Sieg des Stammes mit tönenden Worten pries, daß man so einem Glück nicht trauen dürfe; deshalb wäre es am besten, wenn sie alle in die Wälder fliehen würden, bevor es sich gegen sie kehrte. Und Winiwini, der Schlotterer, ging von einem der Toten zum anderen, gefolgt von den Trauernden, blies über jedem von ihnen in sein Horn und deutete auf seine Wunden, worauf alle Trauernden im Chor losjammerten.

Die meisten Menschen aber hatten sich um Urk, den Alten, versammelt, dessen weißer Bart an seinem Kinn wakkelte, als er mit seinen zahnlosen Gaumen davon murmelte, daß er sich jetzt wieder an etwas erinnere, das er längst vergessen habe, nämlich, daß sein Urgroßvater ihm einmal gesagt habe, von seinem Urgroßvater – also dem Urgroßvater von Urks Urgroßvater – der es wiederum von früheren Vorvätern gehört habe, daß einst genau solche Rotbärte über den Stamm hergefallen seien, nachdem eine Hexe-aus-dem-Meer bei ihm erschienen war, die große Ähnlichkeit mit Laleela gehabt habe, die von Wi geliebt wurde, wie allen bekannt sei, denn habe man ihn, Wi, nicht gesehen, wie er sie küßte?

»Und was ist dann geschehen?« fragte eine Stimme.

»Daran kann ich mich nicht mehr genau erinnern«, antwortete Urk, »doch glaube ich, daß jene Hexe den Eisgöttern geopfert wurde, wonach keine Rotbärte mehr kamen.«

»Meinst du damit, daß Laleela, die Weiße Hexe, ebenfalls den Eisgöttern geopfert werde sollte?« fragte die Stimme.

Mit diesem Problem konfrontiert, wackelte Urk zweifelnd mit seinem langen Bart und sagte dann, daß er sich dessen nicht sicher sei, jedoch glaube, daß es sicher weise wäre, sie zu opfern, wenn man Wis Zustimmung dazu erhalten könne.

»Aus welchem Grund«, fragte die Stimme wieder, »wenn man bedenkt, daß sie uns vor dem Kommen der Rotbärte warnte und den kleinen Speer, der auf Wi gezielt worden war, mit ihrer Brust aufgefangen hat?«

Weil, so antwortete Urk, nach einem so großen Ereignis, wie es gerade stattgefunden habe, die Götter stets nach einem Opfer verlangten, und da keiner der Rotbärte lebend gefangengenommen worden war, sei es besser, ihnen die Hexe-aus-dem-Meer zu opfern, die eine Fremde sei, als einen ihrer eigenen Leute.

Nun befand sich unter denen, die diese Reden hörten, auch Moananga, der auf Urk zuhinkte – denn die Wunde in seiner Seite machte ihm beim Gehen zu schaffen – ihn mit der einen Hand beim Bart packte und ihm die andere ins Gesicht schlug.

»Hör zu, du altes Lästermaul, das sich Zauberer nennt!« sagte er. »Wenn irgend jemand geopfert werden müßte, dann solltest das du sein, weil du ein Lügner bist, der die Menschen mit falschen Geschichten über Dinge füttert, die niemals gewesen sind. Du weißt sehr wohl, daß diese Laleela, die du zu töten drängst, die edelste aller Frauen ist, und daß ohne sie mein Bruder, und euer Häuptling jetzt tot wäre; das wir sogar alle tot wären, weil sie es war, die uns vor dem Kommen der roten Wanderer gewarnt hat. Sie war es auch, die uns, nachdem der kleine Speer in ihre Brust gedrungen war – der Speer, den sie Pag herauszuziehen bat, mit ihrem Fleisch daran, und dabei nicht einen Ton von sich gab, was ich, der ich dabei war, weiß – beriet und uns sagte, wie wir die Rotbärte besiegen könnten, indem wir sie angriffen und Steine in ihre Boote warfen, was wir daraufhin taten und auf diese Weise die meisten von ihnen töteten. Und doch willst du jetzt die Menschen dazu aufhetzen, sie den Eisgöttern zu opfern, Hund der du bist!«

Moananga schlug Urk noch einmal ins Gesicht, so daß er zu Boden stürzte, und hinkte davon, während alle, die zugehört hatten, Moanangas Worten lauten Beifall zollten, genauso, wie sie vorher Urks Worte bejubelt hatten, denn dies ist die Art der Menge.

In diesem Augenblick erschien Wi, worauf Urk sich aus dem Sand erhob, ihn zu preisen begann und sagte, seit den Tagen des Urgroßvaters seines Urgroßvaters habe es keinen solchen Häuptling gegeben wie ihn. Darauf liefen alle Menschen zusammen und nahmen das Preislied auf; ja, selbst die Verwundeten, die gehen konnten, denn in ihren Herzen wußten sie, jeder einzelne von ihnen, daß es Wi gewesen war, der sie vor dem Tod und ihre Frauen vor einem noch schlimmeren Schicksal bewahrt hatte. Ja, so viel sie auch über ihn murren und ihm Vorwürfe machen mochten, wußten sie doch, daß Wi sie gerettet hatte, so wie sie wußten, daß es Laleela war, die Hexe-aus-dem-Meer, die Wi gerettet hatte, indem sie vor ihn getreten war und den kleinen Speer in die eigene Brust bekommen hatte, und die, selbst nachdem sie getroffen war, ihm und Moananga und Pag guten Rat gegeben hatte.

Wi hörte all ihr Preisen, sagte jedoch nichts dazu. Nein, er schob die Männer, die sich um ihn drängten, und die Frauen, die seine Hand zu küssen versuchten, beiseite, und bahnte sich seinen Weg zu der Stelle, wo die Toten lagen, die er lange ernst anblickte. Dann, nachdem er Anordnungen für ihr Begräbnis gegeben hatte, ging er weiter, um nach denen zu sehen, die schwere Wunden davongetragen hatten, und noch immer sprach er nicht. Denn Wis Herz war schwer in seiner Brust, und die Worte Aakas hatten es wie ein Speer durchbohrt. Angesichts seines Eides wußte er nicht, was er tun sollte, und selbst jetzt, in der Stunde seines Sieges, fragte er sich, was das Schicksal für ihn vorgesehen haben mochte, und für Laleela, die sein Leben gerettet hatte, was sie, wie er jetzt wünschte, besser nicht getan hätte.

Von diesem Zeitpunkt an ging Wi seinen täglichen Pflichten sehr schweigsam nach, sprach mit anderen nur das Nötigste, da sein Herz schwer war und er fürchtete, seine Lippen zu öffnen, weil ihnen bittere Worte entströmen mochten. Deshalb mied er die Gesellschaft der Menschen und war viel allein, oder höchstens in Gesellschaft seines Sohnes Foh, denn dieser Sohn schien ihm alles, das ihm verblieben war. Auch ging er häufig auf die Jagd, wie er es getan hatte, bevor er Henga getötet hatte und Häuptling geworden war, und erklärte den anderen, daß das viele Herumsitzen in der Höhle seiner Gesundheit und seinem Gemüt unzuträglich sei, und da sie Fleisch brauchten, er, der beste Jäger des Stammes, es für seine Pflicht hielte, Hirsche zu erlegen, wenngleich das nicht oft der Fall war, da das schlechte Wetter die meisten aus den Wäldern vertrieben hatte.

Eines Tages folgte Wi einer Hirschkuh tief in den Wald hinein, und als sie ihm entkommen war, machte er sich auf den Heimweg. Dieser führte ihn an einer kleinen Kluft in der Bergflanke vorbei, in der die Kiefern dichte Gehölze bildeten. Diese Kluft war nicht mehr als dreißig Schritte lang und ebenso breit. Ringsherum war sie von steilen Felswänden umschlossen, und ihr Zugang war sehr lang, vielleicht drei Schritte breit, nicht mehr. Vor ihm befand sich eine vom Regen glattgeschliffene Felsplatte von der Größe einer geräumigen Hütte, die in einer kleinen Klippe von etwa vier Speerlängen Höhe endete. Unterhalb dieser Klippe lag ein kleiner Morast, ein Loch, das mit klebrigem, rotem Schlamm gefüllt war, in dessen Mitte eine Quelle sprudelte, die unter dem Dickicht von Sumpfhagebutten deutlich zu erkennen war; der rote Schlamm erstreckte sich mehrere Schritte weit nach allen Seiten und wurde von hohen Kiefern gesäumt.

Als Wi sich dieser Kluft näherte, hörte er ein lautes

Schnauben. Er hielt sofort inne und trat hinter einen dicken Baumstamm, denn er wußte nicht, was für ein Tier dieses Schnauben von sich gegeben hatte.

Während er so stand, schritt ein riesiger Auerochsbulle durch die schmale Öffnung der Kluft, ein so gewaltiges Tier, daß ein Mensch, der neben ihm stand, nicht über seine Schulter blicken hätte können. Er stand reglos auf der Felsplatte, blickte umher und zog schnaubend Luft in die Nüstern. Deshalb fürchtete Wi, daß er seine Witterung aufgenommen habe und duckte sich hinter dem Baume zu Boden.

Doch dem war nicht so, denn der Wind stand in seine Richtung. Wi starrte den Auerochs an, wie er noch nie etwas angestarrt hatte, außer Laleela, als er sie zum ersten Mal in ihrem hohlen Baumstamme liegen sah. Denn obwohl man ihm von solchen Tieren erzählt hatte, waren sie sehr selten, da sie von anderer Art waren als die Wildrinder, und er hatte in seinem Leben erst einmal so ein Tier gesehen, eine halb ausgewachsene Kuh. Dieser Bulle war ein mächtiges Exemplar, mit dicken, gekrümmten Hörnern, und sein Leib war von einem dunklen Fell bedeckt, das einen schmalen Streifen hellbrauner Behaarung entlang dem Rückgrat aufwies. Seine Augen waren feurig und leicht vorquellend, die Beine kurz und stämmig, so daß seine Wamme fast bis zum Boden ging, und er hatte große, gespaltene Hufe.

Wi spürte eine starke Versuchung dieses Tier anzugreifen, zügelte sich jedoch, da er einsah, daß er nicht gegen ihn ankommen konnte und der Bulle ihn auf die Hörner nehmen und dann zu Tode trampeln würde. Während er ihn beobachtete, wandte der Bulle sich um und trat von der Felsplatte herab. Kurz darauf hörte Wi ihn durch das Unterholz brechen, wahrscheinlich auf dem Wege zu seinem Äsungsplatz.

Als er fort war, kroch Wi zu dem Zugang der Kluft, starrte hinein und suchte sie mit seinen Blicken ab. Dann, als er weder etwas sehen, noch hören konnte, trat er klopfenden Herzens durch die Enge, wobei er sich dicht an der linken

Felswand hielt, und arbeitete sich, von einem Baum zum anderen huschend, um die Kluft herum. Sie war leer, doch an ihrer rückwärtigen Wand wuchsen mehrere starke Kiefern, unter denen dorniges Unterholz wucherte, und hier, erkannte Wi an zahlreichen Spuren, hatte der Auerochs sein Lager. So waren die Stämme der Bäume von seinem Fell glattgerieben, an denen er sich scheuerte, was bewies, daß dies sein Heim war; außerdem war der Boden von seinen Hufen zertrampelt und an einigen Stellen von seinen Hörnern aufgepflügt, die er tief in die Erde zu stoßen pflegte, um sie zu reinigen und zu schärfen.

Wi trat aus der Kluft heraus und blieb stehen, um nachzudenken. Er wandte sich um und blickte über den Rand der kleinen Klippe auf das unterhalb von ihr liegende Sumpfloch. Dann stieg er von der Klippe herab und kroch auf einem umgestürzten Baumstamm ein paar Schritte weit in den Morast, dessen Tiefe er dann mit seinem Speer maß.

Er war tief, denn er mußte den Speer in seiner vollen Länge hineinstoßen und den Arm, mit dem er ihn hielt, bis zum Ellbogen, bevor er Fels oder harten Untergrund berührte. Auf dem umgestürzten Baumstamm weiterkriechend wiederholte er dies dreimal und fand immer in der gleichen Tiefe Grund. Dann stieg er wieder auf die Klippe, und vor der Öffnung der Kluft stehend überlegte Wi, der tapfere und listige Jäger, folgendes:

Dieser mächtige Bulle liegt während der Tageszeit in seinem Lager, doch wenn der Abend naht, kommt er heraus, um zu äsen. Wenn er nun am Abend, beim Hinausgehen, oder am Morgen, wenn er zurückkehrt, einen Mann davor stehen sehen würde, der ihm einen Speer entgegenschleudert, was wird er dann tun? Natürlich wird er ihn angreifen. Und wenn dieser Mann beiseite springt, was geschieht dann? Er stürzt von der Klippe in das Sumpfloch und steckt fest, und der Mann kann hinabsteigen und den Kampf aufnehmen.

Dies dachte Wi, und seine Nüstern blähten sich, und seine Augen glänzten, als er sich den großen Kampf vorstellte, wenn ein Jäger und dieser Bulle aller Bullen sich in dem Morast wälzen würden. Dann dachte er weiter:

Das Risiko ist hoch. Der Bulle könnte den Mann auf die Hörner nehmen, oder zu gerissen sein, um über die Klippen zu stürzen, die er ja gut kennt. Oder, da er so gewaltig ist, könnte er, wenn sie im Morast kämpften, sich befreien und auf ihn losgehen, und das würde das Ende bedeuten. Ja, das wäre der Tod.

Und dann dachte Wi:

Bin ich so glücklich, daß ich den Tod fürchten muß? Habe ich mich in letzter Zeit nicht so manches Mal gefragt, ob es nicht am besten wäre, wenn ich über eine der dicken Wurzeln von Bäumen stolpern und zufällig in die Spitze meines Speeres fallen würde? Und wenn es nicht um Foh wäre, hätte ich es dann nicht wirklich schon getan? Denn wenn der Speer ihn durchbohrt hätte, würde es dann nicht Frieden geben für einen, der das Beste versucht hatte und gescheitert war und nicht wußte, welchen Weg er nun einschlagen sollte? Und welches Ende wäre besser für einen Jäger, als ruhmbedeckt im Kampf mit diesem mächtigen Tier des Waldes zu sterben, in einem Kampf, wie ihn noch kein Mensch des Volkes gewagt hatte? Würde der Stamm dann nicht Lieder über mich machen, die sie in kommenden Tagen am nächtlichen Winterfeuer einander vorsingen würden; ja, und auch ihren Kindern und Kindeskindern für mehr Generationen, als selbst Urk sie zählen kann? Und würde nicht Aaka, die Frau meiner Jugend, dann wieder liebevoll an mich denken?

So waren die Gedanken Wis, während er durch das Dämmerlicht heimwärts ging. Und da der Weg weit und schwierig war, war die Nacht bereits hereingebrochen, als er die Höhle erreichte.

Wi trat in den Lichtkreis des Feuers. Aaka sah ihn, und sofort veränderte sich ihr Gesicht, und die übliche Maske von Hochmut kam zum Vorschein.

»Du kommst spät«, sagte sie, »was, da du allein warst« – sie blickte erst zu Laleela und dann zu Pag – »seltsam ist und mir Anlaß zur Sorge gab, da ich befürchtete, daß du vielleicht mehr von diesen roten Wanderern getroffen haben könntest.«

»Nein, Frau«, antwortete er ruhig. »Ich glaube, daß wir keine solchen Wanderer mehr an unserem Gestade sehen werden. Ich habe eine Hirschkuh mit meinem Speer verwundet, der in ihrer Flanke steckenblieb, und sie lange verfolgt, doch ist sie mir entkommen, der ich dieser Tage kein Glück mehr habe, nicht einmal in der einzigen Kunst, die ich beherrsche«, setzte er seufzend hinzu. »Jetzt bin ich hungrig und müde.«

»Hat der Hirsch deinen Speer mitgenommen, Vater?« fragte Foh.

»Ja, Sohn«, antwortete er zerstreut.

»Wie kommt es dann, daß er in deiner Hand ist, Vater? Denn als du mich heute morgen zurückschicktest, hattest du nur einen Speer bei dir.«

»Er ist aus der Seite der Hirschkuh herausgefallen, und ich habe ihn zwischen den Felsen wiedergefunden, Sohn.«

»Wenn er zwischen Felsen gefallen ist, warum ist dann sein Schaft mit getrocknetem Schlamm bedeckt, Vater?« fragte Foh, aber Wi antwortete ihm nicht.

Doch Pag, der ihn mit seinem einen Auge scharf beobachtet hatte, erhob sich, nahm den Speer und säuberte ihn, wobei er bemerkte, daß kein getrocknetes Blut an seiner Spitze klebte.

Bevor Aaka zu ihrer Hütte ging, wo sie aus einer Laune heraus seit einer Weile schlief, weil, wie sie behauptete, das Schreien der Kinder in der Höhle sie störte, brachte sie Wi zu essen. Dies tat sie, da sie fürchtete, daß sonst Laleela ihren Platz einnehmen und Wi zu essen geben würde.

Am folgenden Tag blieb Wi zu Hause und erledigte alle die Aufgaben, die dem Häuptling zukamen. Es gab große Unruhe unter den Leuten. Die Zeit des Herbstes war herangekommen, und das Wetter blieb kalt und düster, wie es den ganzen Sommer über gewesen war. Nahrung war knapp, und auf Befehl Wis mußte der größte Teil von dem, dessen sie habhaft werden konnten, für den kommenden Winter aufgehoben werden. Und selbst hier gab es Schwierigkeiten, weil viele der Fische, die gefangen und auf die übliche Art am Ufer zum Dörren ausgelegt worden waren, aus Mangel an Sonne verdarben, so daß viel Arbeit vergeudet wurde. Außerdem begannen jene Frauen, deren Männer oder Söhne im Kampf mit den Rotbärten getötet worden waren – ohne daran zu denken, vor welchen Gefahren sie und der ganze Stamm bewahrt geblieben waren –, sich lautstark zu beklagen, wie auch die Frauen, deren Männer verwundet worden und von ihren Wunden noch nicht genesen waren.

Und dies war ihre Forderung: daß Laleela, die schöne, weiße Hexe-aus-dem-Meer, sie, die Wi liebe, all dieses Unheil über sie gebracht habe, sie, die die Rotbärte an ihren Strand geführt habe, dafür getötet oder vertrieben werden müsse. Doch wagte es keine von ihnen, die Hand gegen Laleela zu erheben, einmal, weil sie vermuteten, daß sie die Geliebte Wis sei, den sie alle fürchteten und verehrten, und zum anderen, weil nicht alle so dachten. So standen viele der Männer auf seiten Laleelas, manche, weil sie so schön und liebenswert war, andere, weil sie wußten, daß sie Wi das Leben gerettet und das ihre für ihn riskiert hatte.

Und es gab auch Frauen, die auf ihrer Seite standen. Zum Beispiel die Mütter der ausgesetzten Kinder, um die sie sich bei Tag und Nacht kümmerte; denn obwohl sie sie ausgesetzt hatten, liebten die meisten dieser Mütter ihre Kinder und kamen, um sie zu säugen und segneten in ihren Herzen Wi, der sie vor dem Tode errettet hatte, und sie, die diese hilflosen Wesen betreute. Und – obwohl dies seltsam erscheinen mag – so sehr sie in zurückliegenden Tagen gegen sie intrigiert und ihren Tod herbeigewünscht und sie aus ihrer Eifersucht heraus gehaßt haben mochte, war Aaka insgeheim Laleelas bester Freund und Beschützer.

Denn obwohl sie es niemals zugegeben hätte, wußte Aaka sehr wohl, daß Wi nicht mehr leben würde, wenn diese Frau nicht gewesen wäre. Außerdem rechnete sie es Laleela hoch an, daß sie, die so schön und liebenswert war und nur ihre Hand auszustrecken und ihn mit Augen der Liebe anzusehen brauchte, um Wi seinen Eid vergessen zu lassen, dies dennoch nicht tat. Deshalb war Aaka, wenngleich sie vor anderen schlecht von ihr sprach und ihr den Rücken zukehrte und Wi ihretwegen verspottete, dennoch Laleelas Freund.

Und auch in Moananga, der nach Wi der beliebteste und geachtetste Mann des ganzen Stammes war, hatte Laleela einen Freund, besonders, seit sie sich bei dem Kampf gegen die Rotbärte als so tapfer erwiesen hatte. Denn von dem Augenblick an, als Laleela vor Wi getreten war, um den für ihn bestimmten Pfeil mit ihrer Brust aufzufangen, liebte er sie, obwohl nicht er es war, vor den sie sich geworfen hatte. Diese Torheit brachte ihm natürlich häusliche Schwierigkeiten ein, denn obwohl seine Frau Tana, wie Aaka, zur Eifersucht neigte, wenn auch auf eine sanftere Art als diese, liebte er Laleela und sagte das auch ganz offen.

Er versuchte sogar, sie für sich zu gewinnen und erklärte, daß er nicht durch das von Wi erlassene Gesetz gebunden sei. Doch bei diesem Vorhaben scheiterte er, denn obwohl Laleela sehr freundlich mit ihm sprach, wollte sie nichts davon wissen, womit Tana, als sie davon erfuhr, ihn immer wieder aufzog. Doch hatte Laleela ihn auf eine so liebenswerte Art zurückgewiesen, daß er dennoch ihr bester und engster Freund blieb, vielleicht auch, weil er wußte, daß Wi es war, der zwischen ihnen stand, Wi, sein Bruder, den er mehr liebte als jede Frau. Dennoch fand er Tanas Spott schwer erträglich, obwohl er, je mehr sie ihn verspottete, nur um so fester an Laleela hing, wie auch Tana, weil sie glaubte, daß Laleela Moananga die Lektion erteilt hatte, die er brauchte.

Die Menschen des Stammes, die all dem keinerlei Beachtung schenkten, da sie sie nicht betrafen, murrten und jammerten in ihrer Verzweiflung, und weil sie keinen anderen fanden, vor dessen Tür sie diese Sorgen abladen konnten, banden sie sie auf den Rücken Laleelas mit der Behauptung, daß die sie aus dem Meer mit sich gebracht habe und ihre Schultern deshalb der richtige Platz dafür seien. Denn da sie nur einfache Menschen waren, verstanden sie nicht, daß das Böse, wie der Regen oder der Schnee, vom Himmel auf die Menschen fällt.

## 16

## *Der Auerochs und der Stern*

Zwei Tage später erhob sich Wi am frühen Morgen, nachdem er am Vorabend alles vorbereitet hatte, als es noch dunkel war, küßte Foh, der fest schlafend an seiner Seite lag, und verließ lautlos die Höhle, wobei er drei Speere und die knochenstielige Axt aus Eisen, die Pag für ihn gemacht hatte, mit sich nahm. Als er hinausging, sah er im flackernden Licht des Feuers Laleela zwischen den Kindern schlafen, und sie sah sehr schön aus mit den Massen hellen Haares, die ihren Kopf umrahmten. Lieblich war ihr Gesicht, wie sie so schlafend lag, und doch, wie er glaubte, traurig und bedrückt. Er blieb stehen und blickte sie an, dann seufzte er und ging weiter, im Glauben, daß sie ihn nicht gesehen hatte, denn Wi wußte nicht, daß Laleela sich aufrichtete, als er weiterging, und ihm nachblickte, bis er in den Schatten verschwunden war.

Vor der Höhle, unter einem Wetterschutz aus Steinen an einen festen Pflock angebunden, lag sein Hund Yow – ein wildes, wolfsähnliches Tier, das nur ihn liebte –, den er oft mitnahm, wenn er auf die Jagd ging, und der dazu abgerichtet war, Wild auf ihn zuzutreiben. Er löste Yow von dem Strick, und klopfte dem vor Freude jaulenden Hund leicht auf den Kopf zum Zeichen, daß er still sein solle. Dann brach er auf, blieb jedoch einen Moment lang vor der Hütte stehen, in der Aaka schlief; er dachte sogar daran hineinzugehen, tat es aber dann doch nicht, da er wußte, daß sie ihn sehr gründlich ausfragen würde. Denn die Nacht war viel zu weit fortgeschritten, als daß er zum Schlafen in die Hütte kommen würde, wie er es hin und wieder tat, und es war zu früh, um schon auf zu sein, wenn alle anderen noch schliefen, also würde sie ahnen, daß er irgendein Abenteuer vorhatte und aus ihm herauszupressen versuchen, was es sein mochte.

Wi überlegte, daß er, wenn nur Aaka so wäre, wie sie in den vergangenen Jahren gewesen war, jetzt nicht losziehen würde, um allein gegen den Auerochs zu kämpfen; und bei diesem Gedanken seufzte er zum zweiten Mal an diesem Morgen. Dennoch haderte er nicht mit ihr, denn er wußte sehr wohl, was diese Veränderung herbeigeführt hatte. Es war der Tod ihres Kindes, Foa, von Henga grausam ermordet, der ihr Herz verbittert und sie in eine andere Frau verwandelt hatte. Und er wußte auch, daß sie insgeheim ihm die Schuld daran gab und Foas Tod auf seine Schultern lud, so wie Pag ihn auf die ihren geladen hatte.

Immer schon, lange bevor er es tat, hatte Aaka gewollt, daß er Henga herausfordere, und dies nicht nur wegen ihres Wunsches, ihn als Häuptling zu sehen. Nein, es gab einen tieferen Grund. Irgend etwas in ihrem Herzen hatte sie gewarnt, daß Henga, sollte er am Leben gelassen werden, Unglück über sie und ihr Haus bringen würde. Deshalb hatte sie, da sie Wis Kraft und Geschicklichkeit kannte und sicher war, daß er Henga, trotz dessen sagenhafter Kraft, besiegen könnte, Wi immer wieder gedrängt, gegen ihn zu kämpfen, wenngleich sie den wahren Grund dafür niemals preisgegeben hatte. Dies hatte er jedoch nicht gewollt, nicht weil er sich gefürchtet hätte, sondern weil es ihm schon immer widerstrebt hatte, sich vorzudrängen und zum Objekt des Geredes aller zu werden, da er ein sehr zurückhaltender Mensch war; außerdem hatte er immer befürchtet, daß Henga, dieser schreckliche Riese, ihn besiegen könnte, worauf Aaka und die Kinder der Rache des Tyrannen ausgeliefert sein würden.

Deshalb erklärte er sich erst, nachdem Foa durch Aakas

Schuld und ihre Eifersucht auf Pag, den sie haßte, weil Wi ihn so sehr liebte, getötet worden war, bereit, in dieser Angelegenheit etwas zu unternehmen, damit er das Blut seines Kindes an Henga räche, so ihm das möglich sein sollte. Und selbst dann handelte er nicht, bis sie ihn fortschickte, um sich Rat von den Eisgöttern zu holen und auf das Omen des herabfallenden Steines zu achten, der unweigerlich herabfallen würde, wie sie wußte, weil sie am Tag zuvor heimlich auf die Eiswand des Gletschers gestiegen war und mehrere Steine an die Kante gerollt hatte.

Und wenn dennoch keiner gefallen wäre, so hätte sie sich einen anderen Plan einfallen lassen, um das zu erreichen, was sie erreichen wollte, denn immer – das sollte erinnerlich bleiben – war sie sicher, daß Wi, den sie für stärker und größer als jeden anderen Mann hielt, der jemals gelebt hatte, Henga töten würde, wenn er nur dazu gebracht werden konnte, sich ihm zu stellen.

Das meiste davon war Wi bekannt, und weiteres erriet er, obwohl einiges ihm verborgen blieb, wie etwa ihre List mit den Steinen am Rand des Gletschers. Oh, es war alles schiefgegangen zwischen Aaka und ihm, und jetzt war Laleela gekommen, in Schönheit gekleidet, voller Weisheit und Liebenswürdigkeit, um die Fäden ihrer Leben zu einem Knoten zu schürzen, den zu lösen er sich nicht imstande sah. Wahrlich, es wäre besser, tot zu sein und es Moananga zu überlassen, nach ihm Häuptling zu werden. Jedenfalls glaubte er das. Wenn die Götter es anders bestimmt hatten, dann sollten sie ihm auch die Kraft geben, diesen Bullen aller Bullen zu besiegen.

Auf diese Weise drängte er die Angelegenheit aus dem Wust seiner Gedanken und legte sie in die Hände des Schicksals, damit das Schicksal darüber entscheide, wie es ihm gefallen mochte. Wenn er den Auerochs töten konnte, oder wenn er ihn nicht finden würde, so wollte er das als ein Zeichen der Götter sehen, welche dann entschieden hatten, daß er weiterleben müsse; wenn nicht, so war er aller seiner Sorgen ledig. So ging er von der Hütte fort, im Glauben, daß

Aaka niemals erfahren würde, wie er dort im Dunkeln gestanden hatte, erfüllt von Gedanken und Erinnerungen, und war wenig später aus dem Dorf heraus und am Strand.

Hier blieb er eine Weile stehen, bis der Horizont sich grau färbte und es hell genug war, um sich seinen Weg durch den Wald zu suchen.

Er tat dies anfangs recht langsam, ging dann jedoch zunehmend schneller, einer anderen Route folgend als der, die er genommen hatte, nachdem er den Auerochs zum ersten Mal gesehen hatte, eine, die am Strande entlangführte, und wo stellenweise vom Wind verwehter Sand zwischen den Kiefern lag. Dies tat er, weil er befürchtete, daß der Bulle seine Spur gewittert haben mochte, die er vor zwei Tagen in der Kluft und auf dem Rückweg zum Dorf zurückgelassen hatte, und ihm jetzt irgendwo auf dieser Fährte auflauerte. Schließlich bog er ab und stieg den Berghang hinauf, denn obwohl er diesen Weg noch nie gegangen war, sagte sein Jägerinstinkt ihm, wo er abbiegen mußte, und erreichte das Sumpfloch, das er umging, erstieg den Fuß der kleinen Klippe, deren oberer Teil die Felsplatte bildete, welche zur Kluft und zum Lager des Auerochsen führte. Hier ruhte er sich im dornigen Unterholz versteckt, ein wenig aus, da er nicht wußte, wann der Bulle nach seiner nächtlichen Äsung zurückzukehren pflegte, und er ihm nicht auf der Felsplatte begegnen wollte.

Er saß dort etwa eine halbe Stunde und beobachtete einige hundert Vögel, die sich auf den Ästen einer abgestorbenen Kiefer versammelt hatten, um lange vor der üblichen Zeit südwärts zu fliegen. Schließlich, nach viel Gezwitscher, stiegen die Vögel wie eine Wolke auf und flogen fort, und obwohl Wi nichts von irgendwelchen anderen Ländern wußte, fragte er sich, warum sie fortzogen, und wohin. Ein Kaninchen lief an ihm vorbei, es fiepte und verkroch sich, als ob es verwirrt wäre, hinter einem Stein, wo es sich zusammenduckte. Nun sah Wi auch, warum es floh, denn auf seiner Spur folgte – schnell, hager und lautlos – ein Wiesel. Das Wiesel verschwand ebenfalls hinter dem Stein, wo das

Kaninchen sich verborgen hatte. Wi hörte Geräusche eines Kampfes und schrille Schreie, dann kam das Wiesel hinter dem Stein hervor, das Kaninchen mit seinen scharfen Zähnen im Genick gepackt.

Siehe, der Tod jagt alles Leben, dachte Wi. Siehe, die Götter jagen den Menschen, der schreiend vor ihnen flieht, erfüllt von Angst vor etwas, das er nicht kennt, bis sie ihn bei der Kehle packen.

Plötzlich hob Yow, der im dichten Gestrüpp verborgen an der Seite Wis saß – und der das Kaninchen nicht beachtet hatte, da er gut abgerichtet war – den Kopf und witterte, blickte auf und stieß ein Knurren aus, so leise, daß es kaum vernehmbar war.

Wi blickte ebenfalls auf und sah das, weswegen Yow knurrte.

Denn dort, nur ein paar Schritte oberhalb von ihm, mit dem Frühlicht auf seinen ausladenden, glänzenden Hörnern, kam der riesige Auerochs, sattgefressen, zu seinem Lager zurück. Wi erschauerte, als er ihn sah, denn so von unterhalb gesehen, seinen Schatten vom matten Licht der tiefstehenden Sonne vergrößert an die hinter ihm aufstrebende Felswand geworfen, wirkte er furchterregend, als er so majestätisch an ihm vorbeischritt, den mächtigen Kopf schüttelnd und mit seinem buschigen Schwanz seine Flanken peitschend; so furchterregend, daß Wi der Gedanke kam, es sei klüger zu fliehen, solange noch Zeit dazu war.

Oh, konnte irgendein Mensch gegen ein Tier wie dieses bestehen? fragte sich Wi und machte kehrt, um fortzukriechen.

Dann aber erinnerte er sich an die Gründe, die ihn hierhergebracht hatten, und er dachte auch daran, wie groß sein Ruhm sein würde, wenn er diesen Bullen töten konnte, und wie erhaben sein Ende, wenn der Bulle ihn töten sollte. Also setzte er sich wieder und wartete weiter, wieder etwa eine halbe Stunde lang, um dem Auerochsen Zeit zu geben, zu lagern und sich sicher zu fühlen, damit seine Wachsamkeit nachließe und er, wenn er aufgestört wurde, schlafbenommen herauskommen würde. Außerdem wartete Wi darauf, daß die Sonne, die an diesem Morgen zufällig schien, eine bestimmte Höhe erreichte, so daß wie er hoffte, ihre Strahlen direkt in die Augen des Bullen fallen und ihn verwirren würden, wenn er herauskam.

Schließlich war der Augenblick gekommen, wo er entweder die Tat wagen oder aber sie aufgeben und voller Scham nach Hause zurückzukehren, und dort vorgeben mußte, auf der Jagd nach Hirschen gewesen zu sein, doch keine gefunden zu haben, und vielleicht ob seines Ungeschicks von Pag ausgelacht zu werden, dem er kürzlich verboten hatte, ihm zu folgen, da er allein sein wollte; oder von Aaka nach dem Wild gefragt zu werden, das er nicht heimgebracht hatte.

Während ihm diese Gedanken durch den Kopf gingen, richtete Wi sich auf, reckte die Arme und kletterte auf die kleine Klippe, um gegen den Auerochsen zu kämpfen.

Er zog seinen Fellumhang aus und hängte ihn an einen Ast, so daß er nur noch seine Unterbekleidung aus Kitzfell trug, die bis kurz über die Knie reichte. Dann streckte er sein linkes Handgelenk durch die Schlaufe der Axt, nahm einen der kurzen, schweren Speere in seine rechte Hand, und die anderen beiden in die linke. Als nächstes spähte er in die Kluft, konnte jedoch nichts von dem Tier sehen, das zweifellos unter den Bäumen des anderen Endes lagerte. Yow schien es dort zu wittern, denn er begann zu seibern, und sein Rückenhaar sträubte sich. Wi tätschelte seinen Kopf und gab ein Zeichen mit dem Arm. Yow verstand und schnellte in die Kluft wie ein von einer Schleuder fliegender Stein. Bevor Wi bis zehn zählen konnte, schallte aus der Kluft wütendes Brüllen und das Brechen von Ästen, die ihm sagten, daß der Bulle auf den Beinen war und Yow angriff.

Näher und näher kamen das Brüllen und Brechen, und nun sah er den gewaltigen Bullen. Yow sprang vor ihm hin und her, ohne einen Laut, wie es seine Art war, und hielt sich aus dem Bereich der Hörner, während der Auerochs immer wieder angriff, mit seinen Hörnern den Boden aufriß und wild herumstampfte, doch Yow niemals erwischen konnte, der ihn auf diese Art vorwärts lockte, wie man es ihn gelehrt hatte. Schließlich, als er fast den engen Zugang erreichte, sprang Yow zu, packte den Bullen bei den Nüstern und biß sich fest.

Sie kamen herausgestürmt; der Auerochs warf wütend den Kopf hin und her, um Yow abzuschütteln, der jedoch nicht losließ, bäumte sich auf, schwang den Hund von einer Seite zur anderen und schlug mit den Vorderhufen nach ihm, jedoch ohne Erfolg. Jetzt war er neben Wi, der ihn mit erhobenem Speer erwartete, reglos wie ein Stein. Der Bulle senkte den Kopf, wollte Yow auf den Boden drücken und sich von ihm befreien.

Wi erkannte seine Chance! Wie ein herabstoßender Habicht schnellte er los, jagte seinen Feuersteinspeer in das rechte Auge des Bullen und stemmte sich mit aller Kraft auf ihn. Die Speerspitze verschwand in der knochigen Augenhöhle; mit einem Brüllen der Wut und des Schmerzes warf der Auerochs seinen Kopf mit einem so wilden Ruck empor, daß der Speerschaft dicht über dem durchstoßenen Auge abbrach und Yow weit fortgeschleudert wurde, zusammen mit einem Fetzen von der Nase des Bullen, denn selbst jetzt hatte der mutige Hund nicht losgelassen. Der Bulle witterte den Menschen und stürmte durch die Enge auf ihn zu. Wi preßte sich gegen den Fels. Der Bulle konnte ihn mit seinem geblendeten Auge nicht sehen und raste an ihm vorbei, wenngleich das lange Horn über seine Brust schrammte. Er fuhr herum. Wi sah es und kletterte die Felswand hinauf, bis zu mehr als doppelter Mannshöhe, wo er auf einen schmalen Sims trat und sich festhielt, indem er seinen linken Ellbogen gegen die Wurzel einer Kiefer stemmte.

Jetzt erblickte der Auerochs ihn, erhob sich auf seine Hinterbeine und stieß mit den Hörnern nach ihm. Wi packte einen zweiten Speer mit seiner rechten Hand, ließ den dritten fallen und umfaßte mit der nun freien linken Hand die Baumwurzel. Das riesige blutende Maul des Auerochsen erschien über der Kante des Simses, doch wegen dieses Simses konnte er Wi nicht mit seinen Hörnern erreichen. Er riß sein Maul auf und brüllte in wilder Wut. Wi beugte sich vor und stieß den zweiten Speer durch das aufgerissene Maul tief in den Schlund. Blut strömte aus Maul und Nüstern des Auerochsen, während er mit den Hörnern wütend gegen den Sims stieß, auf dem Wi stand. Seine Hörner rammten unter den Sims, und so gewaltig war seine Kraft, daß er ein großes Stück des weichen Gesteins wegbrach, auf dem Wi stand, so daß dieser nur noch an der Kiefernwurzel hing.

Nun bemerkte Wi, daß Yow zurückgekommen war, denn er hörte ihn knurren. Dann hörte das Knurren auf und er wußte, daß der Hund seine Fänge in das Hinterviertel des Bullen geschlagen haben mußte. Der Auerochs ließ sich fallen, keilte nach hinten aus und versuchte, den Hund zu töten. Und auch Wi ließ sich fallen, denn die Wurzel, an der er hing, begann zu brechen. Er landete auf den Füßen und sah den Bullen ein paar Schritte rechts von sich, fast zusammengekrümmt in seinem Versuch, an Yow heranzukommen, der an seinem Hinterviertel oder seiner Flanke hängen mußte. Wi hob seinen letzten Speer auf, der vor der Felswand lag. Der Bulle fuhr herum, und als er herumfuhr, sah er mit seinem unverletzten Auge Wi. Er griff an und riß Yow mit sich; Wi schleuderte seinen letzten Speer, der dem Bullen in den Hals fuhr und dort stecken blieb. Wieder sprang Wi zur Seite, doch diesmal nach rechts, denn der Bulle stürmte dicht an der Wand entlang, von der er sich eben hatte fallen lassen. Der Bulle sah es, warf sich herum und stürzte sich auf ihn. Wi packte ihn mit beiden Händen bei den Hörnern und klammerte sich fest, während er über dem Sumpfloch hin und her geschleudert wurde. Bis der brüchige Boden einbrach und sie in den Schlamm stürzten, Wi, der Auerochs und Yow.

Kurz nachdem Wi die Höhle verlassen hatte, wurde Pag wach, als ihn jemand leicht an der Schulter rüttelte. Er blickte auf, und erkannte im matten Licht Laleela. Ihre blauen Augen waren weit aufgerissen, das Gesicht verstört, wie vor Angst.

»Wach auf, Pag!« sagte sie. »Ich habe einen sehr bösen Traum geträumt. In dem Traum sah ich Wi um sein Leben kämpfen, doch weiß ich nicht, gegen was er kämpfte. Höre! Bevor es Tag wurde, erwachte ich von einem Geräusch und sah im Lichte des Feuers, wie Wi die Höhle verließ, mit mehreren Speeren in den Händen, und kurz darauf hörte ich Yow jaulen, als Wi ihn von der Leine löste. Dann schlief ich wieder ein und träumte diesen bösen Traum.«

Pag sprang auf, packte seinen Speer und seine Axt.

»Komm mit mir!« sagte er und watschelte eilig aus der Höhle zu der Stelle, an der Yow über Nacht angebunden wurde.

»Der Hund ist fort«, sagte er. »Zweifellos hat Wi ihn mitgenommen und ist zur Jagd in den Wald gegangen. Wir wollen ihn suchen, denn vielleicht hast du, die du weise bist, wahr geträumt.«

Sie eilten fort, auf den Wald zu. Als sie an Moanangas Hütte vorbeikamen, trat er, gerade wach geworden, heraus, um zu sehen, was für ein Wetter die Dämmerung ankündigen würde.

»Hol Axt und Speer und folge uns!« rief Pag ihm zu. »Schnell, schnell! Wir haben keine Zeit, uns mit Erklärungen aufzuhalten.«

Moananga lief in die Hütte zurück, packte seine Waffen und eilte ihnen nach. Während sie gingen, berichtete Pag von Laleelas Traum.

»Ein Hirngespinst«, sagte Moananga. »Mit was sollte Wi denn kämpfen? Der Tiger und die Wölfe sind erledigt, und die Wildrinder haben die Wälder verlassen.«

»Hast du noch nie von dem großen Bullen des Waldes gehört, gegen den kein Mann sich zu stellen wagt? Er ist jetzt in diesen Wäldern, wie ich weiß, denn ich habe seine Spuren gesehen und sein Lager entdeckt, und obwohl ich es Wi wohlweislich verschwiegen habe, mag er sie ebenfalls gesehen haben«, antwortete Pag mit leiser Stimme, um nicht außer Atem zu kommen. Dann deutete er in dem heller werdenden Licht auf den Boden und sagte: »Wis Fußspuren, und die von Yow, der an seiner Seite lief; noch keine Stunde alt.« Er beugte seinen großen Kopf, richtete den Blick seines einen Auges auf den Boden und folgte den Spuren, und die anderen folgten ihm.

Sie gingen sehr schnell, denn das Licht war gut und die Fährte im Sand klar zu erkennen für Pag, den Wolfsmann, der, wie behauptet wurde, selbst einer Geruchsspur folgen konnte. Schließlich kamen sie zum Rande des kleinen Sumpfes, der unterhalb der flachen Klippe lag. Noch immer den Spuren folgend wollten sie daran vorbeigehen, wie Wi es getan hatte. Plötzlich stieß Laleela einen Schrei aus und deutete in den Sumpf.

Siehe! Dort im Schlamm torkelte mit matten Bewegungen der schreckliche Bulle umher; und auf seinem Nacken hockte Wi, der sich mit der linken Hand an einem der Hörner fest hielt, und fast am Ende seiner Kräfte, mit der Axt auf den Kopf des Auerochen einschlug, während neben ihm das Hinterteil des toten Hundes aus dem Schlamm ragte.

Während die drei hinüberstarrten, machte der Auerochs einen letzten Versuch. Er bäumte sich auf und riß seine Schulter aus dem klebrigen Schlamm; er stürzte auf die Seite und riß Wi mit sich. Wi verschwand in dem zähen Morast; der Bulle stöhnte auf und lag still; ein Zittern lief durch den riesigen Körper, sein Auge schloß sich.

Pag und Moananga liefen um den Sumpf herum, bis sie den Fuß der Klippe erreichten, bei der Wi und der Bulle im Morast steckten. Sie sprangen auf den Kadaver des Auerochsen. Pag, der sehr kräftig war, zog den riesigen Kopf beiseite. Unter ihm lag Wi!

Laleela kam gelaufen. Sie und Moananga standen bis zur Brust im Schlamm und zogen an ihm; sie rissen mit aller Kraft, bis er endlich frei war, schleppten ihn aus dem Sumpf, legten ihn auf den festen Boden und warteten. Siehe, er hustete; roter Schlamm quoll aus seinem Mund. Sie waren noch rechtzeitig gekommen: Wi lebte!

Der Stamm befand sich in heller Aufregung. Diese drei, Laleela, Pag und Moananga, hatten Wi zum Dorf zurückgebracht, halb stützend und halb tragend. Dann waren die Menschen des Stammes zu dem Sumpf unterhalb der kleinen Klippe hinausgeeilt und hatten mit vereinten Kräften den Auerochsen und Yow herausgezerrt, der selbst im Tode noch an dem Bullen festgebissen war.

Sie wuschen den Schlamm von dem Kadaver und sahen die Speere Wis, der eine tief in die Augenhöhle gebohrt, der andere tief im Rachen in der Zungenwurzel steckend, und sie sahen die Wunde von dem dritten im Hals. Sie sahen auch die Spuren von Wis Axthieben im Nacken des Bullen, als er versucht hatte, ihm das Genick durchzuschlagen, was ihm jedoch wegen der starken Mähne und der dicken Haut nicht gelungen war; dennoch hatte er weiter zugeschlagen, bis das Tier starb. Sie bestaunten die mächtigen Hörner, von denen eins gesplittert war, bei dem Versuch, den Felssims herunterzustoßen, auf dem Wi stand. Sie vermaßen den toten Körper mit Stöcken und berichteten später Urk, dem Alten, darüber, der zu alt war, um so weit gehen zu können, jedoch erklärte dieser sofort, daß zu den Tagen des Großvaters seines Großvaters ein noch größerer Bulle getötet worden sei, und zwar von dem Großonkel seines Großonkels, der ein Netz aus Zweigen über ihn geworfen und ihn mit schweren Steinen beworfen habe, als er sich von dem Netz zu befreien versuchte. Irgend jemand fragte Urk, woher er das wüßte, worauf er antwortete, daß seine Ur-Urgroßmutter, als sie hundert Winter alt war, seiner Großmutter davon berichtet habe, welche es dann ihm erzählt habe, als er ein kleiner Junge war.

Der Bulle wurde abgehäutet, sein Fleisch aufgeteilt und das Fell ins Dorf gebracht, damit es in der Höhle als Matte diene. Und auch der Kopf wurde ins Dorf geschleppt, von vier Männern an Stangen getragen, und an jenen Baum gebunden, auf dem der Kopf Hengas gesteckt hatte, bevor Pag ihn als Köder für den langzahnigen Tiger benutzte. Ja, er wurde zum Dorf gebracht, mit einem Speer in der Augenhöhle und einem zweiten, dessen Schaft zerbissen war, tief im Rachen steckend. Dort hing er nun, und die Menschen kamen und starrten ihn an. Wi tat es ebenfalls, nachdem er all den blutigen Schlamm erbrochen und sich etwas ausgeruht hatte; er saß in der Öffnung der Höhle und starrte den mächtigen Kopf an, der in dem Baum hing, und fragte sich, woher er die Kraft genommen hatte, gegen ein so gewaltiges Tier zu kämpfen.

Dort trat Aaka zu ihm.

»Du bist ein mächtiger Mann, Wi«, sagte sie, »so mächtig, daß du Henga schon viel früher ein Ende hättest machen können, wenn du es nur gewollt hättest, und damit hättest du unsere Tochter vor dem Tod bewahrt. Ich bin stolz, die Kinder eines solchen Mannes geboren zu haben. Aber dennoch: wie kam es, daß Pag und Moananga dort waren, um dich aus dem Morast zu ziehen, als der Bulle über dich hinweggerollt war?«

»Das weiß ich nicht, Frau«, antwortete Wi, »doch habe ich gehört, daß Laleela damit zu tun gehabt haben soll. Sie hat etwas geträumt, ich weiß nicht, was es war, das sie Pag und Moananga berichtete, und dann sind sie hinausgelaufen, um mich zu suchen. Frag doch sie selbst danach, die ich noch nicht gesehen habe, seit ich aufgewacht bin.«

»Ich habe sie gesucht, konnte sie jedoch nicht finden. Doch bin ich sicher, daß auch hier ihre Hexenkunst im Spiel war, wie bei allen anderen Dingen.«

»Wenn dem so sein sollte, so hast du keinen Grund zur Klage, Frau.«

»Ich beklage mich auch nicht; ich bin ihr dankbar, daß sie den größten Mann, den der Stamm jemals hervorbrachte, vor dem Tode bewahrt hat. Mehr sage ich nicht. Ich denke, du solltest sie zur Frau nehmen, Wi, denn sie hat es verdient. Doch zuerst mußt du sie finden.«

»Was das betrifft, so habe ich ein neues Gesetz erlassen«, antwortete Wi. »Soll der, der dieses Gesetz erlassen hat, es als erster brechen?«

»Warum denn nicht?« fragte Aaka lachend, »da jener, der

sie gemacht hat, sie auch zurücknehmen kann. Außerdem: wer wird es wagen, einem Vorwürfe zu machen, der allein diesen Bullen aller Bullen erschlug? Ich gewiß nicht, Wi.«

»Wir waren zu zweit«, antwortete Wi und blickte zu Boden. »Der Hund Yow und ich haben ihn gemeinsam getötet. Ohne Yow hätte er mich getötet.«

»Ja, und deshalb gebührt Yow Ruhm. Wenn ich Gesetzgeber wäre, wie du es bist, würde ich Yow zum Gott erheben.«

Dabei lächelte sie auf ihre rätselhafte Art und ging fort, um mit Pag und Moananga zu sprechen, denn Aaka war entschlossen, die Wahrheit über diese Angelegenheit zu erfahren.

Wi blieb in der Öffnung der Höhle sitzen, und während er aß, berichtete er Foh, der ihn mit offenem Mund und weit aufgerissenen Augen anblickte, über seinen Kampf mit dem Auerochsen. Dann schickte er Foh hinaus, um beim Aufspannen des Fells zu helfen, und als der Junge gegangen war, verließ auch er die Höhle, um nach Laleela zu suchen, denn niemand wußte, wo sie war.

Da er nicht wußte, wo er sie suchen sollte, ging er – ziemlich steif zu Anfang – den Strand entlang, an der Mündung des großen Gletschertales vorbei, um den Felsausläufer herum, an Hügeln und kleineren Gletscherzungen vorbei auf die Robbenbucht zu. Dort, wenn irgendwo, überlegte er, mochte er Laleela finden, da ihr Boot nach dem Kampf gegen die roten Wanderer dorthin zurückgebracht und in der kleinen Höhle oberhalb der Bucht versteckt worden war. Spät am Nachmittag erreichte er die Bucht, und dort, in der Öffnung der Höhle, sah er Laleela sitzen, als ob sie dort wartete, daß die Sonne unterginge oder der Mond aufginge. Sie fuhr zusammen und senkte den Blick, sagte jedoch nichts.

»Warum bist du hier?« fragte er streng.

»Ich bin gekommen, um allein zu sein und dem Mond, den ich anbete, Dank zu sagen für einen bestimmten Traum, der mir gesandt wurde, und um mein Gebet zu sprechen, wenn er erscheint.«

»Wirklich, Laleela? Bist du sicher, daß du nicht auch zu einem anderen Zweck hergekommen bist?« Dabei blickte er in die Höhle, in der sich ihr Boot befand.

»Dessen bin ich nicht sicher, Wi. Alles hängt von der Antwort ab, die mir auf mein Gebet zuteil werden wird.«

»Höre, Laleela«, sagte er mit einer Stimme, die vor Wut heiser klang. »Wenn du mir nicht schwörst, daß du nicht ein zweites Mal versuchst, fortzugehen, werde ich mit meiner Axt den Boden deines Bootes durchschlagen oder es mit Feuer verbrennen.«

»Wozu, Wi? Können Sucher des Todes nicht auf vielen Straßen zu ihm gelangen? Wenn eine davon versperrt ist, bleiben doch hundert weitere offen.«

»Warum solltest du den Tod suchen?« fragte er leidenschaftlich. »Bist du so unglücklich hier? Ist dein Haß auf mich so groß, daß du sterben willst?«

Nun senkte Laleela den Kopf und schüttelte ihr langes Haar vors Gesicht, wie um es zu verstecken, und sprach durch diesen seidigen Schleier zu ihm.

»Du weißt sehr wohl, daß ich dich nicht hasse, Wi, sondern dich, im Gegenteil, zu gern habe. Doch hör mich an! Bei meinem Volk nennt man mich eine Seherin, eine, von der man glaubt, daß sie eine Gabe besitzt, die nicht allen zuteil wird, und, ehrlich gesagt, manchmal glaube auch ich, daß ich eine solche Gabe habe. Denn als ich mein Land verließ, war ich sicher, daß ich dies tun mußte, um den einen zu finden, der mir mehr sein würde als alle anderen; und habe ich ihn nicht gefunden? Und jetzt ist diese Gabe wieder in mir, und sie sagt mir, daß ich gut daran täte, fortzugehen, denn wenn ich hierbliebe, würde ich Unglück auf das Haupt dieses einen bringen, der mir mehr ist als alle anderen.«

»Dann bleibe, Laleela, und laß uns gemeinsam dem Unheil gegenübertreten, das dein Herz voraussieht.«

»Wi, wir können ihm nicht gemeinsam gegenübertreten. Hast du nicht einen Eid geschworen, und willst du diesen Eid brechen? Ich glaube nicht. Doch wenn du schwach werden solltest, muß dann auch ich aufhören, stark zu sein?

Nein, komm nicht näher, damit du nicht vom Wahnsinn gepackt wirst, denn hier und jetzt werde *ich* jenen Eid für dich aufs neue schwören. Nie werde ich zulassen, daß du von Aaka und von deinem Volk verhöhnt wirst als ein Mann, der um einer Frau willen seinen Eid gebrochen hat. Nein, eher würde ich zweimal sterben.«

»Dann ist es also vorbei«, sagte Wi mit einem Stöhnen.

Laleela hob den Kopf und sah zum Himmel auf. Der Abendstern erschien, und auf diesen Stern richtete sie ihren Blick, als sie ihm antwortete.

»Mit welchem Recht sagst du, daß es zwischen uns vorbei ist, oder daß irgend etwas jemals vorbei ist? Hör, Wi! Unter meinem Volk sind weise Männer und Frauen, die glauben, daß der Tod nicht das Ende aller Dinge ist – daß er sogar erst der Anfang ist – und daß dort oben, jenseits dieses Sterns, das Leben, das wir hier unten ablegen, neu erblühen wird, und daß wir in diesem neuen Leben alle, die wir verloren haben, wiederfinden werden. Ich gehöre zu solchen Menschen, ich, die ich eine Seherin genannt werde – ich glaube daran und bin deshalb der Ansicht, daß diese Welt kaum von Bedeutung ist, und, wenn wir in ihr das finden, das zu finden wir ausgesandt wurden, sie ihren Zweck erfüllt hat und vergessen werden kann.«

Wi starrte sie einen Augenblick lang fassungslos an, dann sagte er: »Meinst du damit, daß irgendwo jenseits des Todes ein Heim ist, wo wir jene wiederfinden, die wir verloren haben, wo ich Foa, meine Tochter, wiederfinden werde, und meine Mutter, die mich säugte, und – und andere, und dort in Frohsinn und Frieden mit ihnen zusammen sein werde?«

»Ja«, antwortete Laleela, und blickte ihm ins Gesicht, und ihre Augen waren stolz und glücklich.

»Manchmal«, sagte Wi, »ja, nicht oft, doch hin und wieder, sind mir solche Hoffnungen gekommen, doch haben sie sich bald wieder verflüchtigt. Wenn ich nur sicher sein könnte, das zu sein, was ich bin, doch was man sieht, ist nur ein Tier, das denken und sprechen kann ... Oh, erzähl mir von diesem Glauben, Laleela!«

Also begann sie mit leiser, ernster Stimme ihm zu erklären, einen recht einfachen Glauben, wie er von den Erwählten überall auf der Erde von Anbeginn an geheiligt worden ist, doch ein reiner und sanfter Glaube, und er trank ihre Worte in sich hinein, und sein Herz erglühte mit einem neuen Feuer.

»Jetzt verstehe ich, warum du zu mir gesandt wurdest, Laleela«, sagte er schließlich. »Sag mir heute nichts mehr. Ich muß denken, ich muß darüber nachdenken.«

Sie lächelte ihn glücklich an, und als sie sich erhoben, um zu gehen, sagte sie: »Wi, es war mehr in jenem Traum, der heute morgen zu mir kam, als ich Pag oder einem anderen erzählt habe. Der Traum sagte mir, daß du im Dunkeln heimlich fortgegangen seiest, fast hoffend, daß du bei Helligkeit nicht zurückkehren würdest.«

»Vielleicht«, antwortete er kurz, »denn ich war sehr unglücklich.«

»Doch jetzt bist du wieder glücklich, Wi. Siehe, ich habe dir versprochen, daß ich nicht von dir fort und in die Nebel zurückfliehen werde, aus denen ich einst kam, sondern durch Gutes und Böses bis zum Ende an deiner Seite stehen werde, wenngleich nicht Hand in Hand. Versprichst du mir das gleiche, Wi?«

»Ich verspreche es, Laleela.«

»Dann ist alles gut, Wi, und wir können über unsere Sorgen lachen.«

»Ja, Laleela. Doch ist da eines. Du weißt, daß ich Foh, meinen Sohn und mein einziges Kind, liebe und ständig in Angst um ihn bin. Ich habe Angst, daß der Bruder der Schwester folgen mag, Laleela.«

»Sorge dich nicht um ihn, Wi. Ich glaube, daß Foh eines Tages ein großer Häuptling eines großen Stammes sein wird.«

»Woher weißt du das?« fragte Wi begierig.

»Habe ich dir nicht gesagt, daß ich eine Seherin bin, oder eine Hexe-aus-dem-Meer, wie dein Volk mich nennt?« antwortete sie und lächelte.

## 17

## *Wi fordert die Götter heraus*

Dieses wichtige Gespräch der beiden, das ›lichtbringende‹ Gespräch, wie Wi es nannte, war eines von vielen solcher Gespräche zwischen ihm und Laleela. Aus dem Kelch ihrer Weisheit trank er, bis sein Herz davon so voll war wie eine Bienenwabe mit Honig. Schon bald glaubte er, was sie glaubte, so daß ihre Seelen zu einer wurden. Doch niemals brach er den Eid, den er dem Volk geschworen hatte, und niemals versuchte sie ihn, das zu tun. Weder durch Blicke noch durch Berührungen oder durch Worte.

Wi veränderte sich. Er, der finster und voller Sorgen gewesen war, der ständig über die Schulter geblickt hatte, um das Unheil hinter sich zu sehen, wurde fröhlich und war voller heiterer, freundlicher Worte. Aaka starrte ihn verwundert an, der sich nun niemals mehr um die Gesundheit oder die Sicherheit ihres Sohnes Foh sorgte, sondern offen heraus sagte, daß er nicht mehr um ihn fürchte, da er wüßte, alles würde für ihn gut ausgehen. Zu Anfang war Aaka sicher, daß er, obwohl er nach außen hin den Schein bewahrte, insgeheim Laleela zu seiner Frau gemacht hatte, und als sie feststellte, daß dem ganz und gar nicht so war, war sie verwirrt. Schließlich konnte sie es nicht länger ertragen und befragte Wi auf eine Weise, daß er ihr antworten mußte.

»Um alle Dinge steht es schlecht«, sagte sie, »es gibt nur wenig Nahrung, und schon jetzt, zu Beginn des Winters, herrscht eine Kälte, wie man sie noch nie gekannt hat. Dennoch bist du, Wi, so glücklich wie ein Junge, der im Sonnenschein auf einem Stein sitzt und angelt und viele und große Fische herauszieht. Wie kommt das, Wi?«

»Möchtest du es wissen, Frau? Dann will ich es dir sagen. Ich habe eine große Wahrheit entdeckt, nämlich, daß wir nach dem Tode weiterleben werden, und daß ich nicht grundlos Foas Spielzeuge mit ihr begraben habe, denn wenn alles getan ist, werde ich sie an einem anderen Ort mit ihnen spielen sehen.«

»Bist du verrückt?« fragte Aaka. »Haben die Eisgötter uns jemals so etwas versprochen? Lehren Urk und die Alten solche Dinge?«

»Nein, Frau. Doch was ich dir sage, ist wahr, und wenn du glücklich sein willst, tätest du gut daran, diese Lektion ebenfalls zu lernen.«

»Und wer wird sie mich lehren, Wi?«

»Ich, Frau, wenn du mir zuhören willst.«

»Oder vielleicht sollte ich zuerst fragen: wer hat sie dich gelehrt? War es Laleela?«

Nun antwortete Wi, der sah, daß er nicht mehr lügen konnte, wie er es in früheren Zeiten vielleicht getan hätte, mit ruhiger Stimme: »Wer denn sonst, Frau? Ich habe die Weisheit ihres Volkes in mich aufgenommen. Glaube mir, daß ich nicht verrückt bin und daß ihre Weisheit eine wahre Weisheit ist, die mich, der ich elend war, glücklich gemacht hat, die mich, der ich voller Ängste war, mutig gemacht hat.«

Eine Weile saß Aaka schweigend, denn die Worte erstickten ihr in der Kehle. Dann sagte sie kühl:

»Jetzt verstehe ich. Diese Hexe-aus-dem-Meer hat einen Zauberer aus dir gemacht. Es hat ihr nicht gereicht, dich so zu nehmen, wie jede schöne Frau es getan hätte, ohne daß man ihr viele Vorwürfe deshalb machen könnte. Nein, sie hat dein Herz vergiftet. Sie hat dich unseren alten Göttern abtrünnig werden lassen. Wen kann es wundern, daß sie zornig sind und Unglück über uns bringen, wenn der Häuptling des Volkes und die Hexe-aus-dem-Meer sich vereinen, um sie zu verhöhnen und zurückzuweisen und sie in ich weiß nicht was zu verwandeln? Sage mir, was ist es, das du anbetest, wenn du des Nachts schweigend stehst und zum Himmel emporstarrst, wie ich es gesehen habe?«

»Das, was im Himmel wohnt, Frau; das, was darauf wartet, uns im Himmel in Empfang zu nehmen.«

Nun begann die kühle und beherrschte Aaka vor Wut zu zittern.

»Soll ich mich mit einem Zauberer streiten, mit einem, der auf die Götter unserer Väter spuckt?« fragte sie, wandte sich ab und ließ ihn stehen.

Mit jener Stunde begann das große Unheil. Der Winter war schrecklich, niemand hatte jemals einen solchen Winter erlebt; selbst Urk, der Alte, erklärte, daß man seit den Tagen seines Urgroßvaters Urgroßvater niemals ein so schlimmes Wetter gekannt habe. Unaufhörlich bliesen eisige Winde aus Nord und Ost, und wann immer sie ein wenig nachließen, fiel so viel Schnee, daß er zu großen Wehen angehäuft wurde, aus denen an einigen Stellen nur die Spitzen der Kiefern herausragten, Schneewehen, die fast die Hütten unter sich begruben, so daß die Menschen sich durch den Schnee graben mußten, um zueinander zu gelangen. Auch das Meer hatte eine dickere Eisdecke als jemals zuvor, und zwischen dem Packeis trieben Eisberge, so groß wie Gebirge, die krachend ihren Weg nach Süden freibrachen, und auf diesen Eisbergen sah man eine große Anzahl der weißen Bären, die von ihnen ans Ufer sprangen, auf der Suche nach etwas, das sie verschlingen konnten. Denn falls irgendwelche Robben, von denen sie lebten, übrig geblieben sein sollten, so waren diese unter dem Eis versteckt, wo die Bären sie nicht erreichen konnten.

Von einem Monat zum anderen ernährten die Menschen sich von der Nahrung, die Wi in seiner Weisheit für sie aufbewahrt hatte, wenngleich sie hin und wieder, geführt von ihm und Moananga, gegen die Bären kämpfen mußten, die, vor Hunger wahnsinnig geworden, sogar versuchten, sich einen Weg durch die Dächer und Wände der Hütten zu brechen. Bei diesen Kämpfen fanden mehrere Menschen den Tod, entweder durch die Pranken und Zähne der Bären, oder durch die Kälte, während sie die Tiere belauerten. Auch starben viele der alten Menschen und kleinen Kinder vor Kälte, besonders in solchen Hütten, in denen man, gegen Wis Befehle, keinen ausreichenden Vorrat an Brennholz und Seegras angelegt hatte. Denn jetzt konnte kein Seegras mehr vom Strand geholt werden, und wegen der Schneeverwehungen und der Stürme war es auch nicht möglich, in den Wald zu gehen und Holz heranzuschaffen.

Während all dieser Zeit des Leidens und des Schreckens, ging Wi mit lächelndem Gesicht einher, tat sein Bestes, jedem zu helfen, gab ihnen Obdach in der Höhle, teilte seine Nahrung mit ihnen und auch das Brennmaterial, von dem er einen großen Vorrat angelegt hatte. Und auch Laleela tat, was sie tun konnte, bemutterte die ausgesetzten Kinder und weinte, als sie, eines nach dem anderen, in der bitteren Kälte starben, die durch den offenen Zugang der Höhle hereindrang, und vor der selbst die wärmsten Decken nicht schützen konnten.

Endlich jedoch waren die dunklen Wintermonate vorbei und wichen denen des Frühlings. Doch der Frühling kam nicht. Der Schnee, das ist wahr, begann zu tauen, und das Packeis brach auf; auch begannen die Flüsse wieder zu strömen, doch waren ihre Wasser trübe und dick, und als die Bäume der Wälder wieder aus ihren Schneebetten auftauchten, waren die meisten von ihnen geschwärzt und tot. Man sah kein Grün, wo Gras sprießen sollte, nirgends blühten Frühlingsblumen, die Kiefernzapfen brachen nicht auf, keine Robben und Vögel erschienen, und die Kälte blieb so wie in jenem besonders eisigen Winter, den Wi als kleiner Junge erlebt hatte.

Großes Murren erhob sich unter den Menschen des Stammes. Gerüchte flogen von Mund zu Mund.

»Der Fluch ist über den Stamm gekommen«, sagten diese Gerüchte, »der Fluch, den die schöne Hexe-aus-dem-Meer auf uns gebracht hat.«

Außerdem waren Gerüchte im Umlauf, daß Wi, ihr Häuptling, die Eisgötter verlassen habe, die sie seit den Tagen von Urks Urgroßvaters Urgroßvater verehrt hatten, und vielleicht sogar noch länger, und jetzt sein Knie vor einem anderen Gott beuge, dem Gott der Hexe-aus-dem-Meer. Da Aaka nichts sagen wollte, obwohl sie vielleicht schon zu viel gesagt hatte, und sie nicht wagten, Wi nach der Wahrheit zu fragen, ihn, der Henga und den langzahnigen Tiger getötet hatte, und den Bullen aller Bullen und deshalb mehr war, als ein Mensch, machten ein paar Delegierte des Stammes sich an Pag heran, der Wis Hauptberater war, und versuchten ihn auszufragen.

Er hörte ihnen schweigend zu, bis zum Hals in seine Felldecken gewickelt, starrte sie mit seinem einen Auge an und antwortete dann: »Ich weiß nichts von dieser Sache mit den Göttern, der ich keinen Glauben an irgendwelche Götter habe. Alles, was ich weiß, ist, daß das Wetter sich zum Schlechteren verändert hat; und ich weiß auch, daß Wi jenen Eid, den er geschworen hat, hält, denn obwohl eine sehr Schöne ihm zur Hand ist, hat er doch keine andere Frau genommen, was ihm niemand verdenken könnte, da jene, die er hat, ihn nicht freundlich behandelt. Was das andere betrifft: wenn ihr nicht damit zufrieden seid, ruhig zu sterben, was wir, wie es scheint, tun müssen, und herausfinden wollt, was der Wille der Götter ist, dann geht und fragt jene, die in dem Eis dort drüben wohnen. Ja, laßt alle, die sich beklagen, zusammenkommen, und laßt Wi und alle, die zu ihm stehen, von denen ich einer bin, sich ebenfalls versammeln. Sodann laßt uns hinaufgehen und vor die Eisgötter treten, in die ihr euren Glauben setzt, ihnen ein Opfer darbringen – falls irgend etwas zum Opfern übrig geblieben sein sollte – und sie um ein Zeichen bitten.«

So sprach Pag voll Bitterkeit und Spott, ohne zu ahnen, daß diese armen, gequälten und verwirrten Menschen seinen Worten folgen würden. Dies taten sie nämlich, da sie ihnen wie ein Baum erschienen, an dem sie sich festklammern konnten, als sie von den Fluten des Elends fortgeschwemmt wurden. Sicherlich mußten die Götter, vor denen ihre Väter von Anbeginn an die Knie gebeugt hatten, existieren; sicherlich würden sie, wenn die Menschen vor ihrem Angesichte erschienen und ihnen ein Opfer darbrachten, auf sie hören und das Eis schmelzen und den Frühling kommen lassen.

Die Menschen berieten sich untereinander und schickten schließlich einige aus ihrer Mitte zum Eingang der Höhle, um mit Wi zu sprechen, unter ihnen Ngae, der die Amulette machte, den Priester der Eisgötter, sowie Pitokiti und Hou und Whaka. Also gingen sie zur Höhle hinauf, nachdem sie Hotoa, den Langsamsprechenden, und Urk, den Alten, zu ihren Sprechern ernannt hatten, und vor dem Eingang der Höhle blies Winiwini, der Schlotterer, dreimal in sein Horn, wie es der Brauch gebot, wenn die Menschen mit dem Häuptling zu sprechen wünschten.

Wi trat heraus, in den Umhang aus dem Fell des langzahnigen Tigers gekleidet, den er getötet hatte, und blickte die Sprecher an, die verlegen und mit niedergeschlagenen Augen vor ihm standen, während sich hinter ihnen, auf dem Versammlungsplatz, auf dem er gegen Henga gekämpft hatte, die übrigen Menschen des Stammes, die noch am Leben waren, furchtsam zusammendrängten.

»Was wollt ihr von mir?« fragte er.

»Häuptling«, murmelte Urk, »wir sind entsandt worden, um dir zu sagen, daß die Menschen den Fluch, der auf sie gefallen ist, nicht länger ertragen können. Wir haben gehört, daß die Hexe-aus-dem-Meer, die den Fluch über uns gebracht hat, dein Herz verändert hat, so daß du nicht mehr die alten Götter anbetest, die im Eis wohnen, und in deinem Herzen einen anderen Gott aufgestellt hast, worüber die Eisgötter zornig sind. Wir fragen dich, ob dies wahr ist.«

»Es ist wahr«, antwortete Wi mit fester Stimme. »Nicht länger bete ich zu den Eisgöttern, weil es diese Götter nicht gibt. Jene, die im Eis wohnen, sind nur ein großes Tier und ein Mann, die beide von Anbeginn an tot waren.«

Nun blickten die Boten einander an und erschauderten, denn für sie waren diese Worte eine schreckliche Lästerung, und Ngae, der Priester, wedelte entsetzt mit den Händen und murmelte Gebete und Beschwörungsformeln.

»Wir fürchteten, das dem so ist«, fuhr Urk fort. »Höre, Häuptling! Es ist von meinen Vorvätern auf mich überkommen, daß einst, als die Menschen durch schlechte Witterung dem Hungertod nahe waren, der Häuptling den Eisgöttern seinen Sohn als Opfer darbrachte. Ja, er tötete seinen Sohn mit eigener Hand vor ihren Augen, woraufhin die Götter besänftigt waren, das Wetter sich besserte und die Robben und die Vögel in Scharen zurückkehrten, und alles gut war.«

»Verlangt ihr, daß ich meinen Sohn opfere?« fragte Wi.

»Häuptling, Ngae, der Priester der Eisgötter, wie sein Vater vor ihm, der Weber von Zauberformeln, und Taren, seine Frau, die Seherin, haben eine Weissagung gesucht, und die Offenbarung ist über sie gekommen. Ja, in der Stille der Nacht hat eine Stimme von der Decke ihrer Hütte zu ihnen gesprochen.«

»Und was hat diese Stimme gesprochen?« fragte Wi, auf seine Axt gestützt, und blickte Ngae an. »Sage du es mir, zu dem sie gesprochen hat.«

Nun sagte der hagere, finsterblickende Ngae mit seiner piepsigen Stimme: »Häuptling, die Stimme sagte, daß die Eisgötter ein Opfer haben müssen, und daß dieses Opfer auf zwei Beinen gehen muß.«

»Hat sie den Namen des Opfers genannt, Ngae?«

»Nein. Doch sagte sie, daß es vom Häuptling aus dem Hause des Häuptlings ausgewählt und dann von ihm mit eigener Hand geopfert werden muß, dort drüben, an dem heiligen Ort vor dem Angesichte der Götter.«

»Nenne die Menschen meines Hauses.«

»Häuptling, es sind deren nur drei: Aaka, deine Frau, Foh, dein Sohn, und die Hexe-aus-dem-Meer, die deine zweite Frau ist.«

»Ich habe keine zweite Frau«, antwortete Wi. »In dieser Frage wie in allen anderen habe ich meinen Eid gehalten, welchen ich vor allem Volk ablegte.«

»Wir glauben aber, daß sie deine zweite Frau ist, und auch, daß sie den Fluch auf uns geladen hat, so wie sie jene roten Wanderer zu uns brachte«, antwortete Ngae trotzig, und die anderen nickten zustimmend. »Wir verlangen«, fuhr er fort, »daß du einen dieser drei auswählst, der beim

Sonnenuntergang vor der nächsten Vollmondnacht, der für Opferungen bestimmten Stunde, wenn Sonne und Mond einander über den Himmel hinweg anblicken, den Eisbewohnern zum Opfer dargebracht werden soll.«

»Und wenn ich mich weigere?« sagte Wi ruhig.

Ngae blickte Urk an, und Urk antwortete: »Wenn du dich weigern solltest, Häuptling, so ist dies das Urteil des Volkes und seine Botschaft an dich: Man wird alle drei töten – Aaka, deine Frau, Foh, deinen Sohn, und die Hexe-aus-dem-Meer, deine zweite Frau, damit sie sicher sind, daß der stirbt, welcher zum Opfer bestimmt werden sollte. Dies werden sie tun, wann immer und wo immer sie ihrer habhaft werden können, bei Tag oder bei Nacht, gehend oder essend, und wenn sie sie getötet haben, werden sie ihre Leichen fortbringen und sie als Opfergabe auf die Schwelle der Eisbewohner legen.«

»Warum tötet ihr nicht mich?« fragte Wi.

»Weil du der Häuptling bist, der, so will es das Gesetz, nur von einem getötet werden darf, der stärker ist als du, so wie du einst Henga getötet hast; und wer unter uns ist stärker als du, oder wer wagte es, sich gegen dich zu stellen?«

»Also wollt ihr, wie die Wölfe, die Schwachen töten und die Mächtigen lassen?« sagte Wi verächtlich. »Nun, ihr Boten, ihr Stimmen des Volkes, geht zurück zu den anderen und sagt ihnen, daß Wi, der Häuptling, über diese Sache, die ihr vor ihn gebracht habt, mit sich zu Rate gehen wird. Morgen, zur gleichen Stunde, um Mittag, kommt zurück, und ich werde euch und dem Volke meine ehrliche Antwort sagen, damit morgen abend, bei Sonnenuntergang, die Opferung – so eine Opferung nötig sein sollte – vollzogen werden kann. Wenn die Sonne und der volle Mond einander über den Himmel hinweg anblicken.«

Dann gingen sie, krochen vor dem Blick seiner Augen zusammen, der sie wie Feuer zu verbrennen schien.

Von diesem Gespräch sagte Wi niemandem etwas, nicht einmal Aaka, oder Pag, oder Laleela, wenngleich sie davon zu wissen schienen, denn wenn sie ihm begegneten, blickten sie ihn seltsam an, wie es auch Foh, sein Sohn, tat, zumindest schien es ihm so. Als er an jenem Nachmittag zum Eingang der Höhle trat, sah er, daß unten, zwischen den Hütten, ein großes Feuer entfacht worden war, und daß viele Menschen sich um das Feuer versammelt hatten, wie zu einem Festessen.

»Vielleicht haben sie eine tote Robbe gefunden und braten sie«, murmelte Wi im Selbstgespräch.

Während er so stand und zum Feuer blickte, kamen Pag und Moananga herauf, und er sah, daß Moananga zerschlagen aussah, als ob er in einem Kampf gewesen sei.

»Was geschieht dort?« fragte Wi.

»Dies, mein Bruder«, antwortete Moananga, und es lag Entsetzen in seiner Stimme. »Jene Leute des Stammes, die alle ihre Vorräte aufgebraucht haben, und denen auf deinen Befehl bis nach der Nacht des vollen Mondes nichts mehr gegeben werden soll, und die deshalb hungern, haben zwei Mädchen geschlachtet, die sie jetzt braten und essen. Ich habe versucht, sie daran zu hindern, doch sie haben mich mit Keulen niedergeschlagen, denn sie sind so wild wie Wölfe.«

»Ist das wahr?« sagte Wi leise, denn sein Herz lag schwer in seiner Brust.

»Sollen wir alle Männer zusammenrufen, über sie herfallen und sie töten?« fragte Moananga.

»Was nützt es, noch mehr Blut zu vergießen?« antwortete Wi. »Sie sind hungrige Tiere, und wie diese füllen sie sich den Bauch. Hört! Ich gehe jetzt hinaus, um nachzudenken. Sorgt dafür, daß niemand mir folgt, denn ich will allein sein. Habt keine Furcht! Ich komme zurück. Doch bewacht diese Kinder, denn es sind noch viele Hungrige dort drüben.«

Also ging Wi um den Fuß der Berge herum, die in diesem Frühjahr mit einer so dicken Eisschicht bedeckt waren, wie man sie noch nie zuvor gesehen hatte. Das Eis des Gletschers war fast bis zum Strand vorgeschoben, und er bemerkte, daß sein Ende so dick war wie drei übereinandergesetzte Speere, und er fragte sich, wie es in den Schluchten weiter oberhalb aussehen mochte. Wi erreichte das Tal, welches das Heim der Eisgötter genannt wurde, und ging darin hangaufwärts.

Siehe, der große Gletscher hatte sich weiter talwärts bewegt, denn der letzte der Knüppel, die er zwischen die Felsblöcke gestoßen hatte, um das Vordringen zu messen, war vom Eis begraben worden, und die Felsblöcke, die der Gletscher vor sich herschob, waren zu einem so hohen Kamm angehäuft worden, daß er das Tal in zwei Teile spaltete, einen größeren Teil auf der linken Seite, wenn er mit dem Gesicht zu dem Gletscher stand, und dem Schläfer und dem Mann, den jetzt dieser zu verfolgen schien, und einem kleineren zur Rechten, wo das Eis nicht so dick war. Wi blickte den Schläfer und den Mann an. Es schien ihm, als ob sie jetzt näher waren als jemals zuvor, denn er konnte beide viel klarer sehen, obwohl sie sich jetzt höher im Eis befanden.

»Diese Götter reisen«, murmelte er, überstieg die Barriere der angehäuften Steine und setzte sich auf einen Felsblock, um nachzudenken, wie er es mehr als einmal an dieser Stelle getan hatte.

Früher war er hierher gekommen, weil dieser Ort ihm heilig gewesen war. Jetzt war er ihm nicht mehr heilig, dennoch zog es ihn hierher, weil er wußte, daß er allein sein würde, da niemand es wagte, bei Einbruch der Dunkelheit in dieses Tal zu kommen. Wi sah, wie der Rand der Sonne im Westen versank und der Rand des Mondes über den östlichen Horizont trat, und begann zu beten.

»O Jenes, das Laleela anbetet und mich anzubeten gelehrt hat, höre mich«, sagte er. »Siehe, ich bin hilflos. Diese armen, hungernden Menschen wollen die töten, die ich liebe, und sagen zu mir: ›Wähle du ein Opfer‹, und wenn ich es nicht wähle, werden sie alle töten. Sie sagen, daß die Eisteufel ein Opfer fordern, und daß ihnen dieses Opfer gegeben werden muß. O Jenes, das Laleela anbetet, sage mir, was ich tun muß.«

So betete er mit einfachen Worten, mehr mit seinem

Herzen als mit seinen Lippen, und nachdem er gebetet hatte, versank er in Nachdenken und sprach mit seiner Seele.

Es war totenstill. Die eisige Luft hing schwer; zu beiden Seiten erhoben sich die schwarzen Felswände der Schlucht; vor ihm war das blaue Eis, in dem sich das Licht spiegelte, und links, oberhalb von ihm, war die furchtbare Gestalt des toten Mannes der Vorzeit, der von einer Ära zur anderen von dem gewaltigen, schattenhaften, unbekannten Tier gejagt wurde. In diesem unheimlichen Haus der Götter seines Volkes neigte Wi den Kopf und sprach mit seiner Seele, und nicht nur mit der seinen, sondern auch, wie es ihm schien, mit den Seelen all derer, deren Nachfahr er war. Denn er suchte nicht nur seine eigene Weisheit, sondern auch die seiner Rasse.

Was sollte er jetzt tun? Der Stamm glaubte an die Eisgötter, so wie ihre Vorväter es seit unvordenklichen Zeiten getan hatten, und wenngleich er dazu gekommen war, diese Götter als Götter zurückzuweisen, so glaubte er doch an sie als Teufel, als Elendsbringer. Der Stamm glaubte, daß die Götter aufhören würden, seine Menschen zu quälen, so daß sie wieder reichlich zu essen hätten und so leben könnten, wie ihre Vorväter gelebt hatten, wenn sie den Göttern ein Opfer darbrächten, bei dem das Blut von Menschen floß.

Dem mochte so sein. Es mochte sein, daß Teufel nur durch Blutopfer besänftigt werden konnten, und daß die Teufel nahe waren, die Götter jedoch weit entfernt. Zumindest war das der Glaube der Menschen, die hungrig und verzweifelt waren, und deren Wahrsager erklärt hatten, daß ein Mensch seines Hauses diesen ihren Göttern geopfert werden müsse, so wie es, nach der Legende, von Häuptlingen getan worden war, die vor ihm geherrscht hatten. Und wenn dieses Opfer nicht gebracht werden sollte, wollten sie es selbst durch Mord vollziehen. Deshalb mußte das Opfer gebracht werden, und auf ihm lastete die Bürde dieser furchtbaren Wahl.

Wen also sollte er hingeben, um abgeschlachtet zu werden? Aaka, die Frau seiner Jugend, die er noch immer liebte, obwohl sie ihn so schlecht behandelte? Niemals! Allein der Gedanke an eine solche Untat ließ ihn trotz der Kälte vor Scham erglühen. Laleela, die Liebreizende aus dem Süden, deren Schönheit die eines Sternes und deren Atem wie der Duft der Kiefernbäume war, sie, deren Weisheit ihm Frieden gegeben hatte, sie, die ihr Leben für das seine eingesetzt hatte? Niemals! Wer blieb dann? Nur Foh, sein Sohn, das einzige Kind, das ihm verblieben war, der kluge, tapfere, vielversprechende Junge, der, wie Laleela prophezeit hatte, leben würde, um ein besserer und berühmterer Mann zu werden, als er es war, der Kinder zeugen würde, die ihm nachfolgten. Sollte er dabeistehen und zusehen, wenn die Kehle Fohs vor den Eisgöttern durchschnitten wurde, damit der Dampf seines Blutes zu ihren Nüstern aufsteigen und sie besänftigen würde? Niemals!

Wer war dann noch übrig in seinem Hause, der den Hunger der Götter stillen und den Menschen die Angst nehmen konnte? Nur einer. Er, Wi, selbst, den sie nicht zu berühren wagten, weil er der Häuptling und für sie zu stark war.

Vor einiger Zeit war er in seiner Verzweiflung hinausgezogen, um gegen den großen Bullen des Waldes zu kämpfen, mit der uneingestandenen Hoffnung, daß der Bulle ihn besiegen würde, der nicht mehr weiterleben wollte. Danach hatte Laleela ihm eine Lehre vermittelt, die unter anderem besagte, daß es falsch sei, auf diese Art zu sterben, nur weil es ihm gefiele, und die Lasten seiner Schultern auf jene abzuwerfen, die nach ihm kamen. Doch Laleela hatte ihm niemals gesagt, daß es falsch sei, für andere zu sterben; ja, sie selbst hatte ihm gezeigt, daß sie bereit war, dies zu tun, als sie in die Bahn des kleinen Speeres gesprungen war, und auch, als sie aufs Meer hinausgerudert war, um dort in ihrem hohlen Baumstamme umzukommen, damit er nicht mehr mit Vorwürfen überhäuft oder verspottet werden würde.

Vielleicht würden die Teufel, die er einst für Götter gehalten hatte, durch seinen Tod besänftigt werden, und die

Sonne würde wieder scheinen wie einst, und der Schnee und das Eis würden schmelzen, und die Tiere und die Vögel würden zurückkehren, um den Menschen Nahrung zu geben. War es nicht gut, daß einer um vieler willen stürbe? Sollte er sein Leben zurückhalten, wenn durch dessen Opferung vielen geholfen werden konnte, oder sie zumindest glaubten, daß ihnen geholfen werden würde? Sicher mußte sein Leben hingegeben werden, und er sollte sich darob auch nicht grämen, dem Laleela eine Lehre erteilt hatte, auch wenn es notwendig sein würde, sie und Foh für eine kurze Zeit zurückzulassen.

Solcherart waren die Ratschläge, welche die Seele Wis Wi dort in der eisigen Stille des Gletschers gab.

Wi erhob sich und lachte laut. Er stand auf dem Haufen vom Eis zusammengeschobener Steine, eine winzige Gestalt an dem gewaltigen Ort, und er schüttelte seine Axt gegen den Schläfer, und gegen jenen, den der Schläfer jagte, und gegen die schattenhaften Gestalten, die im Mondlicht um diese herumzuschweben schienen, jene gewaltigen, ständig wechselnden Gestalten, welche die Menschen für Götter hielten.

»Ich trotze euch!« schrie er, und seine Stimme hallte unheimlich von der mächtigen Eisklippe und den Felswänden wider. »Ihr sollt euer Opfer haben. Mein Blut soll vor euch dampfen. Ihr sollt euch am Tod satt essen. Und wenn ihr euch gemästet habt, sollt ihr und jene, die euch anbeten, jene, aus denen ihr eure Kraft saugt, Angesicht zu Angesicht mit Jenem kommen, das größer ist als ihr. Ja, ihr, die Forderer von Opfern, sollt selbst Jenem geopfert werden, das größer ist als ihr!«

So schrie Wi in seiner Besessenheit, ohne recht zu wissen, was er sagte, oder warum solche Worte aus seinem Munde hervorbrachen.

Doch von den Eisgöttern kam keine Antwort. Der Jäger und der Gejagte starrten ihn nur an, der Frost biß noch immer, und noch immer herrschte tiefe Stille, und der Mond schien noch immer vom Himmel herab, als er, ein geschlagener, verzweifelter Mensch, halb erfroren dorthin zurückkroch, woher er gekommen war.

Als Wi die Höhle erreichte, sah er vor ihr eine Gestalt hokken, in mehrere Felldecken gewickelt. Es war Pag, der auf ihn wartete.

»Welchen Rat hast du von den Eisbewohnern bekommen?« fragte er und blickte ihn seltsam an.

»Von nichts kommt nichts«, antwortete Wi. »Was machst du hier?«

»Es sind drei dort drinnen, die ich bewache«, sagte Pag. »Höre! Ich weiß alles, wie die anderen auch, und wenn die Eisbewohner stumm sind, so habe ich einen Rat für dich. Er ist, daß wir drei – du, Moananga und ich – über gewisse Leute herfallen die dir bekannt sind, jene, die heute nachmittag mit dir gesprochen haben, jetzt, in dieser Nacht, und sie töten. Dann werden die anderen führerlos auseinanderlaufen und sich verkriechen, da sie allesamt Feiglinge sind.«

»Ich werde kein Blut vergießen«, sagte Wi, »auch nicht das Blut derer, die mich hassen, denn das Elend hat ihnen den Verstand verwirrt.«

»Dann wird anderes Blut vergossen werden – das Blut solcher, die dich lieben.«

»Das glaube ich nicht«, sagte Wi. »Dennoch: bewache sie gut, welche inmitten hungriger Wölfe gehen.«

Dann trat er in die Höhle und legte sich zwischen Foh und Aaka auf das Bett. Denn er hatte Aaka den Befehl geschickt, daß sie nicht allein in ihrer Hütte schlafen dürfe.

## 18

# *Das Opfer*

Am folgenden Tag um die Mittagszeit erschien Winiwini und blies, wie zuvor, dreimal in sein Horn. Wi trat in die Öffnung der Höhle, und vor ihm standen Urk und die Boten, sie, die mit dem Mund des Volkes sprachen.

»Was ist mit dem Opfer?« fragte Urk. »Häuptling, wir erwarten deine Antwort.«

»Es scheint, daß das Opfer bereits gebracht wurde, unten, zwischen den Hütten, und daß die Bäuche einiger von euch mit seltsamem Fleisch gefüllt sind«, sagte Wi scharf.

Sie duckten sich vor ihm zusammen und murmelten untereinander. Dann sprach Hotoa, der Langsamsprechende, und die Worte, die aus seinem Mund kamen, fielen schwer wie Steine, die nacheinander ins Wasser geworfen werden.

»Häuptling, wir hungern und müssen Essen haben. Die alten Götter, denen du trotzest, hungern ebenfalls und müssen Blut bekommen. Nenne uns nun das Opfer unter den gewählten dreien, oder wir werden sie alle töten und so sicher sein, daß der als Opfer Bestimmte darunter ist.«

»Bin nicht auch ich einer meines Hauses, Hotoa?« fragte Wi. »Und wenn ihr sicher gehen wollt, sollte dann nicht auch ich mit ihnen getötet werden? Seht, ich bin nur einer, während ihr viele seid. Kommt her und tötet mich, damit eure Götter ihr Opfer bekommen!«

Jemand sprang aus dem Dunkel der Höhle hervor und trat an seine Seite. Es war Aaka.

»Tötet auch mich«, sagte Aaka, »denn ich will mit meinem Mann gehen! Sollen wir, die wir so viele Jahre zusammen geschlafen haben, zuletzt in getrennten Betten liegen?«

Die Boten wichen vor ihnen zurück. Ja, Hou und Whaka liefen sogar fort, da sie Feiglinge waren.

»Hört, ihr Hunde, die ihr wie Hunde das Fleisch von Menschen verschlingt!« sagte Wi mit harter Stimme. »Geht zurück zu den anderen und sagt ihnen: da dies ihr Wunsch ist, werde ich sie bei Sonnenuntergang vor dem Haus der Götter treffen. Dort werden wir gemeinsam vor euren Göttern stehen, ich und mein Haus auf der einen Seite, und ihr und die Menschen des Stammes auf der anderen. Und dort wird, vielleicht, auch das Opfer benannt und die Opferung vollzogen werden. Bis dahin aber bin ich stumm. Verschwindet, ihr Hunde!«

Einen Moment standen sie wie versteinert und starrten ihn an, und er starrte mit glühenden Augen zurück. Ein mächtiger Mann war er in seinem Umhang aus Tigerfell, mit der schweren Axt in der Hand; so mächtig, daß ihre Herzen zu Wasser wurden und ihre Knie zitterten. Dann schlichen sie davon wie Füchse vor einem Wolf.

Aaka blickte ihn an, und ein Ausdruck von Stolz stand in ihrem Gesicht.

»Sag mir, Wi, bist du desselben Blutes wie diese zweibeinigen Tiere, oder hat irgendein Gott dich gezeugt?« fragte sie. »Und sag mir auch, was dein Plan ist!«

»Ich werde dir nichts sagen, Frau«, antwortete er hart.

»So? Dann läßt du dich vielleicht von der Meereshexe beraten, denn wie wir alle wissen, ist sie klüger als ich.«

»In dieser Angelegenheit nehme ich auch von Laleela keinen Rat an, Frau.«

»Dann ist es vielleicht Pag, der in dein Ohr flüstert, Pag, der Wolfsmann, der mein Feind ist, und dein Freund, der dein Herz die Künste der Wölfe lehrt?«

»Dieser Stein war schlecht gezielt«, sagte Pag, der in der Nähe stand. »Gestern abend habe ich einen Rat geflüstert, der dir sicher gefallen hätte, Aaka, doch wollte Wi nichts davon wissen.«

»Was für einen Rat?« fragte sie.

»Den Rat der Axt und des Speeres; den Rat, Hunde tot vor die eigenen Türen zu legen, zur Warnung für die Meute. Wölfischer Rat, Aaka.«

»Hier liegt Weisheit, wo ich sie nicht vermutet hätte«, sagte sie.

Bevor Pag antworten konnte, stampfte Wi mit dem Fuß auf und rief: »Schluß jetzt! Bevor der Mond hoch am Himmel steht, werden alle wissen, wer weise ist und wer töricht. Bis dahin aber laßt mich in Ruhe!«

Wi trat in die Höhle und aß, sprach während des Essens mit Foh, dem er Geschichten von wilden Tieren erzählte, und wie er sie erlegt hatte, Geschichten, die der Junge gerne hörte. Mit Aaka und Laleela sprach er jedoch kein Wort, und auch nicht mit Pag, denn dieser saß, den Speer in der Hand, im Eingang der Höhle, und Moananga hockte neben ihm. Doch Laleela, die ihn aus einiger Entfernung beobachtete, fragte sich, was Wis Seele im Heim der Götter wohl zu Wi gesagt haben mochte. Oder vielleicht fragte sie sich das auch nicht. Vielleicht hatte seine Seele es ihrer Seele gesagt, und sie wußte es.

Nachdem Wi gegessen hatte, legte er sich hin und schlief ein wenig. Als es zu dämmern begann und auf den Sonnenuntergang zuging, rief er Aaka und Laleela, Foh und Pag, und auch Moananga und dessen Frau Tana zu, ihre Pelzumhänge anzuziehen, da die Luft kalt sei, und ihn zum Haus der Götter zu begleiten. Dann wickelte er sich in seinen Umhang aus Tigerfell, nahm seine Axt, das Geschenk Pags, und zwei Speere, und führte die anderen am Fuß der weißen Berge entlang, die sich über dem Ufer erhoben, zu der Schlucht, in der das blaue Eis leuchtete und der Schläfer schlief.

Als er die Höhle verließ, sah er, daß die Menschen des Stammes, die noch übrig waren, auf dem Versammlungsplatz zusammenkamen, auf dem er einst Henga besiegt hatte, und ihn beobachteten, eine seltsame und schweigende Gesellschaft. Als er wenig später zurückblickte, sah er, daß sie ihm folgten, noch immer schweigend, fast so wie ein Rudel hungriger Wölfe einer kleinen Herde von Hirschen folgt. Ja, so wirkten sie auf dem weißen Schnee, der in diesem Frühjahr nicht tauen wollte: wie ein Wolfsrudel, das hinter einer kleinen Herde von Hirschen herschlich.

Wi trat in die Gletscherschlucht und stieg in ihr empor,

gefolgt von seinen Begleitern, bis er den Fuß der Gletscherwand erreichte. Dann befahl er den anderen, hinter den rechten der beiden Steinhaufen zu treten, die das Eis vor sich her geschoben hatte, an eine Stelle, wo sich zwischen diesen Steinen und der Felswand ein kleines Stück ebenen Bodens befand, über dem kein überhängendes Eis schwebte. Denn hier wölbte der Fels sich vor, so daß kein Eis darauf Halt fand.

»Dies ist ein sehr enger Raum, Wi«, sagte Aaka, »der uns kaum genug Platz zum Stehen bietet.«

»Wir sind nur wenige, Frau«, antwortete er, »und jene, die da kommen werden, sind viele. Außerdem können wir hier, wo die Felswand sich nach innen wölbt, von allen gehört und gesehen werden, die sich vor der Stirn des Eises versammeln.«

Geführt von den Ältesten, kamen die Menschen des Stammes heran, und Wi deutete mit seinem Speer und wies sie damit an, ihren Platz links von den Steinen einzunehmen, wo das Tal breit war und im Sommer ein Bach aus dem Eise rann, der jetzt jedoch gefroren war. Also versammelten sie sich in dem Bett dieses Baches, Familie um Familie, denn alle Menschen des Stammes, die gehen konnten, waren gekommen, um diese Opferung für die uralten Götter mitzuerleben.

Schließlich waren sie alle versammelt und standen still. Wi stieg auf einen Stein in der kleinen Bucht in der Ostwand und stand vor ihnen, eine feurige Gestalt, denn das Licht der untergehenden Sonne fiel voll auf ihn, während die Masse der Menschen im Schatten stand.

»Ich, Wi, der Häuptling, bin hier, und die meines Hauses mit mir«, rief er, und in der tiefen Stille hallte seine Stimme von den Eis- und Felswänden wider. »Sagt mir jetzt, o Menschen, was ist euer Wille mit mir und den Meinen?«

Nun erklang aus den Schatten die piepsige Stimme von Ngae, dem Wahrsager, dem Priester, dem Weber von Zaubersprüchen.

»Dies ist unser Wille, Häuptling«, sagte er, »daß du einen

der Deinen als Opfer erwählst, damit die Götter unserer Väter das Blut riechen und sie den Fluch von uns nehmen, der von Laleela, der Hexe-aus-dem-Meer, über uns gebracht wurde, die du wider deinen Eid zur Frau genommen hast.«

»In dieser Angelegenheit habe ich euch bereits geantwortet«, rief Wi durch die Schlucht, »doch lassen wir das! Nun zu euch, o Menschen des Stammes: Verrichtet euer Gebet zu euren Göttern und wenn ihr das Gebet beendet habt und euch keine Antwort zuteil geworden ist, werde ich das Opfer benennen.«

Nun begann Ngae mit seiner dünnen, piepsigen Stimme aus dem tiefen Schatten heraus zu den Göttern zu beten.

»O Eisbewohner«, sagte er, »ihr, die unsere Väter von Anbeginn an angebetet haben, hört unsere Geschichte! Vor einiger Zeit hat er, der unser Häuptling ist, neue Gesetze gemacht, und, weil es unter uns der Frauen nur wenige gibt, bestimmt, daß kein Mann mehr als eine Frau haben soll. Auch hat er geschworen, dieses Gesetz selbst einzuhalten, und, so er es brechen sollte, euren Fluch auf sein Haupt und auf die Häupter des ganzen Stammes herabbeschworen.

O ihr uralten Götter, nun erschien aus dem Meer eine sehr schöne Hexe, die dieser unser Häuptling zur Frau genommen und so seinen Eid gebrochen hat. Deshalb ist der Fluch, den er in unserem Namen herabbeschworen hat, auf uns gefallen; deshalb haben die Jahreszeiten sich verändert und sind die Robben und die Fische ausgeblieben, gibt es keine Vögel und keine Hirsche in den Wäldern, und wo Gras und Blumen sein sollten, ist nichts als Eis und Schnee. Deshalb hungern und sterben wir und müssen uns mit dem Fleisch unserer eigenen Kinder füllen, weil ihr, o Götter, zornig auf uns seid.

Höret nun, o ihr Götter! Es ist uns aus früheren Zeiten überliefert worden – der Vater hat es dem Sohne erzählt, durch viele Generationen –, daß solche Plagen auch über jene gekommen sind, welche uns zeugten und nun vergessen sind. Denn auch damals wart ihr zornig auf uns wegen der Sündhaftigkeit jener, welche über uns herrschten, und die euch, den Göttern, den Rücken zukehrten. Später jedoch wurde euer Zorn durch ein Opfer besänftigt, das aus dem Haus des Häuptlings ausgewählt worden war, und so wurde der Fluch von uns genommen und unsere Bäuche wurden wieder voll. Doch noch nie hat ein Häuptling so sehr gegen euch gesündigt wie dieser Wi, der heute über uns herrscht, und der ein so mächtiger Mann ist, daß keiner von uns es wagt, sich gegen ihn zu erheben und ihn zu töten. Und so hat er gesündigt, o ihr Götter von altersher: nicht nur hat er seinen Eid gebrochen, sondern, verführt von der Hexe-aus-dem-Meer, hat er auch euch verleugnet und verhöhnt, und verkündet, daß ihr keine Götter seid, sondern Teufel, und daß er eine andere Macht anbetet, die nicht einmal einen Namen hat, und zu deren Füßen er durch die Zauberei der Hexe-aus-dem-Meer geführt wurde.

Deshalb haben wir, eure Diener von Anbeginn an, erklärt und ihm zu wissen gegeben, daß kein gewöhnliches Opfer seine Sünden sühnen kann, sondern daß das Blut, das vergossen wird, eines seines eigenen Hauses sein muß, ja, das Blut einer seiner Frauen, oder das seines Sohnes. Dies ist der Fall, den wir vor euch bringen, o ihr Götter, wir, eure Diener von altersher. Nun laßt Wi, den mächtigen Mann, unseren Häuptling, der euch verleugnet, eine Antwort darauf finden, wenn er dazu fähig sein sollte. Und dann laßt das Opfer dargebracht werden, auf daß euer Fluch von uns genommen werde und wir, die wir vor Kälte und Hunger verderben, wieder leben können.«

Die piepsige Stimme Ngaes erstarb, und für eine Weile herrschte Stille. Dann kam die Antwort Wis.

»O ihr Eisbewohner, die ich einst als gute Götter anbetete, jetzt jedoch als Teufel und Unheilbringer erkannt habe, höret meine Worte! Euer Priester sagte, daß ich einen Eid geschworen habe, und dem ist so. Dennoch ist er ein Lügner, denn ich habe diesen Eid nicht gebrochen. Es ist wahr, daß ein Fluch auf uns gefallen ist, da die Jahreszeiten ihren Gang verändert haben, doch begann dieser Fluch zu fallen lange bevor diese Frau, die manche die Hexe-aus-dem-Meer nennen, ihren Fuß auf unsere Gestade setzte. Jetzt fordert der Stamm ein Blutopfer, das von mir aus denen meines Hauses ausgewählt werden soll, in dem Glauben, daß durch dieses vergossene Blut der Fluch von ihm genommen werden würde und Frühling und Sommer wiederkehren werden wie einst, und Überfluß mit sich bringen.

O ihr Eisbewohner, dieses Opfer ist bereit, dargebracht zu werden. Ich, Wi, bin das Opfer! Ich, Wi, benenne mich selbst als denjenigen, dessen Blut fließen soll. Vorher jedoch, bevor ich mich in meinen Speer stürze und meine Kehle dem Priester darbiete, werde ich ein Gebet zu Jenem emporschicken, das sowohl über mir, als auch über euch steht. Höre mich, o Macht ohne Namen, o Macht, an die zu glauben ich gelernt habe; ist es dein Wille, daß ich als Opfer für diese Teufel, die Bewohner des Eises, sterben soll? Antworte mir, denn ich bin dazu bereit. Die Menschen leben im Elend; sie haben den Verstand verloren. Ich mache ihnen keine Vorwürfe, ich, in dessen Hand es gelegt ist, sie zu führen und sie zu nähren. Wenn durch das Vergießen meines Blutes ihre Leiden fortgewaschen werden können, dann laß es fließen. Urteile also, o Macht, zwischen mir und den Menschen, für die ich vergebens so viel getan habe, und den bösen Göttern, die sie anbeten, welche über Elend jubilieren und Tod verlangen. Urteile, o Macht ohne Namen. Verwandle die Herzen dieser Menschen, wenn sie verwandelt werden können, und zerbreche die Bande, mit denen sie gefesselt sind. Doch wenn dies nicht sein kann und die Menschen, nachdem sie mich gehört haben, noch immer ein Opfer verlangen, oder wenn durch mein Blut ihre Leiden getilgt werden können, dann laß mich für sie sterben.«

So betete Wi zu der Macht, die über ihnen wohnte, vor den Menschen, die er hier auf Erden geliebt hatte, bat nicht um irgendwelche Zeichen oder um Rache, flehte nicht um Gnade, hoffte jedoch, daß die Macht einen Weg finden mochte, sie von ihrem blutigen Wege abzubringen, so daß sie nicht mehr im Namen ihrer Götter sein Leben oder das der Seinen fordern würden. Während er betete, verblaßte das Licht der versinkenden Sonne auf ihm, der dort in der Nische der Felswand stand, so daß seine letzten Worte aus tiefem Schatten gesprochen wurden, während das Licht des aufgehenden Mondes stärker wurde und die Stirn des Gletschers und die unter ihm stehende Horde beleuchtete, die zu ihm heraufstarrte.

Er schwieg, und für eine Weile herrschte absolute Stille. Und in dieser Stille wurde Wi, dem Jäger, Wi, dem Wilden, bewußt, daß er seine Rolle in einem Krieg der Götter spielte, ja, in dem ewigen Kampf zwischen dem Bösen und dem Guten. Plötzlich wußte er, daß diese Eisbewohner, welche die Menschen des Stammes anbeteten, nichts anderes waren, als das Böse in ihren eigenen Herzen, dem Gestalt und Name verliehen worden war, und daß der Unbekannte, den er jetzt anbetete, das Gute in ihren Herzen war, und in seinem Herzen, dessen Tür Laleela aufgestoßen hatte, so daß es dort eintreten konnte, das Gute, das er jetzt sah und fühlte, das sie jedoch noch nicht verstehen konnten. Was also wird die Oberhand gewinnen? fragte er sich. Ja, so fragte er sich ganz ruhig, sogar kühl, als ob er den Fall eines anderen abwäge, und als er sich diese entscheidende Frage stellte, verließ ihn alle Furcht und mit ihr jeder Gedanke an die Agonie des Todes und an jene, die er liebte und zurücklassen mußte.

Er blickte auf die Menschen hinab und sah in ihre vom fahlen Mondlicht beleuchteten Gesichter. Sie waren verstört; sie begannen untereinander zu flüstern; ein Ausdruck von Trauer trat in ihre Augen, und einige der Frauen weinten. Er hörte Bruchstücke ihrer Gespräche.

»Er war gut zu uns«, sagte sie; »er hat alles Menschenmögliche getan; er ist nicht Herr über die Jahreszeiten; er kann nicht befehlen, daß die Vögel fliegen oder die Robben schwimmen sollen. Warum soll er sich nicht eine zweite Frau nehmen, wenn es ihm gefällt? Dürfen die Götter sein Blut oder das seiner Frauen oder seines Sohnes fordern? Warum sollte er geopfert werden und wir führerlos zurückbleiben?«

Solches waren die Worte, die sie untereinander murmelten.

Das Gute siegt, das Böse unterliegt, dachte Wi, der den Fall noch immer so abwägte, als ob es nicht sein eigener wäre.

Doch Ngae, der Weber von Zauberformeln, der ihn haßte, sah und hörte ebenfalls. Er lief aus der Menge hervor, er stellte sich vor sie, mit dem Rücken zur Gletscherwand und schrie mit seiner dünnen, durchdringenden Stimme:

»Hört mich, den Priester der Eisgötter, so wie es meine Väter vor mir waren; hört mich, ihr Menschen. Wi, der Eidbrüchtige, Wi, durch den der Fluch auf euch gefallen ist, fleht euch um sein Leben an. Wenn er Angst hat zu sterben, so soll er den Göttern doch einen anderen geben. Mag er ihnen Aaka, die Stolze, geben, oder die weiße Hexe-aus-dem-Meer, oder Foh, seinen Sohn. Haben wir denn nach *seinem* Blut verlangt? Wollen wir ihn, den Häuptling, töten? Nein. Wenn er stirbt, so durch eigenen Entschluß, durch eigenen Willen. Darum laßt eure Herzen nicht durch seine Worte erweichen.

Denkt daran, was er ist. Mit eigenem Mund hat er erklärt, ein Lästerer der Götter zu sein. Er hat einen anderen Gott aufgestellt, zu dem er in ihrer Gegenwart betet und sie Teufel nennt. Ohne Zweifel verdient er dafür den Tod, denn die Götter werden für diese Lästerung Rache üben. Doch wir fordern sein Leben nicht. Er mag uns das Leben eines der anderen geben; er mag uns das der weißen Hexe-aus-dem-Meer geben, auf daß wir sie binden und dem Tod überantworten, hier und jetzt. Ich sage euch, Menschen, ich, der ich der Priester bin, mit dem die Götter sprechen, daß ihr, solltet ihr von hier fortgehen, nachdem ihr die Götter ihres Opfers beraubt habt, verhungern werdet. Ja, ihr werdet sterben, so wie viele von uns bereits gestorben sind, an Krankheit, an Hunger und an Kälte. Und außerdem werdet ihr einander töten und essen, bis niemand mehr übrig ist. Wollt ihr mit ansehen, wie eure Kinder gegessen werden? Seht!« – er wandte sich um und deutete auf die Schatten, die das Mondlicht in dem tiefen, klaren Eis hervorrief – »die Götter bewegen sich, sie kommen zusammen, in Erwartung ihres Festmahls. Wollt ihr es wagen, sie dieses Festmahls zu berauben? Tut es nur, dann werdet ihr, jeder einzelne von euch, so sein, wie jener Tote, der vor dem Schläfer flieht! Seht ihr, wie sie sich bewegen?«

Nun erhob sich ein stöhnender Schrei aus der Menge.

»Wir sehen sie! Ja, wir sehen sie!«

»Und wollt ihr sie ihres Festmahls berauben?« rief der finsterblickende Ngae wieder.

»Nein!« riefen sie entschlossen. »Laßt uns das Opfer darbringen! Laßt uns Blut fließen sehen! Laßt die Eisgötter, die schon unsere Väter anbeteten, Blut riechen!«

»Wi, du hast deine Antwort«, rief Ngae, als das Geschrei erstorben war. »Nun tritt vor und stirb, wenn du es wagst! Oder, wenn du es nicht wagst, so schick uns einen deines Hauses!«

Aaka, die Foh bei der Hand hielt, Laleela, Pag, Moananga und seine Frau drängten sich zusammen, wie um miteinander zu beraten. Wi wollte von seinem Stein herabsteigen, vielleicht um sich in seinen Speer zu stürzen, vielleicht um vorzutreten, damit der Priester und das Volk ihn abschlachteten.

In diesem Augenblick geschah etwas, und im ersten Moment konnte niemand sagen, was es war. Alle verharrten reglos, jeder an seinem Platz. Von hoch droben, obgleich kein Wind wehte, kam ein stöhnender Laut, als ob irgendwo im Dunkel der Nacht unzählige Vögel mit ihren Schwingen schlügen. Die Luft schien sich zu verändern; sie wurde noch eisiger, und der Atem der Menschen gefror darin. Die Schatten im Eis wuchsen und schwankten in den zitternden Strahlen des Mondlichts. Sie kamen näher, sie huschten rasch zurück, sie verschwanden, nur um wieder aufzutauchen, hoch oberhalb der Stelle, an der sie vorher gewesen waren. Der behaarte Mann, der vor dem Schläfer stand, schien sich ein wenig zu bewegen. Ja, sie sahen, wie er sich bewegte!

Die Erde erbebte, als ob sie mit Grauen erfüllt wäre, tiefer und tiefer wurde die Stille, bis sie plötzlich von einem furchtbaren Krachen zerrissen wurde, wie von einem gewaltigen Donnerschlag. Und als seine Echos erstorben waren, kamen der Schläfer und jener, den er zu jagen schien, aus der Tiefe des Eises hervorgeschossen. Ja, der stoßzahnige Schläfer brach wie ein angreifender Bulle hervor, wie ein von der Schleuder fliegender Stein. Der gefrorene Mann wurde weit durch die Luft geschleudert und verschwand, doch der mächtige Schläfer fiel voll auf Ngae, den Priester, der noch immer reglos stand und zur Eiswand emporstarrte, zermalmte ihn zu Brei, raste weiter und pflügte einen blutigen Pfad durch die versammelte Menge.

Wieder herrschte absolute Stille, und in diese Stille hinein sagte Wi aus dem Dunkel wie einer, der träumt: »Es scheint, als ob die Eisgötter sich ihr Opfer geholt hätten!«

Als diese Worte auf seinen Lippen erstarben, setzte der gewaltige Gletscher, mit einem entsetzlichen, berstenden Krachen, begleitet von Böen und unsteten Winden, sich in Bewegung und begann einen langsamen, tödlichen Marsch. Er glitt das Tal hinab, schob Berge von Gestein vor sich her, formte seine Masse zu Wellen, wühlte den festen Boden auf, während vor ihm riesige Felsblöcke sprangen und tanzten. Die Felsblöcke tanzten durch die Menschenmenge, das Eis floß über sie hinweg. Ja, während sie noch herumfuhren, und schreiend flohen, floß es über sie hinweg, so daß kurz darauf dort, wo sie gewesen waren, nichts mehr war als ein gewaltiger Strom zerborstenen, wogenden Eises, der sich zum Strand hinab ergoß.

Wi sprang von seinem Felsen. Mit den Menschen seines Hauses drängte er sich tiefer in die kleine Nische der Felswand und sie beobachteten von dort aus, durch die Felswand geschützt, den an ihnen vorüberdonnernden Eisstrom. Wie lange sie dort standen? Niemand konnte das sagen. Sie sahen das Eis vorbeigleiten. Sie sahen, wie es ins Meer kroch und dort zu scharfkantigen Eisbergen zerbrach. Dann, so plötzlich, wie es sich in Bewegung gesetzt hatte, versiegte der Strom, und die Nacht war wieder so, wie sie zuvor gewesen war, nur daß jetzt das Tal der Götter ein Tal des Eises war, und dort, wo der Gletscher sich befunden hatte, jetzt Hänge und Wände aus glattem, schwarzem Fels waren.

Als alles vorüber war, sagte Wi zu denen, die bei ihm waren: »Die Eisgötter haben gekreißt. Die alten Teufelsgötter haben sich das große Opfer aller, die ihnen dienten, genommen, doch Jenes, das ich und eine andere anbeten, hat unsere Gebete erhört und uns dem Leben bewahrt. Laßt uns zur Höhle zurückgehen!«

Darauf kletterten sie unter der Führung Wis aus der Nische in der Bergwand auf die hohe Masse des Gletschers, der das Tal hinabgeglitten war und es von einer Seite bis zur anderen füllte, in der Absicht, ins Dorf zurückzukehren. Doch als sie die Oberfläche des Eisflusses erreicht hatten und dorthin blickten, wo sich der Strand befinden sollte, und die Hütten des Stammes, sanken sie verwirrt und von Entsetzen gepackt nieder. Denn, siehe, es gab keinen Strand mehr. Siehe, das Eis, das sich an den Hügeln hinter dem Dorf gestaut hatte, war ebenfalls talwärts und zur See geflossen, so daß sich dort, wo die Behausungen des Stammes gewesen waren, jetzt eine weite Fläche rauhen, zerborstenen Eises erstreckte, an welche die Wellen des aufgewühlten Meeres brandeten. Der Stamm, der seit unvordenklichen Zeiten an diesem Strand gelebt hatte, war ausgelöscht, und mit ihm seine Behausungen, die jetzt für immer begraben waren, vom Angesicht der Erde getilgt.

Aaka, die sich auf Wi stützte, blickte auf die im Mondlicht schimmernde Eiswüste hinab. Dann sagte sie: »Der Fluch, den deine schöne Hexe mit sich brachte, hat gut gewirkt; so gut, daß ich mich frage, was für sie zu tun noch übrig bleibt.«

»Nach allem, was geschehen ist, Frau, erscheinen mir solche Worte von Übel«, antwortete Wi. »Die Menschen, welche die Eisbewohner anriefen, wo sind sie jetzt? Zweifellos sind sie Bewohner des Eises geworden. Ich jedoch, der eine andere Lehre von ihr gelernt habe, die du anklagst, ich, der ich glaubte, um diese Zeit geopfert worden zu sein, bin am Leben geblieben, und mit mir alle meines Hauses. Ist dies also wirklich der richtige Zeitpunkt, bittere Worte zu sprechen, Frau?«

Darauf sprach Pag, und er sagte: »Wie du wohl weißt, Wi, habe ich nie an die Eisgötter geglaubt, nur weil unsere Menschen ihnen seit tausend Jahren Opfer dargebracht und vor ihnen getanzt haben. Jetzt aber glaube ich noch weniger an sie, da jene, die sie anbeteten, fortgerissen worden sind, während solche, die sie verleugnen, weiterleben. Die Menschen sind fort, nicht einer von ihnen ist geblieben. Sie sind fort; sie liegen im Eis begraben, so wie vor Tausenden von Jahren der große Schläfer, der auf Ngae fiel und ihn zermalmte, und er, der ihn jagte, oder von ihm gejagt wurde, in ihm begraben ward. Dort liegen sie, die in kommenden Tagen vielleicht auch zu Göttern werden, angebetet von den Narren, die nach uns kommen. Doch wir sind noch am Leben, und, da alle anderen tot sind, wie können wir uns am Leben erhalten? Die Kinder, die aus der Hochzeit dieser Eisgötter geboren wurden, haben unsere Heime aufgefressen; es ist kein Strand mehr da. Nichts ist geblieben. Wohin also sollen wir uns wenden, die wir, wenn wir hier auf dem Eis bleiben, sehr bald tot sein werden?«

Wi bedeckte seine Augen mit der Hand und antwortete nicht, da sein Herz gebrochen war.

Nun sprach Laleela zum ersten Mal, die bis dahin geschwiegen und nicht ein Wort gesprochen hatte, auch dann nicht, als Wi sich selbst als Opfer dargeboten hatte.

»Bitte, hört mich an!« sagte sie. »Wie das Mondlicht euch zeigt, ist das Eis über den Strand und die Hütten und über die hinter ihnen gelegenen Wälder hinweggeflossen. Doch auf der anderen Seite der Gebirgskette, die an das Tal der Götter grenzt, und auf den dahinter liegenden kleineren Bergen ist es nicht in Fluß geraten, denn dort liegt das Eis flach unter der Schneedecke und kann nicht durch sein eigenes Gewicht in Bewegung gesetzt werden. Dort im Osten ist eine kleine Höhle, in der das Boot liegt, das mich in dieses Land gebracht hat, und dort habe ich Nahrung verwahrt. Wenn ihr damit einverstanden seid, laßt uns zu jener Höhle gehen und dort Obdach finden.«

»Ja, laßt uns zu der Höhle gehen, denn wenn wir hier auf dem Eis bleiben, werden wir sterben«, sagte Pag.

Also stiegen sie um den Fuß des Berges herum und an den dahinter gelegenen Hügeln vorbei und gelangten schließlich auf den offenen Strand, auf dem zwar etwas Schnee lag, aber kein Eis, und gingen am Ufer entlang zu der kleinen Höhle.

Pag und Moananga, die vorausgingen, erreichten sie vor den anderen. Pag warf einen Blick hinein und fuhr sofort zurück, denn er sah große Augen, die ihn aus dem Dunkel anstarrten.

»Vorsicht!« rief er Moananga zu. »Da sind Bären oder Wölfe drin!«

Der Klang seiner Stimme erschreckte die Tiere, die in der Höhle waren, und sie kamen zögernd heraus, und die beiden Männer sahen, daß es keine Bären oder Wölfe waren, sondern zwei Robben, ein großes Muttertier mit seinem halb ausgewachsenen Jungen, die sich beide hier verkrochen hatten, vielleicht, weil das Donnern der seewärts gleitenden Gletschermassen sie erschreckt hatte. Pag und Moananga stürzten sich auf die tolpatschigen Tiere und erschlugen sie mit ihren Äxten.

»Hier ist Fleisch, das uns für eine lange Zeit reichen wird«, sagte Pag, als die beiden Robben tot waren. »Jetzt müssen wir sie abhäuten, bevor sie gefrieren.«

Unter Mithilfe von Foh machten sie sich im Mondlicht an die Arbeit und hatten sie fast beendet, als Wi mit den Frauen sie erreichte. Denn Tana war so erschüttert von dem Schrecken, den sie gesehen hatte, daß Aaka und Laleela sie stützen mußten und sie deshalb nur langsam hatten durch den Schnee stapfen können.

Nachdem sie die Höhle untersucht hatten, um sicher zu

gehen, daß sie nun leer war, traten sie hinein und entzündeten ein Feuer, um das sie sich hockten und sich wärmten, schweigend und voller Entsetzen.

## 19

## *Welches?*

Vor Anbruch der Dämmerung verließ Wi die Höhle und stieg auf den kleinen Berg aus uraltem Gletschergeröll und Felsgeschiebe, in dem sich die kleine Höhle befand. Dies tat er, weil er auf das Land und auf das Meer hinausblicken wollte, wenn es hell wurde, vor allem aber, um allein zu sein und nachzudenken. Doch stellte er fest, daß er nicht allein war, denn hinter einem der Felsen kniete Laleela, in Gebet versunken, ihr Gesicht dem untergehenden Mond zugewandt. Als sie sah, wer es war, der heraufgekommen war, rührte sie sich nicht, sondern fuhr fort zu beten, und Wi kniete sich neben sie und betete mit ihr, denn nun waren sie eines Glaubens, wenngleich keiner der beiden ganz verstand, an wen oder was sie glaubten.

Als sie ihr Gebet beendet hatten, sprachen sie miteinander.

»Seltsame Dinge sind geschehen, Laleela«, sagte Wi, »und mein Herz ist zerbrochen wegen der Menschen, die tot sind. Ich war bereit, mich selbst als Opfer anzubieten, wenn sie ein Opfer haben wollten, da sie glaubten, dadurch einen Fluch von sich abwenden zu können, und das, woran man glaubt, trifft oft ein. Doch ich lebe weiter, und sie sind alle getötet worden, und mein Herz ist gebrochen.« Zum ersten Mal seit der Ermordung Foas ließ Wi den Kopf in die Hände sinken und weinte.

Laleela nahm seine Hand und tröstete ihn, trocknete seine Tränen mit ihren Haaren und sagte mit ihrer sanften Stimme:

»Es ist alles so gekommen, wie es vorbestimmt war, und

jene, die Blut vergießen wollten, sind in ihrem Blut gestorben, zu Brei zermalmt von den Göttern, die sie anbeteten, ob durch Zufall oder durch den Willen Jenes, das dort oben wohnt, kann ich nicht sagen und will es auch gar nicht wissen. Nur, Wi, war es unrecht von dir, dich selbst zu töten oder dich töten lassen zu wollen, und«, setzte sie mit einem Zittern der Angst in ihrer Stimme hinzu, »wer kann sicher sein, daß das, was dem Himmel angeboten wurde, der Himmel nicht eines Tages nehmen wird?«

»Ich nicht«, antwortete Wi. »Aber, Laleela, was hätte ich denn deiner Meinung nach tun sollen? Wenn ich diesen wahnsinnig gewordenen Menschen ihr Opfer verweigert hätte, dann hätten sie ihre Drohung wahrgemacht und Aaka und Foh und dich ermordet, alle drei. Deshalb mußte ein Blutopfer aus meinem Hause gewählt werden, und hättest du gewollt, daß ich einen von euch dazu bestimmt hätte und selbst am Leben geblieben wäre?«

»Ich habe alles verschuldet, Wi; also hätte ich auch den Preis dafür bezahlen müssen. Ja, ich hätte mich ihnen ergeben, die mich haßten und mein Blut forderten, nicht das deine, wenn nicht eine Stimme in meiner Brust gesprochen und mir gesagt hätte, daß du auf irgendeine Art verschont werden würdest. Außerdem spürte ich zuletzt, daß etwas Entsetzliches geschehen würde, wenngleich ich nicht wußte, was es sein mochte.«

»Das haben wir, wie ich glaube, alle gespürt, denn die gestrige Nacht war schwanger von Tod. Aber du antwortest mir nicht. Was würdest du von mir gehalten haben, wenn ich, als der Speer an deiner Kehle war, gesagt hätte: ›Nehmt nur diese Laleela, welche ihr für eine Hexe haltet. Opfert sie euren Göttern und seid zufrieden.‹?«

»Ich hätte dich für weiser gehalten, als du es bist, Wi«, sagte sie mit einem traurigen Lächeln. »Dennoch, glaube mir, ich bin dir dankbar, da du edel bist, und ich werde es niemals vergessen, selbst wenn ich zehntausend Jahre leben sollte. Nein, niemals werde ich es vergessen.«

»Wenn du zehntausend Jahre leben solltest, Laleela,

werde ich vielleicht auch so lange leben – dort, wo es nicht soviel Unheil gibt.«

»Ich bin sicher, daß es so sein wird«, antwortete sie leise.

Es dämmerte, und Seite an Seite stehend sahen sie es heller werden. Es war eine seltsame und herrliche Dämmerung, voll von rotem Licht, das auf die kleinen Wolken fiel, die über den klaren Himmel zogen und sie erglühen ließ. Ja, es war, als ob die Natur, nachdem sie sich ausgetobt hatte, nun in tiefstem Frieden ausruhte. Aber oh, was für ein Anblick bot sich ihnen! Wo einst das Dorf gestanden hatte, war das Eis so hoch aufgeschichtet, daß sie seine übereinandergetürmten Schollen über die Flanke eines Berges hinweg sehen konnten. Und auch der große Wald, in dem Wi den Auerochs getötet hatte, und der sich vom Strand weit nach Westen erstreckte, war unter Eismassen begraben, die von den hinter ihm liegenden Bergen herabgeströmt waren, die jetzt, ihres weißen Kleides beraubt, nackt und schwarz gen Himmel ragten. Auch das Meer war, so weit das Auge reichte, mit einer dicken, festen Eisschicht bedeckt, so zusammengepreßt von dem Gewicht der Gletscher, die von den Bergen und aus dem Tal der Götter hineingestürzt waren, daß sie fast glatt und solide wie Fels aussah, festgehalten von der Landzunge, die die roten Wanderer mit ihren Booten umrundet hatten. Die ganze weiße Welt war wüst und leer.

»Was ist geschehen?« fragte Wi, als er umherblickte. »Geht die Welt unter?«

»Das glaube ich nicht«, antwortete Laleela. »Ich glaube, daß das Eis sich südwärts bewegt, das ist alles, und daß dort, wo Menschen lebten, jetzt keine mehr leben können, weder sie noch Tiere.«

»Dann werden wir umkommen, Laleela.«

»Warum? Mein Boot ist noch da, und auch ein Nahrungsvorrat, und ich denke, daß beides für uns alle ausreicht.«

»Das Boot kann nicht auf Eis schwimmen, Laleela.«

»Nein, aber da es aus einem ausgehöhlten Baumstamm besteht und sehr solide ist, werden wir es vor uns herschieben, bis wir offenes Wasser erreichen, in dem wir fortrudern können.«

»Wohin, Laleela?«

»Dort, im Süden, auf der anderen Seite eines Meeresarms, der jenseits jener Landzunge liegt, ist das Land meines Volkes, Wi. Es ist ein sehr schönes Land, voller Wälder und Flüsse, wohin das Eis nicht reichen wird, wie ich glaube, weil das Meer, an dem es liegt, immer warm ist, selbst im Winter. Ja, hin und wieder treiben Eisberge von Norden hinein, denn ich habe selbst einige davon aus der Ferne gesehen, doch dort zerschmelzen sie rasch. Meine Leute sind nicht so wie die deinen, Wi, denn sie haben Tiere gezähmt, Tiere wie den Bullen, den du getötet hast, und andere, von denen sie Milch melken, und von deren Fleisch sie sich ernähren. Außerdem sind sie friedliche Menschen, die seit langer Zeit keinen Krieg mehr geführt haben und in Frieden leben.«

»Und doch bist du von diesen Menschen geflohen, Laleela.«

»Ja, Wi, und erst jetzt begreife ich, warum ich das tat; doch lassen wir das! Aber obwohl ich geflohen bin, werden sie mich, wenn ich zurückkehre, willkommen heißen, da ich eine große Frau unter ihnen bin, und auch jeden, den ich mit mir bringe. Dennoch, der Weg ist weit, und das Eis ist rauh und kalt, so daß es – wer weiß? – vielleicht besser wäre, hier zu bleiben.«

»Das können wir nicht«, antwortete Wi. »Sieh, die ganze Küste ist von Eis bedeckt, alle Welt ist Eis, und auch das Meer, aus dem wir den größten Teil unserer Nahrung geholt haben, ist zu Eis geworden; und hinter uns ist nichts als eine Wildnis schwarzer Felsen, auf denen nichts wächst; ich weiß das, da ich dort Rentiere gejagt habe. Und im Osten liegt eine Bergkette, die man nicht ersteigen kann, denn sie ist steil, und der Schnee liegt sehr hoch. Doch laß uns mit den anderen sprechen.«

Also stiegen sie von dem Hügel hinab und sahen vor dem Eingang der Höhle Aaka stehen, wie eine, die wartet.

»Hast du deine Gebete zu dem neuen Gott beendet, Wi?« fragte sie. »Wenn ja, so möchte ich wissen, ob seine Priesterin uns erlaubt, von der Nahrung zu essen, die sie hier angehäuft hat, während viele, die jetzt tot sind, hungerten.«

Als Wi diese Worte hörte, biß er sich auf die Lippe, doch Laleela antwortete:

»Aaka, alles, was hier ist, gehört euch, nicht mir. Doch was die Nahrung betrifft, so wisse, daß ich sie von dem aufgespart habe, was mir gegeben wurde, und zu einem bestimmten Zweck: um mein Boot damit zu verproviantieren und um einem Ort zu entfliehen, an dem ich nicht willkommen war.«

Pag, der in der Nähe stand, grinste, doch Wi sagte nur: »Schluß jetzt! Und laßt uns essen!«

Also aßen sie, die seit dem Mittag des vorangegangenen Tages nichts zu sich genommen hatten, und als sie einigermaßen satt waren, sagte Wi zu den anderen:

»Die Heimat unserer Väter ist vernichtet, und mit ihr alle Menschen. Wir allein sind übriggeblieben. Denn das Eis, das sich seit vielen Jahren in den Bergen auftürmte, hat seine Fesseln gesprengt und sie unter sich begraben, als es zum Meer flutete, was ich, der ich sein Verhalten Winter um Winter überprüft habe, für irgendeinen Tag voraussah. Was also ist zu tun? Wir können nicht bleiben, wo es keine Nahrung für uns gibt. Außerdem werden, durch das Eis vertrieben, Wölfe und große Bären aus dem Norden herabkommen und uns fressen. Deshalb ist dies mein Rat: daß wir das Boot Laleelas mit uns ziehen, bis wir offenes Wasser erreichen und dann über das Meer fahren, um ein wärmeres Land zu finden, wohin das Eis nicht gekommen ist.«

»Du bist unser Herr«, sagte Aaka, »und wenn du befiehlst, müssen wir gehorchen. Doch denke ich, daß die Reise, die wir in Laleelas Boot machen werden, übel ausgehen wird; für uns jedenfalls, wenn auch nicht für sie.«

Nun sagte Pag: »Nichts kann schlimmer sein als das Schlimmste. Hier werden wir ganz gewiß sterben. Dort aber mögen wir leben, denen schließlich nicht mehr widerfahren kann als der Tod.«

»Pags Worte sind auch die meinen«, sagte Moananga, als Wi ihn anblickte, doch Tana saß stumm, da die Angst ihr jeden Lebensmut genommen hatte, und Laleela schwieg ebenfalls. Und während sie noch zu Boden starrten, rief Foh laut: »Der Häuptling, mein Vater, hat gesprochen. Steht es uns zu, seine Worte zu wägen?«

Niemand antwortete, also erhoben sie sich und beluden das Kanu mit der Nahrung, die Laleela gehortet hatte, und mit dem Fleisch der beiden Robben, das inzwischen steifgefroren war. Die Felle der Robben, obwohl sie nicht zugerichtet waren, verwendeten sie als Plane und banden sie über der Nahrung fest, und die Paddel und ein paar Holzstücke, aus denen weitere angefertigt werden konnten. Schließlich nahmen sie auf Laleelas Anweisung noch einen jungen Kiefernstamm mit, der in der Höhle lag und über den sie früher Robbenfelle zum Trocknen gehängt hatten, der ihnen jetzt als Mast dienen mochte, obwohl außer Laleela keiner von ihnen wußte, wozu man einen Mast brauchte. Dann banden sie sich Lasten von Holz und trockenem Seegras auf den Rücken, um Feuer machen zu können, in alte Felle gewikkelt, die sie in der Höhle vorfanden.

Nachdem dies getan war, zogen sie das Boot über den Schnee auf das Eis, welches das Meer bedeckte, und über das Eis südwärts, wobei Laleela vorausging, um sie zu führen und mit einem Stock, den sie in der Hand hielt, das Eis zu prüfen.

Auf diese Weise also nahmen Wi und die anderen Abschied von dem Land ihrer Väter, das sie nie wiedersehen sollten.

Mehrere Stunden lang zogen und schoben sie das Boot über das Eis und kamen dabei nur langsam vorwärts, denn die übereinandergeschobenen Schollen waren viel unebener, als sie ihnen vom Ufer aus erschienen waren. Dann rasteten sie eine Weile und aßen. Als sie sich erhoben, um weiterzuziehen, obwohl die meisten von ihnen ihr Vorhaben jetzt für aussichtslos hielten, rief Foh plötzlich: »Vater, dieses Eis bewegt sich! Als wir Rast machten, waren jene Felsen auf der Landzunge vor uns, und jetzt – siehe! – sind sie hinter uns.«

»Wie es scheint, ist es so, aber ich bin nicht sicher«, sagte Wi.

Während sie diese Frage diskutierten, wanderte Pag ein Stück auf ihrer Spur zurück. Kurz darauf kam er zurück und sagte: »Ja, es bewegt sich! Hinter uns ist die Eisdecke aufgebrochen, denn da ist Wasser, gefüllt mit großen Eisschollen, die sich aneinander reiben, so daß wir nicht mehr zum Ufer zurückgelangen können.«

Nun wußten sie, daß eine Strömung sie südwärts trug, und einige von ihnen bekamen es mit der Angst, doch Wi sagte: »Wir sollten dafür lieber dankbar sein, denn so kommen wir schneller voran.«

Dennoch schoben und zogen sie das Boot weiter über das Eis, obwohl sie dies hauptsächlich taten, um sich warmzuhalten, da sie zu erfrieren fürchteten, wenn sie sich zu lange nicht bewegten. So mühten sie sich den ganzen Tag über, bis sie gegen Sonnenuntergang auf eine Eisfläche gelangten, auf der Schnee gefallen war und eine hohe Decke gebildet hatte. Außerdem begann es jetzt wieder zu schneien, so daß sie Rast machen und sich eine Art Hütte aus Schneeblöcken bauen mußten, worin sie geübt waren, in der sie zusammengedrängt die Nacht verbrachten, um sich vor der Kälte zu schützen.

Am nächsten Morgen stellten sie fest, daß der Schneefall aufgehört hatte und auch, daß sie sich inzwischen außer Sichtweite der Berge befanden, die jenseits der Bucht standen, die einst ihre Heimat gewesen war, obwohl sie noch immer einige der schneebedeckten Gipfel der Landzunge sehen konnten, in östlicher Richtung von ihnen und sehr weit entfernt. Sie verließen die Hütte und schoben ihr Kanu weiter über den Schnee, der während der Nacht gefroren war, so daß es jetzt leichter ging und sie gut vorankamen. Den ganzen Tag über, von ein paar Rastpausen unterbrochen, zogen sie so südwärts, bis am Nachmittag der Schnee weich zu werden begann und es schwierig wurde, das Boot hindurchzuziehen. Deshalb, und da sie müde waren, rasteten sie und bauten sich wieder eine Schneehütte, vor der sie ein Feuer entzündeten. Auf diesem Feuer brieten sie etwas von dem Robbenfleisch und aßen es, dann legten sie sich in die Hütte und schliefen, denn sie waren sehr ermüdet.

Am nächsten Morgen stellten sie fest, daß der Schnee noch immer sehr weich war und sie bis zu den Knöcheln einsanken, als sie weiterzuziehen versuchten, so daß es ihnen nicht mehr möglich war, ihr Boot vorwärtszuschieben.

»Wir können nicht mehr vorwärtsgehen, und auch nicht zurück«, sagte Wi. »Also bleibt uns nur eine Möglichkeit: hierzubleiben; wenngleich ich nicht sagen kann, wo dieses Hier sein mag, denn die Berge der Landzunge sind verschwunden.«

Nun brach Tana in Tränen aus, und Moananga blickte sie traurig an, doch Aaka sagte: »Ja, wir werden hierbleiben, bis wir sterben; was können wir auch anderes erwarten bei einer solchen Reise, falls wir nicht eine Hexe unter uns haben sollten, die uns lehren kann, wie die Vögel zu fliegen?« Und sie blickte Laleela an.

»Das kann ich nicht«, erwiderte Laleela, »und die Reise war etwas, das versucht werden mußte, oder jedenfalls glaubten wir das. Und zu sterben brauchen wir noch lange nicht, da wir hier ein Obdach haben und genügend Robbenfleisch, um viele Tage davon leben zu können, wenn wir es uns einteilen, und Schnee, den wir zu Wasser schmelzen können, um zu trinken. Außerdem hoffe ich, daß das Eis, auf dem wir hier sind, uns weiter südwärts trägt, und ich habe den Eindruck, daß die Luft bereits etwas wärmer wird.«

»Das sind weise Worte«, sagte Pag. »Laßt uns jetzt diese Hütte vergrößern, und, da wir nichts weiter für uns tun können, unser Vertrauen in die Eisgötter setzen, oder in jene, die Laleela und Wi anbeten, oder in irgendwelche anderen, die es sonst noch geben mag.«

Also taten sie dies, und da sie noch Feuerholz hatten, brieten sie den größten Teil des Robbenfleisches und bewahrten es auf, um es später kalt zu essen, zusammen mit dem Fett, das sie roh verzehrten.

An jenem Tage sprachen Pag und Moananga viel mit Laleela, fragten sie nach ihrer Reise nach Norden und wie lange sie gedauert habe, und sie fragten auch nach ihrem Lande, und wo es läge, worauf sie ihnen, so gut es ihr möglich war, antwortete. Wi und Laleela sprachen jedoch wenig miteinander, denn wann immer sie auch nur ein paar Worte wechselten, blickte Aaka sie finster an, was ihnen die Zunge zu lähmen schien.

Vier Tage und Nächte vergingen so, und während dieser langen Zeit tatenlosen Wartens veränderte sich nichts, außer daß die Luft ständig wärmer wurde, woran sie erkannten, daß sie südwärts getrieben wurden, und schließlich begannen der Schnee zu schmelzen und die Wände ihrer Hütte zu tropfen. Am vierten Tag entdeckten sie links hinter sich einen Eisberg, den sie bislang nicht gesehen hatten. Dieser Eisberg schien zu wachsen und sich zu nähern, als ob er auf sie zukäme, oder als ob sie auf ihn zukämen, was ihnen sagte, daß das Eis sich nach wie vor bewegte, obwohl sie seine Bewegung weder sehen noch spüren konnten. Während jener Nacht hörten sie furchtbare, brechende Geräusche und fühlten das Eis unter sich erbeben, doch obwohl die Schneehütte schmolz, wagten sie nicht, hinauszugehen, um zu sehen, woher diese Geräusche kamen, denn ein scharfer Wind hatte sich erhoben, der aus dem Norden wehte und Wolken vor sich hertrieb, die den Mond verdeckten.

Gegen Morgengrauen erstarb dieser Wind, und wenig später stieg die Sonne empor und stand strahlend an einem klaren, blauen Himmel. Pag schob den Schneeblock zur Seite, der das Eingangsloch der Hütte verschloß, und kroch hinaus. Kurz darauf war er wieder zurück, ergriff Wis Hand und zog ihn, ohne ein Wort zu sagen, aus der Hütte, deren Zugang er dann wieder mit dem Schneeblock verschloß.

»Sieh!« sagte er, als sie sich von den Knien erhoben, und deutete nach Norden.

Wi blickte in die Richtung und wäre zu Boden gestürzt, wenn Pag ihn nicht aufgefangen hätte. Denn dort, nicht einmal hundert Schritte entfernt, zwischen den riesigen Eisschollen eingezwängt, auf denen sie trieben, war der gewaltige Eisberg, den sie entdeckt hatten, bevor sie schlafen gegangen waren, ein hoher Gipfel mit Hängen aus rauhem Eis. Und, siehe, dort, auf halber Höhe des ihnen zugewandten Hanges, von Blöcken aus Eis und Fels gehalten, stand der Große Schläfer!

Oh, es konnte keinen Zweifel geben, denn das Licht der aufgehenden Sonne fiel direkt auf ihn. Dort stand der Schläfer, so wie Wi ihn sein ganzes Leben lang durch einen Schleier aus Eis hatte stehen sehen, nur war jetzt sein linkes Vorderbein unterhalb des Knies abgebrochen. Und das war noch nicht alles, denn zwischen den Fels- und Eisblöcken lagen seltsame, reglose Gestalten, von einer puderartigen Schneeschicht bedeckt wie mit einem Leichentuch.

»Da sind alte Freunde«, sagte Pag, »und wenn du magst, kannst du hinübergehen und sie begrüßen, Wi. Ngae – nein, nicht Ngae, denn von einem, auf den der Schläfer gefallen ist, wird kaum etwas übriggeblieben sein; aber Urk, der Alte, und Pitokiti, und Hotoa, und Whaka – obwohl er jetzt nicht mehr von kommendem Unheil krächzen kann wie ein Rabe – und viele andere.«

»Ich mag es nicht sehen«, sagte Wi.

Da hörte er eine Stimme hinter sich, die Stimme Aakas, die sagte: »Du dachtest, du hättest die alten Götter hinter dir gelassen, doch siehe, sie sind dir gefolgt, was, wie ich glaube, für Pag und für dich nichts Gutes bedeutet, die ihr die ersten wart, jene anzublicken, die ihr verleugnet habt.«

»Ich weiß nicht, was das bedeuten mag, Frau«, antwortete Wi, »noch will ich es wissen. Dennoch; es ist ein seltsamer Anblick.«

Die anderen kamen aus der Hütte. Moananga stand schweigend, Tana streckte die Arme himmelwärts und begann zu schreien, doch Laleela sagte: »Die bösen Götter mögen uns folgen, doch wir sind ihnen voraus, und niemals werden sie uns einholen.«

»Das bleibt abzuwarten«, sagte Pag.

Während er so sprach, begann der Eisgipfel, auf den sie blickten, dessen Basis von dem wärmeren Wasser, in welches sie getrieben waren, geschmolzen wurde, zu erzittern und sich in ihre Richtung zu neigen. Dreimal verneigte er sich so, dann kippte er, mit einer langsamen, eleganten Bewegung, um, den Schläfer und seine Begleiter mit sich nehmend verschwand er unter dem Wasser, und wo der Gipfel gewesen war, tauchte jetzt seine Basis herauf, deren Eis mit großen Felsblöcken durchsetzt war, die er vom Land mitgebracht hatte.

»Lebewohl den Eisgöttern!« sagte Laleela mit einem Lächeln, doch Wi schrie: »Zurück! Zurück! Die Wellen kommen!« Er packte Aaka bei der Hand und zog sie fort.

Sie flohen alle zurück, und keinen Augenblick zu früh, denn ihnen auf den Fersen folgte eine Flutwelle aus Eis und Wasser, die von dem kenternden Eisberg aufgewühlt worden war. Dicht vor ihrer Schneehütte brach sie sich und begann zurückzuebben, doch die Eisplattform, auf der ihre Hütte stand, schwankte und zitterte heftig.

In seiner Hast, der Welle zu entkommen, war Foh an der Hütte vorbei auf die verschneite Fläche hinausgerannt, von wo er jetzt zurückkehrte und rief: »Das Eis ist gebrochen, und in der Ferne sehe ich Land! Komm, Vater, und sieh das Land!«

Sie folgten ihm alle, wateten etwa zweihundert Schritte durch den tauenden Schnee, bis sie den Rand des Eises erreichten und vor sich eine offene Wasserfläche sahen, so breit wie die Mündung eines großes Flusses, durch die eine reißende Strömung rann, die große Eisblöcke mit sich riß. Dieser Kanal wand sich zwischen zwei Eisufern entlang, so wie sich ein Fluß zwischen seinen Sandufern entlangwindet, und schien sich in der Ferne in einem blauen, offenen Meere zu verlieren, auf welchem kein Eis war.

Weit entfernt, am Rande dieses Meeres sahen sie das Land, von dem Foh gesprochen hatte: grüne Berge, zwischen denen ein großer Fluß ins Meer mündete, und zu beiden Seiten der Berge bewaldete Täler, deren dichte Waldungen sich an deren gerundeten Flanken hinaufzogen. Nur ein paar Minuten lang sahen sie dieses schöne grüne Land. Dann erhob sich ein Nebel an der Stelle, wo der Eisberg gekentert war, wurde vom Wind südwärts getrieben und verdeckte es.

»Dort ist die Küste meines Landes. Ich kenne diesen Fluß und diese Berge«, sagte Laleela.

»Dann sollten wir uns beeilen, dorthin zu kommen«, sagte Pag, »denn dieses Eis, das uns bis hierher getragen hat, bricht unter uns auseinander.«

Und es brach wirklich auseinander, nachdem es in diese warmen Wasser getrieben war, von denen Laleela gesagt hatte, daß sie die Küsten ihres Landes badeten. Sehr rasch zerschmolz es unter ihren Füßen. Breite Spalten rissen auf, eine davon unter der Schneehütte, die als formloser Haufen zusammenfiel.

»Ins Boot!« rief Wi.

Sie liefen zurück; sie packten das Kanu und zerrten es zum Rande des Eises, das bereits überall aufriß. Sie erreichten den Rand des Eises, die Frauen und Foh wurden ins Boot gehoben, nach ihnen kletterte Moananga, und schließlich auch Pag, auf den Befehl von Wi, hinein, der das Heck des Bootes festhielt, um seinen Bug gegen die Strömung zu richten, während Laleela und Moananga die Paddel hervorholten. Wi blickte auf das Boot und sah, daß es zu schwer beladen war, sah, daß das Wasser fast bis zum Rand des großen, ausgehöhlten Baumstamms reichte, aus dem es gemacht war; sah auch, daß, wenn noch ein Mensch hineinstiege und der Wind etwas stärker würde, oder wenn es von einer der Eisschollen gerammt würde, die von der starken Strömung vorbeigetrieben wurden, es vollaufen und kentern mußte, so daß alle ertrinken würden.

»Komm rasch, Wi!« rief Aaka, und auch die anderen riefen: »Komm!« denn es fiel ihnen schwer, das Boot im Gleichgewicht zu halten.

»Ich komme, ich komme!« antwortete Wi und stieß das Heck mit aller Kraft ab, so daß das Boot in die Mitte des Kanals schoß, wo es von der starken Strömung gepackt, herumgedreht und davongetrieben wurde.

Wi trat ein paar Schritte zurück und wollte sich auf einen Eisblock setzen, der aus der ebenen Fläche herausragte, um dem Boot nachzublicken. Während er das tat, hörte er plötzlich ein Platschen, und als er sich umwandte, sah er Pag auf das Eis zuschwimmen. Da er ein guter Schwimmer war, hatte er es bald erreicht und kletterte, mit Wis Hilfe, auf seinen Rand.

»Warum bist du gekommen?« fragte Wi.

»Der hohle Baumstamm war zu voll«, antwortete Pag, »und es waren mir zu viele Frauen drin; ihr Geschwätz störte mich.«

Wi blickte Pag an, und Pag blickte Wi an, doch keiner der beiden sagte noch etwas. Sie setzten sich auf den Eisblock und blickten auf das Wasser hinaus, auf das Boot, das durch den Kanal zwischen den Eisküsten fortgetrieben wurde, wobei sein Bug einmal in diese Richtung wies, dann in die andere, als ob die Paddler versuchten, es zu wenden, was ihnen jedoch nicht gelang. Es erreichte die Nebelbank. Dann, gerade als es von diesem Nebel verschluckt wurde, sahen sie die Gestalt einer hochgewachsenen Frau im Boote stehen und ins Wasser springen.

»Welche von ihnen war es?« fragte Wi mit hohler, stöhnender Stimme.

»Das werden wir gleich erfahren«, antwortete Wi.

Dann warf er sich auf das Eis und schloß die Augen, als ob er schlafen wolle ...

So endete die Vision.

## 20

# *Die Summe aller Dinge*

Ich, Allan Quatermain, erwachte und erkannte, daß wie beim letzten Mal, als Lady Ragnall und ich gemeinsam das *Taduki* genossen hatten, meine Trance nur von kurzer Dauer gewesen sein konnte. Obwohl ich vergessen hatte, auf die Uhr zu sehen, konnte ich doch die vergangene Zeitspanne nach einer anderen Methode messen. Das *Taduki*-Kraut, wußte ich, wurde beim Verbrennen rasch aufgezehrt, doch als ich erwachte, stieg noch ein Rauchfaden, so fein, daß man ihn kaum wahrnehmen konnte, aus seiner Asche empor.

Meine Güte! dachte ich. Wie konnten alle diese Dinge in jenem unbekannten Land und in jener unbekannten Epoche innerhalb eines Zeitraumes geschehen, der kürzer war als das Verglühen eines Zigarettenstummels?

Dann erinnerte ich mich an Good – denn obwohl mein Kopf im ersten Moment ziemlich schwer schien, war mein Gehirn doch vollkommen klar – und blickte ihn an, nicht ohne Besorgnis, denn wie würde ich dastehen, falls Good irgend etwas zugestoßen sein sollte?

Dort saß er in seinem Armsessel, den Kopf zurückgelehnt, und starrte mich mit halbgeöffneten Augen an, etwa wie eine Katze, wenn sie zu schlafen vorgibt, in Wirklichkeit aber hellwach ist. Und an noch etwas erinnerte er mich: an einen Betrunkenen, ein Eindruck, der noch verstärkt wurde, als er kurz darauf zu sprechen versuchte und dabei nur Gestotter hervorbrachte, und ein Wort, das wie ›Whisky‹ klang.

»Nein«, sagte ich. »Es ist noch zu früh, um zu trinken. Alkohol und *Taduki* mögen sich nicht miteinander vertragen.«

Nun murmelte Good ein Wort, das besser ungesagt geblieben wäre, setzte sich auf, schüttelte energisch den Kopf und bemerkte: »Sagen Sie, Wi – Sie *sind* doch Wi, nicht wahr? – wie, im Namen des Heiligen Römischen Reiches – oder der Eisgötter und des Schläfers – bin ich aus dem Kanu herausgekommen; und ... wo ist Laleela?«

»Bevor ich Ihre Fragen beantworte, die mir absurd erscheinen, darf ich Sie fragen, Good, welchen Namen Sie zu führen schienen, als Sie in dem Kanu waren, von dem Sie sprechen?«

»Name? Moananga, natürlich. Verdammt, Wi, haben Sie Ihren eigenen Bruder vergessen, der durch dick und dünn zu Ihnen gehalten hat, wie – nun, eben wie ein Bruder?«

»Wenn Sie Moananga waren, warum fragen Sie dann nicht nach Tana, sondern nach Laleela?«

»Das frage ich mich auch«, sagte Good nachdenklich. »Ich vermute, der Grund dafür ist, daß sie zu dem Zeitpunkt nicht mehr ganz da war; sie lag auf dem Boden des Bootes, überwältigt von dem Schrecken, den sie erlebt hatte, oder von Seekrankheit, oder irgend etwas, und der liebe Junge, Foh, saß neben ihr. Und Sie brauchen nicht eifersüchtig zu sein, alter Knabe, denn obwohl ich versucht habe, sie für mich an Land zu ziehen, als Sie den Heiligentick bekamen und auf Ihrem albernen Eid und so weiter herumritten, hatte ich nicht den geringsten Erfolg. Sie hat mich einfach davongelächelt, sozusagen, und, wie Sie, etwas von Tana gemurmelt. Aber wo ist Laleela? Sie haben sie nicht irgendwo versteckt – oder?« Er blickte auf eine recht alberne Art im Raum umher.

»Das würde ich auch gern wissen«, antwortete ich. »Ehrlich gesagt, kann ich mich nicht erinnern, daß ich jemals in meinem Leben hatte etwas so brennend wissen wollen wie dies.«

»Das kann ich Ihnen leider nicht sagen. Zuletzt sah ich sie in dem Kanu, als sie versuchte, das verrückte Ding mit dem Paddel herumzudrehen.«

»Hören Sie, Good!« sagte ich. »Dies ist eine sehr ernste Angelegenheit, also nehmen Sie sich zusammen und erzählen Sie mir genau, an was Sie sich erinnern können, unmittelbar bevor Sie erwachten.«

»Nur an folgendes: das Kanu schwankte und schaukelte, als es von jenem infernalischen Gezeitenstrom oder irgendeiner Strömung zwischen den beiden Eisufern davongetragen wurde, mit einer Geschwindigkeit von nicht weniger als acht oder neun Knoten, würde ich sagen. Außerdem wäre es beinahe umgeschlagen, als dieser hirnrissige Zwerg, dieser Pag, wie ein Seehund über Bord sprang und auf die Eisscholle zuschwamm, die wir gerade verlassen hatten, weil er glaubte, daß wir alle ertrinken würden, vermute ich.

Also verblieben nur noch Aaka, Laleela, Tana, Foh und ich im Kanu. Laleela versuchte, wie ich bereits sagte, das Ding herumzudrehen, Tana jammerte und schluchzte, der tapfere kleine Foh war sehr still – ich kann jetzt noch sein bleiches Gesicht und seine großen Augen vor mir sehen –, und Aaka, die auf dem Boden des Kanus saß, sich mit beiden Händen an den Dollborden festklammerte, es aber dennoch schaffte, irgendwie würdig zu wirken, warf Laleela in beleidigender Form vor, ihren geliebten Wi ermordet zu haben, oder irgend etwas in dieser Richtung, auf das Laleela nichts erwiderte. Dann, als ich gerade eine Eisscholle von der Bordwand wegschob und mir dabei die Hand aufriß, erlosch alles um mich her, als sei eine Kerze ausgeblasen worden – und hier bin ich nun. Um alles in der Welt sagen Sie mir, wo Laleela geblieben ist.«

»Ich fürchte, mein Freund, daß wir uns diese Frage bis ans Ende unserer Tage stellen und niemals eine Antwort finden werden«, antwortete ich ernst. »Hören Sie! Ich habe ein wenig mehr gesehen als Sie. Pag hat das Eis erreicht, und ich habe ihn heraufgezogen. Er sagte, er sei aus dem Kanu gesprungen, weil es überladen gewesen sei und weil für seinen Geschmack zu viele Frauen an Bord gewesen wären. Was der gute Kerl damit wirklich meinte, war, daß er lieber zurückgekommen war, um mit mir gemeinsam zu sterben.«

»Der gute, alte Pag!« rief Moananga – ich meine, Good.

»Danach lief das Kanu in die Gischt, und in dem Nebel ...«

»Der kommt immer bei tauendem Eis«, unterbrach Good.

»Habe einmal vor der Küste Neufundlands fast die Orientierung verloren.«

»... und für einen Moment verloren Pag und ich es aus den Augen. Zwischen zwei Nebelschwaden tauchte es wieder auf, in einer Entfernung von hundert Yards oder mehr; und dann ... dann sahen wir eine hochgewachsene Frau plötzlich aus dem Kanu ins Meer springen. Doch nun waren beide, sowohl Aaka, als auch Laleela, hochgewachsen, von genau gleicher Größe sogar, und keiner von uns konnte sagen, welche der beiden es war, die das Meer zu sich nahm. Im nächsten Augenblick schloß sich die Nebelwand wieder.«

»Haben Sie die Frau im Kanu aufstehen gesehen? Aaka saß auf dem Boden, wie ich Ihnen sagte.«

»Nein, wir sahen nur, wie sie ins Wasser sprang.«

»Dann muß es Laleela gewesen sein«, sagte Good, »denn sie stand im Boot. Und dennoch glaube ich nicht, daß sie es war, denn sie versuchte mit aller Kraft, das Boot zu wenden, um zum Rande des Eises zurückzugelangen, wo die Strömung nicht ganz so reißend war, um Sie zu holen. Das letzte, was ich sagen hörte, war ihre Aufforderung an mich, das andere Paddel zu nehmen und ihr zu helfen. Ich nahm es sogar in die Hand, doch da ich eine Landratte war, wußte ich nicht, wie man es gebraucht.«

»Ich glaube nicht, daß Laleela so etwas getan hätte, Good. Selbstmord verstieß gegen ihre Glaubensprinzipien. Sie hat mir sogar einmal deswegen Vorhaltungen gemacht. Außerdem war ihr Land in greifbarer Nähe, und sie wollte es erreichen, und sei es nur, um dafür zu sorgen, daß Foh und Aaka – ja, Aaka – freundlich empfangen wurden. Aber wer weiß?«

»Aaka hatte eine sehr scharfe Zunge«, bemerkte Good. »Außerdem hatte Laleela zu der Zeit erkannt, daß es unmöglich war, gegen die reißende Strömung zurückzugelangen, und sie war wahnsinnig vor Gram. Also, wie Sie schon sagten: wer weiß? – Und er stöhnte, während ich ... nein, sprechen wir nicht davon, was ich tat.«

Für eine Weile herrschte Schweigen zwischen uns, ein sehr drückendes Schweigen, weil wir uns beide überwältigt fühlten. Es wurde gebrochen, als Good sehr bescheiden fragte, ob er jetzt einen Whisky trinken dürfe.

»Ich weiß es nicht, und es interessiert mich auch nicht, doch was mich betrifft, so werde ich das Risiko auf mich nehmen«, sagte ich, trat zu dem Sideboard und bediente mich sehr großzügig, was Good dann auch tat, und noch großzügiger.

Abstinenzler mögen sagen, was sie wollen, doch Alkohol in mäßigen Dosen ist in manchen Situationen ein trostreicher Freund. Wir jedenfalls stellten das fest, denn als wir den Whisky getrunken hatten, war unsere Stimmung merklich gehoben.

»Hören Sie!« sagte Good dann, während er seine Pfeife anzündete und ich mich damit beschäftigte, dieses verdammte *Taduki*-Zeug wegzuschließen, das ich sowohl haßte als auch segnete. Ich haßte es, weil es von einem Kobold besessen schien, der einen wie ein Irrwisch weiter und weiter lockt, bis zum Rande irgendeines großes *dénouement*, um dann, im Augenblick der Krise, zu verschwinden und einen in einem Sumpf von Zweifeln und Ungewißheit stecken zu lassen. Ich segnete es, weil die Träume, die es auslöste, zumindest für mich, so sehr suggestiv und interessant waren.

»Hören Sie!« wiederholte Good. »Sie sind auf Ihre Art ein recht kluger, alter Knabe, und einer, der viel nachdenkt. Also haben Sie die Güte, mir zu erklären, was diese ganze Sache zu bedeuten hat. Wollen Sie damit sagen, daß wir ein Kapitel aus der Geschichte einer unserer früheren Existenzen gelesen haben?«

»Ich will gar nichts sagen«, antwortete ich scharf. »Diese Sache geht über meinen Horizont. Aber wenn Sie mich fragen, so sage ich Ihnen, daß ich nicht viel von der Frühere-Existenz-Lösung halte. Haben Sie sich nicht auch schon einmal überlegt, daß wir alle vor vielleicht fünfzig- oder hunderttausend Jahren Vorfahren wie Wi und die anderen gehabt haben müssen? Und ist es nicht möglich, daß diese

Droge die Kraft haben könnte, vorelterliche Erinnerungen zu wecken, die mit dem Lebensfunken über Hunderte von dazwischenliegenden Generationen auf uns gekommen sind?«

»Ja, das wäre denkbar. Und doch, Allan, ist diese Sache auf eine gewisse Weise zu perfekt. Erinnern Sie sich, daß wir die Sprache dieser prähistorischen Strandläufer verstanden und benutzten, wenngleich wir jetzt jedes Wort davon vergessen haben – oder zumindest ich habe alles vergessen. Erinnern Sie sich, daß wir nicht nur unsere eigenen Lebensläufe sahen, sondern auch die anderer Menschen, mit deren vorväterlicher Erinnerung wir nichts zu tun haben, und außerdem, daß einige jener Wilden uns – oder zumindest mich – an Menschen erinnerten, die ich in diesem Leben kannte, so als ob wir alle zusammen wiedererschienen wären.«

»Das ist doch der springende Punkt, Good. Der Mensch ist ein seltsames Bündel von Geheimnissen. Die meisten von ihnen erscheinen recht farblos, das, was man als ›nüchtern‹ bezeichnen könnte; doch glaube ich, daß es nur wenige gibt, die nicht mit Phantasie vollgestopft sind, wie unsere Träume es gezeigt haben. Nehmen wir an, daß es sich dabei um unsere vorelterliche Vergangenheit handelte; wenn dem so ist, könnten wir den Rest einfach dazuerfunden haben, unter Verwendung des Materials, das uns zur Verfügung steht, nämlich unseres Wissens über andere, mit denen wir in unserem Leben vertraut waren. Das wären die Fundamente, auf denen Träume aufgebaut werden können, die Glasstückchen, die das Muster eines Kaleidoskops bilden.«

»Wenn dem so ist, kann ich nur sagen, daß Ihr Kaleidoskop eine ungewöhnlich schlaue Maschine sein muß, denn etwas Natürlicheres als jene verdreckten Leute an der Küste habe ich niemals kennengelernt, Allan. Dennoch scheint eines Ihr Argument zu untermauern. Wi, der große Jäger des Stammes, der durch Geburt und Umwelt ein sehr elementarer Wilder war, erwies sich als seinem Zeitalter weit voraus.

Er schuf Gesetze, er dachte an das Wohlergehen anderer, er widerstand seinen absolut natürlichen Neigungen, er nahm eine höhere Religion an, als diese ihm vermittelt wurde, er bewies Geduld und Nachsicht bei Provokation, er bot sich selbst als Opfer für Götter an, an die er nicht mehr glaubte, weil seine Menschen an sie glaubten, und er hoffte, sein freiwilliger Tod würde als eine Art Glaubensheilung auf sie wirken, was eine der nobelsten Taten ist, von denen ich jemals gehört habe. Und schließlich, als er sah, daß ein ausgehöhlter Baumstamm, den man nur mit viel Nachsicht als Kanu oder Boot bezeichnen kann, überladen war und möglicherweise in dieser eisgesäumten Stromschnelle sinken würde, stieß er ihn in die Strömung hinaus und blieb zurück, um zu sterben, obgleich sich dort alle Menschen befanden, an denen er hing: seine Frau, eine weitere Frau, die ihn liebte, sein Sohn, und, vielleicht, darf ich hinzufügen, auch sein Bruder. Ich behaupte, daß der Mann, der diese Dinge tat, von anderen abgesehen, ein Held und ein christlicher Märtyrer in einer Gestalt war, mit den Zügen eines Heiligen, und eines Solon, der, wenn ich mich recht erinnere, der erste Gesetzgeber in der Geschichte war, als Zugabe. Nun frage ich Sie, Allan, könnte ein solcher Mensch in paläolithischen oder präpaleolithischen Zeiten gelebt haben, in jener erdgeschichtlichen Epoche, als eine der letzten Eiszeiten begann? Und dieselbe Frage könnte auch in bezug auf Laleela gestellt werden.«

»Sie müssen bedenken«, antwortete ich, »daß Wi kein so großer Held war, wie Sie anzunehmen scheinen. Er bot sich hauptsächlich deshalb als Opfer an, weil er seine Familie retten wollte, oder zumindest ein Mitglied davon, wie es die meisten Männer unter ähnlichen Umständen tun würden. Was Laleela betrifft, so waren sie und alles, was sie betraf, mysteriös, ihre Herkunft, ihre noble Geduld und besonders ihre Selbstbeherrschung. Es ist jedoch offensichtlich, daß sie zu einer anderen zivilisatorischen Schicht gehörte – die wir als Neolithikum bezeichnen, nehme ich an, da sie mir – das heißt Wi, natürlich – erzählte, daß ihr Volk Feldfrüchte anbaue, Kühe und andere Haustiere hielte, eine fortentwikkelte Religionsform besäße, mit einer Gottesgestalt, die durch den Mond symbolisiert wurde, und so weiter.

Nun, daran ist nichts Verwunderliches, da wir wissen, daß zu prähistorischen Zeiten Rassen von sehr unterschiedlichen Entwicklungsstufen nebeneinander existierten. So ist es durchaus möglich, daß Wi und seine Leute in ihrer paläolithischen Einfachheit in – sagen wir, irgendwo in Schottland lebten, (diese rothaarigen Wanderer, von denen sie überfallen wurden, lassen an Schottland denken) während Laleela und ihr Volk vielleicht im Süden Irlands oder in Frankreich beheimatet gewesen sein mochten, wo das Klima erheblich milder ist und das Meer eisfrei blieb.«

»Wahrscheinlich. Wi und die Seinen mochten irgendwo in einer kalten Zone gelebt haben und sind zu einer wärmeren gezogen, vielleicht einer, die vom Golfstrom umspült wurde«, antwortete Good. »Auf jeden Fall ist eines klar: wenn an unserem Traum irgend etwas dran sein sollte, so berichtet er von einer Tragödie, die sich auf dieser Erde oft abgespielt haben muß; ich meine den Anbruch einer Eiszeit.«

»Ja«, sagte ich. »Überall an den nördlichen Küsten muß es kleine Gruppen primitiver Menschen gegeben haben, wie jene, über die Wi gebot, von denen sich vielleicht jede allein auf der Welt glaubte, und immer wieder, in Abständen von zehn- oder hunderttausend Jahren, muß das Eis über sie hereingebrochen sein und sie unter sich begraben haben, ausgenommen ein paar Überlebende, die nach Süden fliehen konnten. Zweifellos war die Tragödie Wis nichts Ungewöhnliches, und wenngleich heute kaum jemand einen Gedanken daran verschwendet, könnten wir heute durchaus zwischen zwei Eiszeiten leben. Vor einiger Zeit las ich etwas über die Feuersteinbrüche bei Brandon in Norfolk, wo, wie gesagt wird, in der Vorzeit Stämme lebten, die Feuersteine bearbeiteten. Dann kam anscheinend eine Eiszeit, und als die vorüber war, tauchten andere Stämme in den Steinbrüchen auf, von den ersten durch einen ungeheuren

Zeitraum getrennt. Doch von solchen Dingen könnten wir die ganze Nacht sprechen.«

»Und auch noch den ganzen morgigen Tag, Allan. Aber Sie haben meine Frage nicht beantwortet. Wie erklären Sie sich einen Mann wie Wi in jener Epoche der Weltgeschichte?«

Ich machte mir noch einen Whisky-Soda, um Zeit zum Nachdenken zu gewinnen. Dann antwortete ich, recht natürlich, wie ich annahm:

»Die Welt, so wird uns gesagt, ist wahrscheinlich seit Millionen von Jahren für den Menschen bewohnbar und darum auch bewohnt. Nun lebte Wi, falls er wirklich existiert haben sollte, in einer geschichtlich noch nicht lange zurückliegenden Epoche, denn er konnte Feuer machen, wußte, wie man Tiere in Fallen fängt, und vieles andere mehr. Ich möchte sogar behaupten, mein lieber Good, daß wir uns seit den Tagen Wis kaum nennenswert weiterentwickelt haben. Die Schädel der Menschen jener und selbst einer früheren Periode, haben die gleiche Gehirnkapazität wie die unseren, manchmal sogar eine größere. Alle grundlegenden und wichtigen Entwicklungen der menschlichen Rasse haben unendlich lange vor der Geburt Wis stattgefunden. Ein paar außergewöhnliche Individuen müssen auf den Gedanken gekommen sein, notwendige Gesetze zu erlassen und durchzusetzen und dem Kindermord ein Ende zu machen. Warum sollte Wi nicht einer davon gewesen sein? Er mag zu schnell vorgegangen sein, was ja wirklich der Fall war, doch vielleicht hat die Erinnerung an diese Gesetze durch seine Frau Aaka, oder durch seinen Bruder Moananga, oder durch seinen Sohn Foh, überdauert, wenn diese am Leben geblieben sind, und wurden von nachfolgenden Generationen seiner Nachfahren erneuert und verbessert. Kurz gesagt, Good, obwohl ich glaube, daß die Menschheit als Art klüger geworden ist, wage ich zu bezweifeln, daß die Hochwassermarke des Individuums sich seit den Tagen Wis merklich verschoben hat, die nach weltgeschichtlichen und auch menschheitsgeschichtlichen Maßstäben ja erst gestern waren. Ansonsten möchte ich dazu sagen, daß ich in meinem Leben viele Menschen kennengelernt habe, die in Afrika als Wilde bezeichnet wurden, die nur so viel oder sogar weniger als Wi wußten, und dennoch unter ähnlichen Umständen all das getan haben würden, was er getan hat, und mehr.«

»Das ist ein neuer Gedanke«, sagte Good. »Vielleicht sind wir zivilisierten Menschen zu eingebildet.«

»Vielleicht«, antwortete ich, »denn die Zivilisation, wie wir sie kennen, ist sehr jung und ein großer Trug. Ich weiß es nicht, und es lohnt sich auch nicht, darüber nachzudenken. Ich weiß nur, daß ich wünschte, niemals diesen Traum geträumt zu haben, der mir eine neue Art von Kummer gebracht hat, den ich nicht vergessen kann.«

»Das ist es!« rief Good. »Da war Tana. Sie war eine eifersüchtige Frau, und wir haben uns oft gestritten, besonders als ich mich an Laleela heranzumachen versuchte. Und ich – nun, ich war ein ganz normaler Mann, so wie ich es auch jetzt bin – also, wie gesagt, bekamen wir Streit. Dennoch mochte ich Tana sehr; sie war seit vielen Jahren meine Frau und sie hatte Kinder geboren, die wir beide liebten, Kinder, die starben, so wie die meisten Kinder des Stammes. Und was die Szenen zwischen uns betrifft, was bedeuteten sie schon? Jetzt, da ich Tana kennengelernt habe, kann ich diese Frau nie mehr vergessen.«

»Bei mir sieht es genauso aus«, antwortete ich. »Jener Junge, Foh, und seine Schwester, Foa, die, wie Sie sich erinnern mögen, von dieser Bestie Henga ermordet wurde, zum Beispiel. Schön, sie mögen nur Traumkinder gewesen sein, doch von nun an sind sie die meinen. Ich sage Ihnen, daß ich in diesem Augenblick über den Tod Foas in Tränen ausbrechen könnte, und daß mein Herz über den Verlust Fohs schmerzt, und dennoch vermute ich, daß sie nur Traumgestalten waren, drogengeborene Traumgestalten.

Da sehen Sie, was dieses verdammte *Taduki* uns angetan hat! Zu der Trauer und dem Elend unseres eigenen Lebens hat es noch die einer anderen Art hinzugefügt. Es hat uns darauf hingewiesen, daß wir andere Leben, andere Tode und anderes Elend ertragen haben, uns aber nicht geholfen, ihre Probleme zu lösen. Werden wir jemals einen von diesen Menschen wiedersehen? Wir, die unter ihnen zu leben schienen, existieren noch immer. Existieren auch *sie* – und wenn, besteht für uns irgendeine Hoffnung, sie zu finden?«

»Sind Sie sicher, Allan, daß wir einige von ihnen nicht schon gefunden haben, wenngleich nur, um sie erneut zu verlieren? Sie haben mir oft von einem Hottentotten namens Hans erzählt, der Ihnen seit Ihrer Jugend diente, und starb, Ihnen bis zum letzten Atemzug treu ergeben, als er Ihnen das Leben rettete. Ich frage Sie: besteht nicht eine gewisse Ähnlichkeit zwischen jenem Hottentotten und Pag?«

»Kein Zweifel«, antwortete ich, »obwohl Pag, der Wolfsmann, sehr viel urtümlicher war.«

»Dann Laleela betreffend: was ist mit jener Lady Ragnall, die Ihnen ihr Vermögen hinterließ, das Sie Esel zurückgewiesen haben? Sehen Sie irgendeine Verbindung zwischen ihnen?«

»Kaum«, antwortete ich, »außer, daß beide Priesterinnen waren, oder auf jeden Fall in irgendeiner Beziehung zum Mond standen. Aber natürlich weiß ich nur sehr wenig über Laleelas Leben. Sie kam aus einem südlichen Land, doch warum sie es verlassen hat, kann ich nicht sagen, weil sie es mir nie erzählt hat. Zu jener Zeit mußte ihr Alter – nun, auf wie alt schätzen Sie sie, Good?«

»Zwischen achtundzwanzig und zweiunddreißig, würde ich sagen.«

»Das denke ich auch. Nun, in jenen Tagen mußte eine Frau ihrer Schönheit und ihres Standes ein ziemlich bewegtes Privatleben hinter sich gehabt haben. Tatsächlich hat sie mehr als einmal entsprechende Andeutungen gemacht. Aber da sie niemals Genaueres gesagt hat, gibt es kaum Anhaltspunkte, und es ist unmöglich, sich ein Bild davon zu machen.«

»Hören Sie, lassen Sie uns aufhören, bevor wir den Verstand verlieren! Unter dem Einfluß dieser afrikanischen Droge haben wir seltsame Dinge gesehen, oder glauben, sie gesehen zu haben. Wir haben einen alten, barbarischen Stamm gesehen, der am Fuße eines Gletschers an einer einsamen Küste lebte, dessen Menschen Jahr um Jahr ihre Nahrung gewannen, so gut es ihnen mit ihren primitiven Waffen möglich war, und eine Art elementarer Zivilisation entwickelten.

So wurden sie von einem Häuptling regiert, der jederzeit getötet werden konnte, wenn ein körperlich stärkerer Mann auftauchte, so wie in einer Herde von Wildrindern der alte Bulle von dem jungen Bullen entmachtet wird. Wir haben einen starken und fähigen Mann erstehen sehen, der versuchte, neue und bessere Gesetze zu schaffen und Gerechtigkeit einzuführen, und der sich, unter dem Einfluß einer Frau aus einer fremden und höherentwickelten Zivilisation, schließlich von der Anbetung wilder Fetischgötter, die angeblich im Eis wohnten, das sie fürchteten, abwandte, und einen neuen, wenn auch noch immer elementaren Glauben annahm. Wir haben ihn ein Schicksal erleiden sehen, das fast allen Reformatoren gemein ist; und auch, daß diese Angst vor dem Eis nicht unbegründet war, da es herabstürzte und die Menschen unter sich begrub, wie es oft in der Geschichte der Erde geschehen sein muß, und wie es vielleicht in der Zukunft wieder geschehen wird.«

»Ja, das alles haben wir gesehen«, sagte Good, »doch wenn es nicht wirklich war, wozu war es dann gut? Träume haben keinen großen praktischen Wert.«

»Sind Sie dessen so sicher, Good? Sind Sie sicher, daß das Leben, wie wir es kennen, mehr ist als ein *Taduki*-Traum?«

»Was meinen Sie damit, Allan?«

»Ich meine damit, daß wir vielleicht alle in Unsterblichkeit gestürzt und Teil von ihr werden, und daß diese Unsterblichkeit sowohl ihre Nächte, als auch ihre Tage haben mag; traumerfüllte Nächte, von denen dieses derzeitige Leben eine ist.«

»Sachte, alter Junge! Sie laufen mit Volldampf in fremde Gewässer, und das ohne eine Seekarte.«

»Völlig richtig«, antwortete ich. »Lassen Sie uns in die Wasserstraße zwischen den erleuchteten Bojen zurückkehren. Nach meinem Dafürhalten ist unsere Erfahrung dieses Abends äußerst lehrreich gewesen. Ob sie nun wirklich oder imaginär war, sie hat mich gelehrt, was unseren Vorvätern vor zehn- oder hunderttausend Jahren geschehen sein muß. Selbst wenn wir annehmen, daß sie lediglich ein Traum oder eine Illusion war und nichts anderes, so war sie dennoch ein äußerst faszinierender Traum, eine Art Blitzschlag, der uns eine Seite aus der Geschichte der dunkelsten Vergangenheit erleuchtete. Und dort wollen wir sie belassen, sie verschließen als eine persönliche Erfahrung, die nicht dazu da ist, mit anderen geteilt zu werden. Etwas, das Halluzination genannt wird, zu verbreiten, ist nicht klug.«

»Ich bin da völlig Ihrer Meinung, Allan«, stimmte Good mir zu, »und ich habe vor, meine Erlebnisse an jener Küste, was immer sie auch gewesen sein mögen, absolut für mich zu behalten. Nur in meiner freien Zeit werde ich ein Studium über die Eiszeiten und die Wanderung von Gletschern aufnehmen.

Doch jetzt zu diesen Schnepfen. Es ist doch irgendwie seltsam, daß Sie selbst in jenen Tagen ein Jäger gewesen zu sein scheinen. Bringen Sie Ihren Speer – Ihr Gewehr, meine ich – mit, wenn wir uns morgen treffen ...«